Camilo José Cela

Mazurka für zwei Tote

Camilo José Cela

Mazurka für zwei Tote

Roman

Aus dem Spanischen
von Carina von Enzenberg
und Hartmut Zahn

Piper
München Zürich

Der Originaltitel erschien 1983
unter dem Titel »Mazurca para dos muertos«
bei Editorial Seix Barral, Barcelona.

Beratung bei der deutschen Ausgabe:
Angel Díaz Arenas.

ISBN 3-492-03424-1

Gesetzt aus der Walbaum-Antiqua
Gesamtherstellung: Hieronymus Mühlberger GmbH, Gersthofen
Printed in Germany

... our thoughts they were palsied and sere,
Our memories were treacherous and sere.
Edgar A. Poe, *Ulalume*

Es regnet sacht und immerfort, es regnet lustlos, doch mit unendlicher Geduld, das ganze Leben lang regnet es auf die Erde, die von derselben Farbe ist wie der Himmel, zwischen zartem Grün und zartem Aschgrau, und die Linie zwischen Wald und Himmel ist schon seit langem verschwunden.

»Seit vielen Stunden?«

»Nein, seit vielen Jahren. Die Linie verschwand, als Lázaro Codesal starb, der Allmächtige wollte nämlich nicht, daß man sie je wiedersieht.«

Lázaro Codesal starb in Marokko, bei der Stellung von Tizzi-Azza; wahrscheinlich wurde er von einem Mauren aus der Kabylei Tafersit umgebracht. Lázaro Codesal hatte den Bogen raus, wie man Mädchen schwängert, es machte ihm Spaß, und er hatte rotes Haar und blaue Augen. Lázaro Codesal starb jung, er wurde nicht mal zweiundzwanzig, was hatte er schon davon, daß er seinen Knüppel schwingen konnte wie kein anderer im Umkreis von fünf Meilen oder mehr? Lázaro Codesal wurde hinterrücks von einem Mauren umgebracht, er wurde umgebracht, als er sich unter einem Feigenbaum einen runterholte, jeder weiß doch, wie der Schatten eines Feigenbaumes zu Muße und Sünde einlädt; Auge in Auge hätte niemand Lázaro Codesal umgebracht, kein Maure, kein Asturier, kein Portugiese, kein Leoneser, niemand. Die Linie zwischen Wald und Himmel verschwand, als Lázaro Codesal umgebracht wurde, und seither hat man sie nie wieder gesehen.

Es regnet ebenso eintönig wie beständig, seit dem Tag

des heiligen Raimund regnet es, vielleicht sogar schon länger, und heute ist der Tag des heiligen Makarius, der Glück beim Kartenspiel und in der Lotterie bringt. Es nieselt seit mehr als neun Monaten sanft und immerfort auf das grüne Land und gegen die Scheiben meines Fensters, es nieselt, doch es ist nicht kalt – ich meine, nicht sehr kalt; könnte ich Geige spielen, würde ich den ganzen Nachmittag Geige spielen, aber ich kann es nicht; könnte ich Mundharmonika spielen, würde ich den ganzen Nachmittag Mundharmonika spielen, aber ich kann es nicht. Was ich kann, ist Sackpfeife spielen, doch im Haus Sackpfeife spielen, das tut man nicht. Da ich also weder Geige noch Mundharmonika spielen kann und man in seinen vier Wänden nicht in die Sackpfeife blasen darf, verbringe ich die Nachmittage im Bett und mache mit Benicia Ferkeleien (ich erzähle später, wer Benicia ist, diese Frau mit Brustwarzen wie Kastanien); in der Hauptstadt kann man ins Kino gehen und Lily Pons, die gefeierte junge Sopranistin, als weibliche Hauptdarstellerin in dem Film *Ich träume zuviel* sehen, das steht jedenfalls in der Zeitung, aber hier gibt es kein Kino.

Auf dem Friedhof sprudelt eine Quelle mit klarem Wasser, die die Knochen der Toten reinwäscht, auch die seltsam kalte Leber der Toten; man nennt sie Mianguei-ro-Quelle, und die Aussätzigen benetzen ihr Fleisch auf der Suche nach Linderung mit ihrem Wasser. Eine Amsel singt in derselben Zypresse, in der nachts die Nachtigall ihr einsames Klagelied anstimmt. Jetzt gibt es fast keine Aussätzigen mehr; es ist nicht mehr wie früher, als es jede Menge von ihnen gab und sie wie Eulen schrien, zum Zeichen, daß die Missionare nach ihnen suchten, um ihnen die Absolution zu erteilen.

Die Frösche erwachen alle Jahre nach dem Tag des heiligen Joseph, und ihr Quaken kündet an, daß allmählich der Frühling naht, mit schlechten Nachrichten und viel Arbeit. Frösche sind magische Tierchen und ein halbes Wundermittel; kocht man Froschköpfe, fünf oder sechs Froschköpfe, mit Froschlöffelblüten auf, ergibt das einen guten Sud, der einen in Stimmung bringt, Bräute von ihrer Lustlosigkeit kuriert und Jungfrauen von ihrem Jucken befreit. Frösche sind schwer zu dressieren, denn hat man sie halb dressiert, verliert man die Geduld und haut sie mit einem Schlag zu Brei. Policarpo der von der Bagañeira kann Frösche dressieren wie kein anderer im Land: Frösche, Amseln, Frettchen, Füchsinnen, alles.

Policarpo dressiert alles, sogar Iltisse und Luchse, sofern es noch Luchse gibt. Nur mit den Wildschweinen kam er nie klar, die sind nicht schlau genug und außerdem schwerfällig und träge. Policarpo der von der Bagañeira, dem an einer Hand drei Finger fehlen, lebt in Cela do Camparrón, und manchmal geht er zur Landstraße, um den Omnibus nach Santiago vorbeifahren zu sehen, in dem immer zwei oder drei Pfarrer sitzen und getrocknete Feigen essen. Policarpo hat an der rechten Hand keinen Zeige-, Mittel- und Ringfinger mehr, weil ein Pferd sie ihm abgebissen hat, doch mit dem kleinen Finger und dem Daumen kommt er ganz gut zurecht.

»Ich kann weder Sackpfeife noch Ziehharmonika spielen, aber ich mach' mir nichts draus, ich weiß eben nicht, wie es geht.«

In Orense, im Haus von der Parrocha, genannt die Sardine, gibt es einen blinden Ziehharmonikaspieler, der jetzt bestimmt schon tot ist, ja, jetzt erinnere ich mich, er starb im Frühjahr 1945, genau eine Woche nach Hitler, und er spielt Javas und Pasacalles, um die Freier bei Laune zu halten, ich spreche von früher. Er heißt Gaudencio Beira und war früher Seminarist, sie warfen ihn aus dem Seminar, als er langsam blind wurde, kurz bevor er ganz erblindete.

»Und? Hat er ein Händchen für den Blasebalg?«

»Das will ich meinen! Ein verdammt gutes! Ein richtiger Künstler ist er, ein Ausbund an Sorgfalt, Genauigkeit und Empfindsamkeit, und was er spielt, hat viel Tiefe und ist voller Gefühl.«

Gaudencio, der sich im Freudenhaus sein Brot verdient, hat ein ziemlich abwechslungsreiches Repertoire, aber es gibt da eine Mazurka, *Ma petite Marianne*, die er erst zweimal gespielt hat, im November 1936, als Afouto umgebracht wurde, und im Januar 1940, als Moucho umgebracht wurde. Danach wollte er sie nie wieder spielen.

»Nein, nein, ich weiß genau, warum ich nicht will, ich weiß es ganz genau. Diese Mazurka ist ziemlich traurig, mit der darf man nicht rumspielen.«

Benicia ist die Nichte von Gaudencio Beira und die Cousine zweiten Grades von den Gamuzos, die neun Kinder sind, aber auch von Policarpo dem von der Bagañeira und vom toten Lázaro Codesal. Hier in der Gegend sind wir alle mehr oder weniger eine Familie, bis auf die Carroupos, von denen jeder mit einem Muttermal wie aus Schweinsleder auf der Stirn geschlagen ist.

Es regnet auf den Arnego, der mit seinem Wasser Mühlenräder antreibt und Schwindsüchtigen angst macht, während Catuxa Bainte, die Schwachsinnige aus Martiñá, splitternackt, mit nassen Titten, das Haar bis zur Taille, auf dem Esbarrado-Berg herumspaziert.

»Hau ab, du böses Luder, das ist Todsünde! In Satans Kessel sollst du schmoren!«

Es regnet auf den Bermún, dessen wippende Wellen ein Kyrie murmeln und an den Eichen lecken, während Fabián Minguela, genannt Moucho der Todesvogel, sein Messer am Schleifstein wetzt.

»Hau ab, weg mit dir, du gottloser Mensch, mit dir werden sie im Jenseits abrechnen!«

Raimundo der von den Casandulfes ist der Meinung, daß Fabián Minguela mit allen neun Merkmalen des Hurensohns durchs Leben geht.

»Und welche sind das?«

»Hab Geduld, nach und nach wirst du sie kennenlernen.«

Der älteste der Gamuzos heißt Baldomero, nein, hieß, er ist nämlich schon tot, dieser Baldomero Marvís Ventela oder Fernández, stimmt, manche sagen Fernández, ist ja egal, und er war bekannt unter dem Namen Afouto der Mutige, weil er sehr tapfer war und vor niemandem Angst hatte, vor Lebenden nicht und auch nicht vor Toten. Im Jahr 1933 entwaffnete Afouto am Tag des heiligen Paulus in Tecedeiras, das an der Landstraße von La Gudiña nach Lalín liegt, kurz bevor man zum Dolmen von Corredoira kommt, zwei Uniformierte der Guardia Civil, er fesselte ihnen die Hände auf dem Rücken und lieferte sie mitsamt ihren Karabinern gegen Quittung in der Kaserne ab. Sie sagten, sie würden ihm eine Tracht Prügel verpassen, aber das taten sie dann doch nicht, und die beiden Guardias flogen raus, weil sie sich wie einfältige Bauernlümmel benommen hatten. Sie waren nicht aus der Gegend, und niemand wußte, woher sie kamen; sie verschwanden, und man hörte nie wieder von ihnen. Afouto hat auf einem Arm eine unanständige Tätowierung: eine rotblaue Schlange, die sich um den Körper einer nackten Frau windet.

Afouto wurde 1906 geboren, im Jahr der Hochzeit König Alphons XIII., und mit zwanzig heiratete er Loliña Moscosa Rodríguez, eine Frau mit so viel Temperament, daß sie nur mit Stockschlägen zu bändigen war. Loliña kam auf ganz dumme Weise um, sie wurde von einem verschreckten Ochsen zerquetscht, der sie gegen das Hoftor drückte. Loliña war Witwe, als sie starb, schon vier oder fünf Jahre. Afouto hat nur Brüder, keine einzige Schwester. Die Eltern der neun Gamuzos, Baldomero Marvís Casares, genannt der Kaldaunenhändler, und Teresa Ventela (oder Fernández) Valduide, genannt Cachifa die Hupfdohle, starben 1920 bei dem berühmten Zusammenstoß von zwei Zügen im Bahnhof von Albares, als über hundert Menschen ums Leben kamen, nachdem sie im Lazo-Tunnel sowieso schon halb erstickt waren, weil der Tunnel wie ein endlos tiefes Grab ist, ein Grab, das nie voll wird. Hier in der Gegend hieß es damals, man habe viele bei lebendigem Leib begraben, um sich den

Papierkrieg zu ersparen, aber vielleicht stimmt das auch gar nicht.

Der zweitälteste Gamuzo ist Tanis, genannt Perello das Teufelchen, weil er ruckzuck irgendeine Teufelei aushekken kann. Tanis ist mit Rosa Roucón verheiratet, der Tochter eines Zollbeamten aus Orense. Rosa hängt an der Anisflasche und schläft den ganzen Tag. Sie ist keine schlechte Person, das muß hier gesagt werden, aber mit dem Anis übertreibt sie es ein bißchen. Tanis bestellt den Acker und züchtet Vieh wie sein älterer Bruder und sein jüngerer und auch sein Cousin Policarpo der von der Bagañeira, der Vögel, Frösche und kleine Waldtiere abrichtet. Sie reiten auch Pferde zu, aber nur zum Spaß, nicht beruflich, und sie sind sehr geschickt im Einfangen von Pferden, sie stutzen ihnen Schweif und Mähne und brennen ihnen das Brandzeichen ein, inmitten von Staubwolken, Gewieher – zweierlei Arten (aus Wut und aus Angst) – und Schweiß, viel Schweiß. Tanis hat starke Arme, er gewinnt beim Armdrücken mit Fremden jede Wette.

»Rücken Sie die vier Reales raus, die Sie verloren haben, Landsmann, und trinken Sie einen Becher mit uns, wir wollen uns hier keine Feinde schaffen. Und merken Sie sich, was ich Ihnen jetzt sage, es wird Sie bestimmt trösten: Gelobt sei Gott! Die Amsel soll schlagen, denn nach dem Sommer wird der Winter uns plagen.«

Wenn es heiß wird, aber noch ist es nicht soweit, geht Perello das Teufelchen gern nackt mit Catuxa Bainte, der Schwachsinnigen aus Martiñá, im Staubecken bei der Mühle von Lucio Mouro baden, um sich an ihrem Körper zu vergreifen, der etwas von einer Schlange, aber auch von einer Wildkatze hat. Vergreifen, na ja, was man eben so vergreifen nennt, denn eigentlich vergreift sich Tanis nicht an ihr, sie wehrt sich kaum und kann nie genug kriegen, sondern jauchzt nach jedem Kopfsprung oder Eintauchen und klatscht in die Hände. Die Schwachsinnige aus Martiñá kann nicht schwimmen, und es sieht sehr komisch aus, wenn sie immer wieder untertaucht und dabei mit dem Hintern wackelt wie beim Tanzen.

Benicia hat Brustwarzen wie geröstete Kastanien, das wissen hier alle, ja, wie Maronen am Johannistag, wenn sie schon nicht mehr ganz frisch sind. Benicia hat viel Feuer im Blut, sie wird nie müde und langweilt sich auch nie. Benicia hat leuchtend blaue Augen und ist im Bett sehr munter, ein richtiges Ferkel. Benicia war verheiratet, vielleicht ist sie es ja immer noch, und zwar mit diesem halbschwulen Portugiesen, der mit einem Puppentheater durch die Gegend zog, manchmal weiter als bis León, aber sie ließ ihren Mann sitzen und kam hierher zurück.

Benicias Mutter ist die Schwester von Gaudencio, dem Blinden, der im Haus von der Parrocha Ziehharmonika spielt. Benicia Segade Beira hat einen resoluten Gang und lacht dauernd, sie ist der reinste Segen. Ihre Mutter kann lesen und schreiben, Benicia nicht, mit manchen Familien geht es eben bergab, niemand kann ihnen dann noch helfen, sie gehen vor die Hunde, es sei denn, sie entdekken in einem Bach Goldkörnchen, aber so was gibt es heute wohl nicht mehr. Benicias Mutter heißt Adega, sie spielt fast genauso gut Ziehharmonika wie ihr Bruder. Die Polka *Fanfinette* spielt sie mit viel Schmiß.

»Ich komme aus Vilar do Monte, das liegt zwischen dem Sarnoso-Felsen und dem Esbarrado-Berg, und ich weiß, welches Gör mit welcher Milch gesäugt wurde. Sie, Don Camilo, stammen aus einer Familie von Streithälsen, und das hat seinen Preis. Ihr Großvater hat Xan Amieiros erschlagen, den Müller vom Pedriñas-Bach, er mußte vierzehn Jahre lang untertauchen, er floh nach Brasilien, aber das wissen Sie ja selbst. Ich bin aus Vilar do Monte, das liegt ein Stück hinter Silvaboa und Ricobelo, der Weg dorthin geht rauf und runter, aber mein verstorbener Mann, Cidrán Segade, war aus Cazurraque, unterhalb der Felsen von La Portelina, und die aus Cazurraque grüßten sich nicht mal mit denen aus Zamoiros, einfach weil ihnen nicht danach war, weil sie keine Lust hatten, da konnte auch der liebe Gott nicht gegen an. Ich erzähle Ihnen das, damit Sie wissen, daß ich mich hier auskenne und keine Fremde bin. Heutzutage treibt sich ja viel Gesindel rum. Ich schwöre Ihnen, und der Allmächtige ist mein Zeuge, Sie und ich, wir könnten sogar verwandt sein. Ihr Großvater ging vor mehr als hundert Jahren nach Brasilien, das war noch unter Isabel II. Ihr Großvater hatte eine skandalöse Liebschaft – tut mir leid, aber das erzählt man sich hier – mit Manecha Amieiros, der Schwester von Xan und einem anderen, an dessen Namen ich mich nicht erinnere, ich glaube Fuco, ja, er hieß Fuco, und er hatte nur ein Auge, nicht, daß er das andere verloren hätte, nein, er hatte nur eins, mitten auf der Stirn, und er war so zur Welt gekommen. Ihr Großvater und Manecha trafen sich immer in einer Höhle im Fichtenwald von Bouzas, wo sie sich ein Nest aus getrockneten Hortensien bauten und eine Feuerstelle, um Chorizos zu braten und sich zu wärmen. Eines Nachts lauerten die beiden Brüder von Manecha Ihrem Großvater an der Wegbiegung bei Claviliño auf, einer mit einem Hackmesser, der andere mit einer Eisenstange bewaffnet. Sie wollten Ihren Großvater umbringen, aber der ritt sie mit dem Pferd über den Haufen. Fuco der Einäugige ließ die Eisenstange fallen und rannte wie ein Irrer davon, während Xan Ihrem Großvater die Stirn bot und mit ihm kämpfte. Xan haute Ihrem Großvater das Hackmesser in die Rippen, doch Don Camilo, der nicht sehr groß, dafür aber um so mutiger war, biß die Zähne zusammen und schlug ihn mit der Eisenstange seines Bruders nieder, der Schiß gekriegt hatte und abgehauen war. Später, als man die Leiche öffnete, sah die Lunge aus, daß es eine Pracht war. Alles Matsch und Brei. Der mußte ganz schön was abgekriegt haben!«

Der drittälteste der Gamuzos heißt Roque, und obwohl er kein Pfarrer ist, nennt man ihn den Pfaffen von Comesaña, warum, weiß niemand. Der Pfaffe von Comesaña hat einen riesigen Schwanz, für den er in der ganzen Gegend berühmt ist und über den man sogar im Königreich León redet, bis weit über Ponferrada hinaus. Kann sein, daß der Schwanz des Pfaffen von Comesaña genauso ein Prachtexemplar ist wie der des Pfarrers von San Miguel de Buciños, der in dieser wahren Geschichte auftreten wird, wenn seine Zeit gekommen ist. Will man Reisende erschrecken, zeigt man ihnen das Kloster von Oseira und die Spuren, die der Satan auf dem Bergrücken von El Cargadoiro hinterlassen hat, Hufspuren wie von einer Ziege, genau zu erkennen, und man zeigt ihnen Roques Prügel, der ein Geschenk des Himmels ist, wie man so sagt.

»Komm schon, Roque, zeig ihn den Herrschaften, du weißt schon, was ich meine. Dieses Ehepaar ist aus Madrid. Du kriegst auch ein Glas Zuckerrohrschnaps.«

»Ich mache es nur für zwei.«

»Gut, dann eben zwei.«

Roque knöpft die Hose auf und legt das Gewünschte frei, das ihm wie eine erwürgte Füchsin bis zum Knie runterhängt. Roque, der eigentlich schon daran gewöhnt sein müßte, gerät bei dieser Darbietung immer ein bißchen in Bedrängnis.

»Tut mir leid, Señora, aber so ist mit ihm nicht viel herzumachen, er hat eben noch kein Vertrauen gefaßt ...«

Wenn Roque zu seiner Frau Chelo Domínguez der von den Avelaíños sagt, na los, mach schon die Beine breit, bindet sie ihm, sozusagen zur Selbstverteidigung, ein Küchenhandtuch um sein Ding, damit es nicht ganz in sie reinpaßt.

»Heiliger Penisius, steh mir bei! Lieber Gott, laß mich beichten, bevor du mich zu dir holst. In Jesu Namen, Amen.«

Adega weiß genau, was hier in der Gegend alles passiert ist, doch sie hat es lange Zeit für sich behalten.

»Sie dürfen es nicht verschweigen. In unseren Adern fließt doch dasselbe Blut!«

»Nein, Señor, das will ich auch gar nicht. Ich habe lange genug geschwiegen! Möchten Sie ein Schlückchen Trester?«

»Ja, gern. Vielen Dank.«

Es ist eine Freude zu sehen, wie diese Litanei ganz sacht herabfällt, ja, es ist wie eine Litanei, und es ist schön, den geduldigen Regen auf die Felder, das Dach und gegen die Glasscheiben des Balkons rieseln zu hören.

»Mein Bruder Secundino hat die Papiere aus dem Gericht von Carballiño geklaut, genauer gesagt, Xian Mosteirón, der Gerichtsschreiber, den sie den Lahmen von Marañís nannten und der früher mal Grenzer gewesen war, ließ sie sich klauen. Er ließ sie sich klauen, weil mein Bruder, der nicht kleinlich war, ihm fünf Pesos zum Verjubeln und nochmals fünf für wohltätige Zwecke zusteckte, insgesamt also zehn. Afouto den Mutigen brachte einer um, der selbst längst tot ist, tot und begraben, das wissen Sie besser als ich, und ich rede nicht einfach so daher. Die Männer aus Cazurraque sind tolle Kerle, und darum kommen wir Frauen gut mit ihnen zu Rande, wir Frauen aus Vilar do Monte oder von sonstwoher, weil man als Frau schließlich einen Mann will, der einen richtig hernimmt. Moucho ist von weiter weg. Gut, sein Vater und die ganze Familie sind schon seit vielen Jahren hier, aber sie sind von weiter weg, ich würde fast sagen, sie sind aus Maragatería, aber beschwören kann ich es nicht, na ja, ich sag' das einfach mal so, ich will Ihnen ja nichts Falsches erzählen. Wenn Sie meine Nichte Xila, die schon zwölf ist und soweit ich weiß noch nicht mit den Ferkeleien angefangen hat, als Magd zu sich nehmen, schenke ich Ihnen die Papiere und obendrein die Stiefel von dem Toten, der Afouto umgebracht hat, ich weiß, viel wert sind sie nicht, aber sie sind immerhin ein Andenken. Mein Bruder Secundino hat Tabak reingefüllt, weil er das komisch fand. Don Silvio, der Pfarrer von Santa María de Carballeda, da stammt Ihr Verwandter, der heilige Fernández her, hat einmal zu ihm gesagt, daß er in die Hölle kommt, wenn er die Stiefel nicht wie ein Christ begräbt.

Mein Bruder Secundino hörte nicht auf ihn, er hatte keine Angst vor der Hölle, weil er glaubte, daß Gott eher ein Freund von Leben und gutem Essen als von Tod und Hunger ist. Gießen Sie sich noch einen Schnaps ein, es ist sehr kalt.«

Das erste Merkmal des Hurensohns ist schütteres Haar, und Fabián Minguela hat dünnes, fettiges Haar.

»Und was für eine Farbe hat es?«

»Je nachdem, sie ändert sich von Tag zu Tag.«

Der vierte und fünfte Gamuzo, also Celestino und Ceferino, sind Zwillinge und beide Pfarrer, sie haben im Priesterseminar von Orense studiert, und man sagt, sie seien dadurch ein bißchen frommer geworden. Celestino nennen sie Carocha den Maiskolben, und er ist Pfarrer von San Miguel de Taboadela. Ceferino heißt hier Furelo das Frettchen, er war Pfarrer von San Adrián de Zapeaus, im Gemeindebezirk von Rairiz de Veiga, und vor kurzem haben sie ihn nach Santa María de Carballeda in Piñor de Cea versetzt, als Nachfolger des verstorbenen Don Silvio.

Ja, es ist eine Freude zu sehen, daß es wie immer regnet, und es regnet immer, winters und sommers, Tag und Nacht, auf die Erde und auf die Sünden, für die Männer, für die Frauen und für die Tiere.

Baldomero, genannt Afouto der Mutige, konnte man nicht von vorne angreifen, weil er so wild wie der Wolf von Zacumeira war; sein Bruder Tanis das Teufelchen kann mit einer Hand und ohne Luft zu holen einen Mann hochstemmen; sein Bruder Roque, der Pfaffe von Comesaña, ist ein bißchen schüchtern; seine Brüder Celestino, genannt Carocha der Maiskolben und Ceferino alias Furelo das Frettchen lesen wie gesagt die Messe und spielen ziemlich gut Chamelo und Correlativa. Carocha jagt gern (Kaninchen und Ringeltauben), und Furelo angelt gern (Plötze und Barben, mit ein bißchen Glück auch mal eine Forelle). Bleiben noch vier Gamuzos.

Adega ist eine vorsichtige, aber auch freigiebige Frau, in ihrer Jugend muß sie ein wildes Ding und leicht zu haben gewesen sein, ein Vollblutweib, immer zum Feiern aufgelegt.

»Es heißt, daß der Tote, der Afouto umgebracht hat, auch meinen Seligen und noch ein paar andere umgebracht hat, ein ganzes Dutzend, und man sagt, der Hurensohn, nehmen Sie's mir nicht krumm, sei richtig schießwütig gewesen; ich weiß das alles nicht aus erster Hand, aber als sie ihn dann selbst umbrachten, den Toten, da zündete ich in Santa María la Real von Oseira dem Heiland eine Kerze an. Es gibt Tote, die tun einem leid, aber es gibt auch Tote, über die man sich sehr freut, finden Sie nicht? Andere Tote machen einem angst, die Wasserleichen und Pestopfer, und über manche muß man lachen, besonders über Gehenkte, wenn sie im Wind schaukeln. Als ich klein war, gab es in Bouza da Fondo einen Gehenkten, den sie so aufgeknüpft hatten, daß die kleinen Jungs sich an seinen Füßen festhalten und schaukeln konnten, und ihm machte das nichts mehr aus. Aber dann kam die Guardia Civil und verscheuchte die Bengel, weil der Herr Richter nämlich ein sehr strenger Mensch war, ein sehr besonnener Kastilier, Don León hieß er, und er vertrug keine Scherze, das weiß ich noch genau. Mit den guten Sitten geht es immer mehr bergab, das liegt an der Fliegerei.«

Die Erinnerung an Lázaro Codesal verblaßte nicht so schnell in den Köpfen der Leute. Adega ist nicht die einzige, die diese Geschichten kennt. Als er eines Abends singend von La Cabreira herunterkam – Lázaro Codesal sang immer, damit alle wußten, daß er es war –, fing ihn an der Kreuzung von El Chosco ein Ehemann ab.

»Ich bin allein, und wir haben beide einen Knüppel.«

»Verschwinden Sie, ich will keinen Ärger. Lassen Sie mich vorbei!«

Aber sie kriegten sich in die Haare und verpaßten sich mehr als hundert Knüppelschläge, vielleicht sogar zweihundert. Lázaro Codesal schlug den anderen lendenlahm, fesselte ihm die Hände hinter dem Rücken an seinen eigenen Knüppel und ließ ihn laufen.

»Gehen Sie nach Hause und lassen Sie sich von Ihrer Frau losbinden. Und legen Sie sich nicht noch mal mit friedlichen Leuten an. Sie sehen ja, was dabei rauskommt.«

Damals war die Linie zwischen Wald und Himmel noch zu sehen, und hätte es diesen heimtückischen Mauren nicht gegeben, wäre die Linie nie verschwunden. Hier gedeihen Feigenbäume nicht sonderlich gut; wenn ich reich wäre, würde ich da hingehen, wo gesunde und kräftige Feigenbäume wachsen und mir in Gedenken an Lázaro Codesal, diesen Burschen, der mit seinem Knüppel besser umgehen konnte als jeder andere, hundert Feigenbäume kaufen und alle Feigen von den Vögeln auffressen lassen. Schade, daß man nicht reich ist und so was machen kann, sich die Welt anschauen, Frauen Ringe schenken, Feigenbäume kaufen... Weil du nicht Geige und auch nicht Ziehharmonika spielen kannst, verbringst du die Nachmittage im Bett. Benicia ist wie ein folgsames Ferkel, sie sagt zu nichts nein. Benicia kann nicht lesen und auch nicht Ziehharmonika spielen, aber sie ist jung und macht gute Mehlkringel; außerdem weiß sie im richtigen Moment, was einem guttut, und ihre süßen, großen Brustwarzen sind so hart wie Kastanien. Adega führt Buch über die Gehenkten.

»Der Dorftrottel von Bidueiros, den der Pfarrer von San Miguel de Buciños in die Welt gesetzt hat, hat sich nicht selbst aufgehängt, den haben die anderen aufgeknüpft, sozusagen zum Üben. Der Pfarrer von San Miguel de Buciños heißt Don Merexildo Agrexán Fenteira und ist berühmt für sein großes Kaliber. Wenn Don Merexildo sein Ding ausfährt – Gott möge mir verzeihen! –, könnte man glauben, er hätte einen Tannenbaum unter der Soutane. ›Wo wollen Sie denn hin damit, Hochwürden?‹ – ›Sehen, ob mir den eins meiner Schäfchen müde macht, Satansbraten, verdammter!‹ (Oder: ›Teufelsweib, verfluchtes!‹, wenn ihn eine Frau darauf ansprach.) Verzeihung. Hören Sie, Don Camilo, ich möchte Ihnen ein

Stück Chorizo zum Probieren geben, der ist wirklich gut und gibt Kraft. Cidrán, mein verstorbener Mann, hatte soviel Kraft, weil er die Chorizos ganz runterschluckte. Ich sage Ihnen, wenn ihn der Tote, der ihn umgebracht hat, nicht wie einen Fuchs abgeknallt hätte, hätte er ihn nie totgekriegt. Stellen Sie sich vor, in den Rücken haben sie meinen verstorbenen Mann geschossen! Nicht einmal umdrehen hat er sich können. Wenn er sich nämlich umgedreht hätte, dann wären der Tote, der ihn umgebracht hat, und die anderen, falls andere dabei waren, jetzt noch immer vor ihm auf der Flucht.«

Der Pfarrer von San Miguel de Buciños ist ständig von einem Fliegenschwarm umgeben, wahrscheinlich hat er süßes Blut.

»Und stört ihn das nicht?«

»Doch, aber er hat sich damit abgefunden. Was bleibt ihm anderes übrig!«

Chufreteiro der Possenreißer ist der sechste Gamuzo, er heißt eigentlich Matías und versteht was vom Kartenlegen, und ein paar Kunststücke kann er auch. Matías war Hundefänger im Pfarrbezirk Santa María la Madre in Orense, aber später hat er sich ein bißchen gemausert und in Carballiño eine Arbeit gefunden, in der Sargfabrik Ruhesanft, wo er einen guten Tagelohn kriegt. Chufreteiro der Possenreißer ist ein munterer Bursche, er hat eine schöne Stimme und kann gut singen, er ist der geborene Tänzer, und beim Vierer-Billard kassiert er ganz schön ab (manchmal springen für ihn dabei im Monat tausend Peseten oder mehr raus). Chufreteiro ist ein Gockel und sehr ulkig, er erzählt Geschichten über Otto und Fritz und macht dabei den deutschen Akzent nach. Chufreteiro ist Witwer; seine Frau Puriña ist an Schwindsucht gestorben, die hatte ihr irgendeine Hexe angehängt. Sie war die Schwester von Loliña Moscoso, der Frau ihres ältesten Bruders, in dieser Familie haben sich die Töchter nie sehr lange gehalten, sie sind gestorben, bevor ihre Männer sie satt hatten.

»Und haben sie ein großes Durcheinander hinterlassen?«

»Nein, eigentlich nicht, das übliche.«

Adega geht Chorizo und mehr Schnaps holen, der Chorizo und der Schnaps von Adega sind wirklich gut und außerdem sehr nahrhaft.

»Mit dem Dorftrottel von Bidueiros haben sie geübt, und mit meinem verstorbenen Mann auch, aber anders. Es hat schon immer schlechte Menschen gegeben, aber damals, in den Kriegsjahren, waren sie noch schlechter. Gott soll sie strafen! So kann es nicht weitergehen. Viele hat er ja schon zu sich gerufen, nur wenige sind im Bett gestorben, wie es sich gehört, und haben sich von ihrem ältesten Sohn die Augen zudrücken lassen. Sie wissen ja, wie es dem Toten ergangen ist, der Afouto und dann auch meinen verstorbenen Mann umgebracht hat. Töten, immer nur töten – und am Ende hat er es selbst nicht geschafft, lebendig aus Meixo Eiros rauszukommen. Wer Blut vergießt, ertrinkt am Ende selbst in Blut. Sie wissen das besser als ich, und wenn Sie nicht wollen, brauchen Sie es ja nicht zuzugeben, aber den Toten, der Afouto und meinen verstorbenen Mann umgebracht hat, den hat Ihr Verwandter in die Enge getrieben, er ist bei der Quelle von Bouzas do Gago gestorben, Ihnen brauche ich das ja nicht zu erzählen. Rosalía Trasulfe nennen sie Cabuxa Tola die verrückte Ziege, weil sie schon immer sehr überdreht gewesen ist. Rosalía Trasulfe knöpfte sich die Bluse auf, holte beide Titten raus und sagte zu dem Toten, als er sich noch hier in der Gegend rumtrieb und Leute umbrachte: ›Komm, nuckel dran, das macht mir nichts aus, aber laß mich leben!‹ Und jetzt sagt sie: ›An diesen Titten hat er genuckelt, der Tote, ehrlich, und anderswo war er auch dran, aber dafür bin ich noch am Leben, und außerdem habe ich mich danach gründlich gewaschen, ich habe mir die Titten gewaschen und die Möse auch, ganz gründlich.‹ Es ist eine Freude, sie so reden zu hören!«

Jeder Gamuzo hat seinen Spitznamen; den verwendet

man nicht immer, aber manchmal schon. Julián Marvís Ventela alias Fernández alias Julián Gamuzo nennen sie Paxarolo den Schlaukopf, weil er schlau wie ein Fuchs, schnell wie der Blitz und sehr schlagfertig ist. Paxarolo hat ein Uhrengeschäft in Chantada, genauer gesagt seine Frau hat eins, er ist weiter von hier weggezogen als andere, aber er hat sich ein gutes Plätzchen gesucht. Paxarolo hat also eine Witwe mit einem Uhrenladen in Chantada geheiratet, sie heißt Pilar Moure Pernas und ist auf Umwegen Uhrenladenbesitzerin geworden: Pilars erster Mann, Urbano Dapena Escairón, dem der Uhrenladen gehörte, starb an einer Kolik und vermachte das Geschäft dem ältesten Sohn Urbanito, der an Blutarmut starb, er war ja schon immer kränklich gewesen, und so ging der Uhrenladen an Pilar, wie es das Gesetz vorschreibt. Paxarolo und Pilar haben fünf Söhne und drei Töchter, alle kerngesund. Die Wahrscheinlichkeit, daß Paxarolo jemals Eigentümer des Ladens wird, ist gering, das ist klar, aber es ist ihm egal, es reicht ihm, daß er in ein Uhrengeschäft eingeheiratet hat, seine Kinder immer was Warmes zu essen kriegen und zur Schule gehen können...

Der Tote, der Afouto und vielleicht noch ein Dutzend anderer umgebracht hat, nuckelte gern an den Titten von Cabuxa Tola der verrückten Ziege, aber jetzt ist er tot, der Hurensohn, und nicht einmal begraben ist er, Don Camilo, weil nämlich eine Frau, wer, sage ich Ihnen irgendwann – nein, seien Sie still, jetzt rede ich, und lieber Gott, gib, daß ich nicht zuviel sage –, weil nämlich eine Frau auf dem Friedhof seine sterblichen Reste geklaut und mit ihnen etwas angestellt hat, das wohl nie rauskommen wird, wenn sie nicht selbst damit rausrückt. Man muß der Erde nahe sein, es ist besser, zu Erde zu werden als zu Wasser. Cabuxa Tola die verrückte Ziege ist eigentlich gar nicht verrückt, und am Leben ist sie auch noch, ich glaube, sie wohnt bei ihrer Tochter Edelmira, die in Sarria mit einem von der Guardia Civil verheiratet ist. Sie ist in meinem Alter, hat wohl ein, zwei Jahre mehr auf dem Buckel, und wir sind immer gute Freundinnen gewesen. Jeder Frau hat irgendwann ein Kerl an den Titten genuckelt, dazu sind wir da, und wenn wir dabei unseren Spaß haben, geht es niemanden was an, wichtig ist nur, daß man sich danach nicht ekelt: Der eine macht's uns in der Scheune, der andere im Stall, der Pfarrer in der Sakristei, der Schausteller in der Küche, der Müller in der Mühle, der Fremde im Wald, und der Ehemann, wenn er Lust drauf hat... Wichtig ist nur, daß man sich danach nicht ekelt. Als ich meine Tochter Benicia stillte und meine Titten noch groß und hart und prall mit Milch gefüllt, also richtige Titten waren, wie es sich gehört, wollte auch mal eine Schlange dran nuckeln, aber mein verstorbener Mann hat ihr mit einer Hacke den Kopf abgehauen und sie totgeschlagen. Hier gibt es nichts als Tote und den gierigen Wind, der in den Eichen den Königsmarsch bläst.«

Es regnet auf die Weggabelung von Piñor und den sprudelnden Quell von Albarona, an dem die Wölfe lauern, während der Ochsenkarren von Roquiño den ausgefahrenen Weg entlangrumpelt und seine Achsen quietschen läßt, um die Wölfe zu verscheuchen. Die Nacktschnecken machen sich im Winter dünn und schlafen zusammengekrümmt zwischen den kleinen Wurzeln der süßen, versteckten Walderdbeeren. Auch die Seelen aus dem Fegefeuer trinken aus der Miangueiro-Quelle, genau wie die Aussätzigen, und wenn sie sich langweilen, wandeln sie mit der Schar der Totengeister am Flußufer entlang. Benito Gamuzo nennen sie Lacrau den Skorpion, unansehnlich wie ein Skorpion ist er zwar, aber giftig ist er nicht. Lacrau ist taubstumm, aber schlau. Er taugt dazu, Besorgungen zu erledigen, kann mit dem Hobel umgehen, versteht was von Kaninchenzucht und macht Mehlkringel, die fast so gut sind wie die von Benicia. Lacrau ist ledig und wohnt bei seinem Bruder Matías in Carballiño, er arbeitet in der Sargfabrik und verdient soviel, daß es reicht. Einmal im Monat geht Lacrau in der Provinzhauptstadt ins Puff, und dann schaut er nicht aufs

Geld. Bei Chufreteiro dem Possenreißer wohnt außer Lacrau auch der jüngste Gamuzo, Salustio heißt er und ist ein einfältiger Schwächling. Ihm ist wirklich alles recht, und er macht einem keine Arbeit. Chufreteiro hat nicht vor, wieder zu heiraten, weil er nicht weiß, was dann aus seinen Brüdern würde.

»Mir geht es gut so, und außerdem sind auch meine Brüder Geschöpfe Gottes.«

Der neunte und letzte Gamuzo heißt Marvís, und sie nennen ihn Mixiriqueiro den Zimperlichen, weil er die ganze Zeit mit seinem Grillenstimmchen zetert, vielleicht tut ihm innen drin was weh und er kann nicht sagen, was.

Adega wollte nicht sterben, ohne das Meer gesehen zu haben.

»Schlimm ist nicht, daß man sterben muß, sondern daß man es weiß. Schlimm ist, daß sich die Lebenden dann ins Fäustchen lachen. Mir reicht es, wenn ich auch nur einen Tag länger als der Tote gelebt habe, und jetzt sind es schon viele Tage. Der Tote, der meinen verstorbenen Mann umgebracht hat, ist tot und begraben, und ich bin noch am Leben. Wichtig ist, daß man zusehen kann, wie die anderen wegsterben. Ich will nicht sterben, ohne das Meer gesehen zu haben, es muß sehr schön sein. Cabuxa Tola hat mir erzählt, daß es mindestens so groß ist wie die ganze Provinz Orense, vielleicht sogar noch größer. Der Tote, der Afouto und danach meinen verstorbenen Mann umgebracht hat, ist schon tot, und das tröstet mich. Man muß dem Wasser nah sein, es ist besser, zu Wasser zu werden als zu Luft. Cabuxa Tola hat es raus, wie man Vögel und andere Tierchen zähmt, sie macht das fast so gut wie Policarpo Obenza der von der Bagañeira: Uhus, Raben... Uhus stellen sich dümmer an als Raben, Kröten und Ziegen, die machen es einem ganz leicht. Steinmarder, Fledermäuse, alles, was Sie wollen, aber Cabuxa Tola kann auch Hühner verhexen, Schlangen kastrieren und Füchsen Feuer unter dem Hintern machen, indem sie eine scharfe Pfefferschote, eine von den guten aus ihrem

Dorf, durchschneidet und ihnen damit den Arsch einreibt. Das ist zu komisch! Cabuxa Tola taugt mehr als viele Männer. Wir Frauen haben alle irgendwann Schweinereien mit einem Hund gemacht, das ist gang und gäbe, wenn man jung ist, nimmt man, was man kriegt. Oder mit einem Einfaltspinsel, am besten einem Schwachsinnigen, falls gerade einer zur Hand ist und man dabei nicht zu sehr friert und der Kerl nicht zu heulen anfängt. Männer suchen sich eine Ziege mit dickem Euter, packen sie fest an den Hörnern und rubbeln sich nach Lust und Laune einen runter, so sind sie nun mal. Gut, Cabuxa Tola hat also mit Wölfen getrieben, was wir mit Hunden gemacht haben, aber das glaubt mir niemand, obwohl es die reine Wahrheit ist und ich es mit eigenen Augen gesehen habe. Die Tiere im Wald gehorchten Cabuxa Tola, weil ihre Mutter auf einem galoppierenden Pferd geschwängert worden war. Das war während des Sturms am Tag des heiligen Lourenciño de Casfigueiro. Der Sturm kostet jedes Jahr einen Kastilier, Zigeuner, Neger oder Seminaristen das Leben. Ein schlimmer Sturm ist das jedesmal, verheerend und sehr grausam. Cabuxa Tola hat eine Okarina, damit warnt sie die wehrlosen Tierchen rechtzeitig vor dem Sturm: den Maulwurf in der Erde, den Tausendfüßler im Dorngestrüpp, die Spinne in der Wohlriechenden Wicke, die Schnecke in den Rüben und andere.

Policarpo der von der Bagañeira heißt eigentlich mit Familiennamen nicht Obenza, sondern Portomourisco; Obenza hieß seine Großmutter, und die war eine tatkräftige, resolute Frau.

Die Carroupos haben auf der Stirn ein Muttermal wie aus Schweinsleder, sie haben alle eins, und es ist wie ein Markenzeichen oder Kainsmal. In Mouchos Adern fließt Carroupo-Blut, er ist nicht astrein, man kann ihm nicht trauen. Die Carroupos sind wer weiß wo her, jedenfalls nicht von hier, vielleicht stammen sie aus der Gegend von Maragatería, jenseits von Ponferrada, und sind vor dem Hunger oder der Polizei weggelaufen, wer kann das schon sagen. Fabián Minguela, genannt Moucho, wetzt die ganze Zeit sein Messer, daß es nur so blitzt und blinkt. Eines Tages werden sie es ihm in den Hals stecken, und dann hat er was zu schlucken. Die Carroupos bestellen keine Äcker und züchten auch kein Vieh, die Carroupos sind Schuster, und hier wird jeder Schuster genannt, der im Sitzen arbeitet oder zumindest nicht naß wird, wenn es regnet: Schuster, Schneider, Verkäufer, Frisöre, Schreiber, alle, die für ihre Arbeit weder Kraft noch Ackerland brauchen. Das zweite Merkmal des Hurensohns ist die gefurchte Stirn – hast du die von Fabián Minguela gesehen? Ja, so ungefähr sieht das aus.

Moncho Requeixo Casbolado, Moncho der Faulpelz genannt, weil er zu nichts Lust hat, außer sich in der Welt rumzutreiben, war mit Lázaro Codesal Grovas, dessen zweiter Nachname vorhin vielleicht nicht erwähnt wurde, im Marokko-Krieg in Melilla, er konnte den Mauren allerdings gerade noch entkommen und kam lebendig zurück, wenn auch mit einem Bein weniger. Moncho der Faulpelz war vorher rund um die Welt gefahren, er hatte immer auf holländischen Schiffen angeheuert; am besten hatte es ihm in Guayaquil gefallen.

»Mit einem guten, nach Maß gefertigten Holzbein lebt man auch nicht schlecht, das können Sie mir glauben. Bei den Eingeborenen von New Titanic, einer Insel, die die Engländer im Pazifik versenkt haben – sie haben sie mit Kanonenschüssen versenkt, weil ihre Bewohner das Dezimalsystem einführen wollten –, war ein Holzbein ein Zeichen von Vornehmheit. Mich wollten sie zum Premierminister machen, aber ich habe nein gesagt, weil ich lieber zurück nach Hause wollte.«

Moncho der Faulpelz hat das Wesen von einem Entdecker alten Stils: Er ist verlogen, leicht entflammbar, draufgängerisch, arbeitsscheu und ein Spintisierer. Am Strand von Bastianiño, behauptet Moncho der Faulpelz, habe er einen sehr seltenen Baum, den *ombiel*, gefunden, dessen Blätter, wenn sie im Herbst, von Trauer besiegt, zur Erde fallen, ganz welk und weich werden, als wären sie aus Schneckenfleisch, und sich in augenlose Fledermäuse mit auf die Flügel gemalten roten Totenköpfen verwandeln. Wenn der Wind bläst, können sie erwachen, aufstehen und fliegen; wenn nicht, muß man sie auf der Erde liegen lassen, bis sie vor Hunger sterben, denn ihnen den Gnadentod zu geben, bringt Unglück. Wenn man sie auf der Erde liegen läßt, passiert nichts, und die Welt dreht sich weiter wie immer.

Adega war mit Moncho dem Faulpelz gut befreundet, die beiden waren sogar eine Zeitlang halb verlobt, aber jetzt haben sie sich schon seit Jahren nicht gesehen.

»Hören Sie, Don Camilo, reden Sie keinen Scheiß! Manchmal kommt es mir wirklich so vor, als würden Sie mich verscheißern. Es ist schön, ein bißchen durchzuhalten und später als die Toten zu sterben, die von Anfang an verraten und verkauft sind, denen der Tod auf die Augen, die Stirn und aufs Herz geschrieben steht, denen die anderen den Tod wünschen. Ja, es ist Gottes Gesetz: Wer Blut vergießt, dem wird das Blut vergiftet, und am Ende ertrinkt er selbst in Blut. Für den gibt es kein Entrinnen, weil sich ihm alle Türen der Welt verschließen. Man muß der Luft nah sein, es ist besser, zu Luft zu werden als zu sterben. Die Leute hatten es satt, daß die Bleichen umhergingen und Tod säten, und als die Stunde der Rache da war, die kommt, wenn es dem Herrn gefällt, aber kommen tut sie immer, da pflanzten diejenigen, die geweint hatten, aber noch am Leben waren, für jeden toten Bleichen einen Haselbusch, zum Mitzählen, aber auch, damit sich die Wildschweine freuten. Hier sind viele Haselbüsche gepflanzt worden! sagten die Bleichen, für die die Stunde der Abrechnung noch nicht geschlagen hatte. Wir werden wohl ein abschreckendes Beispiel geben müssen. Nein, antworteten die anderen, diese Haselbüsche wachsen wild, sie sprießen von ganz allein, jeder weiß das, damit die Wildschweine frische Haselnüsse haben.«

Die letzten Worte sagt Adega mit heiserer Stimme. Dann schluckt sie und lächelt.

»Verzeihung. Soll ich Ihnen auf der Ziehharmonika die Polka *Fanfinette* vorspielen? Ich werde langsam alt, aber ich kriege sie noch immer ganz gut hin, das werden Sie gleich sehen.«

Adega spielt nach wie vor recht passabel und gekonnt Ziehharmonika.

»Sie machen das sehr gut.«

»Nein, seit sie meinen verstorbenen Mann umgebracht haben, kommt mein Kopf nicht mehr zur Ruhe, und so kann niemand gut spielen, weder Ziehharmonika noch sonstwas. Ich spiele ohne Freude, ich spiele wie ein Pianola... Stört es Sie, wenn ich weine? Ich hör' gleich wieder auf.«

Adega weint zwei oder drei Tränen.

»Als sie den Toten umbrachten, der meinen verstorbenen Mann umgebracht hatte, dachte ich, daß ich ein bißchen freier atmen könnte, aber damit war nichts. Vorher haßte ich, jetzt verachte ich, und dabei geht meine ganze Kraft drauf. Früher war ich schweigsam, jetzt rede ich, und vielleicht mehr, als gut ist. Auf der Ziehharmonika zu spielen ist wie Wasser aus einer Quelle trinken; an manchen Tagen hat man Durst, an anderen nicht. Ich glaube, das einzige, was ich wirklich gut kann, ist verachten; es zu lernen hat mich viel Mühe gekostet, aber jetzt kann ich verachten wie Gott, das können Sie mir glauben. Wichtig ist zu wissen, daß einem der Kopf weh tun kann, auch wenn er gerade mal nicht weh tut. Das hier ist meine Heimat, und von hier kann mich niemand vertreiben. Wenn ich sterbe, verwandele ich mich in die Erde, die den Stechginster nährt, ich verwandle mich in die Goldblüte des Stechginsters, und bis dahin – na, Sie sehen ja.«

Adega verstummt und kredenzt noch zwei Gläschen Schnaps, eins für sich und eins für mich.

»*Saudiña*! Wohl bekomm's!«

Der Garten hinter Señorita Ramonas Haus reicht bis

zum Fluß mit seinen Farnen und Binsen, seinem Tümpel, seinen Barben und seinen Selbstmördern; drei Selbstmorde in elf Jahren sind allerdings nicht viel. Dieses Land bringt nicht viele Selbstmörder hervor: ein Greis ohne Obdach, ein Mädchen mit Liebeskummer, eine verheiratete Frau, von Langeweile zermürbt und von Reue geplagt. Niemand weiß, ob Señorita Ramonas Mutter ertrunken ist oder ob sie sich ertränkt hat.

»Du und ich, wir sind Cousin und Cousine von Raimundo dem von den Casandulfes, du mütterlicherseits und ich väterlicherseits. Du und ich, wir sind durch Heirat miteinander verwandt, und wenn du es drauf anlegst, findest du vielleicht sogar raus, daß wir Blutsverwandte sind. Hier in der Gegend sind wir alle mehr oder weniger miteinander verwandt, außer den Carroupos, die kamen aus einer anderen Welt angesegelt, und jetzt vermehren sie sich wie die Karnickel.«

Señorita Ramona wirkt wie eine Dreißigjährige, vielleicht ist sie schon ein bißchen drüber, und sie gibt sich hochnäsig und ziemlich launisch, auch selbstsicher, ein bißchen zurückhaltend, schüchtern und geheimnisvoll. Señorita Ramona hat große Augen, schwarz wie die Pechkohle aus Compostela, und sie hat einen braunen Teint, vielleicht ist sie eine halbe Mexikanerin, die Casandulfes haben ja eine mexikanische Groß- oder Urgroßmutter. Señorita Ramona war schon dreimal verlobt, aber aus lauter Dünkel blieb sie ledig. Señorita Ramona verfaßt Gedichte, spielt auf dem Klavier Sonaten und lebt mit zwei verknöcherten Dienern und zwei Mägden, richtigen Hexen, zusammen, die sie von ihrem Vater, Don Brégimo Faramiñás Jocín geerbt hat. Er war Spiritist, spielte gern auf dem Banjo und starb als Oberamtsrat. Señorita Ramonas dienstbare Geister sind alle vier eine Katastrophe, ein Fiasko, wie man so sagt, aber sie kann sie ja nicht vor die Tür setzen und elend verhungern lassen.

»Nein, bleibt hier, bis ich euch einen nach dem anderen begraben habe. Wahrscheinlich macht ihr es sowieso nicht mehr lange.«

»Danke, Señorita, Gott belohne Sie für Ihre Güte.«

Señorita Ramona hat von ihrem Vater auch einen schwarzen, sehr vornehmen Packard und einen weißen, sehr eleganten Isotta-Fraschini geerbt, aber sie holt sie nie aus der Garage, dabei kann sie Auto fahren, die Señorita Ramona, sie ist die einzige Frau weit und breit, die einen Führerschein hat, und trotzdem holt sie die Wagen nie aus der Garage.

»Sie verbrauchen zuviel Benzin. Sollen sie doch verrosten!«

In Señorita Ramonas Salon hängen zwei von Fernando Alvarez de Sotomayor gemalte Porträts, eins von ihr selbst in volkstümlicher Tracht, das andere von ihrer Mutter mit spanischer Mantille.

»Wir sehen uns sehr ähnlich, stimmt's?«

»Weiß nicht. Deine Mutter habe ich nie kennengelernt.«

»Hm, egal, alle Bilder sehen sich ziemlich ähnlich.«

Raimundo der von den Casandulfes ist der Sohn von Salvadora, der jüngsten Schwester meiner Mutter, er hat studiert und ist ein stattlicher Bursche. Wenn Raimundo Señorita Ramona, unsere Cousine, besuchen geht, bringt er ihr immer eine weiße Kamelie als Geschenk mit.

»Hier, für dich, Moncha! Damit du siehst, daß ich dich mag und immer an dich denke.«

»Hab vielen Dank, Raimundiño. Das wäre wirklich nicht nötig gewesen.«

Señorita Ramona hat ein Schoßhündchen, einen Angorakater, einen riesigen, knallbunten Ara, einen grünen Papagei, ein Seidenäffchen, eine Schildkröte und zwei Schwäne, ja, auf dem Teich im Garten schwimmen zwei Schwäne, manchmal sind sie unten am Fluß, aber sie kommen immer zurück. Señorita Ramona ist sehr tierlieb, die einzigen Tiere, die sie nicht mag, sind die, die zu etwas nutze sind: Kühe, Schweine und Hühner; bei Pferden macht Señorita Ramona eine Ausnahme, sie hat einen Rotfuchs, der wohl an die zwanzig Jahre alt ist.

»Pferde sind wie Männer, schön und leer, und manche haben ein edles Herz.«

Außer dem Papagei haben Señorita Ramonas Tiere alle einen Namen: Der Hund heißt Wilde und schläft bei ihr im Bett; der Kater heißt King, der Ara Rabecho, das Äffchen Jeremías, die Schildkröte Xaropa, der Hengst Caruso, die beiden Schwäne Romulus und Remus. Der Kater ist kastriert worden, weil er eines Nachts, als ihn der Hafer juckte, ausgerissen und erst am nächsten Morgen wiedergekommen ist, verdreckt, mit hängendem Kopf und verwundet. Señorita Ramonas Befehl war gnadenlos: »Armes Tierchen! Das darf ihm nie wieder passieren. Kastriert ihn!«

Sie kastrierten ihn also, und danach riß er nie wieder aus. Wozu auch? Der Ara ist blau, weiß und rot wie die französische Fahne und hat auch ein paar grüne und gelbe Federn. Der Ara wohnt auf einer Stange und ist an eine genügend lange Kette gelegt; der Ara klettert rauf und runter, angeödet und behäbig turnt er herum und hängt sich mit den Krallen an die Stange, ohne große Begeisterung und mit einem Ausdruck von tödlicher Langeweile. Der Affe masturbiert und hustet, die Schildkröte verschläft ihr Leben, und die Schwäne gleiten verdrießlich und vornehm dahin. Das einzige nicht trübsinnige Tier in Señorita Ramonas Haus ist das Pferd.

»Lach mich nicht aus, Raimundiño! Das Schlimme ist nicht, daß ich allein bin, ich war das ganze Leben allein und habe mich längst daran gewöhnt... Das Schlimme ist, daß ich ständig geistesabwesend bin und weiße Mäuse sehe, als würde ich den Verstand verlieren. Mit jedem Tag rücken wir alle ein Stückchen weiter von uns ab und haben uns selbst auch ein bißchen mehr satt. Meinst du nicht auch, daß ich nach Madrid ziehen sollte?«

Es regnet zum Gotterbarmen auf die sündigen Menschen herab, und die Erde färbt sich in der matten, weichen Farbe des Himmels, den noch kein Vogelflug zerteilt, noch nicht. Da ich weder Geige noch Ziehharmonika spielen und auch nicht den Schlüssel zu dem Schrank finden kann, in dem ich meine Briefmarkensammlung aufbewahre, verbringe ich die Nachmittage mit Benicia im Bett, lese Gedichte von Juan Larrea oder höre Tangos. Benicia war vor kurzem in Orense und hat mir eine Kaffeemaschine mitgebracht. Sie ist sehr praktisch und macht jeweils zwei Tassen Kaffee, eine für mich und eine für Benicia.

»Willst du mehr Kaffee?«

»Gern.«

Benicia hat eine gesunde, fröhliche Art zu sündigen, ihre Brustwarzen sind groß und dunkel und hart und süß. Benicia hat blaue Augen, ist im Bett tonangebend und frech und vögelt mit viel Raffinesse und Rücksichtslosigkeit. Benicia kann weder lesen noch schreiben, aber sie lacht immer sehr selbstsicher.

»Willst du einen Tango mit mir tanzen?«

»Nein, mir ist kalt. Komm her.«

Benicia ist immer warm, auch wenn es kalt ist; Benicia ist eine Lust und Wärme spendende Maschine, und ich freue mich, daß ich nicht Geige oder Ziehharmonika spielen kann.

»Gib mir einen Kuß.«

»Ja.«

»Gieß mir einen Schnaps ein.«

»Ja.«

»Brat mir einen Chorizo.«

»Ja.«

Benicia ist wie ein folgsames Ferkel, nie sagt sie zu etwas nein.

»Bleib heute nacht bei mir.«

»Ich kann nicht, Furelo Gamuzo kommt mich besuchen, der Pfarrer von San Adrián, das heißt, jetzt ist er ja Pfarrer von Santa María de Carballeda. Er kommt jeden ersten Dienstag im Monat.«

»Na so was!«

Lázaro Codesal wurde von einem Mauren im Schatten eines Feigenbaums umgebracht, der Maure erschoß ihn hinterhältig mit einer langen Flinte, als Lázaro nicht im Traum daran dachte, schon so bald sterben zu müssen. Als der Tod in Lázaro Codesals Ohr drang, sah er im Geiste gerade Adega, wie sie sich nackt mit gespreizten Beinen an einem kleinen Hang sonnte. Wir waren alle irgendwann mal jung. An der Miangueiro-Quelle, wo sich die Aussätzigen heutzutage die Geschwüre waschen, steht noch immer der Feigenbaum, dessen Äste sich in Lanzen verwandelten, damit die Figueroas die sieben jungen Frauen befreien konnten, die die Mauren im Turm von Peito Burdelo gefangenhielten. Jetzt erinnert sich niemand mehr an die Geschichte. La Marraca, die Holzhändlerin, die an der großen Wiese von Francelos wohnt, kommt in einem Buch vor, das ein Freund von Adega geschrieben hat, und hatte zwölf Töchter; keine war mit zehn noch Jungfrau, und alle verdienten sich den Lebensunterhalt mit ihrer Möse. Elvirita aus dem Café von Doña Rosa in Orense hat mal eine von ihnen, die Carlota, bei Pelona kennengelernt. Das klare Wasser der Miangueiro-Quelle kann man nicht trinken, nicht einmal die Vögel trinken davon, weil es die Knochen der Toten, die Lungen der Toten, die Plagen der Toten reinwäscht und großen Schmerz mit sich bringt.

Der blinde Gaudencio ist sehr folgsam und bekommt das Ziehharmonikaspielen nie satt.

»Einen Paso doble, Gaudencio!«

»Wie Sie wünschen.«

Der blinde Gaudencio wohnt, wo er arbeitet, im Haus von der Parrocha, auf die Weise spart er sich die Miete, er schläft in der Kleiderkammer unter der Treppe auf einem Strohsack. In Gaudencios Kabuff ist es warm und gemütlich. Es gibt dort kein Licht, aber er braucht sowieso keins; Blinden ist es egal, ob sie Licht haben oder nicht.

»Merken sie es denn nicht?«

»Nein, ich glaube nicht.«

Morgens, wenn Gaudencio zu spielen aufhört, so zwischen fünf und halb sechs, geht er in die Calle Amarguras, hört in der Kirche Santa María de las Mercedes die Messe und legt sich danach bis Mittag schlafen. Als er starb, kauften die Huren ihm einen Kranz und ließen ein paar Messen für ihn lesen; zum Begräbnis konnten sie nicht gehen, weil die Polizei es ihnen nicht erlaubte.

»Ihr Großvater setzte sich damals für ein paar Jahre nach Brasilien ab, ja, das war, nachdem er Xan Amieiros getötet und Fuco das Fürchten gelehrt hatte, aber vorher gab er Manecha fünfzigtausend Reales in klingender Münze – das war ein Vermögen –, Aktien der Eisenbahngesellschaft M.Z.A., die genausoviel wert waren, und ein Empfehlungsschreiben für Don Modesto Fernández y González, den Verfasser von *Die Güter unserer Vorfahren*, der als Camilo de Cela firmierte und Beiträge für die *Ilustración Española y Americana* und die *Correspondencia de España* schrieb. Manecha ging nach Madrid und machte in der Calle San Marcos das Gasthaus La Orensana auf, und da sie eine resolute, reinliche Person war und die Arbeit nicht scheute, ging es ihr gut, und sie konnte etwas auf die hohe Kante legen. Irgendwann heiratete sie einen Beamten aus der Kreisverwaltung, einen gewissen Don León Roca Ibáñez, und hatte mit ihm acht Töchter, die sich später alle gut verheirateten, und zwei Söhne, von denen der eine Bauingenieur und der andere Staatsanwalt wurde. Ein Enkel von Don León und Manecha, ein Sohn aus der zweiten Ehe ihrer vierten Tochter Marujita, brachte es während der Republik bis zum Unterstaatssekretär und starb 1949 in Barquisimeto in Venezuela. Er war Abgeordneter der Republikanischen Linken und nannte sich zu Lebzeiten nur Don Claro Comesaña Roca. Der Familienname Amieiros war bei ihm schon auf den vierten Platz gerutscht. Manecha war immer eine stattliche, ansehnliche Frau gewesen, und auch ihre Kinder und Enkelkinder gaben ein gutes Bild ab, wenn auch nicht ein so gutes wie sie selbst. Eine Tochter des Unterstaatssekretärs, also eine Urenkelin von Manecha, die Haydée Comesaña Bethencourt hieß, wurde irgendwann in den fünfziger Jahren zur Miss Barquisimeto gekürt.«

Es gibt Schwachsinnige, die Glück, und Schwachsinnige, die Pech haben, das ist schon immer so gewesen und wird sich auch nie ändern. Roquiño Borrén war ein Schwachsinniger, der Pech hatte, sie sperrten ihn an die fünf Jahre lang in eine Truhe, damit er niemandem auf die Nerven ging. Als sie ihn rausholten, sah er aus wie eine blasse, haarige Spinne.

»Dem ist das doch egal. Sehen Sie nicht, daß er schwachsinnig ist?«

»Na, ich weiß nicht recht... Vielleicht hätte er gern mal das Rückgrat durchgedrückt und ein bißchen frische Luft geschnappt.«

»Kann sein. Vielleicht haben Sie recht.«

Roquiño Borréns Mutter glaubt, daß Schwachsinnige nichts empfinden und also auch nicht leiden.

»Es sind doch Schwachsinnige...!«

Früher konnte man sie noch auf Jahrmärkte mitnehmen, aber jetzt herrscht überall Hunger, und die Leute wollen sie nicht einmal sehen, sie vertreiben sich jetzt die Zeit mit anderen Dingen, sie tuscheln miteinander, erzählen sich ihren Kummer, und das alles mit gedämpfter Stimme, weil es keinen Grund gibt, laut zu reden. In der Weinlaube des Küsters baumelt eine Girlande aus totem Getier, es sieht aus, als hätte man es an Haken aufgehängt, und da gammelt es nun im Regen vor sich hin und stinkt nach verwesendem Aas. Wenn niemand sie sieht, stellt sich Catuxa Bainte, die Schwachsinnige aus Martiñá, vor die Laube des Küsters und zeigt dem toten Viehzeug ihre Titten.

»Da, schaut her, es liegt ja sowieso der Fluch drauf! Heiliger Judas Thaddäus, du glorreicher Apostel, mach, daß sich mein Schmerz in Lust verwandelt. Da, schaut her, der Regen verwischt sowieso alles! Heiliger Judas

Thaddäus, der du bist im Himmel, mach, daß ich Trost in meinem Schmerz finde. Da, schaut her, der Wind wird sowieso alles verwischen!«

Der Küster wirft jedesmal mit Steinen nach der Schwachsinnigen aus Martiñá, um sie zu verjagen.

»Hau ab, du schwachsinniges Miststück! Zeig deine Titten dem Teufel, aber laß anständige Menschen in Frieden!«

Die Schwachsinnige verstaut ihre Titten und lacht schallend. Dann geht sie, in den Regendunst gehüllt, den abschüssigen Weg hinunter und dreht sich, noch immer lachend, alle drei oder vier Schritte um.

Catuxa Bainte ist eine gutartige Schwachsinnige, keine, die lallt und Tobsuchtsanfälle kriegt, sie lebt von der Hand in den Mund und auch von ihrer eigenen Zähigkeit, verhungern ist sehr schwer; manchmal hustet sie und spuckt ein bißchen Blut, aber kurz vor dem Johannistag, wenn die Wolken allmählich vom Himmel verschwinden, geht es ihr jedesmal besser. Catuxa Bainte muß so um die zwanzig bis zweiundzwanzig sein, und am liebsten badet sie splitternackt im Staubecken bei Lucio Mouros Mühle.

Der Pfarrer von San Miguel de Buciños ist ständig in einen Fliegenschwarm gehüllt, mindestens tausend Fliegen umschwirren ihn und leisten ihm Gesellschaft, er hat bestimmt süßes Blut und eine Menge Nährstoff in den Pickeln. Als der Pfarrer von San Miguel de Buciños eines Tages nach Orense fuhr, um ein Photo von sich machen zu lassen, mußten sie ihn eine halbe Stunde lang in einen dunklen Raum setzen, damit die Fliegen Ruhe gaben und einschliefen.

»Und warum haben sie kein Insektenpulver genommen?«

»Weiß nicht. Vielleicht ist das dort nicht üblich.«

Der Pfarrer von San Miguel de Buciños hat eine alte, einarmige Haushälterin, die nach Mottenpulver riecht und sich fast jeden Tag mit Mokkalikör betrinkt.

»Dolores!«

»Ja bitte, Don Merexildo?«

»Dieses Brot ist steinhart. Iß du es!«

»Ja, Señor.«

Vor Jahren bildete sich an Dolores' Arm ein Furunkel, vielleicht war es auch ein bösartiges Geschwür, und um gesundheitliche Komplikationen zu vermeiden, überwies der Arzt sie ins Krankenhaus, damit man den Arm amputierte, und so wurde er eben amputiert.

»Mit einem Arm weniger kommt so eine verdammt gut zurecht, Leute wie sie jammern immer nur, und von Arbeit wollte sie sowieso nichts wissen.«

Der Pfarrer von San Miguel de Buciños ist groß wie ein Ochse und kann brüllen wie ein Löwe.

»Menschen wie wir, die so sind, wie es Gott gefällt, haben keine Heucheleien, Ausreden und dummen Faxen nötig. So etwas paßt besser zu Clowns und Schwächlingen.«

»Ja, Señor, zu denen paßt das besser.«

Der Pfarrer von San Miguel de Buciños langt beim Essen und Trinken gern kräftig zu.

»Aber die ganze Fastenzeit über faste ich, so wie es unsere Heilige Mutter die Kirche vorschreibt. Warum verliert man darüber kein Wort?«

»Ja, genau das frage ich mich auch – warum verliert man darüber kein Wort?«

Der Pfarrer von San Miguel de Buciños langt noch bei ganz anderen Dingen gern kräftig zu, aber darüber muß hier nicht geredet werden, das Fleisch ist schwach, und wer frei von Sünde ist, der werfe den ersten Stein.

»In diesem Land gibt es viele Klatschmäuler, und die schämen sich nicht mal.«

»Stimmt, Señor, sie schwatzen ohne Gottes Billigung drauflos, reden Unsinn und verbreiten Lügengeschichten.«

Nach allem, was man so hört, hat Don Merexildo Agrexán, der Pfarrer von San Miguel de Buciños, schon fünfzehn Bälger in die Welt gesetzt.

»Und er, was kann er dafür, daß die Frauen ihn nicht in Frieden lassen?«

Dem Pfarrer von San Miguel de Buciños rennen die Weiber hinterher wie läufige Hündinnen; sie erzählen sich gegenseitig, was für ein Mordskaliber er hat und lassen ihn Tag und Nacht nicht zur Ruhe kommen.

»Verzeihen Sie, Don Merexildo, aber warum lassen Sie sie überhaupt an sich ran?«

»Warum sollte ich sie nicht an mich ranlassen? Die Armen, sie wollen doch nur getröstet werden!«

Der Fußboden im ersten Stock zu Hause bei Policarpo dem von der Bagañeira in Cela do Camparrón krachte an dem Tag, als sein Vater starb, unter dem Gewicht der vielen Leute zusammen. Mein Gott, das hätte schlimm ausgehen können! Tote gab es keine, aber eine Menge Schädel- und Knochenbrüche, und manch einer hatte danach eine Beule im Gemüt oder einen Knick im Charakter. Es heißt, die Deckenbalken hätten nachgegeben, weil der Fußboden nämlich in der Mitte durchbrach, jedenfalls landeten wir alle im Stall und waren von Kopf bis Fuß voll Kuhmist. Den Verstorbenen mußten sie neu herrichten, weil er bei dem Sturz ganz schön ramponiert worden war, der Arme.

»Draußen kannst du ihn nicht lassen, da wird er naß! Siehst du denn nicht, daß er naß wird? Leg ihn da drüben an die Wand!«

In dem allgemeinen Durcheinander entwischten drei von Policarpos zahmen Frettchen, die ihm aufs Wort gehorcht und zum Klang von seinem Tamburin getanzt hatten.

»Das waren erstklassige Tierchen. Solche kriege ich nie wieder.«

Policarpos Vater starb mit neunzig Jahren an den Folgen eines Besäufnisses. Der Alte hatte eine Schwäche für den Wein, und das hat ihm anscheinend nicht sehr geschadet, sonst hätte er nicht so lange durchgehalten. Heutzutage vertragen die jungen Leute viel weniger. Früher, als man bei der Arbeit noch richtig hinlangen mußte, ernährten sich die Männer praktisch von Wein und Tabak, und außerdem konnten sie es noch mit einem Wildschwein aufnehmen und es von oben bis unten mit dem Messer aufschlitzen.

»Was für Zeiten!«

»Glauben Sie wirklich, daß sie besser waren?«

Policarpos Vater hatte ein Vermögen durchgebracht, weil er so lebte, wie es ihm gerade paßte. Er nannte sich zu Lebzeiten Don Benigno Portomourisco Turbisquedo und kam aus einer begüterten Familie; daß er irgendwann ohne einen roten Heller dastand, ist eine andere Geschichte. Don Benigno bestand nur aus Marotten und witterte überall Verrat. Don Benigno glaubte felsenfest, daß von allen weiblichen Kreaturen, Schlangen eingeschlossen, Frauen die durchtriebensten und treulosesten sind. Don Benigno heiratete Dorotea Expósito, ein Findel, auch die Bagañeira genannt, eine hübsche, sinnliche und irgendwie schwer durchschaubare Magd, die im Haus seiner Mutter arbeitete und mit der er elf Kinder hatte, von denen nur eines überlebte, nämlich das zuletzt geborene, Policarpo, die anderen waren Fehlgeburten, sie kamen tot zur Welt. Dorotea war eine sehr schöne Frau, und Don Benigno sah in seinen Wahnvorstellungen überall nur Hörner und ungeschickt vertuschte Seitensprünge.

»Das kann auch nur mir passieren, weil ich so ein leichtgläubiger Hohlkopf bin. Was muß ich mir eine verwaiste Möse aus der Gosse holen! Dieses Weib ist genauso eine Hure wie ihre Mutter, von der man überhaupt nichts weiß. Es gibt Dinge, die man besser nicht weiß, weil sie einem ganz schön aufs Gemüt schlagen.«

Don Benigno war eifersüchtiger als ein Japaner, aber es blieb immer nur bei Verdächtigungen, denn er konnte nie beweisen, was er sich einbildete, Dorotea aber machte er das Leben zur Hölle, nach Policarpos Geburt sperrte er sie zwölf Jahre lang bei Brot und Wasser in ein Zimmer ein, so lange, bis sie das Elend satt hatte und sich das

Leben nahm, indem sie sich mit einer Glasscherbe die Adern aufschnitt. Mein Gott, war das ein schauriger Anblick! Bewacht und versorgt hatte sie ein stotternder, sommersprossiger Ex-Seminarist mit Namen Luisiño Bocelo, genannt Parrulo der Erpel, den Don Benigno, als er ihn in seine Dienste nahm und ihn in seinen Pflichten unterwies, mit einer Sichel kastrierte, damit er auf keine dummen Gedanken kam und keine Sperenzien machte. Am Anfang hatte der Bursche eine ganz schöne Wut, aber als er einsah, daß nichts mehr zu ändern war, sagte er sich, daß es eigentlich gar nicht so schlimm sei, und fand sich allmählich damit ab.

»Es ist sogar besser, so komme ich wenigstens nicht in Versuchung, und außerdem gibt es in diesem Haus warmes Essen.«

Don Benigno wollte nicht, daß seine Frau in geweihter Erde begraben wurde, und um einen Skandal zu vermeiden, mußte Ceferino das Frettchen, der Pfarrer von Santa María de Carballeda einschreiten: In Tunis hätte doch auch Prinzessin Lella Jenaina, die Frau des Bey Achmed Pascha, ein feierliches Begräbnis erhalten.

»Na und? Was geht mich das an?«

Ceferino Gamuzo, genannt Furelo das Frettchen, besuchte Benicia an jedem ersten und dritten Dienstag des Monats; er kam spätabends und ging vor Tagesanbruch, um den Schein zu wahren. Niemand soll seine Nase in die Angelegenheiten anderer Leute stecken, erst recht nicht, wenn jemand Pfarrer ist. Auch Pfarrer sind Männer, und es ist nichts Schlimmes dabei, daß ein Mann ab und zu eine Frau braucht. Benicia hat eine Menge Feuer, sie mag, wenn es im Bett richtig rundgeht.

»Ach, Don Ceferino, wie gut Sie es mir besorgen! Stoßen Sie zu, na los, stoßen Sie zu! Geben Sie's mir, gleich komme ich! Oh! Oh!«

Benicia bringt Don Ceferino stets die gebührende Achtung entgegen und duzt ihn deshalb nie.

»Kommen Sie her, ich wasche Ihnen den Schwanz. Sie

sind ein richtiger Könner, Don Ceferino, und Sie werden mit jedem Tag jünger!«

»Ach was!«

Jedesmal, wenn der Pfarrzins oder die Erstlingsopfer fällig sind – jetzt gibt es das ja nicht mehr –, also wenn seine Schäfchen ihm etwas schenken, ein paar Hühner, Eier, Chorizos, vielleicht auch einen Korb Äpfel, oder wenn er ein paar Fische geangelt hat, gibt er Benicia etwas davon ab.

»Wir müssen alle essen, und der Herrgott bestraft die Geizigen. Geiz ist wirklich eine schlimme Todsünde. Außerdem ist alles, was es in Spanien gibt, für alle Spanier da.«

Benicia ist ein dankbares Geschöpf.

»Möchten Sie, daß ich eine Brust aus der Bluse hole?«

»Nein, jetzt nicht, später.«

Moncho Requeixo, also Moncho der Faulpelz, Lázaro Codesals Mitstreiter beim Feldzug von Melilla, legt in seine Worte immer viel Gewicht.

»Früher gab es in den Familien mehr Respekt, Rücksicht und Anstand. Meine Cousine Georgina, die Sie kennen, sehr gut sogar, hat ihren ersten Mann mit einem Sud aus Kugelamarant oder Ranunkel umgebracht, und ihren zweiten hat sie dadurch kleingekriegt, daß sie ihm jeden Samstag ein Abführmittel aus Tollkirschen verabreichte, und aufgepaßt! das sind keine harmlosen Kirschen, sondern etwas ganz anderes. Reichen Sie mir doch bitte mein Holzbein, es hängt am Garderobenständer, ich will ein bißchen Tabak holen. Danke. Meine Cousine Adela, Georginas Schwester, kaut ständig auf irgendeinem Heilkraut und auf Harmelsamen herum. So was gibt es hier bei uns nicht, ich habe ihr vor ein paar Jahren eine ganze Dose voll davon mitgebracht, und jetzt zieht sie sich in Blumentöpfen ihr eigenes Harmelkraut. Die Blätter des *ombiel* sehen aus wie leere Beutel, so ähnlich wie leere Hodensäcke, sehr geheimnisvoll. Die Mutter meiner Cousinen, meine Tante Micaela, also die Schwester meiner

Mutter, holte mir jeden Abend in der Küche, in einer Ecke einen runter, während Großvater mal wieder die Geschichte von der Katastrophe bei Cavite erzählte. Früher gab es in den Familien mehr Eintracht und Zusammenhalt.«

Moncho der Faulpelz hat auf dem Cáticas-Archipel, zu dem auch die untergegangene Insel New Titanic gehörte, einen Vogel entdeckt, der die Form eines Runzelröschens und statt Federn ein Fell hatte, ein glänzend grünes Fell. Die Eingeborenen nannten ihn Geheiltes Jesulein, warum, hat Moncho nie rausgekriegt, und sie benutzten ihn, um ihren Geliebten Botschaften zu schicken, nur ihren Geliebten, den Ehefrauen nicht und auch den Verlobten nicht. Moncho der Faulpelz nahm ein Vogelpärchen mit nach Hause, aber es ging unterwegs ein, es überstand die Schiffsreise übers Rote Meer nicht.

Schwachsinnige Frauen stellen sich bei Ferkeleien geschickter an als schwachsinnige Männer, weil sie immer ganz bei der Sache sind. Catuxa Bainte ist schwachsinnig, das ist bekannt, sonst würde man sie ja nicht die Schwachsinnige aus Martiñá nennen, aber wenn sie einen Schwanz drin hat, wackelt sie wie wild mit den Hüften.

»Woher wollen Sie das wissen?«

»Was geht Sie das an?«

Es regnet ohne jegliches Erbarmen, nein, vielleicht regnet es mit viel Erbarmen auf das hinab, was bis zu der verwischten Linie zwischen Wald und Himmel von der Welt übriggeblieben ist, was dahinter passiert, weiß man nicht, und es ist auch nicht wichtig. Es nieselt auf die Erde, daß es klingt wie Fleisch, das wächst, oder eine Blume, die sprießt, und durch die Luft geistert eine verlorene Seele, die Schutz in irgendeinem Herzen sucht. Du schläfst mit einer Frau, und wenn sie dann ein Kind zur Welt bringt, ist es vielleicht eine Tochter, die fünfzehn Jahre später mit einem Vagabunden aus León durchbrennt. Es regnet und regnet auf die Berge hinab, einfach so. Wir haben die Hälfte von allem hinter uns, der Anfang ist die Hälfte von allem, und niemand weiß, wie weit es noch bis zum Ende ist. Zwei Hunde haben sich gerade im Regen gepaart, und jetzt sieht einer nach Osten, der andere nach Westen, und so warten sie ab, bis das Blut in ihrem Organismus wieder zu sich selbst kommt.

»Mensch, wenn du auch so ein geriffeltes Ding wie Wilde hättest!«

»Sei nicht so frech, Moncha!«

Señorita Ramona gönnt sich auf den Schreck ein Stückchen Schokolade.

»Gott vergelte es dir, Raimundiño, du hast mich sehr glücklich gemacht.«

Señorita Ramona hängt kurz ihren Gedanken nach und lacht dann.

»Mensch, wenn dein Pimmel vier Gänge hätte wie ein Auto!«

»Sei nicht so frech, Moncha!«

Señorita Ramona mit ihrem langen, offenen Haar und den nackten, schon ein bißchen schlaffen Titten sieht ihren Cousin Raimundo an, der im Schaukelstuhl sitzt und sich eine Zigarette dreht.

»Ach was, du Dummkopf! Nackte Frauen dürfen alles sagen, was ihnen gerade einfällt. Was man im Bett sagt, zählt nicht. Wenn ich wieder angezogen bin, halte ich den Mund.«

Marcos Albite Muradás fehlen beide Beine, und er lebt in einer orangefarben angemalten Kiste mit vier Rädern; am Bug prangen ein kleiner grüner Stern mit fünf Zacken und seine Initialen M.A.M., die aus kleinen goldglänzenden Nägeln gebildet sind. Marcos Albite wurde von einem tollwütigen Fuchs in die Beine gebissen. Zuerst waren sie gelähmt, dann kriegte er eine Blutvergiftung, und am Ende mußten sie ihm sie ganz oben abschneiden, genau in dieser Reihenfolge. Marcos Albite macht ein Gesicht, als hätte er alles gründlich satt, die Langeweile schafft eben jeden, und das Unglück auch. Marcos Albite hat eine belegte, psalmodierende Stimme, und wenn er etwas sagt, klingt es wie eine Trommel mit geplatztem Fell.

»Hören Sie, ich war ganze neun Jahre lang verrückt, neun Jahre lang hatte ich keine Erinnerungen, keinen Verstand, keinen Willen und auch keine Freiheit. In diesen neun Jahren starben meine Mutter, meine Frau und mein Sohn, einer nach dem anderen. Danach schnitten sie mir die Beine ab. Meine Mutter erhängte sich auf dem Dachboden, meine Frau wurde von einem Güterzug überfahren und mein Sohn starb an Diphterie, vielleicht wäre er mit ein bißchen Glück und Geld zu retten gewesen... Ich kriegte nichts mit, weil man Verrückten gar nicht erst etwas zu erklären braucht, Verrückte kapieren sowieso nichts.«

Die Achse des Ochsenkarrens ist die Sackpfeife Gottes, sie ächzt und quietscht den Hohlweg entlang und verscheucht Hexen und zum Fegefeuer verdammte Seelen; die Achse des Ochsenkarrens ist auch das Herz der Welt und der Einsamkeit. Ich brachte Marcos Albite sechs Zigarren aus der Fabrik in La Coruña mit.

»Sie haben viel Aroma, du wirst schon sehen, und sie ziehen tadellos.«

»Vielen Dank, das ist das schönste Geschenk, das ich in meinem Leben gekriegt habe.«

Marcos Albite kann sehr kunstvoll schnitzen, seine Madonnen und Heiligen können sich wirklich sehen lassen.

»Möchten Sie, daß ich Ihnen einen heiligen Camilo mache, damit Sie ihn als Andenken mitnehmen können?«

»Gern.«

»Sagen Sie, hatte der heilige Camilo einen Bart?«

»Ehrlich gesagt, ich weiß es nicht.«

In der Karwoche hat die Parrocha immer ein bißchen weniger Kundschaft als sonst. Aus Ehrfurcht spielt Gaudencio in der Karwoche nicht Ziehharmonika.

»Es kostet überhaupt keine Mühe, ein bißchen Ehrfurcht zu zeigen, und wenn Sie mich fragen: Man muß Gott ja nicht unbedingt kränken.«

In der Karwoche ist es in Orense meist sehr kalt, manchmal schneit es sogar, und vom Río Miño steigen feuchte Schwaden auf, dick wie Vaseline. Gaudencio mag die Stimme von Anunciación Sabadelle, sie ist sehr melodisch, aber er begrapscht auch gern ihren prallen Busen und ihren knackigen Po. Die reinste Wonne ist das!

»Wenn heute nicht noch jemand spätnachts bei dir aufkreuzt, warte auf mich, ich komme bestimmt.«

Anunciación Sabadelle wurde in Lalín geboren und riß von zu Hause aus, um sich die Welt anzuschauen, aber allzuweit kam sie nicht; jetzt traut sie sich nicht zurück, weil sie Angst hat, daß ihr Vater ihr den Schädel einschlägt. Anunciación ist reinlich und sehr zärtlich. Wenn sie aufsteht und die Küche verläßt, fragt die Puffmutter sie:

»Wohin gehst du?«

»Gaudencio melken. Der Arme tut mir leid. Heute abend ist hier alles so tot. Tot und langweilig...«

»Na gut, geh schon. Ich lasse dich rufen, wenn du gebraucht wirst.«

Gaudencio wäscht sich gründlich seine Teile, setzt sich auf seinen Strohsack, und während er auf Anunciación wartet, raucht er beim Schein einer Kerze, die er nicht sehen kann, eine Zigarette. Später, wenn er mit seinem geilen und fast diensteifrigen Gestrampel fertig ist, bedankt er sich immer bei ihr.

»Vielen Dank, Anuncia, Gott möge es dir vergelten.«

Früh um halb sechs geht Gaudencio zur Messe in Santa María de las Mercedes, seine barmherzige Bettgenossin begleitet ihn lieber nicht.

»Nein, geh allein, mir ist kalt. Ich werde hier sein, wenn du zurückkommst, aber bleib nicht zu lange weg und gib auf dich acht.«

Mag sein, daß Anunciación ein bißchen Liebe für Gaudencio empfindet. Man erlebt ja Tag für Tag die seltsamsten Dinge.

Vor vielen Jahren, während der Republik, kurz bevor

Afouto den beiden von der Guardia Civil die Waffen abnahm, gingen wir, die drei ältesten Gamuzos und ein paar Freunde, einmal zum Gehege der Wildpferde im Wald von Xurés, der sich jenseits von Limia bis zu dem trockenen Landstrich entlang der portugiesischen Grenze erstreckt. Wir wollten ein bißchen frische Luft schnappen und uns die Beine vertreten und auch den Marvís, unseren Verwandten, helfen, die halb von ihrem Glauben an Wunder, halb vom Schmuggel mit den Portugiesen lebten, in Briñidelo, im Pfarrbezirk San Pelayo de Arauxo von Lovios, also bei Fondevila.

»Wir scheren und markieren zwar die Pferde nicht so wie die aus Sabucedo bei Pontevedra, aber wir machen es auch nicht schlecht.«

Bei diesem Ausflug sollte Policarpo Portomourisco Expósito, der Sohn der Bagañeira, drei Finger einbüßen; eine Minute lang Pech, und schon geht alles schief, aber deshalb bleibt die Welt noch längst nicht stehen. Moncho der Faulpelz hatte damals schon sein Holzbein, und so ein Ding fällt überhaupt nicht auf, wenn es aus gutem Material und nach Maß gearbeitet ist. Tanis Gamuzo alias Perello das Teufelchen war schon immer stark, sehr stark. Tanis konnte ein Pferd mit einem Faustschlag auf den Schädel oder den Hals zu Boden strecken, er unterbrach nämlich den Blutkreislauf. Sein Bruder Roquiño, der Pfaffe von Comesaña, gewann alle Wetten, wenn er seinen, Sie wissen schon, vorzeigte. Jedesmal wenn er seinen Prügel auf den Tisch legt, streicht er vierzig Duros ein, und er braucht ihn nicht mal zu rubbeln. Wenn es nicht stimmt, lade ich euch alle zum Abendessen ein. Brégimo Faramiñás war zu der Zeit schon Verwaltungsgehilfe und hatte Anspruch auf die Anrede »Don«: Don Brégimo Faramiñás Jocín, der Banjospieler, hatte etwas von einem schwarzen Yankee an sich, seinen Geisterfimmel kriegte er erst später. Gaudencio war noch nicht blind, er besuchte das Priesterseminar; Marcos Albite hatten sie noch nicht die Beine abgeschnitten, er war noch nicht einmal im Irrenhaus gewesen, und Cidrán Segade, der fesche Bursche, der später Adega als Witwe zurückließ, war noch nicht tot, sondern quicklebendig und frischverheiratet.

»Fehlt jemand?«

»Wer sollte schon fehlen?«

Baldomero Gamuzo, genannt Afouto der Mutige, führte bei den Zusammenkünften das Wort, und er tat dies immer mit nacktem Oberkörper, damit die Tätowierung zu sehen war und alle wußten, wer das Sagen hatte: Die Frau verkörpert das Glück und die Schlange die Willenskraft, das ist ja wohl klar, und die Schlange hat sich um die Frau gewickelt, also bezwingt der Wille das Glück und der Mann geht als Sieger durchs Leben.

»Sind alle da?«

»Warum sollten wir nicht alle dasein?«

Schuster reiten nicht. Fabián Minguela, genannt Moucho, nehmen wir nicht zu den Wildpferden mit; an dem Muttermal wie aus Schweinsleder, das alle Carroupos auf der Stirn tragen, kann man zwar Schwefelhölzer anreißen, aber die Carroupos taugen nicht, um im Wald Wildpferde zu treiben und dürfen nicht einfach mitgehen, als würden sie zu uns gehören. Außerdem sind sie nicht von hier, und es ist schon allerhand, daß wir sie nicht mit Knüppeln wegjagen. Wenn sie bei uns für böses Blut sorgen, dann sollen sie das ruhig tun, die Welt dreht sich trotzdem weiter, und das letzte Wort ist noch nicht gesprochen. Das dritte Merkmal des Hurensohns ist das bleiche Gesicht – wie bei den Toten? Ja, und wie bei Fabián Minguela.

»Bis zum Wald von Xurés brauchen wir drei Tage, aber wir kennen ja alle den Weg, und drei Tage bringen niemanden um.«

Auf dem Grund des Antela-Sees schlummert wie in einem Grab die Stadt Antiochia und büßt in alle Ewigkeit für ihre schändlichen Sünden. Ein Herr darf seine Fleischeslust nicht am Fleisch seines Ziegenhirten befriedigen, und es hilft auch nichts, wenn er ihn danach mit seinem Gürtel erwürgt, das verbietet Gottes Gesetz. Ein Wolf darf auch keine Hirschkuh bespringen und eine Frau darf keine Nackte, Schwangere oder Aussätzige mit Blumen bekränzen. Die Toten von Antiochia bitten um Vergebung, indem sie in der Johannisnacht die Glocken läuten, aber sie erlangen sie nicht und werden sie nie erlangen, weil sie in alle Ewigkeit verdammt sind. Wer den Antela-See überquert, verliert das Gedächtnis, ob auf dem Hin- oder Herweg, weiß ich nicht, und als König Artus nach dem Heiligen Gral suchte, verwandelten sich seine Krieger in Mücken; am Antela-See wimmelt es von Mücken, und es gibt auch Frösche und Wasserschlangen.

»Aber lassen wir ihn auf unserem Weg nicht links liegen?«

»Doch, da brauchen wir uns keine Sorgen zu machen.«

Der Fußmarsch nach Briñidelo war lustig und bequem und verlief ohne größere Zwischenfälle; am zweiten Tag hatte Moncho der Faulpelz in Mourillones in einer Kneipe einen Streit, aber es kam zu keiner richtigen Schlägerei, weil Tanis Perello dazwischentrat, bevor alles zu spät war.

»Es gibt Leute, die nur Spaß haben, wenn sie Stunk machen. Am besten setzt du sie ein bißchen an die frische Luft.«

Im Gehege von Xurés ist nicht viel zu holen, aber immerhin ist es dort ruhig, und man wird nicht gestört. Zum Gehege von Xurés nehmen wir immer nur Verwandte mit, weil es sich nicht lohnt, andere Leute mitzunehmen. In der Provinz Orense gibt es die wenigsten Wildpferde von ganz Galicien; es gibt auch ein paar in der Sierra de Quinxo oder in den Bergen von Faro de Avión und von Suido, die schon in die Provinz Pontevedra hineinreichen. Unsere Verwandten, die Marvís, freuten sich sehr und setzten uns einen feinen, wirklich guten Schnaps vor, den sie nach allen Regeln der Kunst selbst brennen. Die Pferde von Xurés haben Bärte, alle Wildpferde sind bärtig und sehr feurig und störrisch. Das Gehege von Xurés wird

Gehege genannt, weil es ein baumloses Gelände ist, auf dem die Tiere zusammengetrieben und eingepfercht, aber auch eingefangen, zugeritten, zu Boden geworfen, geschoren und mit einem Brandzeichen versehen werden; alles zusammen wird in anderen Gegenden Galiciens *rapa* genannt, *rapa das bestas*. Die Gebrüder Marvís aus Briñidelo heißen Segundo, Evaristo und Camilo, sie sind die drei Söhne von Roque, dem jüngeren Bruder von Tripeiro dem Kaldaunenhändler, der ein Mädchen aus der Gegend geheiratet und sich später von ihr getrennt hat; Roque wollte nicht nach Piñor zurück, er lebt jetzt mit einer Portugiesin zusammen in Esperelo im Pfarrbezirk San Fiz de Galez bei Entrimo, und das ist auch nicht gerade weit weg. Roque versteht sich gut mit seinen Söhnen, und seiner Frau schickt er jedes Jahr am Tag der heiligen Rosa zwei Hühner. Die Portugiesin bringt sie ihr hin. Das Kommando beim Pferdetreiben überließen wir Afouto dem Mutigen.

»Du verstehst dich besser aufs Kommandieren, wir folgen dir und machen, was du sagst.«

»Gut.«

Am nächsten Morgen, es war noch dunkel, zogen wir *besteiros* – in anderen Gegenden sagt man *bestelleiros*, das soll jeder halten, wie er will – in den Wald, alle gewaschen und ausgeschlafen; auch unsere Gäule hatten gefressen, getrunken und sich im warmen Stall ausgeruht. Der Trick ist, sich leise und geduldig anzupirschen, damit die Pferde nicht erschrecken und davonpreschen; dann muß man sie erst einmal an sich gewöhnen, indem man ihnen gut zuredet und sie beruhigt: Ho, mein Pferdchen! Still, du Renner! Bleib stehen, du Klepper! Später kann man sie noch früh genug mit Schreien und Stockschlägen piesacken, nämlich wenn man sie eins nach dem anderen den Hohlweg entlangtreibt, der zum Gehege führt.

Zwölf bis dreizehn Mann zu Pferde, die im Morgengrauen hundert wilde, vor Angst blinde Tiere, vielleicht sind es auch nicht ganz hundert, vor sich hertreiben – das ist ein Erlebnis, da klopft einem das Herz bis zum Hals, da bleibt einem die Spucke weg.

»Schneidet ihnen da drüben den Weg ab!«

»Haltet sie da unten zusammen!«

»Vorsicht, der geht auf dich los!«

Policarpo hatte keine Zeit mehr, vorsichtig zu sein. Der Falbe ging auf ihn los und biß ihm die Finger von der Hand, zwei ließ er dran. Policarpo preßte sein Taschentuch auf die Wunde, schob das, was von der Hand übrig war, in die Tasche und riß sich zusammen. Eine Minute lang Pech, und schon ist alles verloren, trotzdem geht am nächsten Tag die Sonne auf, als wäre nichts gewesen. Policarpo blieb zurück und ritt nach Briñidelo, wo ihn die Mutter der Gebrüder Marvís mit der altbewährten Methode kurierte: ein paar Blätter vom Braunwurz, frischer Kuhmist, Frauenurin, Spinnwebe, Tonerde, Zucker – und alles gut von einem Hund beleckt.

Wenn man die Pferde erst einmal im Gehege hat, ist es am besten, sie ein bis zwei Tage lang nicht zu tränken, sondern abzuwarten, bis sie sich beruhigt haben. Danach sondert man die trächtigen Stuten aus, trennt die Fohlen von den Muttertieren, läßt schwache oder untaugliche Gäule laufen – die Wölfe besorgen dann schon den Rest (neuerdings bringt man sie zum Schlachthof) –, fängt die guten ein, wirft sie zu Boden, schert sie und verpaßt ihnen ein Brandzeichen. Mit drei oder vier kräftigen und einigermaßen mutigen Männern wie Afouto, seinem Bruder Tanis, Cidrán und Camilo, dem jüngsten Marvís, ist die Arbeit nicht schwer, man darf sich nur nicht ablenken lassen. Don Brégimo Faramiñás saß auf der Steinmauer, die im Lauf der Zeit grün geworden war, und spielte auf seinem Banjo, Gaudencio beobachtete halb staunend, halb neidisch, wie seine Kameraden auf dem Fleck wendeten und sonstige Kunststückchen machten, während Moncho der Faulpelz, hoch zu Roß zwischen lauter Pferden, mit seinem erstklassigen Holzbein nach den Wildpferden trat. Der Pfaffe von Comesaña, Marcos Albite, die

Gebrüder Segundo und Evaristo Marvís und ich sahen uns in der Gegend um, kümmerten uns um die Feuerstelle, tranken aus einem Weinschlauch und warteten ab, bis es Zeit zum Scheren war.

»Und Policarpo?«

»Der ist zurück nach Briñidelo, weil ihm nämlich was passiert ist.«

Das Scheren macht man so schnell und gut man kann, und alle müssen zupacken, weil es darauf ankommt, möglichst rasch fertig zu werden. Jedes Tier bringt ungefähr ein Pfund Roßhaar, manchmal auch ein bißchen weniger. Lange Mähnen, sauber gebündelt, sind soviel wert wie eine Kälberhälfte. Der Pfaffe von Comesaña sah mich lange an.

»Da siehst du mal, wie bei uns allen die Guxindes durchschlagen, gut, nicht gleich stark, bei dem einen mehr, bei dem anderen weniger. Wir haben alle durch die Bank dieselben weit auseinanderstehenden Zähne, das liegt eben in der Familie, wir sind über sieben Fuß groß und wiegen reichlich anderthalb Zentner. Unsere Sippe ist nicht kleinzukriegen! *Arde o eixo!*«

Marcos Albite kaut immer portugiesischen Kautabak.

»Der Nachteil daran ist das Gesabber, das verdirbt einem den Spaß, aber Tabakkauen ist gesünder als Rauchen, weil es einem die Lunge nicht verbrennt.«

Die Wildpferde werden mit einem glühenden Eisen gebrandmarkt, wie jedes Vieh, das Brandzeichen der Marvís aus Briñidelo ist das L, der Anfangsbuchstabe des Familiennamens der Mutter, Rosa Loureses. Außerdem schneidet man ihnen aus jedem Ohr eine kleine Zacke raus. Schwache oder kranke Tiere, also diejenigen, die früher oder später von den Wölfen, dem Hunger oder der Kälte umgebracht werden, und das sind jedes Jahr über tausend, werden gar nicht erst markiert. Wozu auch? Und die Ponys, diese tapferen Zwerge, mal sind es Rappen, mal Apfelschimmel, und nie sind sie höher als zwei Ellen, die kann man nicht einpferchen, weil sie nach einem halben Tag Gefangenschaft todkrank werden und vor lauter Trübsinn eingehen. Cidrán Segade hat eine gute Stimme, und wenn er müde ist, singt er sehr schön, körperliche Anstrengung tut den Falten im Blasebalg und den Stimmbändern nämlich gut.

Nachdem Robín Lebozán all dies niedergeschrieben hatte, las er es laut vor und stand auf.

»Ich glaube, ich habe mir einen Kaffee und einen Cognac verdient. Übrigens muß ich heute abend zu Rosicler, und ich muß ihr Pralinen mitbringen, damit sie ein bißchen zunimmt.«

Rosicler ist Krankenschwester, kann gut mit der Spritze umgehen und verabreicht Señorita Ramona immer Eisen-, Leberextrakt- und Kalziuminjektionen, damit sie zu Kräften kommt. Señorita Ramona trinkt Deschiens-Wein gegen Blutarmut, Schwäche und Erschöpfungszustände, und sie schluckt Fitikal-Kapseln, ein Präparat mit hohem Kalziumgehalt. Angeblich hat Rosicler mehr als einen Liebhaber, aber in solchen Dingen verhält sie sich sehr diskret, so was soll man hier nicht an die große Glocke hängen. Manchmal, wenn niemand zuschaut, tanzen Rosicler und Señorita Ramona miteinander und streicheln sich ganz sanft und zärtlich; auch der Hund Wilde läßt sich streicheln und verhätscheln, er ist sehr lieb und folgsam.

»Geh nicht weg, Rosicler, bleib noch ein bißchen.«

»Kommt heute abend nicht dein Cousin Raimundo?«

»Und wenn schon! Raimundo wird gut mit uns beiden fertig.«

»Ja, das stimmt... Es wäre ja auch nicht das erstemal, daß er uns schafft.«

»Hör auf, Rosicler, red nicht wie eine Nutte daher!«

»Ich rede so, wie es mir paßt, Monchiña! Außerdem mag ich es nicht, daß du mich so kaltschnäuzig eine Nutte nennst.«

»Verzeihung.«

Rosicler aß mit Señorita Ramona zu Abend und blieb bis spätnachts bei ihr.

»Willst du etwa jetzt noch gehen, mitten in der Nacht?«

»Ja, heute setze ich dir Hörner auf, und zwar mit Robín.«

»Sag mal, lernst du eigentlich nie dazu?«

»Nein.«

Rosiclers Vater mußte während des Bürgerkriegs in Orense dran glauben, der Advokat Don Jesús Manzanedo brachte ihn um, der hatte so viele Menschen auf dem Gewissen, daß er richtig berühmt wurde, was muß man seine Tochter auch Rosicler nennen, wer mit dem Feuer spielt, kommt darin um; einem Mädchen gibt man Namen von Madonnen oder Heiligen, aber keine weltlichen Namen von zweifelhaftem Geschmack: Rosicler, das heißt soviel wie Aurora, die Morgenröte... Na gut, Aurora kann man durchgehen lassen, aber Aphrodite oder Venus – was für ein Blödsinn! Rosiclers Vater war Kassierer in einer Bank, und der Arme hat seine Flausen mit dem Leben bezahlt.

»Glauben Sie, daß die Dinge wirklich so sind, wie Sie sagen, Doña Arsenia?«

Es war das Pech, das Lázaro Codesal umgebracht hat, auch das Vertrauen, den Mauren darf man nicht trauen, weil sie von Natur aus hinterlistig sind, niemand weiß, wie der Maure hieß, der Lázaro Codesal umbrachte, als er sich unter einem Feigenbaum einen runterholte und dabei die splitternackte Adega vor Augen hatte, aber das ist auch nicht wichtig. Lázaro Codesal ging sehr geschickt mit der Steinschleuder um, er konnte gut zielen.

»Wetten, daß du den Schmetterling da drüben auf dem Telegraphenmast nicht triffst?«

»Wetten, daß doch?«

Lázaro Codesal schwang die Schleuder, und zack! rieselte der Schmetterling in hundert kleinen Stücken zu Boden.

»Wetten, daß du die schwarze Katze da drüben nicht triffst?«

»Wetten, daß doch?«

Lázaro Codesal ließ die Schleuder kreisen, und zack! machte die schwarze Katze mit zertrümmertem Schädel einen Satz und war im Arsch.

»Ob das der Teufel war?«

»Nein, der treibt sich hier zur Zeit nur selten rum.«

Die Linie zwischen Wald und Himmel verschwand, als Lázaro Codesal umgebracht wurde, seit jenem unseligen Tag hat sie niemand mehr gesehen, ich glaube, man hat sie um viele Meilen verschoben, vielleicht bis jenseits der Engpässe von Canda und Padornelo an der Landstraße nach Sanabria. Der Ehemann, der Lázaro Codesal am Kreuz von El Chosco den Weg verstellte, hatte sich ein bißchen verschätzt. Mein Gott, was für eine Tracht Prügel ihm seine Überheblichkeit eingebracht hat! Gehörnte sollten besser nicht überheblich sein, sondern eher zurückhaltend, vorsichtig und gottesfürchtig, als Gehörnter hat man es nicht leicht, sich durchzusetzen und gleichzeitig Würde zu bewahren.

»Ich gehe hier friedlich meines Weges. Lassen Sie mich vorbei! Ich will keinen Streit!«

Der andere ließ ihn nicht vorbei, und bekanntlich lieferten sie ihn windelweich geprügelt, gefesselt und zermantschter als ein Kartoffelsack zu Hause ab. Moncho Requeixo war zusammen mit Lázaro Codesal im Krieg in Melilla, und er kam mit dem Leben davon, allerdings nur mit einem Bein.

»Keine Ahnung, was sie mit meinem Bein gemacht haben, wahrscheinlich haben sie es weggeschmissen. Ich finde, wenn sie einem ein Bein abschneiden, müßten sie es einem gut eingepökelt wiedergeben, damit man es als Andenken mitnehmen kann.«

Moncho dem Faulpelz waren die beiden kleinen Botenvögel, ein Männchen und ein Weibchen, weggestorben, als er auf einem Schiff übers Rote Meer fuhr. Das Geheilte Jesulein ist eben ein verträumter, nicht sehr widerstandsfähiger Vogel, der nur dazu taugt, Liebesbotschaften zu überbringen, und wenn man ihn von seinen Inseln wegholt, stirbt er meist an Kummer und Katarrh. Der blinde Gaudencio kam stocksteifgefroren von der Messe zurück.

»Draußen friert es, Anuncia, für mich ist das das Ende der Welt.«

»Ach was, Mensch, komm ins Bett, ich bring' dir gleich einen heißen Kaffee.«

Es regnet seit zweihundert Tagen und den dazugehörigen Nächten, ohne eine Atempause für Himmel und Erde, und die Füchsin von Xeixo, die schon alt ist und Rheuma hat und der angeblich das Leben zum Hals raushängt, hustet lustlos vor dem Eingang von ihrem Fuchsbau. Könnte ich Psalter spielen wie die Alten, jetzt gibt es ja keine Psalter mehr, würde ich den ganzen Nachmittag Psalter spielen, aber ich kann es ja nicht. Könnte ich Banjo spielen wie Don Brégimo Faramiñás, würde ich in den toten Stunden Banjo spielen, das hat immer so was Geselliges, aber ich kann es ja nicht. Was ich kann, ist Sackpfeife spielen, Sackpfeife spielt man am besten unter freiem Himmel, am Fuß einer Eiche, während die jungen Burschen ihre Lebensfreude in die Welt hinausschreien und die Mädchen mit stockendem Atem darauf warten, daß die Nacht mit ihren süßen und erschöpfenden Heimlichkeiten kommt.

Da ich also weder Psalter noch Banjo spielen kann und die Sackpfeife nicht so recht ins Haus paßt, verbringe ich die Nachmittage im Bett und mache Ferkeleien mit wem ich kann, manchmal allein; was ich nicht schaffe, ist, mich so zusammenzukrümmen, daß ich mit dem Mund drankomme, manchmal klappt es fast, aber dann geht es eben doch nicht, vielleicht schafft es niemand, ich muß mich mal umhören. Benicia ist eine richtige Frohnatur, aber sie kriegt nie genug, und das ist auch wieder langweilig. Benicia macht sehr gute Mehlkringel und hat Brustwarzen wie Kastanien, es ist lustig, ihr zuzusehen, wenn sie mit nackten Titten Mehlkringel macht.

»Benicia!«

»Was ist?«

»Gib mir die Zeitung und ein Glas Wein.«

»Gleich.«

Die Frösche im Antela-See sind älter als sämtliche Frösche in Galicien, León, Asturien, Portugal und Kastilien; solche historischen und illustren Frösche gibt es nur noch in den Flüssen Var und Touloulore in der Provence, im Plattensee in Ungarn und in den Teichen der Grafschaften Tipperary und Waterford in Irland. Unser Herr Jesus Christus ist aus einer Taube entstanden, seine Allerheiligste Mutter aus einer Madonnenlilie und deren jungfräulichen Kelch. Von einer Fröschin im Antela-See, die Liorta hieß, stammen neun verschiedene Familien ab, die alle miteinander verwandt sind, nämlich: die Marvís, die Celas, die Segades, die Faramiñás, die Albites, die Beiras, die Portomouriscos, die Requeixos und die Lebozáns; der Sammelname für die ganze Sippe ist Guxindes, und alle schlagen nach einer Art und haben vereint eine Mordskraft.

Es ist tröstlich zu sehen, wie Benicia splitternackt Wein einschenkt, während der Himmel auf die Erde herabregnet und auch auf die verletzten und sorgenfreien und verzagten Herzen.

»Gieß dir Wein auf die Titten!«

»Hab' keine Lust.«

Wie der Benediktinermönch Arnaldo Wion in seinem Werk *Lignum vitae* (Venedig 1595) schreibt, hat der heilige Malachias, der Bischof von Armagh in Irland, in seiner Geschichte der Päpste eindeutig dargelegt, daß selbige, so Gott will, im Jahr 2053 mit der Wiederkehr Christi enden wird: »Der Mensch wird den Antela-See trockenlegen, und wo einst Wasser war, werden Not und Krankheit gedeihen. Und wenn es dann kein Wasser mehr gibt, wird der Mensch auf der Suche nach Erz den Boden umwühlen, und wo einst Erde war, werden Hunger und Tod gedeihen.«

Wir Guxindes prügeln uns gern auf Jahrmärkten – was

ist schon dabei? –, und auf Plätzen vor Kirchen oder auf Friedhöfen tanzen wir mit dem gebührenden Abstand, aber auch engumschlungen, wenn sich die Gelegenheit bietet. Ich kann weder Geige noch Mundharmonika, noch Psalter, noch Banjo spielen, ich kann nur Sackpfeife spielen, und das mehr schlecht als recht. Gaudencio spielte im Haus von der Parrocha Ziehharmonika, er spielte Walzer und Paso dobles und manchmal einen Tango, um die Tänzer bei Laune zu halten; was er nicht spielen wollte, das war die Mazurka *Ma petite Marianne*, die hat er nur im Jahr 1936 gespielt, als das mit Afouto passierte, und dann noch einmal 1940, als das mit Fabián Minguela alias Moucho Carroupo dem Todesvogel passierte. Danach wollte er nie wieder.

»Und? Hat der die Kundschaft bei Laune gehalten?«

»Ich glaube schon, Gaudencio hat sich beim Musizieren immer sehr viel Mühe gegeben.«

Seine Schwester Adega spielt auch Ziehharmonika, sie hat es mit den Polkas: *Fanfinette*, *Mon amour* und *Paris, Paris.*

»Der Tote, der meinen verstorbenen Mann umgebracht hat, ging nie wieder aufrecht durchs Leben, und Sie wissen ja, wie er geendet hat. Der Tote, der meinen verstorbenen Mann umgebracht hat, war kein Guxinde – heiliger Apostel, verzeih mir! –, er war keiner von hier, und so was passiert eben, wenn unsereins sich der Vagabunden annimmt, und wenn wir seinen Vater richtig windelweich geprügelt hätten, als er zu uns kam und um ein Almosen bat, hätte er nicht das Blut von jemandem vergossen, der ihm was zu essen gegeben hatte. Später, wenn die Dinge in Vergessenheit geraten – ich vergesse nichts –, wird wer weiß was erzählt, und deshalb ist es besser, sich an alles zu erinnern. Sie, Don Camilo, stammen von den Guxindes ab, nein, Sie *sind* ein Guxinde, und mein verstorbener Mann war auch einer, und das hat seinen Preis, aber es bringt auch was ein, und man kann stolz darauf sein, weil die Männer sogar nach dem Tod noch Männer sind und wir Frauen hierbleiben, um es zu erleben und es unseren Kindern zu erzählen. Ich sage Ihnen jetzt etwas, das alle Welt weiß außer Ihnen, weil Sie nie lange hier sind, aber die Hälfte wissen Sie sowieso schon, also hören Sie gut zu: Den Toten, der meinen verstorbenen Mann umgebracht hat, den habe ich wieder ausgegraben, ich bin eines Nachts zum Gottesacker von Carballiño gegangen, um die Leiche zu klauen, ich habe sie mit nach Hause genommen, das Aas dem Schwein vorgeworfen und danach das Schwein aufgegessen, erst die Vorderschinken, dann die Schweinswürste und schließlich den Kopf, alles. Die Guxindes freuten sich und hielten den Mund, und die Carroupos waren wütend, aber sie hielten auch den Mund, weil sie jedesmal, wenn sie etwas sagen, die Dummen sind; das hat der liebe Gott so eingerichtet, und ich glaube, daß sie am Ende alle auswandern werden, ein paar sind ja schon weg, in die Schweiz oder nach Deutschland, von mir aus können sie alle am Ende der Welt verrecken und von den Chinesen gefressen werden.«

»Gibt es denn niemanden mehr, den Moucho so richtig gern umbringen würde?«

»Er hat doch schon soviel auf dem Kerbholz!«

Das vierte Kennzeichen des Hurensohns ist der Bart, der in Büscheln sprießt, und Fabián Minguelas Bart ist ein Trauerspiel. Mit Rosalía Trasulfe, auch Cabuxa Tola die verrückte Ziege genannt, ist Fabián Minguela, der Tote, der überall Tod und Verderben gesät hat, mindestens vier Jahre lang kostenlos ins Bett gegangen, er hat ihren Hintern begrapscht und an ihren Titten genuckelt und ihr zwischen 1936 und 1940 manche Tracht Prügel verpaßt, der Tote, der Afouto, Adegas verstorbenen Mann und vielleicht noch ein Dutzend Männer mehr umgebracht hat.

»Halt gefälligst den Mund, sonst schicke ich dich dahin, wo ich andere hingeschickt habe, und du weißt genau, daß keiner von denen wiedergekommen ist.«

Dreimal hat der Tote Rosalía Trasulfe die verrückte

Ziege geschwängert, und dreimal hat sie das Kind von der Hebamme Damiana Otarelo, genannt Pataca das Trampeltier, wegmachen lassen, sie ist zu ihr gegangen und hat sie mit Petersilienstengeln in sich rumstochern lassen.

»Ich habe mich immer allein durchs Leben geschlagen, ohne rumzuhuren, und ich will kein Kind von einem Hurensohn. Vielleicht sorgt der liebe Gott dafür, daß das alles irgendwann ein Ende hat.«

Das sagt Rosalía Trasulfe die verrückte Ziege wer weiß wie oft.

»Er hat mit mir alles gemacht, jawohl, das hat er, er hat mit mir gemacht, was er wollte, aber ich bin noch am Leben, und außerdem habe ich mich danach immer gewaschen, ganz gründlich. Moucho war wie einer von diesen Würmern in den Toten, die können ohne den Tod einfach nicht leben.«

Marcos Albites Kiste auf Rädern sieht aus wie eine kleine offene Kutsche, außer Musik hat sie alles zu bieten.

»Ich werde sie neu anmalen müssen, der Stern ist ja kaum noch zu sehen, aber die Messingnägel kann man lassen. Als ich noch verrückt war, war mir alles egal, aber jetzt nicht mehr, jetzt finde ich es wichtig, daß alles gut in Schuß ist, wie es dem lieben Gott gefällt. Der grüne Lack sieht gut aus, das weiß ich wohl, aber wenn er abblättert, wird er häßlich.«

Marcos Albite geht es gut in seiner Kiste, klar, er hat ein bißchen die Schnauze voll, die Langeweile schafft eben jeden, aber es geht ihm gut, und es gibt andere, denen es schlechter geht.

»Ich werde Ihnen einen heiligen Camilo schnitzen, daß Ihnen die Spucke wegbleibt. Die Leute werden sich nicht mehr einkriegen, wenn sie meinen heiligen Camilo sehen.«

Policarpo den von der Bagañeira mußten wir von Briñidelo auf einer Bahre nach Hause tragen, weil er die

Sache mit seiner Hand seelisch nicht verkraftete, der Biß, den er in dem Durcheinander abgekriegt hatte, hatte ihn völlig fertiggemacht, und er hatte Fieber.

»Hohes?«

»Na ja, nicht besonders.«

Rosa Loureses, die Mutter der Gebrüder Marvís, wollte ihn nicht weglassen.

»In seinen Adern fließt dasselbe Blut wie in den Adern meiner Söhne, und hier bei uns im Haus stört er nicht, draußen kann sich sein Zustand verschlimmern. Ihr solltet ihn mindestens zwei Tage lang schlafen lassen.«

»Gut.«

Alle, die bei dem Pferdetreiben mitgemacht hatten, wir Guxindes also, kamen irgendwo in Briñidelo, Puxedo und Cela unter, die Brüder Marvís blieben bei ihren Cousins, Policarpo auch, Cidrán Segade und sein Schwager Gaudencio, der bald darauf erblindete, übernachteten in der Küche von Urbano Randín, der ein Wilderer und Schmuggler war und wie ein Weltmeister schielte.

»Schau ihm nicht ins Gesicht, Cidrán, seine Schielaugen machen einen ganz wirr im Kopf.«

Don Brégimo kam bei dem blinden Pepiño Requiás unter, der ihm für eine Pesete ein Bett überließ, Marcos Albite und Moncho gingen nach Puxedo zu den Laurentinas, und Robín Lebozán und ich statteten meinen Verwandten, den Venceás, in Cela einen Besuch ab.

»Bleibt beide hier, in diesem Haus gibt es genügend Platz, ihr könnt uns ruhig Gesellschaft leisten.«

Die Venceás wohnten bei ihrer Mutter Dorinda, die hundertunddrei Jahre alt war, ständig über die Kälte klagte und eine Magd hatte, die den besten Mokkalikör der Welt machte.

»Wie heißt die Frau?«

»Das wissen wir nicht, die Arme ist stumm und konnte es uns natürlich nicht sagen. Sie ist nicht von hier, sie sieht aus wie eine Portugiesin, aber wer weiß, woher sie ist, Papiere hat sie keine, sie ist schon lange bei uns, seit über fünfzig Jahren, und sie hat nie jemandem etwas zuleide getan. Im Dorf nennen wir sie die Stumme, aber das ist kein Spitzname, sie ist wirklich stumm.«

Beim Mokkalikör geht die Stumme immer ganz gewissenhaft vor. Schreiben Sie mit, wenn Sie wollen. In einen Topf aus gebranntem Ton gibt man folgende Zutaten: einen Krug erstklassigen Tresterschnaps; zwei Pfund gerösteten Kaffee, ungemahlen; vier Pfund Kandiszucker; zwei Handvoll Nüsse, natürlich geschält und ein bißchen zerstoßen, damit sie Geschmack abgeben; und die Schale von zwei bitteren Orangen. Zwei Wochen lang rührt man das Ganze gründlich mit einer Haselgerte um: bei Tagesanbruch hundertmal im Uhrzeigersinn und bei Einbruch der Nacht nochmals hundertmal, allerdings in umgekehrter Richtung. Danach seit man es durch Löschpapier, zieht es auf Flaschen und läßt es mindestens ein Jahr lang ziehen. Manche gießen das Zeug in Krüge und versiegeln die Öffnungen mit Wachs, andere seien es nicht durch und lassen alles zusammen in einem Eichenfäßchen reifen, das ist Geschmackssache. Die Stumme freut sich immer, wenn Robín und ich beim Trinken anerkennend mit der Zunge schnalzen; die Stumme ist dafür bekannt, daß sie manchmal vor lauter Freude ein paar langgezogene, pfeifende Fürze fahren läßt, sehr lustig.

Loliña Moscoso Rodríguez, die Frau von Baldomero Gamuzo, ich meine Baldomero Marvís Ventela oder Fernández, genannt Afouto der Mutige, hält ihre fünf Kinder blitzsauber, man könnte meinen, sie poliert sie. Dagegen laufen die von Rosa Roucón, der Frau von Tanis Perello, die auch fünf hat, in Lumpen und mit nacktem Hintern rum, man ist als Frau eben so, wie einen der liebe Gott geschaffen hat, und der Anisschnaps geht natürlich auch nicht spurlos an einem vorbei.

»Möchtest du ein Gläschen Anis?«

»Was, um diese Uhrzeit?«

Chelo Domínguez die von den Avelaíños, also die Frau von Roque dem Pfaffen von Comesaña, gesegnet sei sein

Sankt Penisius auf Erden, durchwandert dieses Jammertal mit verheulten Augen.

»Jammere nicht, Cheliño, man soll sich über das freuen, was man hat.«

»Ja, das sagen alle.«

Chelo Domínguez versteht was vom Kochen, die mit Schweinefleisch gefüllten Teigtaschen kriegt sie wirklich gut hin, genauso gut wie den Vorderschinken, den sie in drei oder vier Stücke schneidet und auf der Glut anbräunt, bevor sie ihn kocht, und die Kutteln, vom Kalb oder vom Lamm, oder Rippchen und Hirn. Gut kochen ist eine Kunst, man muß mit Leib und Seele dabei sein.

»Glauben Sie, daß Japaner sehr eifersüchtig sind?«

»Wieso fragst du mich das?«

»Ach, nur so. Ich habe das mal gehört.«

Don Benigno Portomourisco Turbisquedo hat sein Leben lang behauptet, er würde älter als hundert werden, aber dann ist er mit neunzig gestorben, nachdem er mehr Wein getrunken hatte, als eigentlich in ihn reinpaßte.

»Und Sie sagen, niemand hätte ihn jemals besoffen gesehen!«

»Wie könnte ich so etwas sagen! Alle Welt hat Don Benigno besoffen gesehen, er hat auch gar keinen Hehl daraus gemacht, glauben Sie mal nicht.«

Don Benigno hatte die Statur von einem Landsknecht, wenn er am Schluß auch ein bißchen gebeugt ging.

»Parrulo!«

»Ja bitte, Don Benigno?«

»Geh raus in die Laube und komm erst wieder rein, wenn du dir fast in die Hose pinkelst!«

»Ja, Señor.«

Luisiño Bocelo, genannt Parrulo der Erpel, war ein zahmer und folgsamer Kapaun, an dem man gut seine schlechte Laune auslassen konnte.

»Parrulo!«

»Ja bitte, Don Benigno?«

»Laß die Hosen runter! Ich will dir den Arsch versohlen.«

»Ja, Señor.«

Als Luisiño Bocelo alias Parrulo der Erpel noch das Priesterseminar besuchte, pinkelten ihm seine Mitschüler immer ins Bett, und dann fror er jedesmal sehr.

»Parrulo!«

»Ja bitte, Don Benigno?«

»Hast du der Señora schon Brot und Wasser gebracht?«

Georgina, der Cousine von dem einbeinigen Moncho Preguizas, ist auch der zweite Mann weggestorben.

»Ich muß mich ein bißchen ranhalten, weil ich kein junges Mädchen mehr bin, und in dieser gottverlassenen Gegend kann man immer einen Mann gebrauchen. Wir Frauen sollten nie allein sein, selbst wenn wir doppelt oder dreifach verwitwet sind.«

Moncho spricht immer sehr liebevoll von seiner Tante Micaela, Georginas Mutter.

»Sie war immer sehr gut zu mir. Als ich ein junger Kerl war, holte sie mir jeden Abend einen runter. Früher gab es in den Familien eben mehr Zusammenhalt.«

Adela und Georgina sind Schwestern, aber abgesehen davon, daß sie gern Wein trinken, Tabak qualmen und sich auf der Matratze wälzen, ähneln sie sich nicht sehr.

»Wer weiß denn, wie lange man noch lebt!«

»Recht hast du, Frau! Auf dieser Welt muß jeder irgendwann ins Gras beißen.«

Adela und Georgina haben es gern, wenn Señorita Ramona ihnen Tangos von Carlos Gardel auf dem Grammophon vorspielt: *Pfirsichblüte*, *Vorstadtmelodie* oder *In der Unterstadt*.

»Mensch, wär' ich gern ein Mann, dann könnte ich beim Tango mal so richtig Dampf ablassen.«

»Na, du hast vielleicht Ideen!«

Irgendwann im letzten Jahr haben Adela und Georgina abends mit Señorita Ramona und Rosicler Tango getanzt.

»Kann ich mir die Bluse ausziehen?«

»Mach, was du willst.«

Meine Tante Salvadora, die Mutter von Raimundo dem von den Casandulfes, lebt allein in Madrid, sie will vom Dorf nichts wissen.

»Und von den Verwandten auch nicht?«

»Nein, von den Verwandten auch nicht.«

Mütterlicherseits habe ich noch vier Onkel und Tanten: Tante Salvadora und Onkel Cleto, beide verwitwet, und die Tanten Jesusa und Emilita, beide Jungfern. Onkel Cleto vertreibt sich die Langeweile damit, daß er Schlagzeug oder Jazzband spielt, wie er es nennt.

»Wie alt ist er eigentlich?«

»Weiß nicht. Sechsundsiebzig oder achtundsiebzig.«

Tante Jesusa und Tante Emilita verbringen ihre Zeit mit Beten, Tuscheln und Pinkeln, weil sie nämlich beide den Urin nicht halten können. Tante Jesusa und Tante Emilita reden nicht mit Onkel Cleto, sie reden nicht nur nicht miteinander, sondern sie verabscheuen sich, sie hassen sich bis aufs Blut und machen keinen Hehl daraus.

»Diese Männer! Aufhängen sollte man sie! Den ganzen Tag haut Cleto auf die Pauke und die Becken, und das alles nur, um uns das Leben schwerzumachen. Dabei weiß er genau, daß wir an Migräne leiden!«

Die drei wohnen im selben Haus, die Tanten unten, wo es feuchter ist, der Onkel oben, wo es trockener ist. Wenn sich Onkel Cleto langweilt, übergibt er sich, er steckt sich die Finger in den Hals und kotzt sich da, wo es ihm gerade paßt, die Eingeweide aus dem Leib, entweder in eine Schüssel oder hinter ein Möbel, weil ihm das Kotzen nämlich Spaß macht. Auf der Hochzeitsreise wurde Onkel Cletos Frau in Paris krank. Er steckte sie ins Spital und sagte, Kranke würden ihn anekeln, und irgendwann kriegte er dann einen Brief vom Konsul und erfuhr, daß er Witwer geworden war.

»Die arme Lourdes hat's nicht lange gemacht, das stimmt, aber was soll's, ich hab' getan, was ich konnte, ich hab' sie in einem guten Krankenhaus untergebracht und einschließlich Beerdigung alles bezahlt, es war eben Pech.«

Meine Großeltern waren begüterte Leute, ihnen gehörte eine Gerberei und die Sargfabrik »Das Jenseits«, aber meine Tanten und mein Onkel haben die Erbschaft durchgebracht, und deswegen haben sie jetzt keinen roten Heller mehr und leben von der Hand in den Mund.

»Ich weiß nicht, was schlimmer ist, Hunger oder Dreck. Männern ist Dreck lieber, aber wir Frauen nehmen eher den Hunger in Kauf, vielleicht gibt es die eine oder andere Schlampe, bei der es nicht so ist.«

Das tote Getier, das in der Weinlaube des Küsters hängt, sieht von Tag zu Tag widerlicher und vergammelter aus. Die Schwachsinnige aus Martiñá zeigt der toten Füchsin die nackten Titten, und dabei futtert sie Haselnüsse.

»Hau ab, du verfluchte Irre, du allein hast mehr Sünden auf dem Buckel als Sodom und Gomorrha! Deck deine elenden Dinger zu und bete zu Jesus Christus unserem Herrn, sonst landen wir noch alle in der Hölle wegen deinen Schweinereien!«

Eines Tages traf der Küster Catuxa Bainte mit einem Stein zwischen die Brüste, so daß sie Blut spucken mußte; der Küster lachte sich halbtot.

»Mein Gott, der hab' ich's gegeben! Fast hätte ich ihr die Lunge zermatscht!«

Wenn Catuxa Bainte, die Schwachsinnige aus Martiñá, im Staubecken bei der Mühle von Lucio Mouro herumplantschte, hatte sie etwas von einem verwaisten, verirrten Lamm, aber auch etwas von einem Engel, ohne den Makel der Erbsünde.

»Ist das Wasser kalt?«

»Nein, Señor, nicht sehr.«

Wenn man eine Wolke von Fliegen auf sich zukommen sieht, weiß man: Darin steckt der Pfarrer von San Miguel de Buciños, dessen Fleisch anscheinend süß wie Konfitüre ist.

»Dolores!«

»Ja bitte, Don Merexildo?«

»Das ist kein Wein, das ist Essig, trink du ihn!«

»Ja, Señor.«

Dolores pichelt munter drauflos, sie verträgt so gut wie alles. Dolores, die nur einen Arm hat, torkelt, wenn sie einen in der Krone hat.

»Es gibt Tage, da läuft alles schief, und dann hat das Personal Schlagseite.«

Don Merexildo ist berühmt für seine aufsehenerregende Körperfülle und seine steinharte Männlichkeit; wäre er nicht Pfarrer geworden, hätte er sich sein täglich Brot verdienen können, indem er auf Jahrmärkten sein gutes Stück vorführt.

»Kommen Sie herein, meine Damen und Herren, wir zeigen Ihnen das wahrhaftige Organ des Antichristen, den ungeheuerlichsten Prügel – ich bitte um Verzeihung – der gesamten Iberischen Halbinsel! Nicht drängeln, es gibt Platz für alle, und ein paar Minuten mehr oder weniger tun dem Ausstellungsobjekt keinen Abbruch!«

Aber es gibt eben bestimmte Dinge, die darf ein Pfarrer nicht tun, wegen der Anstandsregeln.

»Dolores!«

»Ja bitte, Don Merexildo?«

»Diese Äpfel sind angefault, iß du sie!«

»Ja, Señor.«

»Wenn du mir noch mal angefaulte Äpfel vorsetzt, schiebe ich sie dir hinten rein!«

»Ja, Señor.«

König Karol von Rumänien besucht Belgrad, begleitet vom Erbprinzen Michael. Bei Luisiño Bocelo, Don Benignos kastriertem Leibeigenen, und Dolores, der einarmigen Hausmagd des Pfarrers von San Miguel, hat man das Gefühl, der Finger des Zorns, der einen mit Knüffen zum Gehorsam zwingt, zeigt auf sie, ein krummer Finger, verknöchert und irgendwie verdorrt.

»Und die Knüffe – kriegt man die mitten in die Wampe?«

»Wo sie gerade hingehen, das ist doch egal.«

Ich werde mir notieren, daß ich meine Cousins in La

Coruña um mehr Zigarren bitten muß, um sie Marcos Albite zu schenken, als Gegenleistung für den heiligen Camilo, der bestimmt ein Kunstwerk wird. Beim Pferdetreiben in Xurés haben Marcos Albite und ich uns geduzt, dann kam der Krieg und es passierten wer weiß was für Dinge, alles ging drunter und drüber, und jetzt duzen oder siezen wir uns, wie es uns gerade so paßt; wenn andere dabei sind, siezen wir uns, und ich sage öfters du zu ihm als er zu mir. Ich darf nicht vergessen, meine Cousins in La Coruña um mehr Zigarren zu bitten, Marcos Albite ist ein netter Kerl, und in seiner Kiste langweilt er sich bestimmt wer weiß wie.

»Den kleinen Stern sieht man kaum noch, ich muß ihn neu anmalen. Grün macht sich sehr gut, das sagen alle, aber es blättert genauso ab wie alles andere, ich muß mal wieder mit dem Pinsel drüber.«

Das Grammophon ist kein normales Grammophon, es ist luxuriöser und auch moderner und hat keinen Trichter, die Musik kommt aus ein paar Ritzen an den Seiten. Rosicler hat argentinische Verwandte, die nennen das Grammophon Vitrola, der Phonograph ist noch älter als das Grammophon. Das Grammophon, das Raimundo der von den Casandulfes unserer Cousine geschenkt hat, ist ein Odeon Modell Cadet. Für Musik, die einem so richtig zu Herzen geht wie die *Mondscheinsonate*, *Für Elise* oder eine Polonaise von Chopin, eignet sich ein Klavier am besten, aber wenn man fummeln und sich ein bißchen gehenlassen will, eignet sich das Grammophon besser, es ist geheimnisvoller und reißt einen mehr mit. Der *Kerzenwalzer* ist ein Mittelding, zu dem paßt das Klavier genausogut wie das Grammophon. Das Klavier ist klein, aus Palisander und hat Elfenbeintasten, Señorita Ramona hat es von ihrer Mutter geerbt, die immer sehr gern und sogar recht schön darauf spielte. An einem Abend im letzten Winter, als die beiden sich schon müde getanzt hatten, sagte Señorita Ramona zu Rosicler: »Hol dem Affen nicht immer einen runter, es macht zwar Spaß, aber es bringt Unglück, und außerdem ist er schwindsüchtig.«

»Armer Jeremías!«

Das Klavier von Señorita Ramona ist ein Cramer, Beale & Co., es hat zwei silberne Kerzenhalter als Verzierung; früher lebten die Menschen besser als heutzutage.

»Gut, aber sie starben auch früher.«

»Da bin ich mir nicht so sicher.«

Robín Lebozán brachte Rosicler immer Pralinen mit.

»Hier, für dich, damit deine Titten stramm bleiben, nichts macht mein Ding so hart wie stramme Titten.«

»Sei still, du Ferkel!«

Robín Lebozán leiht Señorita Ramona Bücher mit Gedichten. Als Rosalía *En las orillas del Sar* schrieb, wohnte sie schon in La Matanza, gegenüber der Station The West, also nicht mehr so weit von dem anderen Fluß, dem Ulla. *En las orillas del Sar* ist auf kastilisch, *Follas Novas* auf galicisch geschrieben, beide sind sehr schön und poetisch. *En las orillas del Sar* veröffentlichte Rosalía kurz vor ihrem Tod, sie ist nicht alt geworden, nicht einmal fünfzig. Robín Lebozán vermutet, daß Rosalía nicht in Santiago zur Welt gekommen ist, wie in den Büchern behauptet wird, sondern in Padrón, von wo man sie gleich nach der Geburt wegbrachte, um ihrer Mutter, die von einem Priester entehrt worden war, Kummer zu ersparen; hätte man geahnt, daß sich das Mädchen im Lauf der Zeit als die größte Dichterin unseres Landes entpuppen sollte, wäre man vielleicht nicht so überstürzt und rücksichtslos vorgegangen; es fehlte nicht viel, und man hätte die Kleine umgebracht.

»Was für Esel das waren!«

»Tja, meine Liebe, es waren eben andere Zeiten.«

Robín Lebozán glaubt, daß Rosalía eine Liebschaft mit Bécquer hatte, aber beweisen kann er es nicht. Bécquer war ungefähr so alt wie Rosalía, aber er starb noch früher, die beiden haben wirklich nicht lange durchgehalten. Señorita Ramona gefielen die Gedichte *Aires da miña terra* von Curros, Robíns Großonkel, der aus Celanova an der Straße nach Xurés stammte.

»Vielleicht bist du deshalb ein Büchernarr geworden.«

»Kann sein.«

Vento mareiro von Don Ramón Cabanillas ist sehr gut; Don Ramón ist aus Cambados an der Ría de Arosa und erfreut sich bester Gesundheit, wir haben ja noch nicht einmal die erste Hälfte des zwanzigsten Jahrhunderts hinter uns, das freut mich, weil die Dichter immer weniger werden und es jetzt nur noch Fußballspieler und Militärs gibt. Auch Rosicler liebt Gedichte, aber nicht so sehr. Raimundo der von den Casandulfes trällert beim Rasieren *Heiliges Herz*.

»Kennst du nichts anderes?«

»Wieso fragst du das?«

»Ach, nur so ...«

In Raucos Taverne setzen sie einem gute Kutteln vor, sie sind besser als der Tintenfisch. Raimundo und unsere Cousine bleiben nicht die ganze Nacht beieinander, das tun sie nur auf Reisen, an Ostern waren sie in Lissabon; wenn Raimundo unsere Cousine besucht, bringt er ihr immer eine weiße Kamelie mit.

»Hier, für dich, Moncha, damit du siehst, daß ich weiß, was dir gefällt und daß ich immer an dich denke.«

Rosicler bekommt von Raimundo Pralinen geschenkt, jeder das Ihre. Fabián Minguela, genannt Moucho, spielt in Raucos Taverne Domino; die Carroupos sind schlechte Verlierer, ihr schweinsledernes Muttermal auf der Stirn schwillt ihnen an, und sie wissen nicht mehr, was sie sagen. Tripeiro der Kaldaunenhändler, der Vater der Gamuzos, sagte immer, wer nicht verlieren kann, der endet nicht gut, anders ausgedrückt, wer ein schlechter Verlierer ist, nimmt ein böses Ende, nämlich mit gespaltenem Schädel im Straßengraben oder einem Messer im Bauch, irgendwo im Wald, wo der Wolf von Zacumeira haust, oder sonstwo. Raimundo reitet gern durch den Wald, an manchen Vormittagen, wenn es nicht zu sehr regnet, macht er mit Señorita Ramona einen Spazierritt; Caruso, das Pferd unserer Cousine, ist alt, hält sich aber noch ganz gut.

»Glaubst du, Cabuxa Tola würde sich trauen, mit dem Wolf von Zacumeira Ferkeleien zu machen?«

»Mein Gott, auf was für Ideen du kommst!«

Der Fremde sah, daß Moucho der von den Carroupos niemanden auf seiner Seite hatte. Das fünfte Merkmal des Hurensohns hat mit den Händen zu tun, sie sind weich, feucht und kalt, Fabián Minguela hat Hände wie schleimige Nacktschnecken.

»Ich werde nicht gern laut, aber wenn Sie nicht bezahlen, was Sie verloren haben, schlage ich Ihnen die Zähne ein.«

Der Kater in Raucos Taverne hat keinen Namen, die Wirtin nennt ihn Michiño, und das versteht er wohl. Während Moucho das Geld rauskramt, streichelt der Fremde den Kater und blickt dabei nicht einmal auf.

»Legen Sie das Geld auf den Tisch, ich hol' es mir schon, wenn mir danach ist.«

Moucho mußte sich das gefallen lassen, weil ihn niemand in Schutz nahm, das hätte er sowieso nicht verdient. Fabián Minguela, genannt Moucho, arbeitet wie alle Carroupos im Sitzen, Schuster reiten nicht und bestellen auch keinen Acker. Moucho ist Schneider und handelt auch ein bißchen mit Kurzwaren wie Garnrollen, Knöpfen aus Zelluloid oder Messing, Baumwollstrümpfen, Tüchern und anderem Krimskrams, die Carroupos sind nicht von hier, nur der Herrgott weiß, woher sie kommen.

»Legen Sie das Geld so hin, daß jeder die Pesos, Pesetas und Duros gut sehen kann, und dann gehen Sie! Wirtin, fangen Sie schon mal an, Wein auszuschenken, aber nur, wenn es Ihnen nichts ausmacht, ich will nämlich niemanden belästigen.«

Sonntags kämmt sich Moucho mit Omega-Pomade, bindet sich eine glänzende, grüne Schnurkrawatte um und steckt dazu ein passendes Kavalierstuch ein, das er mit einer Sicherheitsnadel befestigt, damit man es ihm nicht klauen kann.

»Was für ein Stutzer!«

»Das kann man wohl sagen! Schlimmer geht's kaum noch.«

Das sechste Merkmal des Hurensohns ist der unstete Blick, Fabián Minguela schaut einem nicht einmal im Dunkeln gerade in die Augen. Der Papagei von Señorita Ramona ist älter als sonstwer, der Papagei von Señorita Ramona futtert Erdnüsse und leiert den Rosenkranz runter, virgo potens, ora pro nobis, virgo clemens, ora pro nobis, virgo fidelis, ora pro nobis, da sind zu viele Jungfrauen drin, als hätte man die Nonnen aus dem Orden der Dienerinnen des Allerheiligsten Sakramentes im Haus, die junge, vom rechten Weg abgekommene Frauen auf den Pfad der Tugend zurückführen wollen. Die vier Hausangestellten von Señorita Ramona sind: Braulio Doade aus Camposancos, 82 Jahre; Antonio Vegadecabo aus Cenlle, 81 Jahre; Puriña Córrego aus Baños de Molgas, 84 Jahre; und Sabela Soulecín aus San Cristóbal de Cea, 79 Jahre. Der Papagei ist älter als der älteste von ihnen, und in dem Haus stirbt niemand: virgo prudentissima, ora pro nobis, virgo veneranda, ora pro nobis, virgo predicanda, ora pro nobis, da gibt es Jungfrauen im Überfluß, als hätte man die Jesuiten im Haus, die übermütige Burschen aus guter Familie zur Räson bringen sollen. Die vier Hausangestellten von Señorita Ramona sind halb blind und halb taub, der eine mehr, der andere weniger, außerdem sind sie schwach auf der Lunge und haben Rheuma, alle ungefähr gleich schlimm; ehrlich gesagt taugt keiner von ihnen was, aber man kann sie nicht einfach zum Teufel jagen, auf daß die Wölfe und das Ungeziefer sie fressen.

»Ja, ich weiß, man muß diese Bürde aus Nächstenliebe auf sich nehmen; diese Klappergestelle tun einem leid, wenn man bedenkt, daß ihnen auch einmal das Herz in der Brust gehüpft ist – aus Liebe oder weil die Kolonien verlorengingen. Was für ein Irrwitz! Als der Papagei aus Kuba hierhergebracht wurde, war er schon alt, ich weiß wirklich nicht, wie er sich an unser Klima gewöhnen konnte.«

Adega führt Buch über die Toten, einer muß ja den Notar für sie spielen, denn der Tod metzelt ein Leben nach dem anderen hin, ohne sich jemals eine Ruhepause zu gönnen.

»Der Dorftrottel von Bidueiros hat sich nicht aufgehängt, sie haben ihn gehenkt, sozusagen zum Üben, es war nicht böse gemeint, sie hatten die Sache nicht ganz im Griff; der Teufel richtet es manchmal so ein, daß jemand aus Versehen gehenkt wird, der gar nicht gehenkt werden sollte, so etwas ist eben Pech, den Dorftrottel von Bidueiros haben sie zum Üben aufgehängt, sie haben ihn aus Jux gehenkt, aber dann ist er allen Ernstes gestorben, sie haben ihn aus Versehen kaltgemacht.«

Roque Gamuzo nennen sie aus Jux den Pfaffen von Comesaña, den Dorftrottel von Bidueiros haben sie aus Jux aufgehängt, danach mußten sie ihn beerdigen, und der Gerichtsschreiber wußte nicht, was er auf den Totenschein schreiben sollte.

»Was soll ich auf den Totenschein schreiben?«

»Schreiben Sie, was Sie wollen, es war nur ein Unglück, bei dem armen Trottel ging immer alles schief, es gibt eben Menschen, die als Pechvögel auf die Welt kommen, so ist das nun mal.«

Don Merexildo Agrexán Fenteira, der Pfarrer von San Miguel de Buciños, las für seinen Sohn, den Dorftrottel von Bidueiros, drei Messen, ohne jemandem zu verraten, was er dabei im Sinn hatte.

Chelo Domínguez schenkte ihrem Mann Roquiño Gamuzo sechs Söhne.

»Und haben sie auch so einen Mordsschwengel wie der Vater?«

»Tja, sieht so aus, ich habe keine Klagen gehört.«

Chelo kleidet ihre Söhne sehr sauber und adrett, sie ist sehr stolz auf sie.

»Ich habe dazu ja auch guten Grund, nur wenige Frauen haben sieben richtige Mannsbilder im Haus, ein schöner Anblick sind sie, Roque und seine Söhne.«

Tante Lourdes, Onkel Cletos Frau, ist früh verstorben, sie hat die Flitterwochen nicht überlebt. Tante Lourdes ist in Paris gestorben, weil ihr die Franzosen, die sich selten waschen, die Blattern angehängt hatten; Adega glaubt nicht, daß es die Krankheit war, die Tante Lourdes unter die Erde gebracht hat.

»Das kann nicht sein, weil Señorita Lourdes, die in Frieden ruhen möge, in einem Schaltjahr geboren war, und jeder weiß, daß solche Menschen keine Blattern bekommen.«

»Ist das denn eine feste Regel?«

»So fest wie nur irgendwas!«

Als Onkel Cleto zurückkam, nachdem er Tante Lourdes allein zurückgelassen hatte, gaben sich die Großeltern, die noch lebten, tiefbetrübt.

»Die arme Lourdes, wie muß sie Cleto das Leben schwergemacht haben! Gut, sie hat nicht viel getaugt, aber ein bißchen länger hätte sie ruhig durchhalten können. Hier in der Fabrik hätten wir ihr einen Sarg ausgesucht, der der Frau eines Sohnes unserer Familie würdig gewesen wäre – das Modell Nr. 1 im englischen Stil, aus Nußbaum und mit Messingbeschlägen. Arme Lourdes, wie bald hat der Herr sie zu sich gerufen!«

Tante Lourdes haben sie in ein Armengrab geworfen, weil Onkel Cleto zwar für die Beerdigung, nicht aber für die Grabstätte bezahlt hatte, in solchen Dingen sind die Franzosen sehr eigen, und der Konsul meinte, da sei nichts zu machen; im Ausland zu sterben sei immer eine heikle Sache, weil man sich nicht mit den dortigen Bräuchen auskenne.

»Sind die Franzosen katholisch?«

»Ja, ich glaube schon, jedenfalls sind sie auf ihre Weise katholisch. Protestantisch sind die Engländer und die Deutschen.«

»Aha.«

Die Gamuzo-Zwillinge, Celestino Carocha, der gern jagt, und Ceferino Furelo, der gern angelt, sind die Pfarrer von San Miguel de Taboadela und Santa María de Carballeda im Landkreis Piñor; Furelo das Frettchen war vorher in San Adrián de Zapeaus in Rairiz de Veiga, dem Dorf des berühmten Guerillero Celso Masilde, genannt Chapón der Klecks, der zum Trupp von El Bailarín dem Tänzer gehörte, bis sie 1948 alle in einem Hinterhalt umkamen. Dieser Bailarín hat nichts mit Esteban Cortizas, dem anderen Bailarín, zu tun, einem Reeder, dem Fangschiffe gehörten und der Ortsgruppenleiter der Falange von Mugardos war, wo er 1946 von Freischärlern erschossen wurde. Chapón der Klecks hat auch im Kreis Ordenes im Untergrund gekämpft, zusammen mit Benigno García Andrade, genannt Foucellas der Sichler, dem Anführer der IV. Abteilung, den sie 1951 in La Coruña mit dem Würgeeisen hingerichtet haben. Furelo das Frettchen besucht Benicia an jedem ersten und dritten Dienstag des Monats, Ordnung muß sein; Benicia vögelt munter drauflos, aber sie ist sehr respektvoll und siezt Furelo beziehungsweise Don Ceferino immer, und beim Abschied küßt sie ihm die Hand.

»Alles Gute, Don Ceferino. Haben Sie es genossen?«

»Ja, Tochter, der Herr möge es dir vergelten, ich habe es sehr genossen.«

Auch Pfarrer sind Geschöpfe Gottes, wie Spinnen, Blumen oder kleine Mädchen, die aus der Schule gehüpft kommen; Gott wird ihnen ihre Sünden schon vergeben.

»Fester, Don Ceferino! Gehen Sie nicht raus! Oh! Oh!«

Benicia hat blaue Augen und Brustwarzen wie Kastanien, Benicia kann weder lesen noch schreiben, aber sie geht durchs Leben und hat ein Gespür für alles: Liebe und Verdruß, Leben und Tod, Lust und Ekel, alles, was es so gibt. Raimundo der von den Casandulfes ist im Bett ein größerer Könner als Furelo, weil er nämlich die Universität besucht hat, und so etwas merkt man eben; in Santiago hat er sich als Student in Häusern wie dem von Pombal oder bei der Macana, der Portugiesin und Mama Lola gewisse Fertigkeiten erworben, und eine gute Lehrzeit prägt einen fürs Leben. Furelo angelt gern und bringt Benicia meist ein paar Forellen mit.

»Hier, für dich. Nachher, wenn wir fertig sind... na, du weißt schon, womit... nachher brätst du eine für mich und eine für dich.«

»Ja, Don Ceferino, ganz wie Sie wünschen.«

Carocha jagt gern, Carocha stillt seinen Durst an anderen Tränken.

»Fina!«

»Ja bitte, Don Celestino?«

»Ich habe dir ein Karnickel mitgebracht, das essen wir morgen abend.«

»Ich habe aber meine Tage, Don Celestino.«

»Egal, du weißt doch, daß ich da nicht zimperlich bin.«

Fina ist Witwe, dunkelhäutig und geschmeidig; Fina ist dreißig oder zweiunddreißig Jahre alt, stammt aus Pontevedra, ist lebenslustig und liebestoll, vor einiger Zeit ist sie hier aufgetaucht und geblieben, man nennt sie die Pontevedresa und auch das Meerschwein, niemand weiß, warum.

»Hören Sie mal, ist liebestoll nicht ein bißchen übertrieben?«

»Kann sein.«

Es heißt, Finas Mann sei vor lauter Kummer gestorben, aber das stimmt nicht, Gehörnte sind zäh wie Löwen. Fina hatte schon immer eine große Vorliebe für die Geistlichkeit, das entspricht nämlich ihrem Naturell, und sobald sie einen Pfaffen sieht, der noch nicht zu alt ist, fängt ihre Möse vor Freude an zu kribbeln.

»Das sind richtige Männer, die müssen sich tagsüber nicht abrackern, und deshalb sind sie ganz wilde Reiter. Es macht Spaß mit ihnen.«

Fina hat vor Don Celestino nicht soviel Respekt wie Benicia vor Don Ceferino, sie siezt ihn zwar auch, aber in der Hitze des Gefechts vergißt sie sich manchmal.

»Wie geil du mich machst, du Scheißkerl! ... Verzeihung, Don Celestino, Gott möge mir vergeben, aber Sie bringen mich ganz außer Atem.«

Niemand könnte das Lied wiederholen, das die Achse des Ochsenkarrens singt, wenn er den Hohlweg entlangrumpelt und den Tod verscheucht; der Wolf heult und das Wildschwein grunzt, aber das Dorngestrüpp erschrickt nie, es ist aus zähem Holz, und der Wald ist sein Zuhause.

»Haben Sie es genossen?«

Es nieselt voller Glaube, Liebe, Hoffnung auf den Mais und den Roggen, auf die Tugend und das Laster zu zweit, aber auch auf das einsame Laster, auf die gutwillige Kuh und den Fuchs im Wald; vielleicht nieselt es ohne Glaube, Liebe, Hoffnung, nur daß es niemand weiß, es achtet ja auch keiner darauf; es nieselt voller Hingabe, während die Welt sich dreht und dreht: Ein Mann wuchert mit Darlehen, eine Frau reibt ihre Möse an einem toten Kaninchen, ein Kind stirbt an Blähungen, weil es zu viele Renekloden gegessen hat, Robín Lebozán schenkt Rosicler Pralinen, Rosicler will dem Affen Jeremías unbedingt von Zeit zu Zeit einen runterholen, ein kleines Mädchen kommt um, als ein Pferd auskeilt, Archimedes sagte, gebt mir einen Bezugspunkt usw. Es nieselt mit Gleichmaß, aber auch mit Verdruß auf die Welt hinab, nichts ist übriggeblieben jenseits der Trennlinie zwischen Wald und Himmel, alles hat Gott der Herr verwischt, als Lázaro Codesal im Land der Mauren umgebracht wurde. Finas verstorbener Mann hieß Antón Guntimil und hatte immer eine schwächliche Gesundheit, er war kränklich, anfällig und außerdem ein Stotterer, es kostete ihn große Mühe, ein Wort herauszubringen. Fina behandelte ihn respektlos, sie lachte über seine Schwächen, in dieser Hinsicht verhielt sie sich nicht gut.

»Und damit du Bescheid weißt, du Hampelmann: Der Franziskaner von der Mission hatte einen viel größeren als du, er war mindestens doppelt so groß. Gut, er hatte nicht viel Ahnung, niemand kommt als Könner auf die Welt, aber er hatte zum Lernen das richtige Gerät.«

Antón schoß das Blut ins Gesicht, er nahm seinen Knüppel und zog seiner Frau eins über die Rippen, woraufhin sie ihm die Bratpfanne mitten ins Gesicht knallte.

»Na, hast du jetzt genug, du gehörnter Satan?«

Bevor Fina wegging, lupfte sie eine Arschbacke, als wollte sie einen fahren lassen, stampfte mit dem Fuß auf und schlug die Tür hinter sich zu. Was für Manieren!

»Wenn du was von mir willst, mußt du schon kommen und mich holen!«

Señorita Ramonas Haus liegt außerhalb von dem Dorf Mesós do Reino, und zwar linker Hand, wenn man von Lalín kommt. Mesós do Reino besteht aus einer Anzahl von Häusern, die erst vor kurzem gebaut worden sind. Anfänglich sagte man hier Mesós de Moire, weil die Leute, die hier zuerst ein paar Läden und Kneipen aufmachten, nachdem die Nationalstraße N-525 zwischen Zamora und Santiago gebaut worden war, aus dem benachbarten Moire kamen, das auch zum Landkreis Piñor gehört und rechter Hand liegt, wenn man in Richtung Kastilien fährt. Der Name Mesós do Reino – auf Kastilisch Mesones del Reino, Gasthäuser des Königreichs – kam erst später auf und hat weder mit dem himmlischen noch mit dem galicischen oder spanischen Königreich zu tun. Er setzte sich durch, weil der tüchtigste Kaufmann der Gegend, José Blanco García, den Spitznamen Don José do Reino hatte. Señorita Ramonas Haus ist nicht sehr alt, höchstens zweihundert Jahre, aber es hat etwas Vornehmes, Rätselhaftes und zeugt von vielen Geschichten voller Leidenschaften, Krankheiten und Katastrophen. Señorita Ramonas Familie ist bedeutend, zumindest für dieses Land, und in bedeutenden Familien gibt es immer eine Menge Unglück. Señorita Ramonas Mutter ist im Asneiros ertrunken, obwohl dieser Fluß nicht viel Wasser führt, und es ist nie geklärt worden, ob sie es absichtlich getan hat oder ob es aus Versehen passiert ist. Señorita Ramonas Garten mit seinen Lorbeerbüschen und Hortensien reicht bis zum Flußufer, an dem man ausrutschen und den Halt verlieren kann; manchmal dringen die Schwäne Romulus und Remus vom Teich bis zum Fluß vor; die Leute sagen, daß sie Unglück bringen. Antón, Finas Mann, wurde im Bahnhof von Orense vor aller Augen vom Zug überfahren.

»Wieso ist er nicht zurückgesprungen?«

»Was weiß ich? Der Arme war nie sehr beweglich.«

Fina kochte schon Kaninchen für Don Celestino, als ihr Mann noch am Leben war. Fina war schon immer darauf bedacht, geistlichen Herren gegenüber gefällig und liebenswürdig zu sein. Das Haus meiner Mutter, das jetzt meinen Tanten und meinem Onkel gehört, steht in Albarona und gehört zum Pfarrbezirk San Xoán de Barrán. Wenn Onkel Cleto nicht schläft, spielt er Schlagzeug und trinkt Cognac aus dem Faß, er kauft ihn fast immer auf Pump und in der Hoffnung auf bessere Zeiten in Raucos Taverne. Jesusa und Emilita, meine Tanten, beten entweder oder tuscheln miteinander.

»Und pinkeln?«

»Uff, schrecklich! Tante Jesusa und Tante Emilita müssen schon seit mindestens zwanzig Jahren ständig pinkeln.«

Mir scheint, es war ein Glück für Tante Lourdes, daß man sie in Paris begraben hat, aber ehrlich gesagt weiß man das nie genau; den Großeltern wäre es lieber gewesen, wenn sie in Galicien gestorben wäre, wie es sich gehört.

»Viel war an ihr nicht dran, das konnte jeder sehen, aber andere, die auch nicht viel taugen, halten mehr aus. Wer weiß, was für Särge die Franzosen haben. Vielleicht sind sie aus Pappmaché!«

Tante Jesusa und Tante Emilita richten das Wort nur an ihren Bruder, um ihn zu fragen, ob er seinen Pflichten als Christ nachkomme.

»Verpißt euch! Ich lebe so, wie ich es für richtig halte.«

»Guter Gott, was für Manieren!«

Wenn Tante Jesusa und Tante Emilita ihm begegnen, schauen sie weg, und er pfeift, um sie wütend zu machen.

»Allmächtiger Gott, was haben wir getan, daß wir dieses Kreuz tragen müssen?«

Meine Tanten und mein Onkel reden nicht miteinander, sie haben sich in die Wolle gekriegt, als sie darüber diskutierten, wer welchen Platz auf dem Friedhof bekommen sollte, und am Schluß haben sie sich schlimm beleidigt, leise zwar, aber trotzdem schlimm. Als Onkel Cleto sie schon ganz nervös gemacht hatte, ließ er einen gewaltigen Furz fahren, einen dröhnenden, teuflischen Kracher, und da fingen Tante Jesusa und Tante Emilita an zu weinen und waren untröstlich.

»Als wäre das Ende der Welt gekommen?«

»Ja, ungefähr so.«

Onkel Cleto spielt Schlagzeug nach Gehör, er stellt sich dabei recht gut an und bringt sich selbst in Fahrt, indem er pfeift und trällert, Onkel Cleto hat keine Angst vor der Einsamkeit, er verscheucht sie mit Pauke und Becken. Tante Jesusa und Tante Emilita trinken mittags Malzkaffee und essen dazu Krapfen, das ist billig und schmeichelt trotzdem dem Gaumen. Fabián Minguela, Moucho, darf diese Häuser nicht betreten: nicht das von meinen Tanten und meinem Onkel, nicht das von Señorita Ramona, nicht das von Raimundo und auch keins von irgendeinem Guxinde; selbst wenn nichts passiert wäre – es ist aber eine Menge passiert –, würde er besser draußen bleiben. Und das liegt nicht daran, daß er hier fremd ist, fremder als er ist der Kerl, der ihm befahl, das Geld auf den Tisch zu legen, nachdem er die Partie Domino verloren hatte, und niemand hat ihm den Mund verboten und ihn rausgeschmissen; hier hat keiner was gegen Fremde. Das siebente Merkmal des Hurensohns ist die Flötenstimme, Fabián Minguela hat so eine pfeifende Stimme wie die Betschwestern vom Lamm Gottes, die im Kirchenchor singen. Don Jesús Manzanedo war ein berühmter Mörder, obwohl er ein Don vor dem Namen hatte; höchstwahrscheinlich schmort er jetzt für ewig und bis ans Ende aller Zeiten in der Hölle, Amen. Don Jesús starb im Bett, jawohl, das stimmt, aber er verfaulte bei lebendigem Leibe und roch nach Tod, seine Kinder wichen vor ihm zurück, sie hielten den Gestank nicht aus und träufelten Kölnisch Wasser aufs Taschentuch, auch starb er mit vielen Schmerzen im Fleisch und genauso vielen Gewissensbissen in der Seele. Gott straft ohne Stock und Stein, und von Moucho – hätte er sich bloß rausgehalten – sind nicht einmal die sterblichen Reste geblieben, sie hatten sie aber auch nicht gut verwahrt.

»Ist es kalt?«

»Nicht sehr, an jedem anderen Morgen ist es kälter als heute.«

Benicia ist eine Maschine zum Wärmespenden und Gesellschaftleisten, auch zum Lustbereiten, hör zu, was wir dir zu sagen haben: Wir haben dich ja so gern! Wir freuen uns alle, daß du nicht Geige und Harmonika spielen kannst, Benicia ist wie ein Mühle, die nie stillsteht.

»Reichst du mir die Zeitung?«

»Was willst du damit?«

»Ehrlich gesagt nichts, ich habe sie schon gelesen.«

Benicia ist sanft wie eine Wölfin nach dem Jungekriegen, sie verteilt gern das Gute, das sie zu vergeben hat.

»Machst du mir ein bißchen Platz im Bett?«

»Gern.«

Benicia kann über eine Minute lang die Luft anhalten, dann platzt es aus ihr heraus, seltsam, sie liegt unter dir, als wäre sie tot, aber Tote sind kalt, sie nicht, sie glüht vor Feuer; wenn sie schlagartig zu sich kommt und gieriger Luft holt als irgendwer, legt sie los und ramponiert dir deine Teile und deinen Nacken, sie beißt dir in den Nakken, daß dir Hören und Sehen vergeht, man muß ganz schön aufpassen.

»Mach die Läden zu, ich will ein bißchen schlafen.«

Als Señorita Ramona klein war, brachte man sie in ein

Seebad, weil sie sehr elend aussah, sie fuhren mit ihr nach Cambados an der Ría de Arosa, wo ihre Cousins und Cousinen, die Méndez Contabad wohnten. Von denen gab es eine Menge, insgesamt neun Stück, sie waren sympathisch und lieb, machten ständig einen Heidenlärm, fingen Krebse und aßen Honigbrote. Die beiden jüngsten, Mercedes und Beatriz mit ihren Zöpfen und kleinen Brillen, waren Zwillinge und richtige Satansbraten, sie spazierten auf den Dächern herum und bekamen nicht einmal Schelte.

»Wieso sollte man? Diese kleinen Gören fallen nicht runter, selbst wenn man sie schubst.«

In Cambados beträgt der Unterschied zwischen Ebbe und Flut mindestens drei Meter, vielleicht sogar vier, und wenn es ebbt, liegen die Fischerboote auf Grund, umgeben von lebenden Krebsen, Möwen auf Futtersuche und toten Katzen, auch ein totes Huhn ist fast immer dabei. Die Familie wohnte in Cambados direkt am Meer, im Gasthaus La Perla de Cuba, das den Nachfahren der Witwe Domínguez gehörte; Doña Pilar, die Wirtin, setzte einem gutes Essen vor. Señorita Ramona wurde damals nur Monchiña genannt, heute nennt man sie nur noch gelegentlich so. Jeden Morgen um sieben Uhr, man muß die Zeit gut nutzen, brachten sie Monchiña nach La Toja, in Cambados kann man nicht baden, sie brachten sie im Motorboot hin, das dort hin und her fährt, die Fahrt ist schön, es ist faszinierend, wie der Bug das Wasser teilt, das Kielwasser hat so etwas Romantisches, und manchmal sieht man Delphine; von La Toja kamen sie mit dem Boot um vier Uhr nachmittags zurück. Die gute Zeit zum Baden beginnt, wenn die heilige Jungfrau von Karmel die Fluten segnet, also nach dem 16. Juli. Sie verabreichten Monchiña drei Durchgänge von je neun Bädern, dazwischen ließen sie sie drei Tage ausruhen, und zusätzlich zu den Bädern nahm sie Scott's blutbildende und nervenstärkende Emulsion ein. Vor Beginn der Badesaison spülten sie Monchiña drei Tage lang mit Carabaña-

Wasser durch, damit ihre Därme schön sauber waren und die Bäder gut anschlugen, anschließend ließ man sie einen Becher Selters trinken, gegen den Nachgeschmack. Señorita Ramona erinnert sich mit Schrecken an jene Zeiten, es ist schwerer, ein Mädchen zu sein als eine Frau.

»Am schönsten ist es für mich, wenn du mit mir ins Bett gehst, Raimundiño …, und du bist schon seit einer Woche oder mehr nicht mit mir ins Bett gegangen. Als Mädchen habe ich mich sehr gelangweilt, ich langweilte mich immer, und jetzt werde ich allmählich alt, ja, bald bin ich alt. Schenk dir noch einen Cognac ein und gib mir auch ein bißchen. Warum fährst du mit mir nicht noch mal nach Lissabon?«

Raimundo der von den Casandulfes kann sich nicht erklären, wie er sich die Filzläuse eingefangen hat, aber er hat sie, vor ein paar Tagen war er in Orense und hat kurz bei der Parrocha vorbeigeschaut, das stimmt, doch die Frauen dort sind eigentlich sehr gepflegt. Raimundo hat unserer Cousine Ramona nichts davon erzählt, so was ist schwer zu erklären, und außerdem ekeln sich die meisten Frauen davor, es macht sie irgendwie skeptisch; Raimundo reibt sich mit Ladillol ein, dem Mittel, das am schnellsten, gründlichsten und billigsten Parasiten vertilgt, zu empfehlen ist auch Englisches Öl, jeder weiß, wozu es gut ist, es hinterläßt keine Flecken, riecht nach Lavendel, ist einfach anzuwenden und tötet unverzüglich alle möglichen Parasiten, weiterhin Aceite Brujo, ein Öl, das den Vorteil hat, keine Flecken zu hinterlassen, zugleich aber sehr angenehm riecht. Raimundo entschied sich für Ladillol, weil es hierzulande hergestellt wird.

»Ich mache mir Sorgen, weil ich manchmal so was Ähnliches wie Herzrasen habe, jedenfalls schlägt mein Herz dann sehr schnell.«

»Rauchst du vielleicht zuviel?«

»Weiß nicht, kann sein.«

Den General Don Rogelio Caridad Pita, Kommandeur der XV. Brigade, erschossen sie zu Beginn des Bürgerkriegs in La Coruña, später wird davon noch kurz die Rede sein. Sein Sohn Paco kam 1941, vielleicht auch schon 1940, aus Amerika, um mit der Guerilla Verbindung aufzunehmen, aber er wurde auf Befehl der Obrigkeit verhaftet. Die Marvís aus Briñidelo, Roque und seine drei Söhne Segundo, Evaristo und Camilo schlossen sich dem Trupp von Bermes an und hatten Glück, sie kamen mit heiler Haut davon und konnten nach Hause zurück. Diese Verwandten aus der Gemarkung Cela, die an die von Padrenda grenzt und zwischen denen der Río Limia fließt, sind weder Galicier noch Portugiesen, aber die Sprache dort klingt eher nach Portugiesisch als nach Galicisch, man spricht kein Spanisch und versteht es nicht einmal, die Grenze wird nicht sehr streng bewacht, und der Viehschmuggel läuft gut, die Kinder aus der Gegend gehen in Paradela zur Schule, auf der anderen Seite der portugiesischen Grenze, meine Cousins, die Marvís aus Briñidelo, sind mit dem Trupp von Bermes bis Asturien gezogen.

Marcos Albite hatte kein Glück, man kann auch ohne Beine leben, aber mit Beinen ist es besser, weil man dann hierhin und dorthin gehen und den Dingen einen Tritt verpassen kann. Marcos Albite hockt in seiner Kiste auf Rädern und pinkelt in eine Konservendose, in der früher Paprikaschoten waren, die Schwachsinnige aus Martiñá wäscht sie im Bach aus, damit sie nicht zu riechen anfängt, die Schwachsinnige aus Martiñá ist sehr gutartig veranlagt.

»Und Sie glauben, daß der Regen noch lange anhält?«

»Liebe Frau, was weiß ich! Ich hätte auch gern, daß die Sonne rauskommt, das kannst du mir glauben.«

Pepiño Pousada Coires, genannt Xurelo die Makrele, arbeitet in der Sargfabrik Ruhesanft, genau wie Matías Marvís der Possenreißer. Pepiño Xurelo ist Hilfselektriker und läuft immer mit offenem Mund rum, entweder ist er blöde, oder er kriegt durch die Nase nicht richtig Luft. Die Leute nennen ihn Makrele, weil er so aussieht. Als kleiner Junge hatte Pepiño Hirnhautentzündung, und seitdem hat er für alle Zeiten einen Schlag weg. Jetzt wird viel über die sexuelle Frage oder das sexuelle Problem geredet: Das liegt an der sexuellen Frage, das kommt vielleicht vom sexuellen Problem etc.

»Glauben Sie das auch?«

»Nein, ich nicht, aber Sie können nicht abstreiten, daß viel darüber geredet wird.«

Die Sache ist die, daß Pepiño Xurelo gern Kinder befummelt, andere befummeln gern dicke Frauen mit großem Busen, zuerst schenkt er ihnen Bonbons, und wenn sie dann zutraulich werden, streichelt er ihnen den Po und die Schenkel und das Ding, mit dem sie Pipi machen, einen guten Dorfschullehrer hätte er abgegeben. Tatsache ist, daß sich Pepiños Eltern nie sehr um ihn gekümmert haben, weil sie ihn für einen halben Schwachkopf hielten.

»Der kommt schon allein zurecht, solche Kinder haben einen guten Riecher, sie sind wie Schlangen.«

»Wirklich?«

»Und ob! Sogar einen besseren.«

Pepiño Xurelo war also sich selbst und Gottes Führung überlassen, er wuchs heran, und als die Zeit gekommen war, heiratete er wie alle anderen und hatte mit seiner Frau zwei Töchter, aber beide waren blöde und starben, bevor ein Jahr um war. Seine Frau (egal wie ich mich anstrenge, ich komme einfach nicht auf ihren Namen, dabei liegt er mir auf der Zunge) brannte mit einem Hausierer aus Astorga durch und ist noch immer mit ihm zusammen. Wo nun seine Frau weg war und er seine Freiheit zurückerlangt hatte, erstrahlte Pepiño Xurelos Antlitz im Abglanz der Glückseligkeit.

»Scheiß der Hund drauf! Ist doch schön, wieder allein zu sein!«

Eines Tages erwischten sie Pepiño Xurelo, als er Ferkeleien mit Simonciño, genannt Pucho das Kälbchen, machte. Pucho war ein sechs Jahre alter taubstummer Junge, und Pepiño hätte ihn fast erwürgt. Sie sperrten Pepiño zuerst ins Gefängnis und dann ins Irrenhaus; unterwegs verpaßten sie ihm Ohrfeigen und Fußtritte und Schläge mit dem Riemen und schlugen wohl auch ein paarmal mit einem Knüppel auf ihn ein, aber nicht aus Bosheit, sondern nur zum Vergnügen und Zeitvertreib. Als seine Frau davon hörte – Moment, sie hieß Concepción Estivelle Gresande, jetzt weiß ich es wieder, ja, kein Zweifel, Concepción Estivelle Gresande, sie nannten sie Concha da Cona die Muschelmöse –, sagte sie, sie wolle davon nichts wissen, es sei ihr egal und von ihr aus könne er verrecken oder Aussatz kriegen.

»Ich habe keine Wut auf ihn, er ist mir einfach nur egal, von mir aus kann er Aussatz kriegen und sogar verrecken, ich werde keine Trauer tragen, das sage ich Ihnen.«

Concha da Cona wurde von dem Tag an, als sie mit dem Kerl aus Astorga durchbrannte, richtig hübsch und lebenslustig. Was für ein Unterschied!

»Frauen tut eine Veränderung meistens gut.«

»Was du nicht sagst! Den Männern etwa nicht?«

Matías alias Chufreteiro der Possenreißer kommt gut zurecht und hat nicht vor, wieder zu heiraten.

»Wenn ich Kinder hätte, müßte ich für sie sorgen, aber da ich keine habe ... Puriña war in Ordnung, o ja, aber sie war immer kränklich und erzählte jedem ihre Wehwehchen. Daß Frauen krank sind, ist nicht schlimm, alle sind krank, wie man weiß, das Schlimme ist, daß sie dir alles über ihre Krankheit erzählen, und das hält nicht einmal der liebe Gott aus.«

Matías hat was übrig für Tanzen, Kartenspiel und Taschenspielereien, er spielt auch Billard und Domino, ist ein guter Geschichtenerzähler, trinkt süßen Anis und mag Kokosplätzchen und Pastillen aus Milchschokolade. Matías wohnt mit seinen beiden jüngeren Brüdern zusammen: mit Lacrau dem Skorpion, der taubstumm und schlau ist, und mit Mixiriqueiro dem Zimperlichen, der eine schwache Gesundheit hat und ein Einfaltspinsel ist. Benitiño Lacrau geht einmal im Monat ins Puff, dafür arbeitet er und verdient gutes Geld; Salustiño Mixiriqueiro rührt sich kaum vom Fleck und verbringt seine Zeit mit Seufzen und Stöhnen. Puriña war sehr hübsch, eine sinnliche Schönheit, nicht wie ihre Schwester Loliña, Afoutos Frau, die eine wilde Schönheit war, hierzulande gibt es viele hübsche Frauen beiderlei Typs, Loliña wurde von einem Ochsen gegen eine Wand gedrückt und zerquetscht. Julián alias Paxarolo den Schlaukopf nannten sie auch Xiao. Pilar Moure Pernas, die Frau von Xiao Marvís Ventela oder Fernández, die in Chantada ein Uhrengeschäft hat, färbt sich das Haar blond, und weil sie mollig ist, fällt es sehr auf, sie trägt auch ein elastisches Mieder und muß sich mit Talkum bestäuben, damit das Gummizeug nicht an der Haut klebt, die immer ein bißchen feucht ist, obwohl das Mieder natürlich kleine Löcher hat; Pilars erster Mann war sehr eifersüchtig und ließ nicht zu, daß sie sich das Haar färbte und solche Mieder trug.

»Nein, nein, eine anständige Frau macht nicht an sich rum, wenn sie erst mal anfängt, sich blond zu färben und so ein Mieder zu tragen, wer weiß, wo das hinführt.«

»Mensch, aber wenn meine Schwester Milagros doch auch eins trägt!«

»Das muß sie mit ihrem Mann ausmachen! Es ist mir ganz egal, was deine Schwester Milagros tut, aber was du tust, ist mir nicht egal!«

Pilar Moures erster Mann, Urbano Dapena, starb an einer Kolik, genauer gesagt an der Darmgicht; zum Schluß erbrach er Kot, und als er endlich tot war, atmete seine Frau auf. Es gibt eben Todesfälle, die tiefen Frieden über eine Familie bringen. Urbanito, der den Tod seines Vaters miterlebte – der Schlingel versteckte sich hinter dem Vorhang, um alles genau beobachten zu können –, fragte hinterher seine Mutter: »Mama, Mama, warum hat Papa aus dem Mund gekackt?«

Pilar Moure heiratete sofort nach Ablauf der gesetzlich vorgeschriebenen Frist Paxarolo den Schlaukopf.

»Darf ich an dir nuckeln, Pilarín?«

»Mach mit mir, was du willst, mein Gebieter, du weißt ja, ich bin ganz dein, wir müssen zwar noch den Papierkram hinter uns bringen, aber mein Busen und mein ganzer Körper gehören schon dir.«

»Caramba!«

Pilar färbte sich das Haar blond, und bevor sie zum zweitenmal heiratete, kaufte sie sich eins von diesen Gummimiedern, es gibt eben ein paar Dinge, vor allem sehr intime, in die sich der Gesetzgeber nicht einmischt. Der kleine Urbanito war schon im Himmel, als sein zweiter Halbbruder unterwegs war, seine Mutter und ihr neuer Mann verloren nämlich keine Zeit. Urbanito starb an Blutarmut, er war noch ganz klein, als er den Löffel aus der Hand legte, und es nutzte ihm nichts, daß man ihn mit Rosmarinblüten, Maisbrot und Läusen von seiner Mutter fütterte.

»Was tut eine Mutter nicht alles für ihr Kind!«

»Ja, das kann man wohl sagen.«

Für Pilar Mouro war das Gebären etwas ganz Natürliches, es kostete sie keine große Mühe.

»Man muß deswegen kein Theater machen, wir Frauen sind dafür da, Kinder auf die Welt zu bringen, und so eine große Tat ist das nun auch wieder nicht.«

Der heilige Fernández war nicht heilig, er war selig. Mein Verwandter, der heilige Fernández, wurde in der Ortschaft Moire geboren, im Pfarrbezirk Santa María de Carballeda, Landkreis Piñor, und zwar im Jahr 1808 am Tag des heiligen Jakob, kurz nachdem Karl IV. auf die spanische Krone verzichtet hatte. In der Espasa-Enzyklopädie steht, er sei in Cea in der Provinz León zur Welt gekommen, aber das stimmt nicht; in dem Artikel über Modesto Fernández y González, der mit dem Namen Camilo de Cela firmierte, heißt es, er stamme aus Carballeda de Avia, aber auch das stimmt nicht; Carballeda de Avia liegt in der Nähe von Ribadavia, also weit weg von hier. Der heilige Fernández war der Sohn meiner Ururgroßeltern, Don Benito, von Beruf Arzt, und Doña Benita, von Beruf Hausfrau, die am 26. Mai 1794, in dem Jahr, als Ludwig der XVI. von Frankreich hingerichtet wurde, geheiratet hatten. Die Espasa-Enzyklopädie irrt auch, wenn sie ihn Fray Juan Santiago nennt; er hieß nämlich Fray Juan Jacobo, was dasselbe bedeutet, obwohl es anders geschrieben wird, und sein Vater hatte ihm diesen Namen zu Ehren von Rousseau gegeben. Mein Ururgroßvater war nämlich ein Enzyklopädist, in seinem Haus lagen acht oder zehn Briefe von d'Alembert und drei oder vier von Diderot herum, bis Tante Jesusa und Tante Emilita sie eines Tages zu Beginn des Bürgerkriegs verbrannten, nachdem Pater Santisteban, S.J., ein wahrhaftiger Heiliger, zu ihnen gesagt hatte, die beiden seien gottlose Ketzer gewesen, und im Interesse eines reinen Gewissens sei es ratsam, die Briefe zu vernichten.

»Unser Feind, der Böse, bedient sich tausenderlei Listen, um uns zum Laster zu verleiten und vom rechten Weg abzubringen.«

»Ja, Pater.«

»Und außerdem sind diese Briefe, wie ich sehe, auf französisch verfaßt. Verwahrt euch gegen die Lockungen der Sünde!«

»Ja, Pater.«

Pater Santisteban, S.J., nahm eine Prise Schnupftabak, nieste dreimal – Hatschi! Hatschi! Hatschi! –, schneuzte sich geräuschvoll, schlürfte das letzte Schlückchen Malzkaffee, hängte sich mit dem Gebahren eines großen Gelehrten den Priestermantel um und setzte, halb Volkstribun, halb Senator, eine feierliche Miene auf.

»Werft sie in die Flammen!«

»In welche, Pater?«

»Das ist mir gleich.«

»Ja, Pater.«

Der ehrwürdige Pater Daniel Avellaneda, ein berühmter, aus Santander stammender Dominikanermönch und Mitglied der Geographischen Gesellschaft, prophezeite, daß der Hauptgewinn der Weihnachtslotterie auf die

Nummer 25.888 entfallen würde, und so geschah es. Als Raimundo der von den Casandulfes die Filzläuse endgültig los war, atmete Señorita Ramona auf.

»Ich dachte schon, du liebst mich nicht mehr, Raimundiño, ich glaubte, ich gefalle dir nicht mehr. Was für eine schlimme Zeit ich deinetwegen durchgemacht habe!«

»Ach was, du Dummchen, ich hatte eine Menge Probleme und Sorgen.«

»Willst du mir nicht davon erzählen?«

»Nein, das ist nichts für Frauen, du würdest es nicht verstehen.«

»Hat es was mit Politik zu tun?«

»Lassen wir das! Wichtig ist, daß wir wieder zusammen sind.«

Adega kennt die Geschichte der Guxindes aus dem Effeff, manche nennen sie auch die Moranes, aber das tut nichts zur Sache.

»Ihr Verwandter, der heilige Fernández, war der Bruder Ihrer Urgroßmutter Rosa. Ihren Verwandten, den heiligen Fernández, machten die Ungläubigen in Damaskus zum Märtyrer, sie stießen ihn vom Glockenturm, und es dauerte mehrere Stunden, bis er tot war. Ihr Verwandter, der heilige Fernández, hielt bis zuletzt am katholischen Glauben fest, die Ungläubigen sagten zu ihm: Schwöre deinem Glauben ab, du Christenhund!, aber er antwortete: Ihr könnt mich mal, mein Glaube ist der einzig wahre! Ihr Verwandter, der heilige Fernández, war immer sehr tapfer. Bevor er ein Märtyrer wurde, zeugte Ihr Verwandter, der heilige Fernández, mehrere Kinder, angeblich elf, jedesmal, wenn er nach Spanien zurückkehrte, schwängerte er eine Frau; damit er seine Kinder notfalls wiedererkennen konnte, brannte er ihnen mit seinem eisernen Siegelring unter der linken Brustwarze ein Zeichen ein. Ich erinnere mich noch genau an einen seiner Söhne, den jüngsten, Fortunato Ramón María Rey, Ihr Verwandter, der heilige Fernández, steckte ihn in Santiago ins Findelhaus und zahlte so viele Peseten, wie das Jahr Tage hat, damit eine Amme ihn aufzog. Nachdem der Herrgott Fortunatos Vater zu sich in den Himmel gerufen hatte, wurde der Kleine von einem gewissen Señor Pedro, der aus dem Bergland von Peares stammte, zuerst nach Orense und dann in ein Dorf gebracht, an dessen Namen ich mich nicht mehr erinnere, vielleicht war es Moura oder Lourada. In Santiago hatten sie den Jungen Fortunato Ramón María Rey genannt, aber danach wuchs er unter dem Namen Ramón Iglesias auf, weshalb ihm die Erbschaft von einer Million Reales entging, die er nach dem Willen seines Vaters, des heiligen Fernández, bei Erreichen der Volljährigkeit hätte kassieren sollen; in Erbschaftsangelegenheiten waren Ihre Verwandten schon immer sehr nachlässig, gut, die einen natürlich mehr, die anderen weniger.«

Onkel Cleto ist sehr reinlich und überängstlich, den ganzen Tag reibt er sich die Hände mit Alkohol ein, an den Knöcheln sind sie schon ganz wund.

»Was kostet es schon für Mühe, ein paar elementare Regeln zu beachten!«

»Ja, da haben Sie wohl recht.«

Onkel Cleto trägt immer Handschuhe, er spielt sogar mit Handschuhen Jazzband, vorher streut er Wundpulver hinein, damit sie nicht an den wunden Knöcheln kleben.

»Um uns herum wimmelt es von Krankheitserregern, und es ist unsere Pflicht, uns gegen drohende Infektionen zu schützen: Cholera, Lepra, Gangräne, Tetanus, Angina – was soll ich noch weiterreden?«

Onkel Cleto verrichtet seine Notdurft im Freien, das Gesicht dem Wind zugekehrt (wenn er ausspuckt, dreht er sich um), und den Hintern putzt er sich mit den besonders zarten Herzblättern von einem frischgeschnittenen Kopfsalat.

»Man kann nicht vorsichtig genug sein.«

»Stimmt.«

Tante Jesusa und Tante Emilita beten den kompletten Rosenkranz runter, den mit den fünfzehn Mysterien, und gegen Ende schlafen sie vor lauter Langeweile ein. Tante Jesusa und Tante Emilita langweilen sich zu Tode, sie sind sowieso wie betäubt, und das einzige, das sie ein bißchen ablenkt, ist, darüber nachzudenken, wie gemein Onkel Cleto zu ihnen ist, aber das ist seine Sache, und er soll sich nicht wundern, wenn er dafür in die Hölle kommt!

Tante Jesusa und Tante Emilita reden mit Flötenstimme, als wären sie in der Kirche und würden die Exerzitien vorbeten.

»Schlimm wird es ihm ergehen, unserem armen Bruder, wenn er sich am Tag des Jüngsten Gerichts vor dem Herrgott verantworten muß!«

»Stimmt, aber wenn der große Augenblick gekommen ist, werden wir alle ganz schön in der Klemme stecken, der eine mehr, der andere weniger.«

»Deshalb ist es ratsam, sich gut auf den Tod vorzubereiten, Camilito. Nimm das nicht auf die leichte Schulter! Denk nur an Fleta, die plötzlich gestorben ist und keine Zeit mehr zum Beichten hatte.«

»Ach, mach dir keine Sorgen um mich, Tante, ich passe schon auf.«

Meine beiden Tanten kannten Pepiño Xurelo die Makrele nicht, sie hatten von ihm gehört, aber kennengelernt haben sie ihn nicht. Es gibt Menschen, die gehen durchs Leben und fallen überall auf, ohne es darauf anzulegen, und es gibt andere, die werden von niemandem beachtet, egal wie sehr sie sich anstrengen. Concha da Cona die Muschelmöse wurde von Tag zu Tag hübscher und lebenslustiger, der Körper von jungen Frauen wird erst richtig verlockend, wenn sie Witwen sind, die Natur ist eben sehr weise, sie übertüncht den Schmerz mit Geilheit, damit wir weiterleben können. Concha da Cona kann mit Kastagnetten umgehen wie eine Zigeunerin.

»Wo hast du das gelernt?«

»Zu Hause, man braucht nur ein bißchen Geduld; das mit den Kastagnetten ist wie mit dem Atmen, nach einer Weile geht es von allein.«

Concha da Cona singt gern Schlager, und sie hat eine schöne Stimme. Concha da Cona ist eine Lebensmaschine, im Gegensatz zu Pepiño Xurelo, der wie eine Todesmaschine ist, gegen manche Dinge ist eben kein Kraut gewachsen. Concha da Conas Blick ist hochmütig und dreist, vielleicht ist sie die Tochter eines Grafen oder Generals, das Blut von Familien, in denen es schon seit langer Zeit warmes Essen gibt, läßt sich eben nicht verleugnen. Concha da Cona streckt sich im Schlaf lang aus, noch ein Zeichen für Selbstvertrauen.

»Ist Ihnen aufgefallen, daß sie Haar wie Seide hat und sich beim Gehen leicht in den Hüften wiegt? Mit einer guten Ausbildung hätte Concha da Cona es weit bringen können, sie hätte Wirtin eines Gasthauses, Friseuse, Inhaberin eines Kurzwarenladens oder etwas Ähnliches werden können, aber Concha da Cona kann nicht lesen und schreiben, und damit muß sie zurechtkommen.«

»Geduld, Schwester!«

»Ja, genau, Geduld und Gesundheit, um weiter mitmischen zu können.«

Concha da Cona hat sich eine Zeitlang in fernen Städten (Valladolid, Bilbao, Saragossa) rumgetrieben, sie hat für Maler Modell gesessen, aber bald aufgegeben, weil sie dabei immer so gefroren hat und trotzdem nicht aus der Armut herauskam, dafür lohnt es nicht, den nackten Busen vorzuzeigen.

»Außerdem ärgert man sich, weil sie einen anglotzen, als wäre man ein Kleiderständer.«

Tante Jesusa hatte mal einen Verlobten, der war Apotheker, nein, er war noch nicht ganz mit dem Studium fertig, es fehlten ihm noch zwei Scheine, er hieß Ricardo Vázquez Vilariño und fiel im Krieg, er schloß sich den Galicischen Standarten an und wurde in Teruel am Neujahrstag 1938 erschossen, zur selben Zeit wie sein Vorgesetzter, der Kommandant Barja de Quiroga. Auch Tante Emilita hatte einen Verlobten, der hieß Celso Varela Fernández, war Polier und ließ sie wegen einer Schauspielerin sitzen, aber Tante Emilita trug es ihm nicht nach.

»Ein Luder war sie, ein gerissenes Luder, gegen solche Frauen sind Männer wehrlos, Celso war in Ordnung, ja, das war er, aber dieses üble Weibsstück hat ihn mit List und Tücke um den Finger gewickelt, den armen Celsiño!«

Was gerade behauptet worden ist, stimmt nicht, Tante Jesusa und Tante Emilita haben nie einen Verlobten gehabt, bei ihnen stand schon früh fest, daß sie sitzenbleiben würden. Robín Lebozán stellte sich vor den Spiegel, setzte eine sehr besonnene Miene auf und meinte: »Ich werde immer sagen, daß sie beide einen Verlobten hatten, ich bin sehr menschenfreundlich und möchte auch so bleiben, trotzdem, Tante Jesusa und Tante Emilita hätten die Mütter von dem Pharmaziestudenten und dem Polier sein können. Mir ist egal, ob die Leute durchblicken oder nicht, ich will nur den Geboten meines Gewissens folgen.«

Celestino, genannt Carocha der Maiskolben, also Don Celestino, der Pfarrer von San Miguel de Taboadela, hat was mit Marica Rubeiras der von den Tunos, einer jungen, verheirateten und hübsch anzusehenden Frau aus dem Dorf Mingarabeiza, deren Ehemann seine Hörner ohne Würde trägt. Don Celestino trifft sich mit Marica im Glockenturm, kein bequemer Ort, dafür aber ruhig.

»Und schön luftig?«

»Genau, auch schön luftig.«

Santos Cófora, genannt Leitón das Spanferkel, war zweiundsiebzig Jahre alt, brachte mindestens zwei Zentner auf die Waage und verlangte von seiner Frau, die noch nicht einmal zwanzig war, daß sie ihm die eheliche Treue hielt.

»Was für ein Irrwitz!«

»Mann, ich weiß nicht, was ich dazu sagen soll. Verlangen kann man viel!«

Leitón das Spanferkel wollte keinen Skandal vom Zaun

brechen, und Marica behalten wollte er auch nicht, klar, aber vor lauter Wut fiel ihm nicht ein, wie er sich am besten rächen könnte.

»Das wird mir dieser verdammte Pfaffe büßen, wenn es einen Gott gibt, wird er mir dafür büßen!«

Die Familienangehörigen in Piñor sind vom Besen der Zeit, dem die Ernte des Todes nie reich genug ausfällt, hinweggefegt worden. Mein Onkel Claudio Montenegro, der mit der Jungfrau Maria verwandt war, starb hochbetagt kurz nach Kriegsende; er war ein komischer Kauz, der nie das Gesicht verzog, nie die Stimme erhob und nie über etwas staunte, selbst über Sonnen- und Mondfinsternisse oder Nordlichter nicht, im Krieg waren mal Nordlichter zu sehen. Als er hörte, Leitón das Spanferkel sei nach Orense gefahren, um sich dort die Filzläuse einzufangen und sie hinterher dem Pfarrer Celestino Carocha anzuhängen, fand er das ganz natürlich.

»In diesem Jahr gibt es nämlich viele Filzläuse, die Glockentürme sind mit Filzläusen verseucht. Der Herr stehe uns bei!«

Teresa, meine Großmutter, hatte zwei Schwestern, Manuela und Pepa, und einen Bruder, Manuel. Teresa Fernández, genannt Pinoxa die Fichtennadel, wohnte bei ihrem blinden Vater, sie war die Tochter von Manuela; Claudio Otero, genannt Restra die Perlschnur, und sein Bruder Manuel, genannt Cortador der Schnitter, waren Söhne von Pepa. Onkel Claudio war Vater von zwei blinden, sehr unglücklichen Töchtern, und Onkel Manolo war das halbe Leben lang besoffen. Als er starb, hatte er über zweihundert ungetragene Hemden im Schrank, sein Sohn Manolito hatte sie ihm geschickt, er hatte in Montevideo einen Laden. Manuela Fernández, auch Morana die Dunkle genannt, war die Tochter von Manuel, und sie mochte uns immer gern, weil Großmutter ihr irgendeine Schuld erlassen hatte, vielleicht einen Pachtzins. Familien sind wie Flüsse, sie fließen und fließen und werden nicht müde. Teresa, meine Großmutter, war eine Nichte des heiligen Fernández. Fortunato Ramón María Rey, der später den Namen Ramón Iglesias bekam, also einer der unehelichen Söhne des heiligen Fernández, heiratete Nicolasa Pérez und hatte mit ihr sieben Kinder: Antonio, der in Kuba Josefa Barrera heiratete, ihr Sohn José Ramón lebt in New York; Hortensia, die in Kuba Julio Fuentes heiratete, ihre Kinder Delia, Maruja und Francisco leben in New York; Mercedes, die in erster Ehe mit Ildefonso Fernández und in zweiter mit José Uceda verheiratet war; mit ihrem ersten Mann hatte sie einen Sohn, Julio, der in Vigo lebt und mit Dolores Ramos verheiratet ist (die beiden haben zwei Kinder, Alfonso, der mit Concepción verheiratet ist, an ihren Familiennamen erinnere ich mich nicht, und in Barcelona lebt, und Mercedes, die mit Maximino Lago verheiratet ist und in Vigo lebt), und mit ihrem zweiten Mann hatte sie fünf weitere Kinder: Maruja, die mit Justo Nuñez verheiratet ist und in Orense lebt (sie haben zwei Söhne, Justo und Jorge, die in Madrid leben), Antonio, der mit Aurora del Río verheiratet ist und in Orense lebt (sie haben zwei Söhne, José Luis, der mit María Luisa González, und Roberto, der mit Elisa Camba verheiratet ist), Matilde, die mit Román Alonso verheiratet ist (sie haben zwei Söhne, Carlos, der mit Pilar Jiménez verheiratet und Alvaro, der ledig ist), José, der ledig ist und in Madrid wohnt, und Ramón, der mit Nieves Pereira verheiratet ist und in la Coruña lebt. Der vierte Enkel des heiligen Fernández hieß César und war mit Sara Carballo verheiratet, beide sind schon tot, und ihr Sohn, der ebenfalls César heißt, ist der einzige, der den Nachnamen Rey trägt, alle anderen heißen Iglesias; César ist mit Benigna verheiratet, an deren Familiennamen ich mich auch nicht erinnere, und sie haben zwei Töchter, Lourdes und Raquel. Der nächste in der Reihe ist Orentino, er ist mit Luisa Novoa verheiratet, sie haben zwei Töchter, Carmen, die mit Adolfo Chamorro und Pilar, die mit Francisco Sueiro verheiratet ist. Die vorletzte ist María, die Witwe von José Dorribo, mit fünf Kindern: Angelines, verheiratet mit José Rodríguez; Rafael, verheiratet mit Aurora Pérez; Eulalia, ledig; Luisa, verheiratet mit Serafín Ferreiro; und Sara, verheiratet mit Arturo Casares. Die Jüngste heißt Herminia, ist die Witwe von Cándido Valcárcel und hat vier Kinder: Antonio, verheiratet mit Dolores do Campo, und María del Pilar, Matilde und Antonio, alle drei ledig. Familien sind wie das Meer, es hört nie auf und hat weder Anfang noch Ende.

Es nieselt auf Familien und Menschen, auf zahme und wilde Tiere, auf Männer und Frauen, auf Eltern und Kinder, auf Kranke und Gesunde, auf Begrabene, Verbannte und Reisende. Es nieselt, wie das Blut durch die Adern fließt. Es nieselt, wie der Stechginster und der Mais wachsen, oder wie ein Mann eine Frau verfolgt, bis er sie kleinkriegt oder sie aus lauter Liebe oder Hitzigkeit umbringt. Vielleicht ist der Nieselregen Gott, der die Menschen aus der Nähe beaufsichtigen will, doch das weiß niemand. Pepiño Xurelo kam aus dem Irrenhaus raus, weil sich ein Arzt, ein Anwalt und ein Richter für ihn einsetzten, man weiß ja, daß junge Männer gerne experimentieren und Theorien aufstellen, die drei sahen einen Zusammenhang zwischen dem Verhalten eines Menschen und seinen Hormonen.

»Und was soll das heißen?«

»Keine Ahnung, ich wiederhole nur, was man mir erzählt hat.«

Der Arzt, der Anwalt und der Richter fragten Xurelo die Makrele, ob er sich kastrieren lassen würde (keine Keimdrüsen, keine Gefahr), und er sagte, gut, ist mir egal. Ärzte, Anwälte und Richter nennen so etwas entmannen.

»Und haben sie ihm auch etwas über Stoffwechsel und zunehmenden, mit Schmerzen verbundenen Kalkmangel erzählt?«

»Kann sein, ich erinnere mich nicht mehr genau.«

Die einen sterben hieran, die anderen daran, im Krieg und im Frieden, durch Krankheit, Unfall oder Leichtsinn, es gibt keine feste Norm, und aussuchen kann man es sich auch nicht, es kann keine allgemeingültige Regel geben. Es gibt Männer, die heldenhaft einen Bunker verteidigen, dabei Fahnen schwenken und patriotische Parolen brüllen, aber es gibt auch welche, denen das Herz stehenbleibt, während sie masturbieren und den Kopf voll Traumbildern haben, in meiner Heimat gibt es keine Feigenkakteen, das sind ketzerische Gewächse aus dem Land der Mauren: Djellabahs, Kaktusfeigen, Esel, Eidechsen, Ziegen und Staub, viel Staub, es lohnt nicht, zum Sterben dorthin zu gehen. Die Mauren in der Kabylei Tafersit sind halb schwul, manche sind auch stockschwul, ihnen ist das egal. Lázaro Codesal hatte blaue Augen und Haare so rot wie Paprika, Lázaro holt sich einen runter und läßt dabei Adega – was für eine Gabe Gottes! – splitternackt durch seinen Kopf segeln, er hat darin Übung, sich aus dem Gedächtnis einen runterzuholen, es geht am besten, wenn man jung ist. Schade, daß Lázaro Codesal sterben mußte, manche Tote beklagt man mehr als andere, es gibt auch welche, über die man sich wer weiß wie freut. Die Carroupos haben auf der Stirn ein Muttermal aus rauhem Schweinsleder, es ist wie das Brandzeichen von Vieh, das giftige Kräuter wiederkäut.

»Kannst du giftige Kräuter erkennen?«

»Allerdings, am Geruch und an der Farbe, manchmal auch am Klang, ich meine, an dem Geräusch, das entsteht, wenn der Wind es zaust.«

Gorecho, genannt Tundas der Prügler, geht mit einem Sarg auf dem Rücken, einer Korbflasche voll Petroleum und einem Sack Sägespäne hinauf in den Bergwald.

»Wo willst du hin, Gorecho?«

»In den Wald, den Heiligen Geist begraben.«

»Mein Gott, was für ein Quatsch!«

»Na, dann warte mal ab, bis es Nacht wird.«

Als es Nacht wird, sucht sich Gorecho alias Tundas der Prügler ein gemütliches Plätzchen, eine Kuhle voll Farnen, in der noch die Spuren einer Füchsin zu sehen sind, legt sich in den Sarg, bestreut sich mit Sägespänen, schüttet reichlich Petroleum über sich und steckt sich mit einem Schwefelholz in Brand: Er windet sich vor Schmerz, stirbt aber ohne einen Muckser, der Heilige Geist gibt ihm nämlich Kraft. Concha da Cona fand ihn, als sie im Wald Schlingen für Kaninchen auslegte.

»Und wie sah er aus?«

»Tja, ehrlich gesagt fast hübsch. Ziemlich angekokelt, aber hübsch.«

Gorechos Einfall wurde allseits gelobt.

»Die Leute wissen bald nicht mehr, was sie anstellen sollen, um Aufsehen zu erregen!«

Der Mensch ist ein seltsames Tier, es macht alles verkehrt herum, von Geburt an steht es sich selbst im Weg. Gefällt dir die schlanke Frau, die zum Waschen an den Fluß geht, die mit dem Zopf? Ja? Dann heirate sie doch, du wirst schon sehen, was es heißt, es mit einer Nervensäge aushalten zu müssen, Frauen werden zu Nervensägen, sobald sie verheiratet sind, jawohl, bald nach der Heirat, und niemand weiß, woran das liegt, vielleicht ist es ein Naturgesetz. Gefällt dir die dralle Frau, die im Laden Paprika kaufen geht, die mit dem grünen Tuch? Ja? Dann verpaß ihr schleunigst eine Kugel oder renn weg, als hättest du den Teufel im Nacken, sonst könnte es passieren, daß sie sich wie eine Klette an dich hängt. Oder wie eine Filzlaus? Ja, auch wie eine Filzlaus, dies ist ein gutes Jahr für Filzläuse. Es sind doch wohl keine kleinen Spinnen? Nein, Frau, was für ein Dummkopf du bist, wie können es kleine Spinnen sein, es sind eindeutig Filzläuse! Gefällt dir die Dunkelhaarige da drüben, die eine Milchkanne auf dem Kopf trägt, die mit dem Rüschenrock? Ja? Dann hau schnell ab, weil sie nämlich höchstwahrscheinlich die reinste Skorpionenbrut ist, der Mensch ist ein seltsames Tier, er liebt Verwirrspiele. Lázaro Codesal wurde heimtückisch umgebracht, er hatte keine Chance, einen jungen Mann abzuknallen, während er sich unter einem Feigenbaum in aller Ruhe einen runterholt, ist eine schändliche Tat, ein Mann darf so etwas nicht tun, Krieg ist Krieg, ja, das wissen wir alle, aber im Krieg schießt man nicht wie auf Zielscheiben, so etwas ist eine Gemeinheit, und auch nicht in den Rücken, keine Leiche hat jemals so gestunken wie die von Don Jesús Manzanedo, das war die gerechte Strafe Gottes, seine Söhne besprühten ihn mit Kölnisch Wasser, aber es half nichts.

»Gehen sie zur Beerdigung von Don Jesús?«

»Nein, ich glaube, es ist besser, wenn seine Seele nicht erlöst wird, er roch zu stark nach Tod.«

Der Polier Celso Varela trinkt jeden Morgen im Café La Bilbaina einen Wermut, manchmal geht er auch in die Bar La Superiora, mit Marujita hat er schon längst nichts mehr, obwohl es heißt, daß er später noch einmal zu ihr zurück ist. Im Café La Bilbaina kam es auf der Terrasse einen oder anderthalb Monate vor dem Bürgerkrieg zu einer Schießerei, und es gab zwei Tote; bei der Beerdigung gab es zwei weitere Tote, und die Behörden untersagten am Fronleichnamstag alle Festlichkeiten. Die Gemüter erhitzten sich, die Leute brüllten sich an, schlugen mit Knüppeln aufeinander ein, und es fielen auch Schüsse. Maruja Bodelón Alvarez aus Ponferrada in León, genannt Marujita, das war die Schauspielerin, die Tante Emilita ihren Celso Varela ausspannte, na gut, eigentlich war sie keine Schauspielerin, aber sie sah wie eine aus. Celso wollte zu Tante Emilita zurück, aber es war schon viel Zeit vergangen, und es ging nicht, so etwas kühlt sich ab, und wenn erst mal alles zusammengefallen ist, ist es sehr schwer, es wieder aufzubauen.

»Nein, nein, ich bleibe bei meiner Schwester Jesusa, ich habe mein Leben dem Gebet und der Wohltätigkeit geweiht.«

»Na gut, wie du willst.«

Baldomero Marvís, genannt Afouto der Mutige, hat einen kleinen Stern auf der Stirn; nicht jeder kann ihn sehen, aber er ist da – und ob er da ist! Der kleine Stirn auf Afoutos Stirn verändert seine Farbe, je nachdem: manchmal ist er rot wie ein Spinell, ein andermal golden wie ein

Topas, grün wie ein Smaragd oder weiß wie ein Brillant und so weiter. Wenn Afoutos Stern zu leuchten anfängt, egal in was für einer Farbe, mal in dieser, mal in jener, das weiß niemand, ist es am besten, man bekreuzigt und verdrückt sich. Afouto hat bei den Gamuzos, von denen es ein ganzes Rudel gibt, das Sagen, und auch bei den Guxindes (manche nennen sie die Moranes), von denen es noch mehr gibt. Ginge es auf der Welt nicht so drunter und drüber, würde sich ohne Afoutos Erlaubnis niemand in diesen Wäldern rumtreiben, die Linie zwischen Wald und Himmel verschwand endgültig, als Lázaro Codesal umgebracht wurde, aber es ist alles ein einziges Durcheinander, und ein Schurke, ein Hungerleider, dessen Familie nicht von hier ist, hat Afouto das Lebenslicht ausgeblasen. An dem Tag, als Afoutos kleiner Stern nicht leuchten wollte, nutzte der Teufel die Gelegenheit, um ihn hinterrücks zu töten. In diesen Wäldern kann man nicht ungestraft morden, wer hier einen umbringt, muß selbst sterben, manchmal dauert es ein bißchen, aber sterben muß er. Loliña Moscoso, die Frau von Baldomero Afouto, sorgte dafür, daß das Flämmchen des Gesetzes, das im Wald gilt, nicht erlosch. Wer Blut vergießt, muß dafür bezahlen, und hat der Kerl etwa keins vergossen? Dann muß er auch dafür bezahlen, wir haben keinen Grund, eine Blutschuld zu vergeben. Loliña ist eine wilde Schönheit, und wenn sie in Rage kommt, ist sie noch schöner. Afouto konnte man nur von hinten und im Dunkeln angreifen, Afouto konnte sich niemand Auge in Auge entgegenstellen, seine Art, einen anzusehen, war schwer zu ertragen, er hatte einen Wolfsblick. Afouto wurde von einem Toten umgebracht, an den sich niemand erinnern will, manche sprechen nicht einmal mehr seinen Namen aus und hoffen, daß sie ihn nach und nach vergessen; der Tote, der Afouto umgebracht hat, hat auch Adegas verstorbenen Mann umgebracht und noch zehn oder zwölf andere, den Toten, der Afouto umgebracht hat, trieb ein Verwandter von mir in die Enge, er mußte wie ein alter Gaul an der Quelle von Bouzas do Gago sterben. Wenn der Wolf angreift, bilden die Stuten einen Kreis, mit den Köpfen nach innen, so können sie die Fohlen besser verteidigen, sie keilen aus, und wenn sie den Wolf erwischen, treten sie ihn zu Brei. Ein entthronter Leithengst ist wehrlos, er hat nicht genug Kraft, um sich zu verteidigen, die Wölfe reißen ihn, zuerst reißen sie ihn und dann fressen sie ihn auf, was der Wolf verschmäht, ist dem Fuchs recht, und was der Fuchs übrigläßt, taugt für die Raben, diese Tierchen sind bescheiden und anspruchslos, manche Raben haben ein gutes Gehör und können gut Melodien nachpfeifen, in Allariz lebte vor Jahren, während der Diktatur von Primo de Rivera, ein Republikaner, der den Raben beibrachte, die Marseillaise zu pfeifen, vielleicht tat er das, um den Pfarrer zu ärgern, der Leoncio Coutelo hieß und ein Bruder von dem blinden Eulalio war, einem spindeldürren, pockennarbigen Kerl, der bei Prozessionen die Frauen begrapschte; da er sie nicht sehen konnte, ließ er sich von seiner Nase leiten, und er irrte sich nie. Ricardo Vázquez Vilariño fiel im Krieg, die Kugel traf ihn ins Herz (so sagt man), das haben Kriege so an sich. In diesen Wäldern trieb sich der Bauchaufschneider Manuel Blanco Romasanta herum, der Wolfsmensch, der ohne mit der Wimper zu zucken ein Dutzend Menschen totgebissen hat. Der einäugige Felipiño, genannt Tatelo der Stammler, der an jeder Hand sechs Finger hatte, kannte die Geschichte gut.

Der Bauchaufschlitzer zog mit zwei Valencianern herum, Don Jenaro und Don Antonio, die auch zu Wölfen wurden, wenn sie durchdrehten; das ist nun schon viele Jahre her, hundert oder mehr, trotzdem wissen es hier alle. Der Bauchaufschlitzer hat dreizehn Personen totgebissen, neun Frauen und vier Männer. Eines Nachts, als der Mond ihn zum Wolf machte, tötete er Manueliña García, mit der er einen Sohn hatte, Rosendiño, den er ebenfalls tötete. Er wollte Manueliña nach Santander am Kantabrischen Meer bringen, obwohl das sehr weit weg ist, und sie im Haus eines Priesters als Magd arbeiten lassen, aber im Wald von Redondela, an einer Stelle, die Malladavella genannt wird, überkam es ihn und er brachte beide um, halb aufgefressen hat er sie sogar. Danach gab er eine Weile Ruhe, er war ruhig und wie weggetreten, doch dann brannten ihm wiederum die Sicherungen durch und er tötete Benitiña García, Manueliñas Schwester und deren Sohn Farruquiño, der noch von ihr gestillt wurde und nach Fisch schmeckte, er brachte sie beide in Corgo de Boy um, das zwischen Las Arrúas und Transirelos liegt. Der Bauchaufschlitzer war nicht sehr groß, er war eher klein und hatte faulige Zähne. Der Bauchaufschlitzer brachte noch mehr Menschen den Tod: Josefa García, die Schwester von Manueliña und Benitiña, nach diesem Blut dürstete es ihn nämlich, sie starb an der Landstraße nach Correchouso, und ihr Sohn Xosesiño auch. Und Toniña Rúa und deren Töchter Peregrina und Marica, die in Rebordechao starben, Toniña mochte der Bauchaufschlitzer sehr, er war richtig verliebt in sie und zeigte ihr seine männlichen Teile, wenn sie sich im Wald begegneten. Er brachte noch vier andere um: Xila Millarados, die bei Chaguazoso Schweine hütete; Chucha Lombao Celmán, über die er an der Straße von As nach Xarxes herfiel; Fuco Naveaus, einen Burschen, der in der Nähe von Prado Alvar Vögel fing, und Benitóña Cardoeiros, eine Greisin, die zu nichts mehr zu gebrauchen war.

Felipiño, genannt Tatelo der Stammler, grinst jedesmal dankbar, wenn ihm jemand ein paar Schnäpse ausgibt.

»Der liebe Gott soll's Ihnen im nächsten Leben vergelten. Amen.«

Tanis Gamuzo züchtet Wolfshunde, Kaiser, Sultan, Mohrchen, tapfere, starke und verläßliche Hunde, mit denen man durch dick und dünn gehen kann.

»Mit solchen Tieren kann man durch dick und dünn gehen, man muß auf nichts aufpassen, du legst ihnen das Stachelhalsband um, und dann hält sie nicht einmal ein Löwe auf.«

Die Hunde von Tanis Gamuzo haben Fell wie Seide (Wolle hat was mit Schafen zu tun), sie sind weiß und haben im Gesicht und am Nacken kastanienbraune Flekken. Tanis hat sich die Hunde aus León geholt, in Galicien gibt es nette, kluge Hunde mit guter Spürnase – den Hütehund, den Berghund, den Hofhund, den Jagdhund –, aber sie sind gewöhnlich nicht so reinrassig wie die Leoneser, weil sie nämlich mehr Mischblut haben.

»Was verlangst du für einen Welpen von neun Wochen?«

»Nichts, ich verkaufe keine Hunde, wenn du mir versprichst, daß du ihn gut behandelst, schenke ich dir einen.«

Tanis Gamuzo nennen sie Perello das Teufelchen, weil er ruckzuck etwas aushecken kann, etwas Gutes oder Böses, bei ihm läuft alles wie am Schnürchen. Rosa Roucón ist die Frau von Tanis, sie hängt an der Anisflasche, den ganzen Tag pichelt sie aus einer Feldflasche Anisschnaps. Der Vater von Rosa Roucón heißt Eutelo, genannt Cirolas der Schlüpfer und ist der bösartigste Zollbeamte, den es jemals in der Provinz Orense gegeben hat, an einen schlimmeren kann sich niemand erinnern.

»Mit dem wird es ein böses Ende nehmen, du wirst sehen, eines Tages steckt ihm jemand ein Stück Eisen zwischen die Rippen, und zwar ohne Vorwarnung.«

Die Leute fürchten Cirolas und wollen so wenig wie möglich mit ihm zu tun haben.

»Dem kann man nicht trauen, er führt nichts Gutes im Schilde, am besten, man zahlt, was er verlangt und geht ihm aus dem Weg.«

Im vergangenen Jahr hat Cirolas dem blinden Gaudencio im Haus von der Parrocha ins Gesicht gespuckt, weil er nicht die Mazurka *Ma petite Marianne* spielen wollte.

»Ich spiele, was ich will. Mich kann man anspucken und schlagen, das ist leicht, weil ich blind bin, aber man kann mich nicht zwingen, ein Stück zu spielen, das ich nicht spielen will, ich meine, wenn ich keine Lust drauf habe. So eine Musik kann nicht jeder hören, und ich allein weiß, wann ich sie spielen soll und was sie bedeutet.«

Marta die Portugiesin weigerte sich, mit Cirolas dem Schlüpfer ins Bett zu gehen.

»Lieber verhungere ich! Warum spuckst du nicht deinen Schwiegersohn an, du Scheißkerl? Hast wohl Angst, daß er dir eine reinhaut?«

Um Streit zu vermeiden, warf die Parrocha Cirolas raus.

»Hau ab, du Fatzke, schnapp ein bißchen frische Luft! Ein Fatzke bist du, und komm mir ja nicht wieder, bevor du dich ein bißchen abgekühlt hast!«

Tanis Gamuzo ist so stark wie niemand sonst, er muß über seine eigene Kraft lachen, als junger Bursche war er der Schrecken aller Jahrmärkte. Wäre da nicht der Anisschnaps, könnte er mit Rosa, seiner Frau, viel Spaß haben: Sie ist gut und anständig, das Schlimme bei ihr ist nur der Anisschnaps. Ihre Kinder laufen schmutzig und mit kaputten Schuhen herum, sie hat fünf, und sie sind sich selbst überlassen, weil sich niemand groß um sie kümmert. Tanis Perello macht sich auch nicht viele Gedanken um sie, er plantscht am liebsten splitternackt mit Catuxa Bainte, der Schwachsinnigen aus Martiñá, im Mühlteich von Lucio Mouro herum, wenn die Tage heißer werden und der Körper nach Erfrischung und gesundem Vergnügen verlangt. Die Schwachsinnige aus Martiñá kann nicht schwimmen, irgendwann wird sie noch ertrinken, während sich einer mit ihr im Wasser, im Schatten der Farne, verlustiert.

»Das wäre komisch, stimmt's?«

»Von wegen! Arme Catuxa! Was hat sie dir denn getan?«

Tanis Gamuzo alias Perello das Teufelchen schaukelt auch gern an den Ästen von Eichen, so kriegt man nie die Krätze, und er läßt gern seinen Schlagstock, der sehr hart ist und in den er mit dem Messer die Anfangsbuchstaben seines Namens geschnitzt hat, durch die Luft wirbeln.

»Soll ich dir die Rübe wie einen Kürbis in zwei Teile hauen?«

»Hör auf mit dem Quatsch, Perello, mach nicht solche Scherze!«

»Na gut. Soll ich dir in die Wampe stechen wie in einen Gummireifen?«

»Verdammt, hör auf!« Adegas Gesicht ist sehr blaß.

»Fühlen Sie sich nicht wohl?«

»Nein. Warten Sie, ich hole ein bißchen Schnaps.«

Adega ist kein junges Mädchen mehr, aber sie hält sich noch immer gerade.

»Wissen Sie, der Tote, der meinen verstorbenen Mann umgebracht hat, kam nie mehr zur Ruhe, zu Lebzeiten nicht und auch nicht im Jenseits, Blut erstickt im Blut, und für uns gibt es keinen Grund, eine Blutschuld zu vergeben, es ist das Gesetz des Waldes. Die Familie des Toten, der meinen verstorbenen Mann umgebracht hat, war nicht von hier, aber Gott weiß, daß der Kerl genug Zeit hatte, sich an unsere Sitten und Gebräuche zu gewöhnen. Die Papiere, in denen steht, woher die Familie von dem Toten war, der meinen verstorbenen Mann umgebracht hat – sein Vater war aus Foncebadón, kurz vor Astorga –, ließ sich der Gerichtsschreiber von Carballiño, genannt der Lahme von Marañís, der früher Zollwächter war und bei einer Schießerei mit Schmugglern in der Gegend von Pontedeva lahm geschossen wurde, von meinem Bruder Secundino klauen, das wissen Sie schon, weil ich es Ihnen klar und deutlich gesagt habe. Sie, Don Camilo, sind ein Guxinde, meinetwegen auch ein Morán, egal, und das hat seinen Preis, das ist mir klar, aber man muß dafür auch einstehen, notfalls mit dem Leben. Irgendwann erzähle ich Ihnen genauer, wie ich die sterblichen Reste von Moucho, den Gott strafen möge, gestohlen habe. Was haben sich die Carroupos darüber aufgeregt! Noch ein Schnäpschen?«

Das achte Merkmal des Hurensohns ist der schlaffe und zahme Pimmel, die Dirnen im Haus von der Parrocha lachten über Fabián Minguelas Zipfel.

»Heilige Jungfrau Maria, der sieht ja aus wie der von einer Putte! Heilige Jungfrau Maria, wie der von einer Putte sieht er aus!«

Moncho Requeixo alias Moncho der Faulpelz ist ein Träumer, kann sein, daß er viel von einem Dichter hat.

»Wenn Sie wollen, male ich Ihnen mit dem Holzbein Achter auf den Fußboden, mir fällt keine Zacke aus der Krone, bloß weil ich einer Dame gefällig bin.«

Moncho der Faulpelz erinnert an einen vom Pech verfolgten Ritter, an einen heruntergekommenen und auch – dem Herrn sei's geklagt! – zu kurz gekommenen Edelmann.

»Meine Cousine Georgina verstand sich, schon bevor ihr erster Mann Adolfito starb und sie Witwe wurde, gut mit Carmelo Méndez, den sie später, sobald es ging, dann ja auch geheiratet hat. Meine Cousinen Georgina und Adela liebten alles, was Sünde ist, das Leben ist kurz, und man soll es genießen. Die beiden Geheilten Jesuleins gingen mir auf der Fahrt übers Rote Meer ein, ich glaube, es war besser so, weil meine Cousinen die Vögel bestimmt gebraten und aufgegessen hätten, um mich zu ärgern, nein, um mich zu schikanieren. Tante Micaela, Sie wissen schon, die Mutter von meinen Cousinen, hatte auch was fürs Fummeln übrig, ich bin ihr sehr dankbar, weil ich, als ich klein war, in ihren Ausschnitt fassen und sie begrapschen oder sie an den Schenkeln kitzeln durfte, wobei sie das Höschen nicht auszog, das Höschen ausziehen ließ sich Tante Micaela nicht, da war sie sehr abergläubisch. Kann ich noch einen Kaffee haben? Vielen Dank. Meine Cousinen tanzen manchmal mit Señorita Ramona und Rosicler, das ist die, die einem die Spritzen verpaßt, Tango, und wenn meine Cousine Georgina in Fahrt kommt, fragt sie, ob sie sich ausziehen darf. Kann ich mir die Bluse ausziehen? Mach, was du willst. Kann ich mir den Büstenhalter ausziehen? Mach, was du willst. Kann ich mir das Höschen ausziehen? Mach, was du willst. Gefalle ich dir, Moncha? Sei still, du Hurentante, und leg dich aufs Bett. Soll ich das Licht ausmachen? Nein.«

Moncho der Faulpelz redet fast in Flötentönen, als er das Gespräch zwischen den Frauen wiedergibt.

»Frauen sind schon seltsam, finden Sie nicht auch?«

»Tja, kommt drauf an.«

Auf dem Friedhof sprudelt eine Wunderquelle, deren Wasser einem die Schwindelgefühle nimmt, ohne daß man seine zerfetzte Wäsche zu verbrennen braucht, es ist besser als Weihwasser, weil Gott es segnet, bevor es aus der Erde kommt, wenn es noch zwischen herumirrenden Maulwürfen, blinden Regenwürmern und bösen Absichten durch die Wasseradern fließt; das kalte Wasser der Miangueiro-Quelle, wie sie genannt wird, lindert auch die Schwären der Aussätzigen, es läßt sie zwar nicht austrocknen und heilt sie nicht, aber es wirkt lindernd.

»Ich glaube, alle Frauen kommen geradewegs in den Himmel.«

»Ich nicht, ich glaube, mehr als die Hälfte von ihnen ist verdammt und wird in der Hölle schmoren: die einen, weil sie Huren, die anderen, weil sie geizig und der Rest, weil sie scheußlich sind, es gibt viele scheußliche Frauen, man denke nur an die Französinnen und Araberinnen.«

Es regnet auf das Dach von Señorita Ramonas Haus, aber auch drum herum, es regnet gegen die Scheiben der Veranda, und es regnet auf die Rhododendronbüsche und die Zypressen und die Myrten im Garten, der bis zum Fluß reicht, alles ist naß, und der Boden enthält mehr Wasser als Erde, drei Selbstmörder in etwas mehr als zehn Jahren, das ist wirklich nicht viel: eine alte Frau mit mehr Schmerzen, als sie ertragen konnte, ein Handlungsreisender, der beim Cané-Spiel alles verlor, sogar sein Erbteil, und das, obwohl er mogelte, ein Mädchen, dem partout kein Busen wachsen wollte.

»Du und ich, wir sind Verwandte, hier in der Gegend sind wir alle miteinander verwandt, außer den Carroupos, diesem Unkraut. Wenn du willst, lasse ich uns heiße Schokolade machen. Warum bleibst du nicht zum Abendessen?«

Don Brégimo, der verstorbene Vater von Señorita Ramona, hatte zu Lebzeiten auf dem Banjo ein besonderes Händchen für Foxtrotts und Charlestons.

»Ja, mein Vater war ein guter Mensch, das weiß ich, aber er hatte seine Marotten, ich glaube, er war ein bißchen verrückt, mir kann man viel erzählen, aber Tangos sind viel schöner, und man kann besser dazu tanzen.«

Zalacaín der Abenteurer von Baroja ist ein sehr schöner Roman, voller Taten und Gefühle, ich weiß nicht mehr, wem ich das Buch geliehen habe, das kommt davon, wenn man Bücher verleiht, man kriegt sie nicht zurück, Robín Lebozán gibt einem die Bücher wieder, vielleicht habe ich es gar nicht verliehen, und es ist in irgendeinem Schrank, in diesem Haus liegt ehrlich gesagt der Kamm neben der Butter.

»Warum bleibst du nicht zum Abendessen? Ich habe eine Flasche Apfelschnaps, man hat sie mir aus Asturien geschickt.«

Niemand achtet auf den Gang der Welt, die sich artig dreht und dreht, während es ohne Anfang und Ende nieselt: Ein Mann verleumdet einen anderen, und wenn der andere dann tot ist und in der Grube liegt, wundert es ihn, daß ihn das Gewissen plagt; eine Frau schließt die Augen, während sie sich eine Flasche voll lauwarmem Wasser irgendwo hinschiebt, und niemanden kümmert es; ein Kind fällt die Treppe hinunter und stirbt, alles in einem einzigen Augenblick; Rosicler ist nicht davon abzubringen, dem Affen einen runterzuholen, von Tag zu Tag hustet er mehr, ein Wahnsinn ist das, sage ich! Alle Carroupos haben auf der Stirn ein Muttermal wie aus rauhem Schweinsleder, wer weiß, vielleicht war einer ihrer Vorfahren Wildschwein im Wald. Der blinde Gaudencio spielt die Mazurka *Ma petite Marianne*, wann er Lust hat und nicht auf Befehl, es ist eine Sache, blind zu sein, und eine andere, einen eigenen Willen zu haben, Gaudencio hat ein reichhaltiges Repertoire, die Leute sind launisch und wissen manchmal nicht, was sie von ihm verlangen.

Verstehen Sie denn nicht, daß diese Mazurka nur zu ganz bestimmten, sehr feierlichen Anlässen gespielt werden darf? Diese Mazurka ist wie eine gesungene Messe, da müssen Zeitpunkt, Ort und äußerer Rahmen stimmen. Die Ziehharmonika ist ein gefühlvolles Instrument, es leidet, wenn man es zu etwas zwingt, vor nichts haben die Leute mehr Respekt, wir steuern auf das Ende der Welt zu. Policarpo Portomourisco Expósito dem von der Bagañeira fehlen an einer Hand drei Finger, ein Hengst hat sie ihm in den Wäldern von Xurés abgebissen, als er mit seinen Verwandten Pferde einfing. Policarpo der von der Bagañeira wohnt in Cela do Camparrón, als sein Vater starb, brach bei ihm zu Hause im ersten Stock der Fußboden ein, und dabei entwischten ihm drei zahme Frettchen, die dressiert waren und tanzen konnten. Mit dem kleinen Finger und dem Daumen der rechten Hand kommt Policarpo der von der Bagañeira ganz gut zurecht, man gewöhnt sich an alles, Policarpo geht manchmal zur Landstraße, in dem Omnibus nach Santiago sitzen immer zwei oder drei Pfarrer und essen Haselnüsse und trockene Feigen, sie haben grobschlächtige Gesichter, sind schlecht rasiert und lachen geheimnistuerisch und komplizenhaft in sich hinein, vor dem Krieg aßen Pfarrer im Omnibus Chorizos, waren ausgelassen und ließen unter schallendem Gelächter dröhnende Furze fahren. Don Mariano Vilobal war wegen seiner Magenwinde, die mal unten, mal oben rauskamen, der berühmteste Pfarrer weit und breit, in der ganzen Provinz konnte es niemand mit ihm aufnehmen, Don Mariano starb kurz nach Kriegsausbruch, er stieg auf den Kirchturm, um etwas an der Glokke zu reparieren, rutschte aus, schlug unten im Hof gegen einen Grabstein und brach sich das Genick. Wenn Don Mariano anständig gegessen hatte, konnte er sechs Stunden oder länger rülpsen und furzen.

»Dieser hier ist für die Ungläubigen!«

»Hören Sie schon auf, Don Mariano, Sie werden sich einen Leistenbruch holen!«

»Einen Bruch? Ich? Ich bin doch kein Schwuler! Dieser hier ist für die Protestanten, das verdammte Schweinepack! Nieder mit Luther!«

Die besten Chorizos der Welt (na gut, das sage ich mal so, vielleicht gibt es ja noch andere, die auch gut sind) bekommt man bei Adega.

»Mein verstorbener Mann hatte immer gute Farbe, weil er ganze Chorizos runterschluckte, er schnitt das Bändchen ab und schluckte sie in einem Stück. Der arme Cidrán, er ruhe in Frieden, wie ihm meine Chorizos geschmeckt haben! Manchmal sagte er zu mir: Sie kommen mir alle wieder vorn aus dem Schwanz raus, Adeguiña, um so besser für dich, stimmt's? Der Tote, der meinen verstorbenen Mann umgebracht hat, hat nie so gute Chorizos gegessen, der Tote, der meinen verstorbenen Mann umgebracht hat, war ein Hungerleider und ein halber Fremder.«

Adega macht ihre Chorizos genau nach Vorschrift, sie versteht was davon; zuerst einmal muß das Schwein von hier und so gemästet sein, wie es hierzulande üblich ist, nämlich mit Mais und einem sehr dickflüssigen Fraß aus Kohl, Kartoffeln, Maismehl, trockenem Brot, Saubohnen und allem, was zum Kochen taugt und nahrhaft ist; es ist auch gut, wenn das Schwein oft an der frischen Luft ist, im Wald Gymnastik macht und auf der Suche nach Regenwürmern und anderem Getier in der Erde wühlt. Es sollte mit Messern aus Eisen, nicht aus Stahl geschlachtet werden, und zwar nach altbewährter Art, also mit Tücke, boshaftem Genuß und Hinterlist, niemand muß sich deswegen Vorwürfe machen. Das beste Gehackte macht man aus Lende, aber auch aus dem Schulter- und Sattelstück, wobei man auf Knochen achten muß, dazu kommen viel süßer Paprika, scharfer Paprika nach Belieben, Salz, sorgfältig zerstampfter Knoblauch und ausreichend Wasser, eher zuwenig als zuviel; man knetet alles mit viel Geduld durch und läßt es einen ganzen Tag lang stehen. Am nächsten Morgen probiert man das Hackfleisch, zuerst roh und dann angebraten, man schmeckt es ab und fügt hinzu, was fehlt, es fehlt immer etwas. Am dritten Tag wird nochmals geknetet, und am vierten füllt man die Masse in Därme, von denen der Dickdarm der beste ist, dann bindet man die Chorizos mit einer Schnur ab, je nachdem, wie groß man sie haben will. Zwei oder drei Wochen lang räuchert man sie im Kamin, bis sie schön stramm sind, Festigkeit und Härte sind ein Zeichen dafür, daß sie gut durchgeräuchert sind, und schon können sie gegessen werden; Eichenholz gibt den besten und gesündesten Rauch. Die Chorizos, die für den baldigen Verzehr bestimmt sind, hängt man auf, die anderen werden gründlich saubergemacht und eingelegt.

»Mein verstorbener Mann war so kräftig, weil er ganze Chorizos runterschluckte, er schnitt das Bändchen ab, manchmal auch nicht, legte den Kopf in den Nacken, machte den Mund auf und schluckte die Chorizos am Stück, an manchen Tagen waren es fünf ganze Chorizos, er holte zwischendurch nicht einmal Luft und verschluckte sich auch nicht.«

Es regnet auf das Wasser der Bäche bis hin zum Ackerland von Catucha und Sualvariza, und der Geist eines Kindes, das gerade gestorben ist, fliegt durch die Lüfte – in den Himmel, ihr Engelchen! Kinder merken nichts, wenn sie sterben, sie gehen friedlich dahin, schlimm sind die Erwachsenen mit ihrem ganzen Theater und den Kosten, die sie verursachen, von wegen Arzt, Apotheker, Pfarrer, Sarg (einen von den guten), Trauerkleidung, Messen, Gebeten, jetzt muß das Testament eröffnet werden, und die Streitereien gehen los ... Marujita Bodelón aus Ponferrada, die etwas mit dem Polier Celso Varela hatte, dem Ex-Verlobten von Tante Emilita, ist keine Schauspielerin, aber sie sieht wie eine aus, sie sieht auch wie die Geliebte von einem Juwelier aus. Marujita läuft mit blondgefärbtem Haar rum und benutzt Lidschatten.

»Und den Mund schminkt sie sich herzförmig?«

»Nein. Wieso?«

»Und sie raucht in Gegenwart von Männern?«

»Auch nicht.«

Marujita hat eine sehr gute Figur und einen energischen, selbstbewußten Gang, daran erkennt man, daß sie Klasse hat, Maruja ist ziemlich vollbusig, den meisten Männern gefallen vollbusige Frauen, sie hat lange Beine und einen hochangesetzten Hintern, was an Marujita nicht schön ist, das ist die Stimme, sie krächzt wie eine Krähe. Marujita raucht tatsächlich in Gegenwart von Männern und schminkt sich den Mund herzförmig, mit Michel, dem König der Lippenstifte. Um sie bei Laune zu halten, gab Celso Varela Geld aus, das er nicht hatte: ein Wermut, eine Schachtel Pralinen, eine Handtasche, Ohrringe, es wurde immer mehr, bis er keinen roten Heller mehr hatte und sich Geld borgen mußte; Marujita erwiderte seine Liebesdienste, außerdem schnitt sie ihm die Fingernägel und wusch ihm den Kopf.

»Mit mir macht es mehr Spaß als mit dieser Spießerin, stimmt's?«

Ricardo Vázquez Vilariño, den Verlobten von Tante Jesusa, brachten sie um, als er schon fast Apotheker war, es fehlten ihm nur noch zwei Scheine.

»Sie hätten wirklich einen anderen umbringen können, meinen Sie nicht auch? Da hatte ich wirklich Pech.«

»Ich weiß nicht, was ich sagen soll, meine Liebe, aber wenn hier einer Pech hatte, dann Ihr Verlobter.«

»Ja, das stimmt.«

Gorecho Tundas, der schon mit einem Bein im Jenseits steht, kommt mit einer Angelrute über der Schulter vorbei.

»Wohin gehst du, Gorecho?«

»Nach Bethlehem in Judäa, das Jesuskind rausfischen.«

»Mein Gott, was für ein Quatsch!«

»Na, dann warte mal ab, bis es Tag wird.«

Es nieselt, als der Tag anbricht, es nieselt auf Gorecho Tundas hinab, der am Fluß auf einem Stein sitzt, geduldig Forellen angelt und aussieht, als wäre er tot.

»Bist du tot, Gorecho?«

»Ja, ich bin schon seit über sechs Stunden tot, und niemand kümmert sich drum. Das Jesuskind haben sie auf dem Rücken eines Esels nach Ägypten gebracht, weil es ihm nämlich hier bei uns nicht gutgegangen ist.«

Die Leute glauben, Guxindes und Moranes, das sei ein und dasselbe, aber das stimmt nicht, die Leute irren sich, wenn es um Verwandtschaft geht, wir stammen zwar alle von Adam und Eva ab (Tante Emilita behauptet, die aus Ponferrada nicht, die aus Ponferrada stammen vom Affen ab, na, vielen Dank), aber nicht alle Guxindes sind Moranes, obwohl wir Moranes alle Guxindes sind, das ist alles nicht sehr klar, aber was soll man machen, ehrlich gesagt ist fast nichts klar, von uns Moranes gibt es weniger, als es Guxindes gibt, wir könnten mehr sein, aber wir sind weniger, zu den Moranes gehören die Portomouriscos, die Marvís, die Celas und die Faramiñás, die anderen sind auch mit uns verwandt, sind aber keine Moranes, die einen sind genauso wichtig wie die anderen, und wir sind alle wohlgenährt. In der Sargfabrik »Das Jenseits«, die meinen Großeltern gehörte, arbeitete ein Italiener, keiner weiß, wie er da hingekommen war, er ist schon tot, meine Cousins haben ihm mal die Arschbacken mit Siegellack aneinandergeklebt und mit Bindfaden zusammengenäht, dann haben sie ihn in der Nähe vom Dorf Carballediña, ein Stück hinter dem Kloster von Oseira, an einen Baum gefesselt und sind abgehauen. Ich erinnere mich nicht mehr an seinen Namen, aber ich weiß noch genau, wie wütend er war, als sie ihn losbanden, ehrlich gesagt gab es ja auch keinen Grund, warum er sich solche üblen Scherze hätte gefallen lassen sollen. Das Skelett der armen Tante Lourdes wird erst am Tag des Jüngsten Gerichts wieder zusammengesetzt werden, weil man sie in Paris in ein Armengrab geworfen hat. Onkel Cleto spielt Jazzband nach Gehör, er macht das sehr gut, und jedes Jahr am 11. Februar, dem Namenstag seiner verstorbenen Frau, dröhnt er alle Welt mit dem geballten Donnerhall seiner

Instrumente voll: Kesselpauke, Pauke, Trommel, Schellenbaum, Triangel und Becken, vielleicht hat er noch mehr; für Don Jesus Manzanedo, den studierten Tunichtgut, der einen nach dem anderen umbringen ließ, haben nicht einmal seine Kinder Musik bestellt.

»Glaubst du, Cabuxa Tola die verrückte Ziege würde sich trauen, mit einem Widder Schweinereien zu machen?«

»Na klar! Was ist schon dabei? Es ist schlimmer, mit Moucho zu schlafen, aber da siehst du mal, eine Frau, die den Ekel runterschlucken kann, hält eine Menge aus, was sage ich, die hält im Leben alles aus.«

Das neunte Merkmal des Hurensohns ist die Habsucht, Fabián Minguela ist arm, aber mit allem, was er zusammengespart hat, könnte er reich sein.

»Und was hat er mit seinem Geld gemacht?«

»Das weiß niemand, vielleicht war es nicht soviel, wie man behauptet.«

Wo wir schon bei Musik sind: Don Brégimo Faramiñás Jocín war ein guter Freund von Don Faustino Santalices Pérez, der aus Bande stammte, er bewunderte ihn, weil er so klug war, so schön Romanzen singen und auf der Drehleier spielen konnte.

»Das ist wirklich eine vornehme Kunst und kein so albernes Gezupfe wie auf dem Banjo! Wenn ich auf dem Instrument so spielen könnte wie mein Freund Faustino, würde ich das Banjo aus dem Fenster schmeißen!«

Am liebsten hörte Don Brégimo die Romanze von Don Gaiferos.

»Ich weiß nicht, wie das Mittelalter war mit all den Bettelmönchen, räudigen Rittern, schwindsüchtigen Troubadouren und diebischen Pilgern, die sich überall rumtrieben und nicht viel vom Beichten hielten, es sind seitdem schon so viele Jahre vergangen, aber wahrscheinlich war es besser als die Neuzeit, trotz Radio, Flugzeug und anderen Erfindungen, auch die Romanze von Don Sancho ist sehr schön.«

Doña Pura Garrote, genannt Parrocha die Sardine, holt bei jedem Gewitter, sobald die ersten Blitze zucken und der Donner rollt, ihr großes Manilatuch, jeder hat eben auf seine Weise Angst, wickelt sich von Kopf bis Fuß darin ein und legt sich aufs Bett, am besten eines aus Holz, nicht aus Eisen, und dann steht sie die Sache im Dunkeln durch, reglos wie eine Leiche und mit geschlossenen Augen betet sie leise die Litanei der Muttergottes herunter, bis die Gefahr vorbei ist; obwohl sie sonst immer auf alles ein Auge hat, könnte man ihr in solchen Momenten das Haus ausräumen, ohne daß sie es bemerken würde. Das große Tuch der Parrocha ist sehr berühmt, in jungen Jahren ließ Doña Pura nämlich, in dieses Tuch gehüllt, mindestens zwanzig Aktphotos von sich machen: mit einer Brust draußen und einer Blumenvase in der Hand, mit zwei Brüsten draußen und vor einer Leinwand mit den ägyptischen Pyramiden drauf, mit gekreuzten Beinen so auf einem Kanapee liegend, daß der Hintern in einem Spiegel zu sehen ist, mit dem feinmodellierten, zarten Rücken zum Betrachter und dem Eiffelturm als Hintergrund und so weiter. Die Photos wurden im Atelier Méndez in der Calle Lamas de Carvajal gemacht, und sie bezahlte Méndez, den Inhaber, mit Naturalien. Meine Güte, wieviel Zeit seitdem vergangen ist! Das große Manilatuch der Parrocha ist cremefarben und hat lange Fransen, und es sind mindestens dreihundert Chinesen in sämtlichen Regenbogenfarben draufgestickt, jeder mit einem kleinen Elfenbeingesicht; Don Silverio, der Domherr, behauptet, sie seien aus Zelluloid, aber das stimmt nicht, sie sind aus Elfenbein, manche Chinesen gehen spazieren, andere machen Kunststückchen, einige schützen sich mit einem Schirm gegen die Sonne und so weiter und so fort.

»Wieviel ist das Manilatuch der Parrocha wohl wert?«

»Keine Ahnung, bestimmt eine Menge Geld. Wer weiß, vielleicht ist es das beste Manilatuch in der ganzen Provinz Orense.«

Pepiño Pousada Coires kriegte irgendwann Hirnhautentzündung, und danach war er nicht mehr ganz richtig im Kopf, gut, er starb nicht dran, aber er hat seitdem einen Schlag weg, und außerdem sah er immer mehr wie eine Makrele aus, sie nennen ihn Xurelo die Makrele, weil er wie eine aussieht. Pepiño arbeitet in der Sargfabrik Ruhesanft, er ist Hilfselektriker und stellt sich auch beim Verpacken geschickt an; nach allem, was man so hört, ist er ein bißchen schwul, nein, er ist stockschwul, am liebsten befummelt er kleine Jungen, Simonciño, genannt Pucho das Kälbchen, konnte er einfach nicht in Ruhe lassen, bei Taubstummen kann man sich eher was rausnehmen, da gehört nicht viel dazu. Irgendwann setzte sich Pepiño Xurelo in den Kopf, daß er heiraten müsse, aber seine Frau, Concha da Cona, ließ ihn bald sitzen, das war absolut verständlich und auch vernünftig. Pepiño kam aus dem Gefängnis raus, weil er sich kastrieren ließ, man muß der Wissenschaft Tribut zollen. Pepiño Xurelo besserte sich nach der Operation nicht, Ärzte, Anwälte und Richter nennen so etwas entmannen, das klingt vornehmer und unverfänglicher, danach taten ihm vielmehr die Knochen und der Kopf weh.

»Tun dir die Knochen weh, Pepiño?«

»Ja, Señor, ein bißchen.«

»Und der Kopf auch?«

»Ja, Señor, der auch.«

»Tja, das mußt du aushalten, da ist nichts zu machen.«

»Ja, Señor, ich weiß.«

Sie behandelten Pepiño Xurelo mit Hormonen, aber es ging ihm nicht besser, vielleicht machten sie mit ihm nur Experimente.

»Hatte er keine Angst?«

»Doch, große sogar. Sie ging nur weg, wenn er sich an einen kleinen Jungen ranmachte und ihm den Po befummelte. Als die Guardia Civil ihn schnappte, sagte er zum Sergeanten vom Dienst: Simonciño hat mir seinen Pimmel gezeigt und gesagt, ich soll ihn anfassen, dabei wollte ich ihn gar nicht anfassen.«

Das Quietschen der Achse, wenn der Ochsenkarren den Hohlweg entlangfährt, setzt sich in den Ohren fest, und wenn es nicht mehr zu hören ist, hörst du es immer noch. Der Achse des Ochsenkarrens antwortet jedesmal die Achse eines anderen Ochsenkarrens, und wenn mal keiner da ist, springt das Echo ein, und wenn das Echo schläft, spielen ihr die himmlischen Geigen was vor. Benicia hat Brustwarzen wie Kastanien, genauso hart und von derselben Farbe, Benicia ist die Nichte von Gaudencio, dem blinden Ziehharmonikaspieler im Haus von der Parrocha.

»Gaudencio, ich gebe dir eine Pesete, wenn du eine Mazurka spielst.«

»Kommt drauf an, welche.«

Benicia kann nicht lesen und schreiben, aber das macht nichts; Benicia ist fröhlich und verbreitet überall, wo sie vorbeikommt, Lebensfreude.

»Mal sehen, wer von uns beiden im Armdrücken gewinnt. Wenn du mich besiegst, darfst du an meinen Titten nuckeln, wenn nicht, darf ich solange an deinem Schwanz ziehen, bis du um Gnade winselst. Einverstanden?«

»Nein.«

Benicia ist ein Werkzeug, das dazu erfunden wurde, Lust zu empfinden und Lust zu bereiten. Jedesmal wenn Benicia ein bißchen Geld zusammengespart hat, kauft sie jemandem ein Geschenk: eine Kaffeekanne, eine Kiste Zigarren, einen Gürtel, Männer muß man verwöhnen.

»Willst du einen Tango mit mir tanzen?«

»Nein, ich bin müde, leg dich lieber noch ein bißchen zu mir.«

Ceferino Gamuzo, genannt Furelo das Frettchen, der Pfarrer von Santa María de Carballeda, besucht Benicia jeden ersten und dritten Dienstag im Monat, Ordnung hat noch nie geschadet.

»Ach, Don Ceferino, Sie besorgen es mir jedesmal besser! Der Herr möge mir vergeben! Keine Angst, stoßen Sie ruhig zu!«

Benicia kocht gern nackt.
»Kriegt sie keine Ölspritzer ab?«
»Nein, sie paßt schon auf.«
Benicia gelingen gebratene Forellen genauso gut wie Kohlrouladen mit einer Füllung aus Hackfleich, ein bißchen Schinken, einer Knoblauchzehe, Petersilie, Zwiebel, Gewürzen und Ei, ein feines und auch sehr nahrhaftes Gericht. Don Ceferino, der Pfarrer, geht gern angeln und behandelt Benicia mit ausgesuchter Höflichkeit, Angler sind im allgemeinen korrekte Menschen. Benicia hat blaue Augen und ist wie ein Mühlrad, das niemals stehenbleibt.
»Machst du mir ein bißchen Platz neben dir?«
»Gern.«
Benicia erzählt, daß der heilige Roland, als er bei Barco de Valderroas, Petín und vor allem bei Rubiana einen Sarazenen nach dem anderen erschlug und eines Tages in die Sierra de Enciña de Lastra hinaufritt, zwei bildschöne Maurinnen erblickte, sie aber nicht einholen konnte, obwohl er ihnen mit seinem Pferd im Galopp hinterherpreschte, so schnell, daß er es zu Schanden ritt; verzweifelt darüber, daß ihm die Schönen zu entkommen drohten, belegte er sie mit einem Fluch, und sie verwandelten sich in die Seixos Brancos, die beiden schneeweißen Quarzbrocken, die dort noch immer wie Wächter zu beiden Seiten des Weges stehen.
»Bei den Seixos ist mir der Geist des heiligen Roland erschienen, ich wollte weglaufen, konnte aber nicht, na gut, eigentlich wollte ich gar nicht, weil ich ganz ruhig und gut beisammen war. Der heilige Roland hatte eine komische Art zu reden, für mich steht fest, daß er nicht ganz richtig im Kopf war.«
»Sprach der heilige Roland mit dir kastilisch oder galicisch?«
»Ich glaube, es war Latein, aber man konnte ihn gut verstehen, wirklich.«
Adega, Benicias Mutter, kennt viele rätselhafte Bege-

benheiten und Geschichten aus der Gegend, sie spielt auch sauber und gekonnt Ziehharmonika, am besten kann sie die Polka *Fanfinette.*

»Ihr Großvater hatte ein paar aufsehenerregende Liebschaften, die blutig endeten, Manecha Amieiros war ein Prachtweib, Ihr Großvater hatte Geschmack, sie war gut gewachsen, hatte lange Beine und Haar wie Seide, es war eine Freude sie anzusehen, heißt es, Ihr Großvater erschlug Xan Amieiros, Manechas Bruder, mit dem Knüppel, so was kommt manchmal vor, wenn sich zwei Männer schlagen und niemand sie rechtzeitig trennt, er erschlug ihn an der Wegbiegung bei Claviliño, aber Manecha gegenüber verhielt er sich sehr korrekt, jung wie sie war, zog sie nach Madrid, eröffnete ein Gasthaus und brachte es zu etwas. Ihr Großvater trieb sich danach ein paar Jahre lang in Brasilien herum, vor der Abreise sagte er zu seiner offiziellen Verlobten, also zu Ihrer späteren Großmutter: Wartest du auf mich, Teresa? Sie sagte ja, gut, und so fuhr er übers Meer. Vierzehn Jahre blieb er in Amerika, und nach seiner Rückkehr heiratete er seine Verlobte, der er die ganze Zeit keinen einzigen Brief geschrieben hatte, aber ein Wort ist ein Wort. Noch ein Schnäpschen?«

Die Mutter von Roquiño Borrén, dem Schwachsinnigen, den sie fünf Jahre lang in eine Truhe aus bunt bemaltem Blech sperrten, ultramarinblau, golden, orange, salatgrün, ist nicht gerade das, was man gutartig nennt. Die Mutter von Roquiño Borrén meint, Schwachsinnige hätten mehr mit Felsbrocken im Wald gemein als mit Menschen oder auch nur mit Tieren.

»Wenn Gott sie so geschaffen hat, wird er doch seine Gründe gehabt haben, oder?«

Wenn sich die Mutter von Roquiño Borrén verbrennt oder wenn sie Öl verschüttet oder wenn sie sich beim Kartoffelschälen schneidet, verpaßt sie, um sich zu trösten, dem Schwachsinnigen eine Tracht Prügel.

»Was glotzt du so, Schwachsinniger, verdammter?«

Die Mutter von Roquiño Borrén heißt Secundina und hat mehr Bosheit im Leib als sonstwer.

»Ach, Tochter, was für ein Kreuz hat mir armer Sünderin der Herr mit diesem Schwachsinnigen auferlegt! Paß auf, Roquiño, das wirst du mir bezahlen, und zwar sofort!«

Roquiños Mutter raucht, wenn niemand zuschaut, sie raucht Kippen, die sie in Raucos Taverne aufsammelt, sie ist mit Remedios, der Wirtin befreundet, wäscht für sie, hilft ihr beim Schlachten, macht für sie Erledigungen, notfalls raucht sie sogar Magnolienblätter. Secundina hat einen Hund, der vergammelte Zigarettenstummel frißt und die ganze Zeit wie besoffen und halb weggetreten ist; das Tierchen kriegt auch sein Teil ab, wenn seine Herrin mal wieder einen Rappel hat. Man munkelt, Roquiño sei so wie er ist, weil seine Mutter in der Zeit, als sie ihn hätte stillen müssen, nachts eine Schlange an ihrer Brust nukkeln ließ, so daß der Arme viel zu kurz kam; ich will das nicht völlig ausschließen, aber ich glaube, daß er schon schwachsinnig auf die Welt gekommen ist, so etwas erkennt man meist an den Augen.

»Weißt du, wozu ein Duro gut ist?«

»Klar, der hilft gegen Wespenstiche.«

Eutelo, genannt Cirolas der Schlüpfer, trägt das Haar so kurz wie eine Bürste, hat zusammengewachsene Brauen und eine niedrige Stirn, ehrlich gesagt sieht er ziemlich miese aus.

»Eutelo, ich habe gehört, daß Marta die Portugiesin nicht mit dir ins Bett gehen wollte, weil du Gaudencio angespuckt hast.«

»Verzeihung, aber wer das behauptet, ist ein Hurensohn, Don Servando.«

Don Servando duldete nicht, daß man solche Gemeinheiten zu ihm sagte.

»Reiß dich zusammen, Cirolas, du Scheißkerl, sonst ziehe ich dir eins mit dem Stock über, daß dir Hören und Sehen vergeht!«

Cirolas riß sich zusammen, weil Don Servando Deputierter im Provinzialrat war, Eutelo wußte, wie weit er gehen durfte.

»Eutelo, geh zum Kiosk und hol mir ein Heftchen Zigarettenpapier.«

»Bambuspapier?«

»Nein, lieber Reispapier Marke Indio Rosa.«

Fina hat es am liebsten, wenn sie einer so richtig wild hernimmt, und für eine solche Verrichtung taugt am besten ein Pfarrer mittleren Alters, nicht zu jung und nicht zu alt, Celestino Carocha, der Pfarrer von San Miguel de Taboadela, ist ein wahrer Künstler im Zureiten von Frauen, Antón Guntimil, Fina Ramondes Verstorbener, der arme Stotterer, der in Orense im Bahnhof von einem Güterzug überfahren wurde, hat es seiner Frau nie richtig besorgt.

»Der Franziskaner von der Mission hatte einen viel größeren als du, er war mindestens doppelt so groß, du Hampelmann, jawohl, ein Hampelmann bist du!«

Fina kann sehr gut geschmortes Kaninchen machen, Celestino Gamuzo stört es nicht, wenn sie ihre Tage hat.

»Egal, du weißt doch, daß ich da nicht zimperlich bin.«

Die Franzosen sind katholisch, aber auf ihre Weise, nicht wie wir Spanier, Tante Lourdes haben sie die Blattern angehängt und sie danach in ein Armengrab geworfen, ich meine natürlich, als sie tot war, die Franzosen fackeln nicht lange und tun, was ihnen in den Kram paßt. Tante Lourdes starb auf der Hochzeitsreise, vom Brautbett ins kühle Grab, so könnte ein Roman von Ponson du Terrail heißen, jeder stirbt, wann und wo es Gott gefällt, bei den Franzosen hat sie sich die Blattern geholt, und Onkel Cleto wurde Witwer, ob er nun wollte oder nicht.

»Manueliño Remeseiro Domínguez hat in der Achselhöhle ein Rabenei ausgebrütet, es kommt nur darauf an stillzuhalten, damit man es nicht zerquetscht, Manueliño Remeseiro Dominguez sitzt im Gefängnis, weil er mit dem Knüppel einen totgeschlagen hat, ich sage Ihnen, auf den Jahrmärkten schlagen sie ständig mit Knüppeln aufeinander ein, und wenn einer voll Gift und Galle ist, bringt er nur Unglück.«

»Und sät Tod und Verderben?«

»Allerdings, dann sät er Tod und Verderben. Niemand weiß, worauf die göttliche Vorsehung abzielt, launisch und unberechenbar wie sie ist.«

Alle schwiegen, bis Don Claudio Dopico Labuñeiro fragte:

»Hören Sie, was Sie da gerade gesagt haben – von wem haben Sie das?«

»Was für eine Frage! Was zum Teufel geht Sie das an?«

Nachdem der Rabe aus dem Ei geschlüpft war, hegte und pflegte Manueliño Remeseiro ihn, und jetzt leistet ihm das Tierchen ständig Gesellschaft.

»Wie heißt der Rabe?«

»Moncho, wie mein Cousin, der an Keuchhusten gestorben ist. Gefällt Ihnen der Name?«

»Ja, er ist sehr schön, ich weiß nur nicht, ob er zu ihm paßt.«

»Was Sie nicht sagen! Und wieso nicht?«

Morgens schlüpft Moncho zwischen den Gitterstäben des Fensterchens durch und fliegt davon.

»Es sieht schön aus, wie er mit den Flügeln schlägt. Man könnte ihn glatt für den Teufel halten, schlau genug ist er jedenfalls.«

Nachmittags, kurz vor Sonnenuntergang, kehrt Moncho in die Zelle zurück, er verfliegt sich nie, und dann landet er auf Manueliños Kopf oder Schulter.

»Kommt er immer zurück?«

»Allerdings, ich glaube, er wüßte gar nicht, wo er sonst hinfliegen sollte, und außerdem bringt er mir jedesmal ein Geschenk mit, eine Glasscherbe, eine Muschel, eine Kastanie . . .«

Manueliño bringt Moncho das Pfeifen bei, er kann schon ein paar Takte von *Ma petite Marianne*, der Mazurka, die der blinde Gaudencio nur bei ganz besonderen Anlässen spielt.

»Willst du nicht die Mazurka spielen, Gaudencio?«

»Halt den Mund, du Flasche!«

Moncho kann auch schon ein paar Worte sagen, Manueliño hätte gern, daß er andere Leute grüßt: Guten Tag, Don Cristóbal, guten Abend, Doña Rita, gute Nacht, Castora, viel Vergnügen. Mamerto Paixón, ein Bekannter von Manueliño, hat einen Raben, der die Amtsbezirke der Provinz Orense in alphabetischer Reihenfolge hersagen kann: Allariz, Bande, Carballiño, Celanova etc. Es ist leichter, einem Raben das Sprechen beizubringen, als seine Sprache zu lernen, Raben können Regen, Krankheit und Tod voraussagen und reden mit siebzig verschiedenen Krächzlauten, sie haben einen für jede Gemütsregung.

»Als nächstes würde ich gern einen Distelfink aufziehen, die singen so wunderschön, aber wo kriege ich ein Finkenei her?«

Adrián Estévez aus Ferreiravella im Gemeindebezirk Foz ist ein berühmter Taucher, auf dem Grund der Ría de Foz fand er ein deutsches U-Boot mit den Leichen der gesamten Besatzung an Bord. Adrián Estévez nennen sie Tabeirón den Hai, weil er so mutig ist und so gut schwimmen kann. Tabeirón der Hai ist mit Baldomero Afouto befreundet und will, daß er zum Antela-See mitkommt.

»Ich habe in Sandías einen Verwandten, der genau weiß, wo die Stadt Antiochia liegt, er muß es wissen, schließlich ist er von dort, ich gehe mit dir hin, ins Wasser kriegst du mich nicht, aber ich gehe mit und stelle dir nur eine einzige Bedingung, nämlich daß du keine Frösche tötest, sie sind nämlich Cousins und Cousinen von mir, ja, lach nur, das stört mich nicht, aber die Frösche sind wirklich meine Cousins und Cousinen, ich schwöre es.«

Baldomero Afouto hat am Arm eine Tätowierung: eine Schlange hat sich ganz um den Körper einer Frau gewickelt, die Frau ist das Glück, die Schlange verkörpert die drei Kräfte der Seele.

»Das verstehe ich nicht.«

»Macht nichts.«

Tabeirón will im Antela-See tauchen und dabei einen Bogen um die Blutflecken der Römer von Decius dem Galicier und die der Waliser von König Artus machen, um die Glocken von Antiochia zu stehlen.

»Ja, ich weiß, auf ihnen liegen drei Flüche, aber es lohnt sich trotzdem, die Glocken von Antiochia sind ein Vermögen wert.«

Eines Nachts, als die Nachtigall trällerte, die Eule ihren klagenden Ruf ausstieß und die Sterne hoch am Himmel funkelten, sprang Tabeirón der Hai ins Wasser, er war splitternackt und hatte sich mit Rötelstift das Kreuz von Caravaca auf die Brust gemalt.

»Verwischt es im Wasser nicht?«

»Nein, ich glaube nicht, es hält ganz gut.«

Afouto blieb mit einer Schrotflinte allein am Ufer zurück. Tabeirón kam im Abstand von einer bis anderthalb Minuten an die Oberfläche, holte Luft und tauchte wieder weg.

»Hältst du noch eine Weile durch?«

»Ja, eine Weile schon, solange mir nicht zu kalt wird.«

Nach dem zehnten Mal war Tabeirón dem Hai so kalt, daß er aufgeben mußte.

»Die Glocken sind nicht sehr weit unten, aber sie sind schwer loszukriegen, stell dir vor, wie merkwürdig, am Klöppel der größten hängt ein toter Wolf, die Fische haben ihn schon halb aufgefressen. Sag niemandem, wo wir gewesen sind!«

»Keine Sorge.«

Die taubstumme, namenlose Magd von den Venceás haben die Hunde totgebissen, es war ein Unglück. Die taubstumme, namenlose Magd von den Venceás war vielleicht Portugiesin, jedenfalls sah sie wie eine aus, und sie machte besseren Mokkalikör als sonstwer, sie machte ihn nach allen Regeln der Kunst und mit viel Liebe. Für Dorinda, die Mutter von den Venceás, war der Tod der Magd ein schwerer Schlag, mit hundertunddrei Jahren braucht man jemanden, der einem gewisse Dinge abnimmt.

»Gehen wir nach Orense und wärmen uns im Haus von der Parrocha auf?«

»Gern.«

Die stumme, namenlose Magd von den Venceás kriegte damals, als Don Manuel García Prieto aus Maragatería, der Schwiegersohn von Don Eugenio Montero Ríos aus Santiago, an der Regierung war, halt, er war nicht aus Maragatería, er war aus Astorga, aber das ist fast dasselbe, ein Kind von dem Korporal der Guardia Civil, der Doroteo hieß und ein Korsett trug.

»Woher war er?«

»Weiß nicht. Er behauptete, aus der Gegend von Celanova, genau gesagt aus Ramiranes, aber wenn Sie mich fragen, war er aus Asturien und wollte es nicht zugeben, sie wissen ja, was für Macken manche Menschen haben.«

Doroteo machte immer Gymnastik und trug mit seiner schönen Stimme *Das Lied des Piraten* von Espronceda vor: Mit zehn Kanonen an jeder Seite, mit Wind von achtern und unter vollen Segeln ... Doroteo war kein Freund von Kneipen und Jahrmärkten, wenn er frei hatte, blieb er in der Kaserne und las Verse von Espronceda, Nuñez de Arce, Campoamor und Antonio Grilo. Korporal Doroteo hatte auch, wie man so sagt, etwas für den körperlichen Umgang mit Frauen übrig, er machte sich an die Magd von den Venceás ran, weil sie diskret war und ihr nicht die Zunge durchging, na gut, die Zunge ging ihr nicht durch, weil sie diskret, sondern weil sie stumm war, aber das ist egal. Doroteos Schnurrbart, ein sehr stolzer und akkurater Kaiser-Wilhelm-Schnurrbart, kam bei Frauen gut an. Die Stumme war in Doroteo verschossen, wie man so sagt, und wenn er auf ihr lag und sie spürte, wie er in ihr rumbohrte, stieß sie vor lauter Lust und Wonne seltsame Quietscher aus.

»Wie eine Ratte?«

»Hm, nein, eher wie ein Schaf.«

Der Sohn von Doroteo und der Stummen hat jetzt in Allariz ein Taxi, er kommt gut zurecht und ist zufrieden, seine Frau ist Hebamme, und die drei Kinder besuchen in Santiago die Universität: die Tochter studiert Pharmazie, ein Sohn wird Lehrer, der zweite Arzt. Manueliño Remeseiro Domínguez hatte weniger Glück, ihm haben sie sogar die Freiheit weggenommen, manche haben im Leben eben mehr Glück als andere.

»Wann kommt er raus?«

»Kommt drauf an.«

In den Wäldern von Agrosantiño treibt sich eine Füchsin rum, die nur Küken frißt, Hühner mag sie nicht, die sind ihr nämlich zu alt.

»Mensch, was für eine verwöhnte Füchsin! Früher waren sie wilder und nicht so wählerisch!«

»Ja, früher.«

Don Claudio Dopico Labuñeiro wohnt im Gasthaus von Doña Elvira, und nach allem, was man so hört, hat er heimlich ein Verhältnis mit ihr, Don Claudio hat auch was mit Castora, der Magd, die schon von Don Cristóbals Gunst beglückt wird.

»Beglückt?«

»Na ja, Sie wissen schon, was ich meine.«

Korporal Doroteo kann nicht nur Gedichte vortragen, er spielt auch Harfe, und am besten gelingen ihm Walzer. Manuel Blanco Romasanta, den Bauchaufschlitzer, der sich in einen Wolf verwandelte und Menschen totbiß, rettete ein chinesischer Arzt vor dem Würgeeisen, na gut, er war weder Chinese noch Arzt, sondern Engländer und Hypnotiseur, hieß Mr. Phillips und lehrte in Algier Elektrobiologie; dieser chinesische Arzt schrieb an den Justizminister einen Brief, der für Riesenwirbel sorgte, und als die Königin, Doña Isabel II, hörte, welche Fortschritte die Wissenschaft gemacht hatte, begnadigte sie den Missetäter. Wölfe vertragen die Gefangenschaft nur schlecht, nach einem Jahr Haft starb Manuel Blanco Romasanta an Schwermut, eine Reaktion auf den Freiheitsverlust, es gibt Menschen, die sehr empfindlich darauf reagieren, wenn man sie einsperrt, und sogar daran sterben, mit den

Spatzen ist es dasselbe. In der Pfarrkirche San Verísimo de Espiñeiros wurde einen Zeitlang an jedem 29. Februar eine Messe für die Seele des Wolfsmenschen gelesen, also in jedem Schaltjahr, bis dieser Brauch im Bürgerkrieg in Vergessenheit geriet. Die Glocke von San Verísimo de Espiñeiros ist eine edle und dankbare Glocke, wenn Sonnenlicht auf sie fällt, läutet sie munter drauflos, und Leute, die nicht Bescheid wissen, wundern sich darüber.

»Onkel Cleto!«

»Was gibt's, Camilito?«

»Schenkst du mir zehn Reales?«

»Nein.«

»Sechs?«

»Nein, auch nicht.«

Das Haus meiner Tanten und meines Onkels steht in Albarona, es ist ganz mit Efeu und Wohlriechender Wicke überwachsen, und es ist ein geräumiges, stattliches Haus, allerdings schon fast eine Ruine.

»Erinnerst du dich an die Amsel, die dem Blinden von Senderiz das Essen klaute? Er war der böseste Blinde der Welt, und Gott strafte ihn, indem er ihm einen Vogel schickte, der ihm das Essen klaute. Fast wäre er verhungert.«

Don Claudio Dopico Labuñeiro ist Schulmeister, anscheinend versteht er sich gut mit Doña Elvira, der Wirtin, davon war schon kurz die Rede.

»Castora ist ein Flittchen, ich weiß, aber sie ist dreißig Jahre jünger als ich, und so eine hat viel Kraft, ich schmeiße sie nicht raus, weil ich dich so an der Angel habe, du wirst mich doch immer lieben, nicht?«

»Immer, immer! Was man so immer nennt! Wie soll ich das wissen?«

Doña Elvira und Don Claudio duzen sich nur im Bett, man muß den Schein wahren. Don Claudio kann nicht einfach so mit Castora schlafen, Doña Elvira hat auf beide ein wachsames Auge, aber ihr den Busen und den Hintern tätscheln, wenn sie sich im Flur begegnen, das kann er schon.

»Finger weg, Don Claudio, was bringt Ihnen das? Warten Sie bis Sonntag, dann kriegen Sie alles.«

Don Claudio und Castora treffen sich sonntags gegen Abend in dem Kolonialwarenladen an der Straße nach Rairo, der Besitzer ist ein Freund von Don Claudio, er hat ihm einen Schlüssel gegeben und ihnen sogar ein Sofa und eine Waschschüssel reingestellt. Mit Don Cristóbal ist Doña Elvira nicht so streng, aber in ihn ist sie ja auch nicht verliebt.

»Sie haben wirklich Glück, Don Cristóbal, wenn Sie mit mir schlafen wollen, brauchen Sie nur bei mir aufzukreuzen!«

»Halt den Mund und werd bloß nicht unverschämt! Kümmere dich um deinen eigenen Kram!«

Mamerto Paixón, der Freund von Manueliño Remeseiro Domínguez, wollte eigentlich Fußballer werden, aber dann hatte er Pech mit so einer komischen Erfindung, und es wurde nichts draus.

»Hast du nie daran gedacht, Pfarrer zu werden?«

»Nein, nie, Señora, niemals.«

Moncho der Faulpelz ist sehr verlogen, Einbeinige sind meist Schwindler, es gibt auch Ausnahmen, aber im allgemeinen ist es so.

»Meine Cousine Georgina badete, als Adolfito, ihr erster Mann, noch lebte, nackt im Mühlteich von Lucio Mouro, genau wie Catuxa Bainte, es gab da eine Forelle, die sich nicht von der Stelle rührte und nur auf ihren Busen starrte, bis meine Cousine woanders hinging, meine Cousine hatte schon immer einen schönen Busen, aber daß eine Forelle ihn anglotzte wie ein dummer Karpfen, das war schon seltsam.«

Adolfito Penouta Augalevada alias Choqueiro der Clown war der Verlobte von María Auxiliadora Porrás gewesen, aber sie hatte ihn verlassen, weil er den Tod im Leib hatte.

»Der hat den Tod im Leib, das lasse ich mir nicht ausreden, man braucht ja nur seine Hände anzufassen.«

Moncho Preguizas hatte mal auf einem Stein am Ufer ein Wiesel und einen Hasen beobachtet, die sich am Anblick des Busens meiner Cousine weideten, ja sogar ergötzten.

»Da sieht man mal, wie diese kleinen Tierchen sind, was die für einen Instinkt haben!«

María Auxiliadora Porrás untermauerte ihren Entschluß mit sehr stichhaltigen Argumenten.

»Der hat den Tod im Leib, schau dir doch seine käsige Haut an, man braucht ja nur seine Hände anzufassen, ich überlasse ihn Georgina, soll doch sie Trauer tragen, ich lass' mich nicht von einem Toten entjungfern, nein, nicht von einem Toten, darauf habe ich keine Lust.«

»Aber María Auxiliadora, bist du denn noch Jungfrau?«

»Sei still, du Memme! Was zum Teufel geht dich das an?«

»Reiß dich zusammen, María Auxiliadora! Schrei mich nicht an!«

Adolfito, genannt Choqueiro der Clown, heiratete Georgina, aber allzulang hielt er nicht durch, wenn es nach dem lieben Gott gegangen wäre, hätte er länger durchgehalten, doch er konnte es einfach nicht ertragen, daß sie ihm Hörner aufsetzte, und erhängte sich im Schrank an der Kleiderstange. Manche behaupten, seine Frau hätte ihn mit einem Sud aus Kräutern vergiftet, wer weiß, jedenfalls kriegte der Richter einen ganz schönen Schreck, als er die Schranktür aufmachte und den Toten vor sich baumeln sah.

»Verdammt, was hat diese Scheißleiche hier zu suchen! Was für eine Art, einen zu empfangen!«

Carmelo Méndez half Georgina mit den Formalitäten, und als der Richter mal nicht hinsah, begrapschte er sie.

»Finger weg, Méndez, laß sie erst den Toten wegschaffen, dann können wir uns amüsieren.«

»Wie du meinst, Liebste, du weißt ja, ich tue alles, was du sagst, du weißt ja, dein Wille ist auch mein Wille.«

Moncho der Faulpelz sprach immer sehr liebevoll über

seine Cousinen Georgina und Adela und die Mutter der beiden.

»Für mich war sie wie eine Mutter, Tante Micaela war immer sehr gut zu mir, sehr fürsorglich, als ich klein war, schenkte sie mir die Abenteuer von Dick Turpin, und wenn wir allein waren, holte sie mir einen runter. Mir hüpfte das Herz in der Brust, wenn sie mich fragte: ›Na, gefällt dir das, du Schweinchen?‹«

Zu Adolfitos Beerdigung kamen viele Leute, sie kamen aus lauter Sympathie, weil er so ein armer Schlucker gewesen war. Die Männer im Leichenzug unterhielten sich über den Fußballverein Celta aus Vigo und auch darüber, wie lecker und appetitlich die Witwe aussah.

»Und erst die Schwester!«

»Man kann sie nicht miteinander vergleichen, sie sind zu verschieden, aber beide sind so, wie man es sich gern gefallen läßt.«

Moncho Preguizas verlor im Land der Mauren ein Bein, er kam aus Melilla mit einem Holzbein und halbtot vor Lachen zurück.

»Worüber lachst du, du Pechvogel?«

»Ich lache, weil es schlimmer gewesen wäre, wenn sie mir eine Seele aus Holz verpaßt hätten.«

Bei mir zu Hause lagen jahrelang drei weiße karlistische Baskenmützen mit Goldquaste herum, die Don Severino Losada, einem Bruder meiner Mutter, gehört hatten. Er brachte es bei den Karlisten bis zum Obristen und kämpfte im Grenzgebiet bei Ordenes und Arzúa, zu beiden Seiten des Río Tambre, zwischen dem Dubra-Tal und dem Flachland von Melide, also in derselben Gegend, in der sich am Ende des letzten Bürgerkriegs die Guerilleros Manuel Ponte und Benigno García Andrade, genannt Foucellas der Sichler, mit ihren Banden herumtrieben; es gibt Landschaften, zu denen der Geruch des Schießpulvers und die Farbe des Blutes gut passen. Die drei Baskenmützen von Don Severino hat sich Onkel Cleto im Karneval unter den Nagel gerissen, und danach wurden sie von den Motten zerfressen, in meiner Familie ist es ganz normal, daß Sachen von den Motten zerfressen werden; in meiner Familie pflegt man den Verdruß und die Nachlässigkeit wie zwei Schöne Künste.

»Jesusa!«

»Was gibt's, Emilita?«

»Erinnerst du dich an den silbernen Rosenkranz, den Papst Leo XIII. gesegnet und den unsere selige Mutter aus Rom mitgebracht hatte?«

»Huch, da bringst du mich auf etwas! Ich habe ihn seit einer Ewigkeit nicht gesehen, wahrscheinlich haben wir ihn irgendwie verbummelt.«

»Ja, bestimmt.«

Tante Jesusa und Tante Emilita haben, weil sie ohne Unterlaß beten, ohne Pause tuscheln und ohne Plan pinkeln, das Hoffen verlernt, aber der Glaube gibt ihnen Kraft, und was Mitleid ist, wissen sie nicht. Onkel Cleto, der sich zu Tode langweilt, kotzt den ganzen Tag in eine Schüssel oder hinter die Kommode.

»Was für eine Erleichterung!«

Onkel Cletos Hündin heißt Wespe und ernährt sich von dem, was ihr Herr krampfhaft erbricht oder langsam herauswürgt, Onkel Cleto übergibt sich mal so, mal so. Wespe benimmt sich manchmal seltsam und torkelt wie ein Betrunkener, Onkel Cletos Kotze ist ihr nämlich manchmal ein bißchen zu kräftig. Onkel Cleto spielt sehr gekonnt Jazzband, er müßte nur noch ein Neger sein, wer gern Jazzband, Flöte, Mandoline und so weiter nach Gehör spielt, der ist als Witwer gut dran, das steigert das Interesse an der Interpretation.

»Das verstehe ich nicht.«

»Na und? Warum sollten Sie das verstehen? Es gibt Dinge, die versteht man nicht, mein Freund, damit muß man sich wohl oder übel abfinden.«

»Gut, ich werde es mir merken.«

Die sterblichen Reste des heiligen Fernández und seiner sieben Leidensgenossen (die Namen will ich hier nicht nennen, das sollen ihre Verwandten tun), ruhen im spanischen Kloster im Heiligen Land, im Christenviertel Bab Tuma von Damaskus, fast alles, was in den Nachschlagewerken über ihn steht, ist falsch, das ist nicht weiter schlimm, weil er kein sehr wichtiger Heiliger war, aber einen anderen haben wir in unserer Familie nicht. Pater Santisteban, S.J., war ein Gimpel, der Schnupftabak schnupfte und meinen Tanten den Malzkaffee wegtrank.

»Noch ein Täßchen, Don Obdulio? Das kann nie schaden.«

»Ihnen zuliebe, meine lieben Freundinnen, Ihnen zuliebe . . .«

Pater Santisteban kannte kein Erbarmen.

»Am Tag des Jüngsten Gerichts werden wir, die Gerechten, unter fröhlichem, erquicklichem Lachen unseren Lohn erhalten, während die Verdammten in den grauenhaften Kessel stürzen, in dem sie unter schrecklichen Qualen bis ans Ende aller Zeiten schmoren müssen – reichen Sie mir noch ein Kekschen, liebe Freundin Jesusa? Der Herr vergelte es Ihnen. Und strotzend vor Vernunft werden wir sagen: Wolltet ihr etwa nicht den Prunk der verderbten Welt und die Wonnen des sündigen Fleisches genießen? Nun, da habt ihr eure Belohnung! Schmort, Verdammte, und leidet, während wir in ewigem Glück schwelgen – schenken Sie mir noch ein Schlückchen Malzkaffee ein, liebe Emilita? Der Herr vergelte es Ihnen.«

Pater Santisteban, S.J., ist für einen Jesuiten nicht sehr distinguiert, man könnte ihn für einen Piaristen halten, und außerdem riecht er nicht sonderlich gut, ehrlich gesagt riecht er nach Ziegenbock.

»Er lebt nämlich wie ein richtiger Heiliger, Körperpflege ist ihm nicht wichtig, und Anstandsregeln interessieren ihn nicht.«

»Ja, das leuchtet ein.«

»Und wie das einleuchtet, liebe Freundin, und wie! Sagen Sie mir, was nützt es, daß euer sterbliches Fleisch und eure vergängliche Kleidung nach Myrrhe und Moschus duften, wenn ihr die Seele verliert?«

»Ja, das ist allerdings wahr!«

»Und wie wahr! Widmen wir uns dem hehren Unterfangen, die Seele zu retten, und verschmähen wir das Gepränge und die Eitelkeiten dieser nichtigen Welt!«

»Herr Jesus Christus, Gott und leibhaftiger Mensch ...«

Im Jahr 1935 gab es bei den L.A.P.E., den Líneas Aéreas Postales Españolas, keinen einzigen Unfall, und das, obwohl die Flugzeuge in sechs Jahren eine Strecke zurückgelegt hatten, die dem 126fachen Erdumfang entsprach. Mamerto Paixón erfand eine Flugmaschine, die er Anduriña die Schwalbe taufte, sie sah aus wie eine Fledermaus mit Pedalen, aber ohne Freilauf, trotzdem taufte er sie Anduriña die Schwalbe.

»Ich nenne sie so, weil kein Vogel besser fliegen kann, es ist schön, wie sie durch die Luft segelt, ist Ihnen eigentlich klar, Señorita Jesusa, daß ich, so Gott will, bald wie eine Schwalbe fliegen werde? Am besten springe ich vom Glockenturm von San Xoan de Barrán, damit ich richtig Schwung kriege.«

»Tu das nicht, Mamertiño, sonst kommst du noch zu Schaden!«

»Nein, Señorita, Sie werden sehen, daß mir nichts passiert.«

Am Ostersonntag 1935, nach dem Hochamt, stieg Mamerto auf den Glockenturm von San Xoan, schnallte sich die Flügel seiner Flugmaschine an – und schwupps! sprang er ins Leere, doch statt davonzufliegen, schlug er unten wie ein Stein auf die geweihte Erde. Es waren viele Schaulustige gekommen, aus Carballiño, Chantada und Lalín, von überall her, und als Mamerto auf den Boden knallte, gab es einen ganz schönen Aufruhr und alles lief wild durcheinander.

»Ruhe! Ruhe!« mahnte Don Romualdo, der Pfarrer. »Er hat erst vor kurzem gebeichtet und die Kommunion empfangen, wird also geradewegs in den Himmel kommen, legt ihm einen Stein als Kissen unter den Kopf und laßt ihn friedlich und in der Gnade Gottes sein Leben aushauchen. So bereit, vor den Herrn zu treten wie jetzt wird er nie wieder sein!«

»Menschenskind, nein, es ist besser, wir bringen ihn nach Orense! Vielleicht können sie ihn im Krankenhaus retten.«

»Macht, was ihr wollt, ich weise jede Verantwortung für solche unüberlegten Schritte von mir.«

Don Romualdo drückte sich sehr gewählt aus, aber seine Schäfchen hörten ihm nicht aufmerksamer zu, als wie sie dem Regen zuhörten. Sie wickelten Mamerto Paixón in eine Decke und brachten ihn mit dem Taxi aus Reboredo, das im Nu da war, nach Orense; dort kam er halbtot an, aber er hatte Glück, denn die Operation verlief gut, und schon nach ein paar Tagen ging es mit ihm aufwärts.

»Ist was von meiner Schwalbe übriggeblieben?«

»Wenig. Warum?«

»Ach, nur so. Ich möchte schnell gesund werden und es noch einmal probieren, ich glaube, mit dem Antrieb hat was nicht gestimmt.«

»Na, laß den Unfug lieber, du bist mit knapper Not davongekommen, und man darf den lieben Gott nicht jeden Tag auf die Probe stellen.«

Doña María Auxiliadora Mourence, verwitwete Porrás und Mutter des Mädchens, das nicht Adolfitos Frau werden wollte, weil er den Tod im Leib trug, war eine dicke Matrone, eine sehr dicke sogar, mit hervorstehenden Bakkenknochen, schleppendem Gang und zeitlich genau aufeinander abgestimmten Reflexen, Bewegungsabläufen und Exhalationen, Ordnung muß sein: zwei Schritte, fünf Herzschläge, ein Schaukeln der Feder am Hut, Pause, ein Huster, eine Salve von Püpsen, einmaliges Aufstoßen, Pause, eine halb unterdrückte Blähung, ein gehauchter Klagelaut, ein Hickser, Pause – und so geht das mit Gottes Hilfe am nächsten Tag, im nächsten Monat und im nächsten Jahr weiter. Die allseits bekannte Raspel Marke

Losada beseitigt schmerzlos und wie durch Zauberei Schwielen, Hühneraugen und Niednägel.

Unten am Miño, also im Süden und auf halbem Weg zwischen Orense und Castrelo, zwischen dem Rábeda-Tal und dem Ribeiro, stehen noch die Kastelle von Trelle, in denen die toten Mauren wohnen; Trelle gehört zur Gemeinde Toén und zum Pfarrbezirk Santa María dos Anxos. In Galicien leben noch viele Mauren, die Sache ist nur die, daß man sie nicht sieht, weil sie tot und verzaubert sind und unter der Erde hausen. In den Kastellen von Trelle wohnt die reichste Maurensippe der gesamten Gemarkung, ihr Oberhaupt ist der Magier Abd Alá el-Azziz ben Meruán, der Portugiese, Statthalter von Monforte, er hat nur ein Auge, rote Haare und Aussatz, besitzt jedoch die Gabe, alles, was er will, in Gold zu verwandeln: einen Stein, einen Käfer, eine Mohnblume, eine Sklavin, alles; in den Kastellen von Trelle gibt es jede Menge Steine, Käfer, Mohnblumen und Sklavinnen aus Gold. Den Wein für die Mauren karrte Basilio Ribadelo, der Fuhrmann aus Sobrado do Bispo, nachts zu den Kastellen, damit die Christen ihn nicht sahen, und zum Lohn erhielt er ein paar Schieferplatten, die sich auf dem Rückweg in Gold verwandelten; die Mauren ließen Basilio schwören, daß er niemandem etwas erzählen würde, sonst würden sich die Platten wieder in wertloses Gestein verwandeln. Casilda Gorgulfe, Basilios Frau, bekam es angesichts von soviel Reichtum mit der Angst.

»Das ist Schmuggelgut«, sagte sie zu ihrem Mann. »Streite es nicht ab! Die Zöllner werden dich erwischen und dich windelweich prügeln, du wirst schon sehen.«

»Ach was, Frau«, erwiderte Basilio, »ich habe mir das Gold ehrlich verdient, die Sache ist nur die, daß ich dir nicht sagen darf, wie.«

Casilda ließ nicht locker, sie bettelte und drohte und quengelte, bis Basilio die Schmähungen und Schmeicheleien satt hatte und ihr die Wahrheit sagte.

»Daß du es ja nicht weitererzählst, sonst kommt es den

Mauren zu Ohren, und dann zahlen sie mir keinen Heller mehr.«

Casilda vergaß alle Vorsicht und verplapperte sich, die Mauren erfuhren davon und öffneten Basilio nie wieder die Tore der Kastelle, das war die gerechte Strafe. Basilio verabreichte seiner Frau tausend Stockschläge, aber das Vermögen war für alle Zeiten vertan, er verbrachte seine Jahre als armer Fuhrmann und starb, als es Gott gefiel.

»Gibst du mir einen Cognac?«

»Gern.«

Señorita Ramonas Morgenmantel ist sehr elegant, er hält nicht sehr warm, ist aber sehr elegant.

»Am liebsten würde ich splitternackt rumlaufen, aber mir ist kalt.«

»Na, laß das lieber.«

Señorita Ramona meint, das Leben sei kurz, und an das Altern könne man sich gewöhnen.

»Und sehr beschwerlich ist es, Raimundiño, das kannst du mir glauben. Mit fünfundzwanzig ist man eine alte Frau, Männer halten sich länger, ein Mann kann sich bis zum dreißigsten Lebensjahr gut halten, manchmal sogar bis zum fünfunddreißigsten. Gibst du mir einen Kuß? Heute bin ich irgendwie traurig, ich weiß nicht, was mit mir los ist... Falls du glaubst, ich sei ein Luder, dann täuschst du dich, Raimundiño, mit dem Hund macht es mir genausoviel Spaß wie mit dir, mindestens, aber dich liebe ich mehr. Armer Wilde! Ihr Männer seid so launisch, und keiner ist so launisch wie du, aber für mich lohnt es sich, so gut es geht deine Launen zu ertragen, wir Frauen sind einsamer als ihr Männer, deshalb gibt es mehr Lesben als Schwule, wenn ich wüßte, daß ich nicht frieren würde, würde ich splitternackt ins Bett gehen und einen Monat lang nicht aufstehen.«

Raimundo der von den Casandulfes sagte nichts.

»Gibst du mir noch einen Cognac?«

»Ja, gern.«

»Lädst du mich heute abend zu Dosenspargel ein?«

»Ich bin dir sehr dankbar, daß du mich darum bittest, Raimundiño.«

Alle sagen, Doña Rita Freire, die Besitzerin der Keksfabrik »Englisch Zwieback« hätte sich ihren zweiten Mann mit ihrer Möse hörig gemacht, aber das stimmt nicht, niemand macht Don Rosendo Vilar Santeiro hörig, er weiß, was er tut, mit und ohne Hörigkeit, eher ist es so, daß Doña Rita sich auf Don Rosendo versteift hat, vielleicht sollte man sagen: auf seinen Schwanz versteift hat, es kostet sie ein hübsches Sümmchen, einen Mann zu haben, der sie zweimal am Tag besteigt, Doña Rita ist eine Löwin, die im Bett nie genug kriegt, manchmal kommt sie gar nicht bis zum Bett, ihr ist es überall recht.

Luisiño Bocelo, Don Benignos kastrierter Leibeigener, starb im Krieg, aber eines natürlichen Todes, erst wurde er blind und dann bekam er eine Lungenentzündung und starb. Luisiño Bocelo nannten sie Parrulo den Erpel, aber es war nicht böse gemeint.

»Parrulo!«

»Ja bitte, Don Benigno?«

»Stell dich auf ein Bein und bleib so stehen, bis du es nicht mehr aushältst!«

»Ja, Señor.«

Adega weiß, was alles im Wald passiert ist, und zwar genau.

»Bei dem Dorftrottel von Bidueiros ist ihnen die Hand ausgerutscht, der arme Teufel ist wie ein Verbrecher gestorben, mit dem Galgen kann man sich keinen Jux erlauben, da gibt es keinen Weg zurück, den Dorftrottel von Bidueiros haben sie aus Versehen gehenkt, aber gehenkt haben sie ihn, für ihn machte das keinen Unterschied, sein Vater, der Pfarrer von San Miguel de Buciños, hat sich dem Toten gegenüber anständig verhalten, er hat ihm drei Messen gelesen und ihn in heiliger Erde bestattet.«

Eutelo, genannt Cirolas der Schlüpfer, lassen sie zwar in das Haus der Parrocha rein, aber sein Herz ausschütten darf er dort nicht.

»Entweder du kommst zur Sache, oder du gehst, hier gibt es keine Stammtischgespräche.«

Sein Schwiegersohn Tanis Gamuzo redet überhaupt nicht mit ihm.

»Mein Schwiegervater ist ein Scheißkerl, wenn Rosa nicht wäre, hätte ich ihm schon längst die Zähne eingeschlagen, solchen Typen darf man nicht trauen, du gibst ihnen den kleinen Finger, und sie nehmen gleich die ganze Hand, wie man so sagt.«

Marta die Portugiesin wollte lieber hungern, als mit Cirolas in die Koje gehen.

»Lieber sterbe ich vor lauter Not und bettele um Almosen. Eutelo ist ein Widerling, bei dem dreht es mir den Magen um. Ein ekelhafter Kerl!«

Doña Ritas erster Mann war ein großer, dicker, schlaffer Kaufmann, der sich mit einer Jagdflinte erschoß, so satt hatte er alles. Doña Ritas erster Mann hieß zu Lebzeiten Don Clemente, sie nannten ihn den Üppigen, Don Clemente Baríz Carballo stammte aus dem Dorf Monteveloso im Pfarrbezirk Santa Eufemia de Piornedo, der zur Gemeinde Castrelo in der Gegend von Ríos gehört, südlich vom Nofre-Felsen, und er verdiente eine Menge Geld im Wolframgeschäft, aber ehrlich gesagt hat es ihm wenig genutzt. Don Clemente hatte das Leben von Tag zu Tag mehr satt, schlimmer kann es einem nicht ergehen, und als er es eines Tages nicht mehr aushielt, lud er die Flinte mit Patronen für die Wolfsjagd, setzte sich hübsch bequem im Salon in einen Sessel, steckte die doppelläufige Flinte in den Mund und drückte ab. Sein Kopf flog in tausend Stücke, das größte war so groß wie eine Reneklode, die Hirnmasse klebte an der Lampe, man mußte sie mit Sidol putzen. Don Clemente und Doña Rita hatten sieben Kinder, sie waren noch alle klein; als Doña Rita Witwe wurde, war sie zweiunddreißig Jahre alt, vielleicht dreiunddreißig, und sie hatte Lust, richtig hergenommen zu werden, wenn der Körper hergenommen werden will, ist es, als hätte man Durst. Doña Rita fand Trost bei ihrem

Seelenhirten, dem Priester Don Rosendo Vilar Santeiro, mit dem sie sich schon seit einiger Zeit gut verstand.

»Warum hängst du nicht die Soutane an den Nagel, Rosendo, damit wir heiraten können, wie es dem lieben Gott gefällt?«

»Wie soll ich denn heiraten, du Dummchen, wo ich doch die höheren Priesterweihen empfangen habe? Kannst du mir das sagen?«

»Das ist ja zu komisch! Aber wenn du mit mir zusammen bist, pfeifst du auf das Keuschheitsgelübde, nicht?«

Don Rosendo wurde wütend.

»Um Himmels willen, was hat denn der Arsch mit Enthaltsamkeit zu tun?«

Die Jagdhunde von Tanis Gamuzo, Löwe, Matrose und Zar, sind mutig, treu und folgsam, mit ihnen kann man mit geschlossenen Augen durch die Gegend gehen, und es traut sich kein Wildschwein oder Wolf an dich ran. Tanis züchtet auch kleinere Hunde für die Hatz, sie sind schlau, verspielt und übermütig, und wenn sie Rückendeckung haben, kann man mit ihnen die Tiere des Waldes hetzen, Tanis versteht viel von Hunden, er pflegt sie gut, richtet sie ab und macht was aus ihnen.

»Es gibt schlimmere Laster, meinen Sie nicht auch?«

»Und ob, mein Sohn, und ob!«

In Raucos Taverne streiten sich Raimundo der von den Casandulfes, Robín Lebozán und ein Kastilier, der Visitenkarten mit dem Kreuz von Calatrava und seinem Namen in Prägedruck verteilt: Toribio de Mogrovejo y de Bustillo de Oro.

»War der adelig?«

»Das glaubten wir alle, bis er von zwei Beamten der Guardia Civil in Handschellen abgeführt wurde, weil er in Orense die Besitzerin von einem Kiosk übers Ohr gehauen hatte.«

»Großer Gott!«

»Das kann man wohl sagen. In Wirklichkeit hieß er Toribio Expósito, Toribio de Mogrovejo war sein Schutzpatron, der heilige Toribio de Mogrovejo war Bischof von Lima in Peru, und seinem Eifer war es zu verdanken, daß sich der Glaube und die geistliche Disziplin im spanischen Teil von Südamerika ausbreiten konnten.«

»Na so was!«

»Wissen Sie, diese Einzelheiten habe ich vom Gerichtsschreiber.«

»Aha.«

»Bustillo de Oro hieß das Dorf, aus dem der Kerl kam, es liegt im Weinland bei Zamora, anscheinend hatten mehrere Gerichte einen Haftbefehl gegen ihn erlassen.«

»Wegen verschiedener Straftaten?«

»Höchstwahrscheinlich.« Wie gesagt, dieser Toribio de Mogrovejo, Raimundo der von den Casandulfes und Robín Lebozán verstrickten sich in eine hochgeistige Diskussion, die anderen hielten sich raus, weil sie sich nicht trauten, ihre Meinung zu sagen. Folgende Standpunkte wurden vertreten: Toribio de Mogrovejo glaubte an Gott und die Pfaffen, er dachte am positivsten, Raimundo der von den Casandulfes glaubte an Gott (er nannte ihn lieber den Schöpfer), jedoch nicht an die Pfaffen, das hatte er wohl von den Freimaurern, und Robín Lebozán glaubte an die Pfaffen, aber nicht an Gott, natürlich nur, um die Diskussion anzuheizen.

»Was für ein Quatsch!«

»Allerdings.«

Der Disput wurde von den beiden Uniformierten der Guardia Civil unterbrochen, es war ein Uhr nachts vorbei. Toribio de Mogrovejo wurde blaß, als ihn einer der Beamten anherrschte:

»Sind Sie Toribio Mogrovejo?«

»Jawohl.«

»Sie sind verhaftet.«

Toribio leistete keinen Widerstand, ließ sich Handschellen anlegen, ging, flankiert von den beiden Guardias Civiles, die Landstraße entlang und verschwand in der Nacht.

»Mir ist kalt...«

»Beim Gehen wird Ihnen schon warm.«

Doña Rita war fest entschlossen, Don Rosendo nicht mehr lebend herzugeben und tat es auch nicht, wer nicht locker läßt, hat irgendwann Erfolg. Doña Ritas erste Attacke galt dem Magen des Pfarrers, was seine Geilheit, Eitelkeit und Habsucht anging, hatte sie ihn schon gut im Griff, Don Rosendo war nämlich verfressen, geil, eitel und habgierig.

»Da, nimm diese goldene Uhr, sie hat meinem verstorbenen Mann gehört, diesem Schwachkopf. Dir steht sie besser, weil du viel männlicher bist.«

»Danke, ich werde das Datum eingravieren lassen, an dem du sie mir geschenkt hast.«

Eines Tages gab sich Doña Rita einen Ruck.

»Ich will nicht um den heißen Brei herumreden, verflixt noch mal! Wenn du die Soutane an den Nagel hängst und zu mir ziehst, gebe ich dir eine Million Pesos. Was sagst du dazu?«

Don Rosendo sagte ja, natürlich, warum nicht, er kassierte die Million Pesos und zog zu der Witwe. Der Skandal, den er dadurch auslöste, war einer von der besseren Sorte, aber er lächelte nur darüber.

»Mit dem Gezeter ist's bald aus, und das Geld bleibt zu Haus. Rita und ich sind sehr glücklich, und sobald sich bei mir alles geklärt hat, heiraten wir. Was will der Herrgott anderes, als seine Geschöpfe glücklich sehen?«

Auf dem Gottesacker von Santa Rosiña de Xericó wächst die Alraune, die männliche und die weibliche, das Geschlecht erkennt man an der Wurzel, an die ein Hund gebunden ist; eine Frau, die eine Alraune berührt, wird schwanger, manchmal reicht es, daran zu riechen, und der Hund jault, wenn er will, daß jemand im Schlaf die Wahrheit sagt: Ich bekenne mich schuldig, mit einem Beil den Wanderer erschlagen zu haben, der sich zur Zierde Gänseblümchen an den Hut gesteckt und Schmetterlinge in hundert Farben in den Bart gesetzt hatte, ich habe ihn getötet, weil er mich böse angeschaut und beim Siebeneinhalb geschummelt hat, es macht mir nichts, wenn sie mich hängen, weil ich weiß, daß Gott mir meine Sünden vergeben wird, den Toten habe ich mit Kamelien verbrannt, damit er keinen Groll gegen mich hegt. Der Henker errichtete den Galgen auf dem Gottesacker von Santa Rosiña, genau über dem zartesten Keimling der Alraune, damit die Gehenkten ihn mit dem Samen nährten, der Leben spendet, mit dem Blut, das ihn erhält und ihm Kraft gibt, und dem Speichel, der ihn beim Erzählen benetzt. Luisiño Parrulo hatte empfindliche Augen, und Don Benigno ordnete an, sie ihm mit in Wein und Essig geschlagener Alraune zu kurieren.

»Und war er danach kuriert?«

»Ach was, blind war er danach!«

Wenn sich an der Wurzel der Alraune die männlichen Geschlechtsmerkmale herausbilden, wird jeder Mann, der an ihr vorbeigeht, von den Frauen geliebt, bis an sein Ende, bis jähe Schrecken ihn aus Liebe töten und die Pfaffen ihn aus Barmherzigkeit begraben. Toribio de Mogrovejo y de Bustillo de Oro wurde von der Guardia Civil mittels der einfachsten Methode der Gefangenenüberführung nach Ponferrada geschafft, nämlich zu Fuß; sie waren neun Tage unterwegs, weil es doch recht weit war und viel bergauf und bergab ging.

Wenn sich an der Wurzel der Alraune die weiblichen Geschlechtsmerkmale herausbilden, wird jede Frau, die an ihr vorbeigeht, von einem Gnom mit schönem Bart und wilder Mähne geliebt, der Mandrágoro genannt wird, sich von Brennesseln und Grieß ernährt und mit geschlossenem Mund reden kann.

»Liebst du mich, schöne Frau?«

»Schweig, du Schleimer! Verrecken sollst du!«

Bevor man die Alraune aus der Erde reißt, muß man über ihr mit dem Schwert drei Kreise in die Luft zeichnen, während eine Hure Psalmen singt und ein kahlgeschorener Mönch Cancan tanzt und dabei die Kutte schamlos so hoch zieht, daß es peinlich ist. Man kann die Alraune auch ausreißen, indem man um ihre Wurzel eine Schnur bindet und einen hungrigen Hund, der nicht Luft holen darf, daran ziehen läßt; wenn dann die Pflanze vor Schmerz schreit, stirbt der Hund vor Schreck.

»Begrab ihn nicht. Sollen ihn doch die Krähen fressen.«

Doña Rita fing Don Rosendo ein, indem sie ihn am Gaumen und am Schwanz packte, also an den Papillen des Geschmackssinns und der zarten Eichel mit dem anderen Geschmack.

»Bespring mich, du Mistkerl, dafür bezahle ich dich doch! Du hast es doch gern, daß man dir anständiges Essen vorsetzt und dein Ding krault, oder? Also los, bring die Kinder ins Bett und komm gleich zurück, aber vergiß nicht, sie zu segnen.«

»Keine Sorge…«

Braulio Doade, einer der vier dienstbaren Geister von Señorita Ramona (sie sind alle steinalt, halb blind und halb taub, außerdem haben sie Bronchitis und Rheuma) trieb sich eine Zeitlang auf den Philippinen rum, als sie noch spanisch waren, Braulio Doade war immer geschniegelt und gestriegelt.

»Erinnern Sie sich an die berühmte öffentliche Bekanntmachung des Generals Don Camilo Polavieja auf der Insel Mindanao, in der es hieß, er würde alle Mauren kastrieren lassen, die er mit einer Waffe in der Hand erwischte?«

»Nein, daran erinnere ich mich nicht. Haben Sie sich das vielleicht ausgedacht?«

Als Braulio Doade starb, war er so ausgemergelt, daß er so gut wie nichts mehr wog.

»Sollen wir ein paar Messen für ihn lesen lassen, Señorita?«

»Pah! Ich glaube, mit einem Vaterunser ist er bestens bedient.«

Die Schweine wühlen im Wald die Trüffel sehr geschickt mit dem Rüssel heraus, und die Hunde ziehen die

Wurzel der Alraune mit den Zähnen heraus, der Hund muß schwarz sein und danach sterben, beides.

»Möchtet ihr, daß wir die Männer in Stachelschweine und die Frauen in Regenwürmer verwandeln?«

Der Teufel verkauft seine Flugsalbe in San Roquiño de Malta auf den Jahrmärkten zu Ehren des heiligen Dionís und des heiligen Leonís. Wenn Mamerto Paixón das gewußt hätte! Eine Hexe verkauft sie unter Lizenz, vielleicht ist sie ja auch der Leibhaftige in Verkleidung, und bis Sonnenaufgang gibt sie sie zum halben Preis her, damit auch die Armen in den Genuß ihrer Kräfte kommen.

»Fliegen wie die Vögel am Himmel und die gesegneten Seelen im Fegefeuer! Wer fliegen will, der fliege!«

Die Salbe – es gibt auch Pomade, aber die ist dicker – wird folgendermaßen zubereitet: In einem Kupferkessel siedet man in Rosenwasser das Fett von einem Knaben, der entweder Maure oder ungetauft sein muß, und wenn das meiste Wasser verdampft ist, vermischt man den Sud mit der Monatsblutung einer Witwe, Knochenstaub vom Gerippe eines Gehenkten, Frauenurin und Wurzeln der Alraune sowie der drei Pflanzen Beelzebubs: Bilsenkraut, das das Fliegen durch die Lüfte erleichtert und Kopf-, Zahn- und Ohrenschmerzen beseitigt, Belladonna, das Frauen und Clowns sich auf die Augen streichen, und Beeren des Toten-, Geister- und Höllendorns, der den Quell der süßen Todesträume sprudeln läßt. In San Roqiño werden auch ein Langlebigkeitselixir und ein Sirup für untreue Ehefrauen feilgeboten, der Schluck für einen Real.

»Wollen Sie die Hörner aus Ihrem Bewußtsein tilgen? Wollen Sie, daß das Schandmal des Ehebruchs von Ihnen abfällt?«

Eines Tages, als Don Rosendo im Bett schlappmachte, verpaßte Doña Rita ihm eine derartige Tracht Prügel, daß die Arbeiter der Keksfabrik »Englisch Zwieback« einschreiten mußten, allen voran der Werkmeister. Casiano Areal war schon immer sehr verantwortungsbewußt.

»Beruhigen Sie sich, Señorita! In Gottes Namen, ich bitte Sie, hören Sie auf, sonst bringen Sie ihn noch um! Wenn Don Rosendo nicht mehr kann, dann macht eben einer von uns weiter! Beruhigen Sie sich, Señorita, sonst gibt es ein Unglück! Und bedecken Sie Ihren Busen, mit Verlaub, damit Sie sich keine Lungenentzündung holen!«

Auf dem Gottesacker von Santa Rosiña de Xericó sitzen der aus Motilla del Palancar in der Mancha von Cuenca stammende Guardia Civil Fausto Belinchón González und Onkel Cleto beim Chapa-Spiel, es klingt unglaublich, aber es stimmt, ich habe es mit eigenen Augen gesehen.

»Verderbtheit hat auch ihren Reiz, Camilito, schlimm ist nicht, wenn man auf die Alraune tritt, sondern wenn es mit einem immer mehr bergab geht, denk nur an Rita Freire, die jung und betucht, aber auf dem besten Weg ist, vor Kummer zu sterben.«

Eines Nachts rissen die Wölfe im Bergwald von San Cristobo drei Kühe samt Kälbern, niemand hätte gedacht, daß sie dort herumstreunen würden. Tanis Gamuzo nahm seine Flinte und machte sich mit den Hunden auf die Suche nach ihnen, und in der darauffolgenden Nacht erlegte er zwei Wölfe, einer wog an die hundert Pfund, er war nicht so schwer wie der Wolf von Zacumeira, aber viel fehlte nicht; der Hund mit Namen Kaiser wurde so übel zugerichtet, daß Tanis ihm mit dem Messer den Gnadentod geben mußte, so etwas tut immer weh. Er ließ die Felle der beiden Wölfe gerben und schenkte sie zusammen mit drei anderen, die er schon besaß, Anunciación Sabadelle, der Ziehtochter der Parrocha.

»Hier, mach für Gaudencio eine Decke draus, damit er es schön gemütlich hat.«

Als mir meine Cousins aus La Coruña die Zigarren schickten, brachte ich sie Marcos Albite.

»Was man verspricht, soll man halten.«

»Danke, ich hatte es schon ein bißchen satt, auf portugiesischem Tabak rumzukauen, der Sabber versaut einem alles, aber verwöhne mich bloß nicht zu sehr.«

Catuxa Bainte brachte Marcos Albite ein Viertel Wein aus der Taverne.

»Heute geht es mir so, wie ich es gern habe, solche Tage sind selten.«

Er schlug einen anderen Tonfall an.

»Entschuldigen Sie, wenn ich Sie vor anderen Leuten geduzt habe, obwohl Catuxa natürlich kaum zählt, eigentlich überhaupt nicht.«

Ich ergriff die Gelegenheit beim Schopf.

»Am besten, wir duzen uns, bevor der Krieg losging, haben wir uns ja auch geduzt, du bist doch auch ein Guxinde, du bist genauso ein Guxinde wie ich.«

»Ja, das stimmt, aber ich bin ein armer Guxinde, ein Guxinde, mit dem nichts anzufangen ist...«

Catuxa brachte zwei Gläser Wein, eins für Marcos Albite und eins für mich, meins war so sauber, daß es eine Freude war.

»Möchten Sie, daß ich Ihre Pinkelbüchse auswasche?«

»Ja.«

Marcos Albite strich über die Zigarren.

»Ist dir diese Sorte lieber als die locker Gewickelten?«

»Ich weiß nicht recht.«

Über den Himmel huschte so etwas wie ein Hoffnungsschimmer, vielleicht war es aber auch nur eine Taube.

»Ich traue nicht einmal dem lieben Gott, früher kam ich gut zurecht, aber jetzt, in diesem Sarg auf Rädern ...!«

Es quietscht und knarrt die Achse des Ochsenkarrens, der durch den Hohlweg rumpelt, das Quietschen verjagt den Wolf und schreckt die Füchsin auf, die Welt ist ein Resonanzkörper, die Haut der Erde das Trommelfell. Marcos Albite malte den kleinen Stern neu an und polierte die kleinen Nägel, die die Initialen seines Namens bildeten, auf Hochglanz.

»Deinen Namenspatron habe ich fast fertig, es ist ein heiliger Camilo mit allen Schikanen, du wirst schon sehen, nächste Woche kriegst du ihn, ich muß ihn nur noch ein bißchen mit Sandpapier bearbeiten.«

Feliciano Vilagabe San Martiño ließ sich mit dem Heiraten viel Zeit, er war dreiundzwanzig Jahre lang mit Angustias Zoñán Corvacín verlobt, und die Ehe dauerte nur kurz, nicht einmal anderthalb Stunden; als das Brautpaar aus der Dorfkirche trat, sagte sie zu ihm:

»Gehen wir mit meiner Mama einen Moment auf den Kirchhof und legen einen Strauß auf das Grab von meinem Papa?«

Und er erwiderte:

»Geht ihr beide, ich warte hier.«

Als Angustias zurückkam, hatte sich Feliciano aus dem Staub gemacht. Remedios, die Wirtin von Raucos Taverne, kam heraus und gab Angustias ein Kuvert.

»Da, Feliciano hat das für dich abgegeben.«

Nervös öffnete Angustias das Kuvert, darin steckte ein Zettel, auf dem in rundlichen Lettern stand: Ich scheiß' auf dich! Von Feliciano hörte man nie wieder etwas, es war, als hätte ihn die Erde verschluckt, jemand erzählte lediglich, man habe ihn in Madrid als Busschaffner gesehen.

»Und was machte Angustias?«

»Was sollte sie machen? Zuerst wartete sie ab, im Warten hatte sie ja Übung, sie wartete vier oder fünf Jahre, dann ging sie ins Kloster. Um auf den Strich zu gehen, erfüllte sie nicht mehr alle Voraussetzungen, dafür werden zartere Pflänzchen gebraucht, jedenfalls keine so holzigen.«

Die Vilagabes sind sehr vornehm, das waren sie schon immer, stimmt, sie taugten nicht viel, aber sie taten immer sehr vornehm und geziert, in ihren Neigungen und Vorlieben waren sie immer sehr wählerisch und eigen. Angustias jedoch war eine kleine Spießerin mit lauter Schleifchen und Rüschchen, es war kaum mit anzusehen, wie sie das Messer hielt oder den kleinen Finger abspreizte, während sie die Tasse hob, die sie Täßchen oder Näpfchen nannte.

»So etwas muß sehr weh tun.«

»Ja, sehr, es ist schlimmer als ein Ehebruch. Ehebruch kommt in den besten Familien vor, und nicht eben selten, aber was Angustias passiert ist, paßt eher zu kleinen Leuten. Jetzt geht eben alles drunter und drüber.«

»Warum hat er sie nicht schon während der Verlobungszeit sitzengelassen?«

»Was weiß ich! Angeblich hat die Arme in all den Jahren mit ihm eine Menge Spaß gehabt.«

»Na, immerhin hat er sie nicht gelangweilt.«

»Ja, das stimmt, da sehen Sie mal, wie es so gehen kann.«

Señorita Ramona hat immer gesagt, Angustias sei wie ein Möbel aus Fichtenholz.

»Sie ist wie ein Nachttisch aus einheimischem Fichtenholz, vielleicht nicht einmal das. Angustias war von Anfang an zu kurz gekommen, ja, das war sie, es gibt Frauen, die schon gar nicht mehr der menschlichen Gattung angehören, Angustias ist ein Stück Vieh, eine strohblonde Kuh.«

Jeder schaut, wo er bleibt, Feliciano Vilagabe hat das Weite gesucht, in solchen Fällen weiß man nie genau, was man davon halten soll, mit jedem Fall hat es etwas Besonderes auf sich.

»Erinnern Sie sich an Medardo Congos, den Tierarzt aus Pontevedra, der fingerdicke Einlagen in den Schuhen hatte und beim Tute-Spiel schummelte?«

»Klar, warum sollte ich mich an den nicht erinnern?«

»Also, dem ist genau das Gegenteil passiert, nicht er ist abgehauen, sondern seine Frau brannte ihm durch, und er feierte es mit einem Bankett für über hundert Personen, das hat ihn eine Stange Geld gekostet. ›Ich glaube nicht, daß sich meine Frau noch einmal nach Hause traut‹, sagte er zu seinen Freunden. ›Wenn Sie wüßten, was für ein Frieden hier eingekehrt ist, seit sie weg ist!‹«

Medardo Congos hatte von seinem Vater, der Leuchtturmwärter gewesen war, einen Käfig mit einer ausgestopften Taube drin geerbt.

»Sie heißt Süßer Name, zur Erinnerung an eine Verlobte, die mein guter Vater hatte, bevor er meine selige Mutter heiratete, sie mögen beide in Frieden ruhen, damals herrschten noch patriarchalische Sitten und nicht solche wie heute, wo alles verlottert und versaut ist.«

»Reißen Sie sich zusammen, Congos!«

»Verzeihung.«

Teresita del Niño Jesús Mínguez Gandarela, die entwichene Gattin des Tierarztes, hat einen Bubikopf und raucht in Gegenwart von Männern.

»Wie schamlos! Wo ist sie eigentlich hin?«

»Nicht sehr weit weg, sie ist mit einem Winkeladvokaten, der gut Tango und Foxtrott tanzt, nach Sarria, weil sie nämlich ihren Mann, dieses Hinkebein, satt hatte; es gibt wirklich Frauen, die sich über nichts Gedanken machen.«

Raimundo der von den Casandulfes und ich haben unsere Cousine Ramona beobachtet, wie sie im Garten zwischen den Bäumen spazierenging, sie war sehr elegant und wirkte unter ihrem Regenschirm so einsam und unnahbar, Wilde, das Hündchen, lief neben ihr her, Raimundo und ich betrachteten sie lange wortlos, was gab es da schon zu sagen? Unsere Cousine Ramona ging bis zum Fluß, starrte eine Weile auf das fließende Wasser hinab und drehte sich dann ganz langsam zum Haus um. Da ging ich weg, aber Raimundo tat so, als wäre er gerade gekommen.

»Hier, ich habe dir wie immer eine Kamelie mitgebracht.«

»Vielen Dank.«

»Hast du einen Spaziergang gemacht?«

»Nein, ich bin nur zum Fluß gegangen, um das Wasser vorbeifließen zu sehen, heute vor ein paar Jahren ist meine Mutter ertrunken.«

»Richtig!«

Unsere Cousine lächelte traurig.

»Wie die Zeit vergeht, Raimundiño! Als meine Mutter starb, war ich ein kleines Mädchen, ich war dreizehn Jahre alt und hatte das Gefühl, die Welt würde über mir zusammenbrechen, aber die Welt bricht über niemandem zusammen.«

»Nein.«

»Wir werden alle älter, und mit den Jahren vergehen uns die Flausen und der Hochmut.«

»Ja.«

»Auch die Marotten.«

»Die auch.«

Unsere Cousine Ramona benahm sich seltsam, doch Raimundo fand sie besonders schön.

»Laß mich allein, ich habe Lust zu weinen.«

Teresita del Niño Jesús benahm sich, nachdem sie sich Filemón Toucido Rozabales, einem Notar, mit dessen Papieren etwas nicht stimmte, an den Hals geworfen hatte und mit ihm nach Sarria gegangen war, wie die Tugend in Person, weil sie nämlich den Leuten etwas vorspielen wollte.

»Es müssen drei Vereine gegründet werden: ›Kleidung für die Armen‹, ›Milch für alle‹ und ein ›Bildungswerk für Senioren.‹«

»Klar, und dann bitten wir den Heiligen Vater um seinen Segen, damit die Sache Hand und Fuß hat. Man muß die Dinge von Anfang an richtig anpacken.«

»Wir könnten auch eine Organisation ins Leben rufen, die jungen Frauen hilft, auf den Pfad der Tugend zurückzufinden, von dem sie nie hätten abkommen dürfen.«

»Natürlich. Und dann noch einen Verein zur Eingliederung der Zigeuner in die christliche Gesellschaft Spaniens und in den Schoß unserer hochheiligen katholischen Kirche.«

Doña Asunción Trasparga de Méndez nennen sie Choniña die Süße, weil sie mit dem Zuckerbäcker Méndez, Filomeno Méndez Vilamuín, verheiratet ist. Choniña die Süße fragte schüchtern:

»Und kriegen wir genug Geld zusammen?«

»Ach, meine Liebe, sehen Sie nicht alles so schwarz!«

Kaum hatte Teresita del Niño Jesús das Gefühl, daß ihr nichts mehr passieren konnte – irgendwann glaubt das jeder, das ist ein Naturgesetz –, da vergaß sie ihre wohltätigen Vereine: Zum Teufel mit den Armen! Von wegen Milch für alle! Scheiß drauf! Wer glaubt, sich wie ein Pfaffe aufführen zu müssen, kann mich mal kreuzweise! Sollen die Mädchen doch auf die schiefe Bahn geraten und das Leben genießen, es ist kurz genug! Und die Zigeuner sollen bleiben, wo der Pfeffer wächst! So sprach Teresita del Niño Jesús, sobald sie sich ihrer Sache sicher war, und dann fing sie an herumzuhuren, was das Zeug hielt. Toucido versuchte, sie ein bißchen zu bändigen, jedoch mit zweifelhaftem Erfolg.

»Tu, was du willst, Teresita, aber mach nicht so einen Wirbel und hänge nicht alles an die große Glocke, ich sehe nicht ein, warum du so auf die Pauke hauen, deine skandalösen Bettgeschichten wie ein Marktschreier herausposaunen und allen von deinem Lotterleben erzählen mußt, denk mal darüber nach, du wirst schon sehen, daß ich recht habe, ich bin ein moderner Mensch, das weißt du, aber meine Geduld hat Grenzen.«

»Natürlich! Verzeih mir noch einmal, Filemón, mein Liebster, ich kann einfach nicht anders, du darfst mich einfach nie allein lassen. Gehst du mit mir tanzen?«

Teresa del Niño Jesús mag große, flache Hüte und spielt gern Diabolo.

»Findest du nicht, daß du dafür schon zu alt bist?«

»Ach was! Wieso denn?«

Teresita del Niño Jesús plappert noch munterer drauflos als gewöhnlich.

»Ach, hätten sie dir doch auch die Beine abgeschnitten wie Marcos Albite, mein Schatz, dann könnte ich dich auf den Schoß nehmen und draußen vor der Haustür Pipi mit dir machen, und alle Welt würde sehen, wie lieb ich dich habe, wie ich mich um dich kümmere und wie ich dich auf Händen trage!«

»Sei still, Frau! Was für ein Quatsch!«

»Das ist kein Quatsch, mein Gebieter, dich liebe ich, nicht Congos!«

»Na, vielen Dank. Warum schläfst du nicht ein bißchen? Du bist etwas überdreht.«

Choniña die Süße ist tüchtig und wirtschaftet gut im Haushalt.

»Und fürs Vergnügen hat sie nichts übrig?«

»Und ob, meine Liebe, dafür haben wir Frauen alle was übrig.«

Choniña die Süße hat es mit den Angestellten in der Konditorei ihres Mannes, der eine ist für den Blätterteig, der andere für den Ofen zuständig, Rangunterschiede und Aufgabenbereiche muß man immer respektieren, beide vögeln munter und ungeniert drauflos, aber da Choniña eine diskrete Person ist, ahnt keiner von beiden, daß er ihre Reize nicht exklusiv, sondern nur anteilig genießt.

»Ich gehöre nur dir, Liebster! Niemanden könnte ich so lieben, wie ich dich liebe!«

Robín Lebozán setzt sich in den Schaukelstuhl und liest alles, wovon bisher die Rede war, laut vor.

»Ich glaube, jetzt habe ich mir wirklich einen Kaffee und einen Cognac verdient! Wenn ich so spät noch irgendwo Pralinen auftreiben könnte, würde ich sie Rosicler bringen, damit sie ein bißchen zunimmt. Hör mal, was ist das eigentlich für eine Marotte, dem Affen einen runterzuholen! Euch Frauen versteht nicht einmal der liebe Gott!«

Robín Lebozán sieht sehr gut aus, er hat was von einem edlen Windhund, bei ihm zu Hause gibt es schon seit fünf Generationen warmes Essen.

»Man sollte alles nicht so ernst nehmen, die Leute interessieren sich mehr für Rang und Namen als für die Wahrheit, weil die sowieso immer relativ ist.«

Robín Lebozán dreht sich eine Zigarette.

»Dieser Tabak hat jedesmal mehr Strunke, aber was soll's!«

Robín Lebozán schaut aus dem Fenster, der Mais ist naß geregnet, und ein junger Bursche fährt mit dem Fahrrad den Feldweg entlang.

»Ja, Poe hatte recht, unsere Gedanken sind lahm und welk, auch eintönig, und unsere Erinnerungen sind verräterisch und welk und rostig wie Messer, so sind sie eben, das muß wohl zu ihren Wesen gehören.«

Azorín führt in Madrid im Teatro Benavente mit schmeichelhaftem Erfolg *La guerrilla* auf, solche schmeichlerischen Erfolge sind dort an der Tagesordnung, was für eine Idiotie!

»Man lebt von seinen Gedanken, die Erinnerung ist wie die Schnur, die ein Luftballon hinter sich herzieht.«

Ramona Faramiñás hat ein Radio Marke Telefunken mit sieben Röhren, es hat sie tausend Peseten gekostet, sie schaltet es selten ein, aber es ist sehr gut, bessere gibt es kaum. Policarpo der von der Bagañeira kann alles dressieren, was ihm über den Weg läuft, na gut, nicht alles, mit dem Wildschwein kommt er nicht klar, das Wildschwein hat keinen Verstand und kapiert nichts, es hat auch keine Lust, das Wildschwein benimmt sich, als hätte es keinen Grips, sondern Holzwolle oder Bimsstein im Kopf. Wenn alles immer mehr drunter und drüber geht, verdrückt man sich am besten und wartet ab, bis die Luft wieder rein ist. Policarpo dem von der Bagañeira fehlen an der rechten Hand drei Finger, die hat ihm ein Pferd abgebissen, als er vor zwei oder drei Jahren, vielleicht auch schon vor vier oder fünf, bei einem Pferdetreiben mitmachte. An manchen Tagen sieht es so aus, als würde die Sonne herauskommen, aber dann verzieht sie sich wieder, und alles bleibt so, wie es ist. Robín Lebozán will nicht Tagebuch führen, weil er nicht zugeben will, daß der Mensch ein widerborstiges Herdentier ist, das sich langweilt, große Ereignisse liebt und an Wunder glaubt, am schlimmsten sind abrupte Kurswechsel, weil sie die Geschmäcker, den Lebensrhythmus und sogar das Bewußtsein durcheinanderbringen, das Wildschwein trottet immer denselben Pfad entlang, und deshalb kann man es mit dem Messer erlegen, Policarpo der von der Bagañeira hat vierzehn oder fünfzehn erlegt, eines ist ihm schwer verwundet entkommen, aber da er es nicht aufspüren konnte, redet er nicht darüber, es ist nicht dasselbe, wenn ein bibbernder Barbier oder ein hochdekorierter, hochmütiger Kavalleriegeneral stirbt, Robín Lebozán ist belesen und hat ein gutes Gedächtnis, er kennt die *Episodios Nacionales* auswendig. Lázaro Codesal starb ohne Glanz und Gloria, und ohne was dafür zu können bei der Stellung von Tizzi-Azza, das Schlimme an Kriegen ist, daß sie immer gleich nach Fäulnis oder Kampfer riechen, was auf dasselbe hinausläuft. Gaudencio Beira spielt sehr gut Ziehharmonika, er spielt so gut er kann, Gaudencio Beira ist blind und spielt schon seit vielen Jahren im Freudenhaus von Pura Garrote, genannt Parrocha die Sardine, die jüngeren Freier sagen Doña Pura zu ihr. Benicia ist die Nichte von dem blinden Gaudencio, sie hat angeblich Brustwarzen wie Kastanien, was weiß ich. Catuxa Bainte, die Schwachsinnige aus Martiñá, ist wie ein Stechginsterbusch mit goldenen Blüten, jeder Winkel der Welt hat sein ausgewogenes Gleichgewicht und seinen heiteren Dreh, es ist nicht klug, daran etwas ändern zu wollen, Catuxa Bainte spaziert gern mit nassen Brüsten durch den Wald, recht hat sie. Baldomero Afouto hat vor zwei oder drei Jahren zwei Guardias Civiles entwaffnet, Baldomero Afouto hat am Arm eine Tätowierung: eine Schlange hat sich ganz um eine nackte Frau gewickelt, auf Frauen macht das großen Eindruck, Afouto ist noch keine dreißig, aber viel fehlt nicht, seine Eltern sind bei einem Zugunglück umgekommen, sie wurden nicht zerquetscht, sondern sind erstickt. Tanis Perello hat noch mehr Kraft als sein Bruder Afouto oder sonstwer, Tanis Perello kann einen Ochsen mit einem Faustschlag niederstrecken. Adega ist Benicias Mutter, Adega spielt fast so gut Ziehharmonika wie ihr Bruder, am besten kann sie die Polka *Fanfinette*, Adegas Mann, nein, was sage ich, Benicias

Mann heißt Apóstol Braga Mendes, und es ist gut möglich, daß er zurück nach Portugal gegangen ist, hier hat er sich jedenfalls nicht mehr blicken lassen, und Adega, ich meine Benicia, weiß nicht, ob sie noch verheiratet oder schon Witwe ist, ehrlich gesagt ist ihr das ziemlich egal. Vor kurzem ist König Georg V. gestorben, er ruhe in Frieden, sein Thronfolger ist der Prince of Wales. Adega ist das Gedächtnis der Erde, soweit der Blick reicht, dahinter liegen schon das Königreich León, die portugiesische Grenze, das Ausland und das Land der Mauren, die Linie zwischen Wald und Himmel ist schon seit langem verschwunden, niemand weiß mehr, wo sie früher verlief. Zum ersten Mal ist unsere Fußballnationalmannschaft bei einem Heimspiel besiegt worden: Spanien gegen Österreich 4:5. Auch Rudyard Kipling ist gestorben, es passieren sehr seltsame und verwirrende Dinge, es ist so, als wäre die Harmonie der Sphären gestört.

»Was sagen Sie da?«

»Ja, Sie haben richtig gehört: als wäre die Harmonie der Sphären gestört, das hat Pater Santisteban letztes Jahr gesagt, in seiner Predigt über die Sieben Worte Christi am Kreuz.«

Adega spricht gut Kastilisch und kann Kreaturen vom *mal do aire* heilen: Herr Jesus Christus, mein Gebieter, erlöse mich von meinem Gebrechen, an nichts finde ich Geschmack und Gefallen, Herr Christus, das einzige, was ich brauche, ist Brot und Wein von deiner Tafel... Schon tritt der himmlische Heiler durch die Pforte des Schmerzes, legt sein Geschick in Gottes Hand, spendet Linderung und Liebe, setzt sich ans Bett und spricht: Mein Bruder, an welchem Übel krankst du? – Ich bin voller Sünden, mein Leib ist wie der eines Aussätzigen. – Nimm, iß von meinem Brot, trinke auch von meinem Blut, dann wirst du genesen, mein Bruder... Xan Amieiros unterschätzte seinen Gegner und wurde mit dem Knüppel totgeschlagen, es waren sieben gutgezielte Knüppelschläge, fünf trafen seine Sinne und zwei genau die Seele, so kann man einen Mann töten, es kommt nur darauf an, ihn richtig zu treffen. Nackt sah Manecha wie ein Füllen aus, und außerdem fror sie nie, ihr Bruder Fuco hatte nur ein Auge, aber er konnte rennen wie ein Hase, der Großvater setzte sich nach Brasilien ab, und dort ließ er ein Photo von sich machen, auf dessen Rückseite stand: F. Villela, Photographo de A Casa Imperial do Brasil, 18 Rua do Cabugá 18, Pernambuco, er sieht sehr gut aus auf dem Photo, er trägt Schnurrbart, Fliege und Spazierstock und stützt sich elegant auf die Rückenlehne eines Sessels, allerdings ist seine Hose etwas zerknautscht, wenn er Xan Amieiros nicht mit dem Knüppel totgeschlagen hätte, würden wir hier vielleicht heute noch Pferde treiben.

»Höchstwahrscheinlich. Und Manecha Amieiros hätte nie einen Enkel gehabt, der es bis zum Unterstaatssekretär gebracht hat.«

»Stimmt.«

Apóstol Braga hat sich mit dem Essig der Vier Diebe, in dem Knoblauch, Teufelssenf und Harz drin ist, von der Fallsucht geheilt. Roque Gamuzo nennen sie den Pfaffen von Comesaña, jawohl, dabei ist er gar kein Pfaffe, Roque Gamuzos Ding hat ein gewaltiges Kaliber und ist weithin berühmt, angeblich bis Aragon oder noch weiter bis Katalonien und ans Mittelmeer. Adega erzählt normalerweise nicht, was passiert ist, doch sie weiß Bescheid, sehr gut sogar, besser als sonst jemand, mir scheint, daß sie manches von dem, was sie erzählt, von Robín Lebozán hat.

»Wir Galicier hätten das in weniger als einer Woche geregelt, aber was soll ich Ihnen sagen, es haben sich diese Leute eingemischt, Sie wissen schon, wen ich meine, Raimundiño nennt sie Abenteurer, Patrioten, Glücksritter, Erlöser und Märtyrer aus China und Japan, und Sie sehen ja, wohin es geführt hat: das Land ertrinkt in Blut, die Leute sind ausgehungert und vollgeschissen, und niemand traut sich, einem anderen in die Augen zu sehen, man sollte aber dem Blick eines anderen standhalten können, ohne die Augen niederzuschlagen, ich meine, ohne daß man sich gleich schämt oder Angst kriegt, der andere könnte einem die geheimsten Gedanken von den Augen ablesen, sie haben es falsch aufgefaßt, es ging nicht darum, einen gegen den anderen aufzuhetzen, sondern Wasser ins Feuer der bösen Absichten zu gießen, man soll die Leute leben lassen, wie es ihnen gefällt, das hat man nicht getan, das wollte man nicht dulden, die Schreiberlinge in den Amtsstuben waren keine Mittäter, sie waren Handlanger, Angst ist ein schlechter Ratgeber, die Dolche und Pistolen verstecken sich immer in den Taschen der Ängstlichen. Sie, Don Camilo, stammen von Streithähnen auf dem Land ab, von wilden, rauflustigen Streithähnen, und die sterben nicht immer im Bett, dazu bleibt ihnen keine Zeit, aber das macht nichts, an irgend etwas müssen die Männer sterben, hierzulande dienen sie nicht nur als Samenspender, das sage ich Ihnen. Ihr Großvater und Manecha Amieiros trafen sich in einer Höhle im Fichtenwald von Bouzas, Ihr Großvater lebte besser als Sie, er hatte mehr Persönlichkeit, Sie sind größer als er und kleiden sich gut, Sie tragen sogar eine seidene Krawatte und eine goldene Uhr, aber Ihr Großvater lebte besser als Sie, er war von kleiner Statur, aber mutig wie ein Löwe und lebte besser als Sie oder sonstwer.«

Es kommt nicht oft vor, daß einer alle neun Merkmale des Hurensohns hat, ein paar fehlen immer.

»Und Moucho hat alle?«

»Kann sein.«

Xila taucht im Fluß nach Forellen, sie fängt sie mit der Hand, wenn sie sich in eine kleine Höhle oder zwischen Steine flüchten, das ist gesetzlich verboten, aber es macht nichts, Xila ist Adegas Enkelin und hat lebhafte Augen und einen anmutigen, hüpfenden Gang, sie ist zwölf Jahre alt und kerngesund, ihre Großmutter sagt, daß sie noch nicht mit den Ferkeleien angefangen hat, vielleicht stimmt es, vielleicht auch nicht. Pfarrer müssen Kinder haben, damit sie vor der Wollust gefeit sind und auch, damit sie den Frauen die Beichte abnehmen können, ohne ihnen irgendeinen Schwachsinn zu erzählen, Pfarrer sollen den Menschen helfen, statt ihnen angst zu machen, aber sollen sie doch tun, was sie wollen, das muß jeder mit seinem eigenen Gewissen ausmachen! Celestino Carocha und Ceferino Furelo sind Pfarrer, außerdem haben sie ein gutes Herz und gute Veranlagungen, Celestino und Ceferino sind Zwillingsbrüder, Celestino geht gern auf die Jagd, Ceferino angelt gern, Pfarrer und Stierkämpfer tragen keine Schnurrbärte und sind sehr respektvolle Menschen.

»Als ich eine Göre war, knüpften sie in Bouza da Fondo einen Verurteilten so gut und fachmännisch auf, daß sich die kleinen Jungen an seinen Füßen festhalten und schaukeln konnten, sie schaukelten einen ganzen Tag lang, bis Don León kam und der Guardia Civil befahl, die Bengel zu verjagen.«

Adega ist die Schwester vom blinden Gaudencio und die Tante oder Halbtante von den Gamuzos und von Lázaro Codesal, schade, daß Lázaro tot ist, er wußte genau, was er wollte und war ein schneidiger Bursche, und wenn Sie das nicht glauben, fragen Sie doch den Ehemann, der sich ihm an der Kreuzung von El Chosco in den Weg gestellt hat. Die Linie zwischen Wald und Himmel haben die Mauren verwischt, um zu den Christen sagen zu können: Bis hierhin wachsen Feigenbäume und nicht weiter, das ist Mohammeds Gesetz, und dagegen darf niemand verstoßen. Man braucht kein Instrument spielen zu können, nicht nach Gehör und auch nicht nach Noten, Benicia ist wie eine läufige Hündin und singt so schön wie ein Diestelfink, Benicia hat kleine Brüste mit großen Nippeln, Benicia wird mit den Attacken des Pfarrers von San Miguel de Buciños ganz gut fertig, er ist ständig von Fliegen umschwirrt, ja in einen Fliegenschwarm gehüllt, vielleicht züchtet er sie unter der Soutane.

»Keine Angst, stoßen Sie ruhig zu, Don Merexildo, die Möse Ihrer Dienerin ist erste Klasse, es soll Ihnen ja Spaß machen.«

Cidrán Segade, Adegas verstorbenen Mann, also Benicias Vater, mußten sie umbringen, ohne ihm in die Augen zu sehen, hätten sie ihm nämlich in die Augen gesehen, hätten sie sich nicht getraut, ihn umzubringen.

»Wenn einer wer weiß wie viele Leute umbringt – glauben Sie, daß er dann jedem in die Augen schaut?«

»Es gibt solche und solche, meine ich. Wenn er sie erst mal umgebracht hat, dann wohl schon, obwohl ich mir da auch nicht ganz sicher bin. Aber wenn sie noch leben? Kommt drauf an.«

Lucio Segade, Cidráns Bruder, hatte viele Söhne und sagte, er müsse immer auf sie aufpassen, damit sie nicht auf die schiefe Bahn gerieten.

»Reden Sie keinen Scheiß! Wenn die Jungs Triefaugen haben und kein Licht vertragen oder ständig schwitzen oder wenn ihnen die Hände zittern oder sie sich die ganze Zeit kratzen, ist es am besten, sie in eine Schlucht zu stoßen, hier werden Männer aus Fleisch und Blut gebraucht und keine Hemdlinge, wären die Männer richtige Männer, gäbe es hier nicht so viele Verbrechen.«

Puriña Moscoso, die Frau von Matías Gamuzo alias Chufreteiro der Possenreißer, starb an Schwindsucht, sie war schon immer siech und ausgezehrt gewesen und starb schließlich an Schwindsucht, Chufreteiro hat keine Kinder, er sorgt für seine Brüder, den taubstummen Benito und den Einfaltspinsel Salustio, Chufreteiro spielt sehr gut Billard, er könnte bestimmt öffentlich auftreten.

»Und Dame?«

»Dame auch, und Karten und Domino, Chufreteiro spielt alles gut.«

Casimiro Bocamaos Vilariño und seine Frau Trinidad Mazo Luxilde sind wie Hund und Katze, am liebsten würden sie sich gegenseitig umbringen, aber sie trennen sich nicht wegen der Kinder, weil keiner von beiden sie haben will, Casimiro ist Küster in Santiago de Torcela, nebenbei arbeitet er als Totengräber, hält sich zwei Kühe und ein paar Schweine und bestellt seinen Acker, Casimiro hat sich fast in der ganzen Welt rumgetrieben, es jedoch zu nichts gebracht, und deshalb ist er zurückgekommen, Trinidad hat sehr jung geheiratet und mit ihr fünfzehn Kinder gemacht, Trinidad ist nicht ganz richtig im Kopf, das Kinderkriegen ist ihr nämlich nicht bekommen, doch als ihr das klar wurde, war nichts mehr zu machen. Trinidad würde gern irgendwo leben, wo niemand sie sieht und wo sie sang- und klanglos sterben kann.

»Wenn du dich um diese Horde von Gören kümmerst, gehe ich allein in den Wald, mir macht das keine angst.«

»Nein, die Kinder hast du gekriegt, die Kinder gehören mehr dir als mir, und ich muß mich sowieso schon zusammenreißen, sonst würde ich mich längst wieder in der Welt rumtreiben und sie alle zum Teufel schicken.«

Robín Lebozán macht sich manchmal Gedanken über alles, was so passiert ist.

»All das Morden und Töten wird nur inszeniert, um Reue und Enttäuschung zu erzeugen, und je weniger Reue man haben muß, desto größer ist die Enttäuschung, sehen Sie sich doch die Geschichte seit dem Römischen Imperium bis in unsere Tage an, Morden und Töten ist keine Lösung, es macht nur vieles auf lange Zeit kaputt, manchmal ruiniert es zwei Generationen oder mehr und hinterläßt nichts als Haß.«

Robín Lebozán will, daß Señorita Ramona den Don Quijote liest.

»Laß mich in Ruhe, ich lese lieber Gedichte, der Don Quijote ist langweilig.«

»Nein, ist er nicht.«

»Doch, ich mag die Gedichte von Rosalía und Bécquer lieber.«

»Wußtest du, daß Bécquer vor genau hundert Jahren geboren wurde?«

»Nein, das wußte ich nicht.«

In Raucos Taverne kursieren die wildesten Gerüchte, ein Handlungsreisender erzählt hanebüchene Geschichten von einem Aufstand der Generäle und von Truppenbewegungen in Marokko, auch das Radio bringt mißverständliche Meldungen, und oft erklingen Militärmärsche und Paso dobles wie bei Stierkämpfen, das eine ist vom anderen nicht leicht zu unterscheiden, ich weiß nicht, was wir gerade hören, das vorhin war *Die Freiwilligen*, hübsch, nicht? Chufreteiro der Possenreißer kriegt in der Sargfabrik Ruhesanft einen guten Tagelohn und ist Gott dankbar, daß er sich auf anständige Weise sein Brot verdienen kann. Rosalía Trasulfe nennen sie Cabuxa Tola die verrückte Ziege, aber sie ist sehr verbittert und gar nicht dumm und macht alles nach Gefühl.

»Stimmt, ich habe mit dem Toten geschlafen, na und? Sieh nur, wie er geendet hat, du weißt genau, wie er geendet hat, wer Böses tut, den machen sie am Ende fertig, und wie! Adega kann das bezeugen, wenn sie will, sie war mir immer eine gute Freundin, sie ist eine anständige Frau, und man kann sich auf sie verlassen.«

Es ist nicht gut, wenn es schlagartig zu regnen aufhört, hier hört es fast nie schlagartig zu regnen auf, es hört ganz langsam zu regnen auf, so daß man gar nicht richtig mitkriegt, ob es noch regnet oder nicht, der taubstumme Benito Gamuzo alias Lacrau der Skorpion geht einmal im Monat ins Puff, und dann schaut er nicht aufs Geld, er gibt aus, was es eben kostet, dafür arbeitet er ja, Benitiño Gamuzo ist eigentlich immer zufrieden, bei ihm läuft alles glatt, er ist gesund und hat immer ein paar Peseten übrig, man merkt Benitiño Gamuzo an, wenn er sich freut, weil er dann wie eine Beutelratte quiekt und grinst, schade, daß er nicht sprechen kann, er hätte bestimmt ein paar lustige Geschichten zu erzählen, im Gegensatz zu seinem schwachsinnigen Bruder Salustiño, genannt Mixiriqueiro der Zimperliche, der immer ein Gesicht macht, als hätte er Ohrenschmerzen. Adega brachte man nach dem Krieg ans Meer, nach Vigo.

»Und das da drüben ist Amerika?«

»Nein, das da drüben ist Cangas.«

»Na so was!«

Adega ging an den Strand von Samil, aber ins Wasser wollte sie nicht, sie ist eine Landratte und nicht ans Baden gewöhnt; die Vorschriften hinsichtlich der Badebekleidung sind sehr streng: Das Badekostüm darf nicht durchsichtig sein und muß den Körper bedecken, darf jedoch nicht zu eng anliegen, bei den Frauen muß es bis zu den Knien reichen und kann ein Einteiler oder Zweiteiler sein, bestehend aus Rock und Bluse, außerdem müssen Frauen Hosen tragen, die ebenfalls knielang sind, der Ausschnitt muß derart beschaffen sein, daß er stets am Körper anliegt, die Ärmel haben so eng geschnitten zu sein, daß eine abrupte Bewegung unter keinen Umständen einen Blick auf die Achseln gewährt, es ist strengstens untersagt, sich in den Sand zu legen, selbst wenn man mit einem Bademantel bekleidet ist, wohingegen es erlaubt ist, im Sand zu sitzen.

Auch Cabuxa Tola die verrückte Ziege kann Vögel und wilde Tiere dressieren, bei manchen ist es leichter als bei anderen, das ist nun mal so, ihre Mutter wurde bei einem Unwetter am Tag des heiligen Lourenciño de Casfigueiro auf dem Rücken eines Pferdes geschwängert, Töchtern, die so gezeugt werden, gehorchen alle Tiere, ohne Ausnahme, Söhnen nicht, die fallen ganz normal aus, und bei ihnen kommt es auf die Geschicklichkeit an. Fabián Minguela hat ein Muttermal wie aus Schweinsleder auf der Stirn, es sieht aus wie ein Pflaster, er hat schütteres Haar und eine gefurchte Stirn, ehrlich, man sieht ihm an, daß er ein Hurensohn ist, am schlimmsten sind diese Menschen dadurch gestraft, daß man ihnen ihr Schicksal ansieht, sosehr sie es auch vertuschen wollen, alle Schuster arbeiten im Sitzen, aber Gott sei Dank sind nicht alle Schuster Carroupos, es gibt auch anständige und respektierliche.

»Und woher kommen sie?«

»Das weiß niemand.«

Für Moncho Requeixo Casbolado alias Moncho den Faulpelz gibt es auf der ganzen Welt nichts Schöneres als Guayaquil.

»Es ist noch schöner als Amsterdam, anders, aber schöner, o ja! In Guayaquil hatte ich ein Mädchen, die brachte mein Holzbein auf Hochglanz, sie polierte es mit Wachs, das sie in Terpentin aufgelöst hatte, sie hieß Flor de Oro Cotocachi López und war sehr hübsch, ein bißchen vollbusig, aber sehr hübsch, ich weiß nicht, was aus ihr geworden ist, wahrscheinlich ist sie längst gestorben, dort stirbt dauernd jemand.«

Die Zwillinge Méndez Cotabad kamen einmal, vor langer Zeit, als sie noch kleine Mädchen waren, nach neun Uhr abends heim, beide hatten ihre Brille zerbrochen, ihre Schürze war voll Brombeerflecken und ihre Zöpfe voll Kletten, die Mutter schimpfte sie kräftig aus, badete sie – »Ihr habt ja sogar am Bauch Ameisen!« – und schickte sie ohne Abendessen ins Bett.

»Das soll euch eine Lehre sein! Und daß euer Vater ja nichts davon erfährt! Sonst zieht er euch ein paar über.«

Beatriz hatte zu Mercedes gesagt:

»Gehen wir Brombeeren und Walderdbeeren pflükken?«

Und Mercedes hatte geantwortet:

»Au ja!«

Sie achteten nicht auf die Zeit, und die Dunkelheit überraschte sie, das war alles.

»Hast du die Zwillinge ausgeschimpft?«

»Klar! Ich habe zu ihnen gesagt, du wüßtest von nichts, und sie ohne Abendessen ins Bett geschickt.«

»Aber Frau! Gib ihnen wenigstens eine Banane und ein Glas Milch.«

Moncho der Faulpelz behauptet, er habe am Strand von Bastianiño ein paar seltsame Muscheln mit Schalen aus karamelfarbenem Bergkristall, sogenannte *curuchetas curuchiñas* gefunden, die man nicht essen kann, weil sie sehr giftig sind, wenn man sie anhaucht, öffnen sie sich und eine winzige Hexe kommt herausgeflogen, sie ist schwer zu erwischen, weil sie so flink ist und sehr hoch fliegt, die Leute in Lugo wissen allerdings, wie man sie schnappen kann, wir aus Orense sind nicht so geschickt, sie trocknen sie auf dem Herd, und später, wenn sie ausgewachsen und so groß wie richtige Frauen sind, lassen sie sich von ihnen bedienen. Adega war mit Moncho dem Faulpelz so gut wie verlobt, aber dann haben sie es sich anders überlegt.

»Wer Blut vergießt, dem dreht Gott den Bluthahn zu und läßt ihn über die Klinge springen, oder er läßt ihn Blut spucken, bevor er stirbt, Gott verzeiht Verbrechern nicht, selbst wenn sie sich unter Steinen verkriechen, er findet sie immer, Gott hat ein gutes Gedächtnis, und deshalb hat er die Hölle erfunden.«

Raimundo der von den Casandulfes findet Fabián alias Moucho den Faulpelz ganz schön aufgeblasen.

»Mach hier bloß keine Spirenzchen, Fabián, hier kennt jeder jeden, wir leben in einem Dorf.«

»Ich mache, was ich will, das geht dich nichts an.«

»Na gut.«

Raimundo sagt zu unserer Cousine Ramona, daß er sich Sorgen macht, weil sich etwas Böses zusammenbraut.

»Baldomero Afouto will sich nicht verstecken, ich finde, er macht einen Fehler, Leute, die eine Waffe in der Hand haben, machen irgendwann eine Dummheit damit, man sollte ihn nach Cela schicken, zu den Venceás, aber er will nicht, ich habe mit ihm geredet, er will da nicht hin, du weißt ja, daß Cela genau an der portugiesischen Grenze liegt.«

Schoßhündchen haben es im Alter schwer, sie haaren zu sehr, der Hund Wilde ist schon alt, Raimundo hat unserer Cousine Ramona einen russischen Windhund geschenkt, der auf den Namen Zarewitsch hört.

»Sollten wir ihm nicht lieber einen anderen Namen geben?«

»Nein, besser nicht, warten wir erst mal ab.«

Der Kater King ist auch kein junger Hupfer mehr, er ist kastriert, und deshalb verausgabt er sich nicht so und läßt alles geduldig über sich ergehen, der Ara Rabecho klettert den ganzen Tag auf der Vogelstange rum, sein buntes Gefieder glänzt nicht sonderlich, das Licht bekommt ihm nicht, der Papagei hat keinen Namen, er hieß mal Rocambole, aber plötzlich hatte er keinen Namen mehr, was es nicht alles gibt! Wenn der Papagei nicht friert, sagt er: »Schöner Papagei, schöner Papagei, Spanien oder Portugal ist nicht einerlei«. Der Papagei hat kein großes Repertoire, aber immerhin kann er den Rosenkranz runterleiern.

»Ich finde, die Frauen sollten in den Krieg ziehen, dann wäre mit den Kriegen endlich Schluß, Frauen stehen mehr mit beiden Beinen auf dem Boden als Männer, sie haben mehr gesunden Menschenverstand und sind klüger und patenter, sie würden bald einsehen, daß der Krieg ein Wahnsinn ist und daß man durch den Krieg alles verliert: den Verstand, die Gesundheit, die Geduld, das Ersparte und sogar das Leben, im Krieg verliert jeder etwas, und keiner gewinnt etwas, nicht einmal der, der den Krieg gewinnt.«

»Du bist ganz schön pessimistisch.«

»Nein, ich mache mir nur Sorgen.«

»Soll ich das Radio ausschalten?«

»Ja, leg lieber ein paar Schallplatten aufs Grammophon.«

»Tangos?«

»Nein, Walzer.«

Fledermäuse sind Tierchen mit starkem Instinkt und sehr anpassungsfähig, Fledermäuse gelangen an Orte, an die sich niemand hintraut, Fledermäuse haben ein Bein im Reich der Erde, wie die Teufel, die Jagd auf Seelen machen, und das andere im Reich der Hölle, wie die Teufel, die sich um die Abfertigung der Seelen kümmern, manchmal tragen Fledermäuse einen Vampir im Herzen.

»Reden Sie weiter!«

Na gut, ich rede also weiter, die Kranken, die Gefangenen und sogar die Toten sind immer dieselben, Sie mit Ihren Marotten, Ihren Gewissensbissen, Ihrer Reue und Bußfertigkeit und Ihrem Herzschmerz! Der Tod hängt dunkel an den höchsten Balken, an den schimmeligsten und wurmstichigsten, das Grausen packt einen, wenn man sieht, wie der Tod gleich einem Gehenkten über einem Ölfleck baumelt, der wie die Iberische Halbinsel aussieht.

»Möchtest du tanzen?«

»Später.«

Die Bleichen gingen umher und säten den Tod, mit der Gießkanne des Todes, doch als Gott es so wollte, fingen auch sie an zu sterben, und wer geweint hatte, aber weiterlebte, der Mensch ist ein zähes Tier, pflanzte für jeden toten Bleichen einen Haselstrauch, damit das Wildschwein immer frische Haselnüsse hat. Der Affe Jeremías wird immer schwindsüchtiger und verdorbener, daran ist er allerdings nicht allein schuld, Señorita Ramona schafft es einfach nicht, ihn vor Rosiclers Zudringlichkeiten zu bewahren.

»Ich habe dir tausendmal gesagt, du sollst dem Affen keinen mehr runterholen! Siehst du nicht, daß der Arme ständig hustet?«

Die Schildkröte Xaropa verkriecht sich monatelang, bis die Hitze kommt, läßt sie sich nicht blicken, das Pferd Caruso hält sich gut, es ist das einzige nicht trübsinnige Tier im Haus, Etelvino läßt es jeden Morgen ins Freie, damit es sich ein bißchen die Beine vertritt, und er striegelt es auch. Jeden Abend, wenn die Sonne untergeht, sagt Doña Gemma zu ihrem Mann:

»Gib mir ein Gläschen Anisbranntwein, Teodosio, ich kriege kaum Luft. Und du steck den Kopf in eine Tasche aus Wachstuch, und wenn du dann keine Luft kriegst, tja, Pech für dich!«

Doña Gemma ist nicht nett und nicht großzügig und noch dazu schmuddelig und frömmlerisch, vielleicht hängt das alles zusammen, Doña Gemma hat eine wildbewegte Vergangenheit, aber jetzt liest sie *Die Wonnen einer Mutter, Anregungen für die christliche Frau* von Hochwürden Pater P. Zaqueo Mantecón, Huelva, 1920.

Doña Gemma leidet an Hämorrhoiden, sie bekämpft sie mit Kamille-Sitzbädern.

»Wenn du mich fragst: Der Anisbranntwein bekommt dir nicht, Gemma, der entzündet deinen After.«

»Ach, sei still!«

»Na gut, wie du willst, es juckt ja dich, nicht mich, mein Gott, was für Manieren!«

Don Teodosio gaben sie am Taufbecken den Namen Casiano, aber später, bei der Heiligen Firmung, tauften sie ihn um. Doña Gemma und Don Teodosio wohnen in Orense, an der Plaza de San Cosme, in der Wohnung, in der die Eltern von Doña Gemma gestorben sind, im Haus wimmelt es von Kakerlaken, es ist wie im Urwald, und das Klo ist seit über zehn Jahren verstopft, man muß jedesmal zwei Eimer Wasser reinschütten und mit der Bürste nachhelfen, die Steinfliesen im Gang haben Muster aus Strichen, Winkeln und Kreuzen, jede Fliese hat vier Striche und vier Winkel, und jeder Winkel besteht aus zwei Strichen, die in der Verlängerung drei weitere Winkel bilden, einer zeigt nach Norden (oder nach Süden), einer nach Osten und einer nach Westen, Don Teodosio versucht immer, nicht auf die Striche, Winkel und Kreuze zu treten, und deshalb geht er mit Schlagseite und im Zickzack, wenn Don Teodosio das Haus von Parrocha der Sardine aufsucht, marschiert er jedesmal schnurstracks in die Küche.

»Ist Visi da?«

»Sie ist besetzt, Don Teodosio, aber es dauert wohl nicht mehr lang, sie hat Don Ezequiel, das ist der vom Pfandhaus, schon eine ganze Weile bei sich. Soll ich Ferminita rufen? Don Ezequiel ist ein bißchen langsam.«

»Nein, nein, ich warte lieber, vielen Dank.«

»Wie Sie wollen, ganz nach Ihrem Wunsch.«

Gaudencio spielt traurig auf seiner Ziehharmonika, die Töne klingen nicht so sauber wie sonst, Gaudencio ist seit ein paar Tagen traurig und ein bißchen besorgt.

»Sind die Leute denn verrückt geworden?«

»Keine Ahnung, sehr vernünftig kommen sie mir jedenfalls nicht vor.«

Doña Gemma stammt aus Villamarín, ihre Eltern hatten eine Siphonflaschen- und Sprudelfabrik namens Espumosos Vilela und eine Waschlaugenfabrik namens La Sobreirana, und sie hatten ein gutes Auskommen, bis Don Antonio, das Familienoberhaupt, den Fleischextrakt Excavacón erfand, ein Rindfleischkonzentrat, und das Gewerbeaufsichtsamt ihm die Fabrik dichtmachte, weil er Hunde- und Eidechsenfleisch verwendete, das stürzte ihn in den Ruin. Im Haus von der Parrocha machen sie um Don Teodosio schrecklich viel Gewese.

»Soll ich Marta der Portugiesin Bescheid sagen, damit sie sich schon mal warm macht?«

»Oh, da wäre ich Ihnen sehr verbunden, Sie sind immer so zuvorkommend und liebenswert.«

»Ach, nicht doch, Don Teodosio! Stets zu Ihren Diensten, guten Freunden will man es doch schließlich recht machen.«

Visi ist aus Penapetada bei Puebla de Trives, aber sie spricht mit andalusischem Akzent, noch klappt es nicht so recht, aber sie wird es schon noch lernen. Parrocha die Sardine hat drei wertvolle Sammlungen, eine Fächer-, eine Briefmarken- und eine Goldmünzensammlung, die hat ihr Don Perpetuo Carnero Llamazares, der einen Laden in León hatte, vermacht; hinter den Gardinen der Freudenhäuser tragen sich recht merkwürdige Dinge zu, ein Jammer, daß nicht alles aufgeschrieben wird; das einzige, worüber die Parrocha sich noch keine Gedanken gemacht hat, ist, was nach ihrem Tod aus den Sammlungen werden soll.

»Hätte ich doch jemanden, dem ich vertrauen kann, um ihn als Alleinerben einzusetzen! Kinder habe ich keine, und meine Neffen und Nichten wollen nichts von mir wissen. Pech für sie! Einem unserer Kunden kann ich sie nicht vermachen, das ist klar, und auch dem Domkapitel nicht. So etwas Vetracktes! Am Ende muß ich sie den

Mädchen geben, sollen sie doch alles verhökern und sich das Geld teilen! Am liebsten würde ich mich mit meinen Fächern, dem Manilatuch und den Goldmünzen begraben lassen, ohne die Briefmarken, aber dann würde man irgendwann mein Grab plündern.«

»Darauf können Sie sich verlassen!«

Von Gaudencio wollen sie Paso dobles hören, viele Paso dobles, die Herren rufen Viva España! und verlangen Paso dobles, viele Paso dobles, und die Frauen lachen, die einen albern, die anderen resigniert.

»Zieh den Büstenhalter aus.«

»Ich habe keine Lust.«

Romulus und Remus, die beiden Schwäne auf Señorita Ramonas Teich, schwimmen morgens im Fluß, ab und zu fischen sie einen Fisch, den sie am Stück verschlingen, sie fangen schon an, ihn zu verdauen, bevor er ganz tot ist. Würde es mit einem Schlag zu regnen aufhören, wären wir alle ganz durcheinander, Don Jesús Manzanedo war auch mal ein guter Kunde von der Parrocha, doch als er dann anfing, sich im Morgengrauen zu verdrücken, ohne zu bezahlen, hörte Don Teodosio auf, ihn zu grüßen, er versagte ihm den Gruß nicht plötzlich, nein, das nicht, sondern er grüßte ihn einfach immer seltener, das ist ein kleiner Unterschied.

»Haben Sie das gehört, Pura? Haben Sie gehört, was hier so geredet wird?«

»Ich bin blind und taub, Don Teodosio, ich weiß von nichts und will auch nichts wissen, wenn Sie mich fragen, haben die Leute alle auf einmal durchgedreht, eine andere Erklärung gibt es für mich nicht, möge Gott uns zu sich rufen, nachdem wir gebeichtet haben!«

Gaudencio hat eine trockene Kehle bekommen.

»Bringst du mir ein Glas Sprudel?«

»Gern.«

Don Jesús Manzanedo ist sehr sorgfältig, Ordnung muß sein, er schreibt alle Todesfälle in ein Büchlein und trägt die entsprechende Nummer, das Datum, den Vor- und

Familiennamen, den Beruf, den Ort und die besonderen Umstände in eine Liste ein, obwohl es fast nie besondere Umstände gibt: Nr. 37, 21. Oktober '36, Inocencio Solleiros Nande, Bankangestellter, Alto del Furriolo; hat vor dem Tod die Beichte abgelegt. Inocencio Solleiros Nande war Rosiclers Vater. Was für eine Schnapsidee, seine Tochter Rosicler, Morgenröte, zu nennen!

»Glauben Sie, Doña Arsenia, das ist Grund genug, um jemanden ins Jenseits zu befördern?«

»Ach, wissen Sie, ich sage weder ja noch nein, das geht mich nichts an, mich sollen sie damit in Ruhe lassen.«

»Schon gut, schon gut.«

Fabián Minguela ist ein Haderlump, Fabián Minguela ist nicht klein, er ist mittelgroß, kein Carroupo ist groß und kräftig, es gibt kleine und mittelgroße Schlauberger, aber auch verlogene Wirrköpfe unter ihnen, neben Don Jesús Manzanedo nimmt sich Fabián alias Moucho wie ein Waisenknabe, wie ein Lehrling aus. Don Jesús Manzanedo bringt andere Leute aus Ordnungsliebe um, aber auch aus Spaß an der Freude, beides trifft zu, es gibt Menschen, die kriegen einen Steifen, wenn sie den Finger an den Abzug legen und abdrücken, Fabián Minguela dagegen tötet Leute, um sich bei jemandem anzubiedern, bei wem, weiß man nicht, aber es wird schon jemanden geben, den er damit zum Lächeln bringt, das auf alle Fälle; er tötet auch aus Angst, wovor er Angst hat, weiß man genausowenig, irgendwas muß ihm angst machen, das auf alle Fälle, die Angst windet sich wie Gewürm durch die Gänge des Grauens. Benicia hat blaue Augen und ist allzeit bereit, Cidrán Segade, Benicias Vater, war aus Cazurraque, unterhalb der Felsen von La Portelina, und auch er starb in dem großen Tohuwabohu, wenn die Welt Kopf steht, kommt es vor, daß Männer von Hampelmännern umgebracht werden, das passiert nicht, solange Gott nicht die Kontrolle und den Stolz verliert.

»Brätst du mir einen Chorizo?«

»Gern.«

Das Wasser der Miangueiro-Quelle ist giftig, aber es läßt nicht das Fleisch faulen, sondern den Geist, wer Wasser aus der Miangueiro-Quelle trinkt, wird verrückt und bringt womöglich sogar Menschen um, während ihm vor lauter Angst die Scheiße an den Beinen runterläuft. In der Kirche Santa María de las Mercedes ist es kalt, doch das stört Gaudencio nicht, Gaudencio geht jeden Morgen, nachdem er auf der Ziehharmonika gespielt hat, zur Messe, danach schläft er bis mittags in seinem Kabuff unter der Treppe, er hat da drin kein Licht, aber das macht nichts, wozu braucht er Licht? Blinde sind leicht zufriedenzustellen, sie finden sich notgedrungen mit allem ab.

»Wissen Sie, wer diese Gräfin war, die auf Benigno ein Kopfgeld ausgesetzt hat?«

»Ja, das weiß ich, aber ich werde es Ihnen nicht sagen, außerdem war es keine Gräfin, sondern eine Marquesa, damit Sie Bescheid wissen.«

Der Apostel Andreas war eifersüchtig auf den Apostel Jakob, weil er ihm alle Gläubigen wegschnappte.

»Nach Compostela kommen Pilger aus aller Welt, sogar aus Cipango, der Tatarei und Äthiopien, aber nach Teixido kommt nicht mal jemand aus El Ferrol oder Vivero oder Ortigueira, dabei ist das gleich nebenan, das ist nicht gerecht, schließlich bin auch ich ein Apostel, ein Apostel wie die anderen.«

Unser Herr Jesus Christus, der gerade des Weges kam, sagte zu ihm:

»Du hast völlig recht, Andreas, das müssen wir in Ordnung bringen, ich werde Sorge tragen, daß künftig niemand mehr in den Himmel kommt, der nicht vorher einen Abstecher nach Teixido gemacht hat.«

»Vielen Dank.«

Gesagt, getan, unser Herr Jesus Christus trug also Sorge, daß jeder Christ, der seine Seele retten wollte, zumindest einmal zu der Stätte gereist sein mußte, lebendig oder tot, und dort verwandelte sich ein jeder in ein Tier ohne Verstand, deshalb heißt es, nach San Andrés de

Teixido reist als Toter, wer zu Lebzeiten nicht dort war. In San Andrés de Teixido, das am Ende der Welt liegt, am Meer, auf das sich niemand hinauswagt, weil die Wellen hoch wie Berge sind, sieht man ganze Scharen von Skorpionen, Eidechsen, Kröten und anderem zahmem oder wildem Getier, sogar Vipern und pelzige Taranteln, die die Seelen jener in sich tragen, die zu Lebzeiten nicht auf Pilgerreise gegangen sind, möge sich also retten, wen Gott unser Herr gewarnt hat!

»Was für ein Glück, nicht wahr?«

Schwachsinnige leben am Rand des Todes, ohne ihn zu sehen oder zu riechen, Blinde sehen ihn, sie spüren, wie er aus ihrem Rückgrat entweicht, und Hunde riechen ihn, Schwachsinnige aber nicht; Schwachsinnige können ihn nicht vom Leben unterscheiden, Roquiño Borrén verbrachte fünf Jahre in einer Truhe, doch er merkte nicht einmal, wie schlecht er dran war, und als sie ihn rausholten, grinste er sogar, Roquiño Borrén beißt auf den Fingernägeln rum und ißt den von den Wänden abblätternden Kalkputz, man sieht ihm an, daß es ihm Spaß macht. Auch Catuxa Bainte, die Schwachsinnige aus Martiñá, kann das Leben nicht vom Tod unterscheiden, die Schwachsinnige aus Martiñá weiß nicht, daß mit dem Tod das Augenlicht erlischt, und deshalb zeigt sie den toten Füchsinnen und Frettchen ihre Titten, der Küster verjagt sie mit Stockschlägen und Steinwürfen.

»Raus hier, du liederliches Weib! Hau ab, bevor ich dich totschlage!«

Benigno Alvarez trieb sich auf der Flucht in den Wäldern von Maceda herum, zwischen der Sierra de Meda und der Sierra de San Mamede (Don Merexildo, der Pfarrer von San Miguel de Buciños, kommt einem vor wie ein Wespennest voller Fliegen, ein Ameisennest voller Fliegen, ein Wurmnest voller Fliegen, man kriegt ihn immer nur in einen Fliegenschwarm gehüllt zu sehen), er zog mit Leandro Carro und Enriqueta Iglesias, genannt die Genossin, durch die Gegend (die Haushälterin des Pfarrers von San Miguel de Buciños heißt Dolores, sie ist alt und einarmig, Dolores riecht nach Mottenpulver und trinkt in rauhen Mengen Mokkalikör), Benigno Alvarez wurde krank und starb, als er tot war, verpaßten sie ihm noch zwei Kugeln, weil sie der Sache nämlich nicht trauten, sein Bruder Demetrio mußte ebenfalls sterben, und seine beiden anderen Brüder José und Antonio flohen nach Portugal, doch die portugiesischen Grenzer fingen sie bei Tuy ab und brachten sie an einen Ort, der Volta de Moura heißt, das war so üblich, eine knappe halbe Meile von der Stadt entfernt, wenn man die Landstraße in Richtung Vigo fährt (dem Pfarrer von San Miguel de Buciños steigen die Frauen nach, junges Gemüse, aber auch reife Weibsbilder, sie lassen ihn nicht in Ruhe, Frauen sind wie Löwinnen, die das Männchen schon von weitem riechen); freigekriegt hat die beiden Eulogio Gómez Franqueira mit Hilfe seines Onkels Don Manuel, der damals Beamter im Rathaus von Cenlle war.

»Geht es dir gut?«

»Ja, sehr gut, solange sie mich reden lassen, bringen sie mich nicht um, soviel steht fest.«

Tante Jesusa und Tante Emilita verstehen nicht, was um sie herum passiert, Tante Jesusa und Tante Emilita erweitern den Rosenkranz um ein Vaterunser und wollen damit erreichen, daß der Engel des Guten die Bestie des Bösen bezwingt, das ist ein etwas fragwürdiger Vorsatz, aber vielleicht klappt es ja; Nacht für Nacht fallen Skorpione und Raben auf die Lehmmauern des Friedhofes von San Francisco.

»Ist Damián da?«

»Der ist nach Santiago.«

»Mit dem Pferd?«

»Nein.«

»Mit dem Fahrrad?«

»Ja.«

Telma sagt zu Concha da Cona der Muschelmöse:

»Stell dich an die Landstraße und rühr dich nicht weg,

bis er vorbeikommt, sag ihm, er soll nicht zurückkommen, sie suchen nach ihm.«

Der Küster von Torcela fing an, Geschichten zu erzählen, von Irrlichtern, Seelen im Fegefeuer und Auferstandenen, die mehr als hundert Jahre tot gewesen waren; der Korporal der Guardia Civil glaubte ihm kein Wort.

»Unmöglich, nach einem Monat kann niemand wiederauferstehen, und vorher auch nur ganz wenige, kommen Sie mir nicht mit so was!«

Der Küster von Torcela gibt Concha da Cona drei Geweihe von Hirschkäfern und ein mit Öl vom Lämpchen des Allerheiligsten gefülltes Fläschchen, in dem vorher Palmil Giménez-Öl gewesen war.

»Das gibst du Damián und sagst ihm, er soll sich am Testeiro verstecken, lange kann es nicht mehr dauern.«

»Gut.«

»Sag ihm auch, er soll nicht vergessen, zum heiligen Judas zu beten.«

»Ja, in Ordnung.«

Heiliger Judas Taddäus, du glorreicher Apostel, mach, daß meine Peiniger in einen Brunnen fallen. Concha da Cona ist eine hübsche, resolute Frau und kann sehr gut mit den Kastagnetten umgehen, fast so gut wie eine Zigeunerin. Heiliger Judas Taddäus, der du bist im Himmel, erlöse mich von allem Bösen, vom Haß und vom Gift. Es muß wieder alles werden, wie es war, die Welt kann nicht ewig Kopf stehen.

»Und wenn doch?«

»Du wirst schon sehen, daß es nicht geht.«

Policarpo dem von der Bagañeira ist das Haus eingestürzt, als sein Vater, Don Benigno Portomourisco Turbisquedo starb; es gab einen solchen Menschenauflauf, daß das Haus in zwei Hälften brach, wie eine Wassermelone, Policarpo entwischten dabei drei dressierte Frettchen, jetzt hat er nur noch zwei, Daoiz und Velarde, sie laufen im ganzen Haus rum; die Namen hat ihnen Robín Lebozán gegeben, dressierte Frettchen hauen nicht ab, solange man sie nicht erschreckt. Luisiño, genannt Parrulo der Erpel, ist schon blind, aber Lungenentzündung hat er noch keine gekriegt, als Dorotea Expósito, Policarpos Mutter, starb, mußte Pfarrer Furelo eingreifen, weil ihr Ehemann nicht wollte, daß sie kirchlich bestattet wurde.

»Die Hure sollte man mit Sägemehl bestreuen, verbrennen und außerhalb vom Friedhof begraben, was anderes hat sie nicht verdient!«

Der Pfarrer Ceferino Furelo beachtete ihn nicht, der Pfarrer Ceferino Furelo hatte schon immer lobenswerte Eigenschaften, er gibt ab von dem, was er hat und sorgt für die, die nichts haben, Habsucht ist eine Todsünde. Mein Onkel Claudio Montenegro, der mit der Jungfrau Maria verwandt ist, wollte sein Hauspersonal aufstocken und schrieb zwei freie Stellen aus: Suche Hauskaplan und Konkubine, Empfehlungen sind willkommen; als mein Onkel erfuhr, daß Leitón das Spanferkel nach Orense gefahren war, um sich die Filzläuse einzufangen, fand er das sehr vernünftig: Eine verfilzlauste Nutte, der Name spielt keine Rolle, auf den kommt es am wenigsten an, Filzläuse sind Filzläuse, hängt Santos Cófora genannt Leitón das Spanferkel die Filzläuse an, der gibt sie an seine Frau Marica Rubeiras weiter, und die verpaßt sie im Glockenturm – im Reitstall ist es nicht bequem und auch nicht warm genug, dafür aber abgeschieden und ruhig – dem Pfarrer Celestino Carocha, und der hat am Ende sogar Filzläuse in den Augenbrauen, das läuft wie beim Domino, eins ergibt das andere, und mit ein bißchen Glück und genug Zeit kann es soweit kommen, daß sich bald die Leute im ganzen Land kratzen; danach passiert, was eben passieren muß, es kommen Kriege und andere Katastrophen. Mein Onkel Claudio will es in seinen letzten Jahren bequem und gemütlich haben, er hat schon genug Wirbel gehabt und so viele Schicksalsschläge erlitten, wie der menschliche Körper eben erträgt.

»Gott hat versucht, mir alles zu geben, was ich brauche, und was mir noch fehlt, das besorge ich mir gerne selbst.

Ich habe eine recht gute Gesundheit, genug Geld, mehr als genug Jahre auf dem Buckel, ein eigenes Haus, Kinder in Hülle und Fülle, ein Pferd, einen Hund, eine Flinte, eine Köchin, zwei Knechte und das gesamte Werk von Quevedo in elf Bänden, in der Ausgabe von Antonio Sancha. Wenn ich erst mal eine Konkubine und einen Hauskaplan habe, die etwas taugen, jeder auf seinem Gebiet, mache ich es mir im Salon bequem, lese soviel, wie ich Lust habe und warte auf den Tod, den Hund an meiner Seite, ein Glas Wein vor mir und ein Glöckchen in Reichweite. Will ich Kaffee oder ein Gläschen Schnaps? Ein Klingeln genügt, und schon kommt Virtudes die Köchin herauf. Will ich, daß man Holz nachlegt oder mir das Pferd sattelt? Zweimal klingeln genügt, und Andrés, der alte Knecht, kommt herauf. Will ich, daß man mir einen Fleck vom Jackett entfernt oder die Brille putzt? Dreimal klingeln genügt, und Avelino, der junge Knecht, der ein bißchen schwul ist, kommt herauf. Habe ich Lust auf eine Nummer? Dann stoße ich mit einem Gläschen Anislikör an das Glöckchen, und die Konkubine kommt herauf, dafür bezahle ich sie ja. Will ich meine Seele retten? Klingelingeling, und der Hauskaplan kommt herauf, um mir die Absolution zu erteilen, was mich mein gutes Geld kostet. Und wenn dann jeder seine Schuldigkeit getan hat, soll er verschwinden und mich in Ruhe lassen, was unten im Haus los ist, interessiert mich nicht, von mir aus sollen sie sich totschlagen.«

»Sagen Sie, Don Claudio, wäre Ihnen eine Portugiesin als Konkubine recht?«

»Und ob, mein Sohn, und ob! Aber auch eine Chinesin, das ist mir egal, Hauptsache, sie ist gut im Futter, reinlich und folgsam und spricht beide Sprachen, also Galicisch und Spanisch, alles andere sind Kinkerlitzchen.«

Heutzutage pflegt man solche ehrbaren und ersprießlichen Bräuche nicht mehr, heutzutage sind die Menschen zügellos und faul wie noch nie, mag sein, daß es immer schwieriger wird, die Welt in Ordnung zu bringen.

»Haben Sie auch gehört, daß die Mauren die Meerenge von Gibraltar überquert haben?«

»Das ist doch ein alter Hut, mein Freund, Sie sind hintendran.«

Dolores, der Haushälterin von Don Merexildo, haben sie im Krankenhaus einen Arm abgenommen, weil sie ein bösartiges Furunkel hatte. »Glauben Sie mir, mit einem Arm kommt man bestens zurecht, die Leute sind nur verwöhnt, dabei kommt doch alles, wie es kommen soll. Die Welt geht unter? Von mir aus, soll sie doch!«

Moncho der Faulpelz hat ein Bein in Afrika gelassen, als er loszog, dem König zu dienen, seine Cousinen Adela und Georgina haben es mit den Kräutern, irgendwann werden sie damit ein Unglück anrichten.

»Am Nordpol war ich noch nicht, aber ich möchte hin, am Südpol war ich auch noch nicht, ich muß noch viel sehen, am Nordpol gibt es Seehunde und am Südpol Pinguine, Pinguine sind zutraulich und gesellig, ich mag Guayaquil, dort habe ich eine schöne Zeit gehabt, es wimmelt von Grillen, aber das stört mich nicht.«

Mein Onkel Claudio Montenegro behauptet, er hätte im Jahr 1909 am Grand National in Liverpool teilgenommen, das kann schon sein, mein Onkel trägt zwar oft dick auf, aber manchmal sagt er auch die Wahrheit, nur glaubt sie ihm dann niemand; er ritt einen Apfelschimmel, den einzigen im Rennen, Peaty Sandy, Nr. 21, mein Onkel stürzte beim sechsten Hindernis und brach sich ein Schlüsselbein, vielleicht war es so, der heilige Markarius bringt Glück beim Kartenspielen und in der Lotterie, aber beim Pferderennen hilft er nicht viel, Lázaro Codesal hatte blaue Augen, und mein Onkel Claudio auch; schwachsinnige Frauen lassen sich besser befummeln als schwachsinnige Männer, wenn man ihnen in den Ausschnitt faßt, halten sie still wie Schlangen.

»Fahren Sie nach Lalín?«

»Nein, nach Maceiras, aber wenn Sie wollen, bringe ich Sie nach Lalín, das ist mir gleich.«

Seit über einer Woche regnet es nicht, die Turteltauben baden seelenruhig in den Bächen, die Guardia Civil hat alle Flinten eingesammelt. Raimundo der von den Casandulfes unterhält sich mit unserer Cousine Ramona.

»Mich freiwillig melden, das tue ich nicht, das hat alles überhaupt keinen Sinn mehr, ich habe mit Robín gesprochen, er denkt genauso, die Leute haben sich nicht mehr im Griff, und das ist sehr gefährlich, ich mache mir Sorgen um Baldomero Afouto, weil Fabián, auch wenn du es nicht glaubst, ein Hurensohn ist, verzeih, du siehst sehr hübsch aus, Moncha. Bekomme ich einen Kaffee? Hier muß einer das Heft in die Hand nehmen, der halbwegs anständig und vernünftig ist, die Leute haben keinen Respekt mehr vor den guten Sitten. Armes Spanien! Wie gut könnte es diesem Land gehen! Erinnerst du dich an den blinden Gaudencio, Adegas Bruder?«

»Der in dem Haus in Orense wohnt, na, du weißt schon...?«

»Genau.«

»Ja, ich erinnere mich an ihn, er spielt sehr gut Ziehharmonika.«

»Richtig. Also, vorgestern abend haben sie ihn verprügelt, weil er nicht spielen wollte, was sie verlangten. Moucho zieht triumphierend durch die Provinz Orense, und schuld daran haben andere.«

»Magst du zum Kaffee einen kleinen Cognac?«

»Danke, gern.«

»Soll ich Musik auflegen?«

»Nein, laß nur.«

Marcos Albite freut sich, weil er den heiligen Camilo fertig hat.

»Möchtest du deinen heiligen Camilo sehen? Ich habe ihn schon fertig, es ist der schönste heilige Camilo der Welt, und nicht nur, weil ich es sage, die anderen behaupten, er hätte ein Gesicht wie ein Hampelmann, aber weißt du, Heilige setzen eben so ein Gesicht auf, wenn sie kurz davor sind, Wunder zu tun. Soll ich Ceferino Furelo holen, damit er ihn segnet?«

»Ja, gut, das kann nicht schaden.«

Der heilige Camilo, den mir Marcos Albite geschnitzt hat, ist gut gelungen, er hat zwar ein dümmliches Gesicht, aber vielleicht muß das so sein, damit er Wunder tun kann.

»Vielen Dank, Marcos, er ist sehr schön.«

»Gefällt er dir wirklich?«

»Ja, er gefällt mir sehr.«

In Orense ist es im Sommer sehr heiß, sogar heißer als in Guayaquil.

»Sind dieses Jahr nicht zu viele Fremde da?«

»Doch, aber ich glaube, es gibt von allem zuviel.«

Gaudencio muß das Bett hüten, so sehr haben sie ihn verprügelt, Anunciación Sabadelle, Nunciña oder auch Anuncia genannt, kümmert sich um ihn, sie ist von zu Hause in Lalín abgehauen, weil sie die Welt sehen wollte, aber über Orense ist sie nicht hinausgekommen.

»Hast du Schmerzen?«

»Nein, mir geht es schon wieder sehr gut, heute abend spiele ich wieder im Salon.«

»Warte lieber bis morgen, du solltest dich noch ein bißchen erholen.«

Das schweinslederne Muttermal auf Fabián Minguelas Stirn glänzt, als hätte er es poliert; Fabián Minguela ist so blaß wie immer, und gewachsen ist er eigentlich auch nicht, aber er wirkt irgendwie strahlender, eleganter.

»Glaubst du, wir sehen diesen Widerling im Himmel wieder?«

»Ach was, Frau! Was für eine Idee! In den Himmel kommt man nicht so ohne weiteres, und schon gar nicht mit einem schweinsledernen Muttermal auf der Stirn, mit diesem Mal lassen ihn die Engel nicht rein, da kannst du ganz beruhigt sein.«

Die portugiesische Konkubine von Roque Marvís, dem jüngsten Bruder von Tripeiro dem Kaldaunenhändler, also Afoutos Onkel, bereitete einen Sud aus gekochtem Rizinus, damit Afouto kein Unglück widerfuhr, aber das Zeug nützte nichts, weil nämlich etwas fehlte; Rizinus bringen die Schwalben aus dem Heiligen Land mit, und wenn irgendein Schurke kochendes Wasser über die Eier gießt, um sie abzubrühen und abzutöten, legen sie Rizinus ins Nest, und schon sind die Eier wieder von Leben erfüllt; wirft man ein Büschel Rizinusblätter in den Fluß, schwimmt es gegen die Strömung und zwingt die Kobolde zu verraten, wo sie den Schatz versteckt haben; die Kobolde sind tapfer, aber auch fügsam, und sie befolgen stets Gottes Gebote; die Kobolde hüten drei Schätze, den der Mauren, den der Goten und den der Mönche, doch sie geben sie bereitwillig heraus, wenn man ihnen aus dem Ciprianillo vorliest; verwandelt sich ein Kobold von einem Drachen oder einer großen Schlange in ein Gespenst, dann ist das Zauberei und er entfleucht pfeifend durch die Lüfte.

Don Jesús Manzanedo muß immer laut lachen, wenn er erzählt, wie Inocencio Solleiros Nande, der Bankangestellte, gestorben ist.

»Was der für eine Angst hatte! Als ich ihn fragte, ob er beichten will oder nicht, fing er an zu heulen, und zur Strafe ließ ich ihn eine Weile auf dem Boden knien.«

Don Jesús Manzanedos Darstellung ist falsch, Inocencio Solleiros benahm sich wie ein Mann und starb sehr würdevoll; als Don Jesús ihn auf die Knie zwang und die Pistole auf ihn richtete – er hatte Inocencio die Hände auf dem Rücken gefesselt und trat ihm in die Lenden und in die Eier –, da schimpfte Inocencio ihn einen Hurensohn und spuckte ihm ins Gesicht.

»Bring mich doch um, du Hurensohn!« sagte er zu ihm. »Du bringst mich nicht um, weil du ein Mörder bist, sondern ein Hurensohn!«

Die Frösche aus der Grafschaft Tipperary in Irland sind genauso edel wie die aus dem Antela-See, und bestimmt haben auch sie viel Blut fließen sehen; wenn die Dämme des Blutes brechen, ertrinkt alles in Blut, und Blut trocknet nur langsam, es gibt Menschen, an deren Herz eine Fledermaus hängt.

Inocencio hatte nicht gebeichtet, bevor er starb, es hat ja auch niemand einen Pfarrer geholt, der ihm die Beichte abgenommen und die Absolution erteilt hätte; was Don Jesús in sein Büchlein geschrieben hat, ist Lüge, nein, Inocencio hatte nicht gebeichtet, bevor er starb, Don Jesús ist ein Lügner, aber das ist eigentlich noch das wenigste, Don Jesús hatte eine Tochter, Clarita, deren Verlobter sie sitzenließ, weil er es mit der Angst bekam, es gibt anständige junge Männer, die sich die Scham verkneifen, wo andere klein beigeben.

»Ich gehe weg, um das Vaterland zu verteidigen, Clarita, schreib mir nicht, mich erwischt es bestimmt gleich nach meiner Ankunft.«

Als man Rosiclers Vater umbrachte, zog sie ins Dorf, aber sie trug keine Trauer, die Behörden sahen es nicht gerne, daß man wegen ein paar Toten Trauer trug.

Benicia macht sehr gute Mehlkringel und kredenzt den Wein splitternackt und nach einem alten heidnischen Brauch, die Zeit geht über alle hinweg, und ich erzähle Ihnen alles im Rückblick, Sie wissen schon.

»So schmeckt er besser. Soll ich mir den Wein über den Busen gießen?«

»Ja, danke dir, ich bin nämlich ein bißchen traurig.«

Die Zeitungen bringen jede Menge Kleinkram: Señor Soundso weigerte sich, das letzte Sakrament zu empfangen und starb ungetröstet, wohingegen Señor Sowieso beichtete, voller Inbrunst die Heilige Kommunion empfing und deshalb glücklich und gelassen starb. Auf dem Friedhof San Francisco sind Gelassenheit und Trostlosigkeit gang und gäbe, der Tod ruft den Tod herbei. Wir Guxindes haben uns auf den Volksfesten immer gern geprügelt, aber jetzt ist mit uns nicht mehr viel los.

»Ich habe Schiß, Robín, gegen das, was jetzt passiert, kommt man nicht an, es ist wie mit der Cholera. Wer könnte die Menschen zur Vernunft bringen und in diesem Chaos ein bißchen Ordnung schaffen?«

»Woher soll ich das wissen?«

Den Ex-Minister Gómez Paradela haben sie in Verín geschnappt, mit Benzin übergossen und angezündet; laut Antonio, keiner weiß, wer dieser Antonio ist, hat er einen makabren Totentanz aufgeführt.

»Und was ist aus Antonio geworden?«

»Keiner weiß, wer dieser Antonio ist, das habe ich doch gerade gesagt, und man weiß auch nicht, was aus ihm geworden ist, vielleicht haben sie ihn totgeknüppelt, das könnte gut sein, solche Kerle werden früher oder später totgeknüppelt.«

Fabián Minguela holte sich Rosalía Trasulfe aus dem Dorf.

»Du halt die Klappe! Du bist hier, weil ich mit dir meinen Spaß haben will, also halt die Klappe, kapiert?«

Rosalía Trasulfe sagte zu allem ja und amen, Cabuxa Tola die verrückte Ziege war alles andere als verrückt.

»Ich bin noch am Leben, und Moucho hat so geendet, wie er enden mußte, ich finde, jeder endet so, wie er es sich im Leben verdient hat, manchmal stimmt das nicht, aber fast immer.«

Robín Lebozán hat seinen Vetter Andrés Bugalleira, der gerade aus La Coruña gekommen ist, zum Essen bei sich.

»Im Kunstverein haben sie alle Bücher von Baroja, Unamuno, Ortega y Gasset, Marañón und Blasco Ibáñez verbrannt. Natürlich! Die von Voltaire und Rousseau haben sie verschont, von denen haben sie nämlich noch nie was gehört.«

In der Zeitung steht: Am Meeresufer werden, damit die Wellen die Überbleibsel von soviel Verderbtheit und Elend hinwegspülen, bergeweise Bücher und Broschüren mit verbrecherischer antispanischer Propaganda und widerwärtiger pornographischer Literatur verbrannt.

»Hast du Esperanza gesehen, seit man ihren Mann umgebracht hat?«

»Nein, sie hat mir ausrichten lassen, ich soll sie nicht zu Hause besuchen.«

Andrés wollte über die Grenze nach Portugal.

»Wenn du Geld dabei hast und die portugiesische Grenze so schnell wie möglich hinter dich bringst, geht alles glatt, von Lissabon aus kommst du in jedes andere europäische Land, aber wenn du kein Geld hast, paß auf, die portugiesischen Grenzer liefern alle aus, sie bringen sie nach Tuy, und das ist ein schlimmer Ort.«

Chelo Domínguez die von den Avelaíños, also die Frau von Roque Gamuzo, wird vom ganzen Weibervolk in der Gegend beneidet.

»Gott möge uns erst zu sich holen, wenn wir gebeichtet haben, Amen! Man sagt, Roque, Chelos Mann, hat einen Schwanz, der aussieht wie ein sechs oder sieben Monate alter Balg.«

»Was sagst du da, Frau! Alle Schwänze sind gleich.«

»Na, der von Roque bestimmt nicht! Bei manchen ist es die reinste Freude, sie anzuschauen, und andere sehen wie Regenwürmer aus.«

»Kommt drauf an, Frau, kommt drauf an.«

»Worauf?«

»Worauf wohl! Bist du dämlich!«

Moncho der Faulpelz spricht mit großer Wehmut von seiner Tante Micaela.

»Ich hatte eine goldene Kindheit, ich erinnere mich noch gut an die Mokkaplätzchen, die Bratäpfel zum Nachtisch, die dichten Rosenstöcke mit den roten Rosen und daran, wie mir Tante Micaela immer einen runterholte ... Die Arme war sehr lieb und fürsorglich, sie holte mir einen runter, um in mir Lebenslust und Neugier auf die Welt um mich herum zu wecken.«

»Red keinen Quatsch! Sie holte dir einen runter, weil sie gern an deinem Ding rumfummelte, das tun sie alle gern.«

Adela und Georgina, Monchos Cousinen, tanzen Tango mit Señorita Ramona und Rosicler.

»Soll ich die Bluse ausziehen?«

»Meinetwegen.«

Tante Salvadora, die Mutter von Raimundo dem von den Casandulfes, ist in Madrid, man weiß nichts über sie, weil alle Verbindungen abgebrochen sind, vielleicht können wir durch das Rote Kreuz etwas über sie erfahren, Onkel Cleto spielt Jazzband wie eh und je, und Tante Jesusa und Tante Emilita wirken wie betäubt, womöglich sind sie betäubt.

»Wie gräßlich! Was für ein Krach! Cleto haut den ganzen Tag auf die Pauke, bis uns der Kopf weh tut, wir verstehen nicht, warum er sich nicht freiwillig zu den Cruzados de Orense meldet und uns in Ruhe läßt.«

Tante Jesusa und Tante Emilita erhalten ein Propagandapamphlet: Galicische Frau! Denk daran, daß Quevedos Worte nie von größerer Aktualität waren: ›Frauen sind Waffen, mit denen man ein Königreich zugrunde richten kann. (Mein Gott, was für eine Binsenweisheit!), du trägst in dir die Macht, um auf die Welt einzuwirken.‹

»Verstehst du das?«

»Na ja, nicht ganz, außerdem finde ich, daß sie ruhig Señora anstatt Frau hätten schreiben können, damit hätten sie sich doch wirklich nichts vergeben! Wenn du mich fragst, wollen die doch nur, daß wir Pullover stricken, du wirst sehen.«

Onkel Cletos Hündin Wespe heult die ganze Nacht, weil sie nämlich wittert, daß Tod in der Luft liegt, Tante Jesusa und Tante Emilita, die sich in allerlei ängstlichen Vorahnungen ergehen, beten soviel wie nie, tuscheln soviel wie nie und pinkeln heftiger und reichlicher denn je, im Grunde geben sie schon alles verloren, man könnte meinen, sie pinkeln um die Wette, und das Haus stinkt wie eine öffentliche Bedürfnisanstalt.

»Es riecht nach Katze.«

»Ja, genau, nach Katze! Und nach alten Pinkelweibern.«

»Großer Gott!«

Das tote Getier, das an der Weinlaube des Küsters hing, ist Stück für Stück runtergefallen, jetzt sieht es nicht mal mehr komisch aus.

»Zuviel Konkurrenz?«

»Genau.«

Dolores, die Haushälterin des Pfarrers von San Miguel de Buciños, versteckte Alifonso Martínez, der beim Telegraphenamt als Kontrolleur arbeitete, und als sie nach ihm suchten, fanden sie ihn nicht.

»Hat er sich hier nicht blicken lassen?«

»Nein, wenn ich lüge, will ich tot umfallen!«

Don Merexildo sagte zu Alifonso:

»Du wartest ab, bis der Sturm vorüber ist, und steck ja nicht den Kopf zur Tür raus! Das kann ja nicht ewig so weitergehen.«

»In Ordnung, Señor, vielen Dank, wer mir angst macht, ist Moucho Carroupo, angeblich treibt er sich hier rum, mit einer Menge Patronengürteln um den Bauch.«

»Soll er doch, ins Dorf kommt er nicht, du wirst sehen, mit mir legt er sich nicht an.«

»Ihr Wort in Gottes Ohr!«

Mariquiña stammt aus dem Dorf Toxediño im Pfarrbezirk Parada de Outeiro, Landkreis Vilar de Santos, in La Limia, was jetzt kommt, ist lange her, es geschah zur Zeit der Mauren. Der Rabe des Häftlings Manueliño Remeseiro Domínguez heißt Moncho, wie der Cousin, der an Keuchhusten gestorben ist, es macht Spaß, ihn fliegen zu sehen. Mariquiña ist eine junge Schäferin, arm und schön, jeden Morgen führt sie eine Kuh, zwei Schafe und drei Ziegen in den Wald, an eine Stelle, die Las Cantariñas genannt wird. Der Rabe Moncho lernt gerade pfeifen, er kann schon ein paar Takte von der Mazurka, die der blinde Gaudencio nur spielt, wenn er Lust hat. Mariquiñas Mutter ist Witwe, und in ihrem Haus ist der Geschmack von Elend und Unglück wohlbekannt. Don Claudio Dopico Labuñeiro ist Schulmeister, es sind schlechte Zeiten für Schulmeister, und er hat eine Liebschaft mit Doña Elvira, der Wirtin von dem Gasthaus, in dem er wohnt, anscheinend geht er auch mit Castora, der Magd. Im Wald gibt es einen Felsen, der Peiteador da Raíña, Morgenmantel der Königin, genannt wird und die Form von einem Beichtstuhl hat, mit Sitz und Fensterchen, und auf ihn pflegt sich die Maurenkönigin zu setzen, während man ihren Zopf kämmt und die Schätze vor ihr ausbreitet; die Christen konnten die Szene von weitem beobachten, doch wenn sie näher kamen, verschwand alles wie durch Zauberei. Doroteo, der ein Korporal der Guardia Civil ist und ein Korsett trägt, ist seit mehreren Wochen kaserniert, Doroteo kann lange Passagen aus *In Flandern ging die Sonne unter* von Don Eduardo Marquina auswendig. Eines Morgens traf Mariquiña eine uralte Maurin von sehr edler Erscheinung, die ihren Namen rief.

»Mariquiña!«

»Ja bitte, Señora?«

»Willst du mich lausen?«

Mariquiña, respektvoll wie sie ist, antwortete:

»Gern, Señora, warum nicht.«

Die Alte, die keine andere als die Maurenkönigin aus dem Wald von Las Cantariñas war, richtete wiederum das Wort an das Mädchen.

»Gibst du mir eine Schale Milch?«

Und Mariquiña gab dieselbe Antwort:

»Gern, Señora, warum nicht.«

Die Alte wickelte ihr etwas ins Taschentuch, was, wollte sie nicht verraten, und trug Mariquiña auf, niemandem davon zu erzählen und erst nachzusehen, wenn sie zu Hause war und bei geschlossenen Türen und Fenstern am Herd saß. Don Claudio und Doña Elvira duzen sich nur im Bett, außerhalb des Bettes reden sie sich nie mit du an, nicht einmal, wenn sie allein sind und Mensch-ärgere-dich-nicht spielen. Mariquiña befolgte die Worte der Maurenkönigin, und als sie das Tuch aufschlug, fand sie es voller Goldmünzen, es waren mindestens anderthalb

Dutzend Goldmünzen. Mariquiñas Mutter war darüber sehr glücklich, doch soviel sie auch fragte, sie erfuhr nicht, woher dieser kleine Schatz stammte. Adrián Estévez, genannt Tabeirón der Hai, schwimmt besser als die Fische und Frösche, kaum zu glauben, daß er wirklich so gut schwimmen und länger unter Wasser bleiben kann als jeder andere. Tags darauf ging Mariquiña wieder in den Wald, und die Szene wiederholte sich, doch während sie die Maurenkönigin lauste, mußte sie husten, weil es sehr kalt war.

»Huste mich nicht an«, sagte die Greisin zu ihr. »Dreh den Kopf weg, ich will nicht, daß du mich mit deinem Speichel taufst.«

In Ferreiravella, dem Dorf, aus dem Tabeirón der Hai stammt, sind alle getauft und können sich unbekümmert gegenseitig vollspucken, dort sind alle seit langer Zeit Christen, seit einem Jahrhundert oder mehr. Mariquiña kehrte wieder mit einem Tuch voller Goldmünzen heim und beantwortete die Fragen ihrer Mutter standhaft mit Schweigen, doch eines Abends konnte sie nicht mehr an sich halten, die Zunge ging ihr durch, und plötzlich war es um den Schatz und ihr Leben geschehen, denn die Goldmünzen verwandelten sich in Kieselsteine, und sie selbst verschwand mit Leib und Seele auf Nimmerwiedersehen. Als die Nachbarn aus Toxediño loszogen, um im Wald nach ihr zu suchen, hörten sie jemanden mit Grabesstimme sagen:

»Mariquiña, das Plappermaul, ist in meinem Bauch, in Knoblauch und in Schmalz gebraten.«

»Arme Mariquiña! Ihr ist es schlimmer ergangen als Basilio Ribadelo, dem Fuhrmann aus Sobrado do Bispo.«

»Stimmt, er ist zwar arm geblieben, aber wenigstens ist er mit dem Leben davongekommen.«

Die argentinischen Verwandten von Rosicler, die zum Grammophon Vitrola sagten, gingen nach Buenos Aires, als Don Jesús Manzanedo in sein persönliches Leichenregister eintrug: »Inocencio Solleiros Nande, Nr. 37, 21.

Oktober ’36, Bankangestellter, Alto del Furriolo, legte kurz vor dem Tod die Beichte ab« (das stimmt nicht!); sie sagten, sie würden fortgehen, und das taten sie dann auch, ich finde, sie haben es richtig gemacht.

»Hier gibt es bald ein Blutbad, hierzulande kann niemand sagen, wer mit heiler Haut davonkommen wird und wer nicht, es wird wie beim Brand von Troya sein, hier können wir nicht bleiben, das müssen die Spanier unter sich ausmachen.«

Alto del Furriolo liegt zwischen Ginzo de Limia und Celanova, die Leute rutschten schon im Blut aus, und mehr als einer brach sich einen Knochen von seinem Seelengerippe.

»Und stimmt es, daß das Gras schneller wuchs als sonst?«

»Ja, um nämlich die Spuren von all dem Leid zu verwischen.«

Tante Jesusa wurde plötzlich krank, ernstlich krank.

»Habt ihr den Arzt geholt?«

»Ja.«

»Und was sagt er?«

»Na ja, daß die Arme schon sehr alt und klapperig ist, sie hat nichts Besonderes, aber sie wird eben älter, und ihr Herz tut es nicht mehr so richtig.«

»Großer Gott!«

Als ich sie besuchen ging, kam mir alles sehr mysteriös vor, die Hündin Wespe verkraftet soviel nahenden Tod nicht mehr, und Onkel Cleto spielt Jazzband, was das Zeug hält, eins ums andere Mal, mehr als hundert, vielleicht sogar fünfhundert Mal am Tag, zum Schluß hört man es gar nicht mehr, es ist wie mit dem Rauschen des Windes in den Eichen. Tante Emilita und Onkel Cleto zanken sich wegen dem Platz, den Tante Jesusas Leichnam auf dem Gottesacker bekommen soll, Tante Jesusa ist noch kein Leichnam, aber man sieht ihr an, daß sie von einem Moment zum anderen einer sein wird.

»Das Familiengrab ist voll, und wir können uns jetzt

nicht in Unkosten stürzen, bei uns wächst das Geld nicht auf den Bäumen.«

»Gut, aber du wirst doch die sterblichen Reste unserer Eltern nicht in den Fluß werfen wollen!«

»Ich will gar nichts, du wirst mir schon sagen, was zu tun ist.«

Tante Emilita glaubt daran, daß ein untadeliges, tugendhaftes Leben im Jenseits mit einer Pfründe belohnt wird.

»Du darfst nicht vergessen, Cleto, daß sowohl Jesusa als auch ich Jungfern sind. Gott sei Dank hast du Lourdes in Paris gelassen.«

Onkel Cleto sah Tante Emilita an, als wollte er sie hypnotisieren.

»Was bist du nur für ein Biest, Schwester! Du bist so stur wie ein Maultier.«

Tante Emilita brach in Tränen aus, und Onkel Cleto verließ pfeifend das Zimmer, aber erst nachdem er einen Furz fahrengelassen hatte, das tat er immer.

»Du wirst dich schon melden, wenn du was brauchst.«

Die Meldungen, die aus allen Himmelsrichtungen eintreffen, sind nicht gerade beruhigend, als Ägypten von den sieben Plagen heimgesucht wurde, litten die Menschen wahrscheinlich auch unter einer Bewußtseinstrübung und fingen an zu stammeln.

»Unsere Truppen, die Nationalen, haben Badajoz eingenommen.«

»Warum sagst du ›unsere‹?«

»Was weiß ich! Was soll ich denn sonst sagen?«

Miezefutz stammt aus Zamora, und es verschlug ihn nach Orense, ohne daß ihn jemand gerufen hatte, er fing an herumzukommandieren, weil er nämlich eine Führernatur ist.

»Schielt er nicht ein bißchen?«

»Kann sein, aber seinen Blick hält jeder aus.«

Den Namen Miezefutz hat man ihm wegen seinem Schnurrbart verpaßt, eigentlich hieß er Bienvenido González Rosinos und war Absolvent einer Handelsschule. Miezefutz war von kleiner Statur, aber immer geschniegelt und gestriegelt; wenn er niemanden neben sich hatte, kam er einem sogar groß vor. Don Brégimo Faramiñás hatte einen Haß auf kleine Leute, die er in zwei große, genau definierte Kategorien unterteilte: Die einen können von Hühnern in den Hintern gepickt werden, die anderen müssen beim Gehen laut singen, damit man nicht auf sie tritt.

»Sie taugen alle nichts, weder die einen noch die anderen, sie sind alle gleich schlimm, kleine Menschen gehören verboten.«

»Ja, Señor.«

Miezefutz war der Organisator, Drahtzieher und oberste Befehlshaber des Geschwaders Aurora, bei dem ein sehr feierliches Zeremoniell herrschte, die Männer hätten Italiener sein können. Miezefutz wurde bei der Parrocha im Hàuseingang erstochen, Gaudencio weiß, wer es war, aber er will es nicht sagen, und als Blinder kann er sich herausreden.

»Ich bin dazu da, um Ziehharmonika zu spielen, wie soll ich wissen, was passiert ist, wo ich doch blind bin? Sehen Sie nicht, daß ich blind bin?«

»Doch, natürlich, entschuldige, na los, spiel weiter.«

Miezefutz verpaßten sie nur zwei Messerstiche, einen in die Kehle, den anderen in die Brust, der Angreifer war ganz kaltblütig. Pura Garrote, genannt Parrocha die Sardine gefiel das ganz und gar nicht.

»Entweder die Leute beruhigen sich, oder ich sperre nachts die Tür zu und empfange nur noch tagsüber Kunden, dies ist ein anständiges Haus, und ich habe was gegen solche Späßchen, ist das klar?«

Die Leiche von Miezefutz ließ man auf der Straße liegen, ein Stückchen weiter weg, und über die Steinplatten vor dem Hauseingang kippte man einen Eimer Wasser, um das Blut wegzuspülen. Pura Garrote sagte zu den bedrückten Freiern:

»Und jetzt hält jeder die Klappe, kapiert? Am besten vergessen wir das so schnell wie möglich.«

»In Ordnung.«

Anunciación Sabadelle sagte zu Gaudencio: »Gott möge mir verzeihen, aber ich bin froh, daß man Miezefutz umgebracht hat.«

»Und ich erst, Nunciña, und ich erst!«

»Außerdem weiß ich, wer es war.«

»Vergiß den Namen, denk nicht mehr dran.«

Miezefutz wurde schnell vergessen, denn die Ereignisse jagten sich und machten sich gegenseitig den Platz im Gedächtnis der Menschen streitig.

»Kriege ich einen Kaffee, Nunciña?«

»Ja, ich bringe dir sofort einen.«

Señorita Ramona ließ das Pferd satteln und ritt in den Wald, in Arenteiro begegnete sie zwei Uniformierten von der Guardia Civil.

»Guten Tag, Señorita, wo geht's denn hin?«

»Was soll das heißen: Wo geht's denn hin? Wohin ich Lust habe! Kann ich denn nicht mal ausreiten, wenn ich will?«

»Doch, Señorita, es war nicht so gemeint, natürlich können Sie hinreiten, wohin Sie wollen, aber es geht nun mal alles so drunter und drüber.«

»Und wer ist daran schuld?«

»Tja, das weiß ich nicht, Señorita. Vielleicht geht alles von Natur aus drunter und drüber.«

Als Señorita Ramona nach Hause kam, warteten schon Raimundo der von den Casandulfes und Robín Lebozán auf sie. Raimundo sagte lächelnd:

»Der Zivilgouverneur hat mich angerufen.«

»Warum?«

»Keine Ahnung, jedenfalls hat mich der neue Gouverneur, Oberstleutnant Quiroga, zu sich bestellt.«

»Und? Fährst du hin?«

»Weiß ich noch nicht, ich wollte dich erst fragen, was du davon hältst.«

»Ich weiß nicht, was ich dazu sagen soll, ich muß in Ruhe darüber nachdenken.«

In solchen Momenten weiß man nie, was das Richtige ist. Raimundo war dafür hinzugehen, Robín dagegen versuchte, ihm die Sache auszureden.

»Nach Portugal zu gehen, wäre ein Fehler, wegen den Grenzern, du weißt schon, aber wenn du hier weg willst, ist das einfach: Du meldest dich zu Barja de Quirogas Galicischer Standarte, lieber Krieg, als so weitermachen wie bisher.«

Oberstleutnant Don Manuel Quiroga Macía, Zivilgouverneur der Provinz und als solcher für öffentliche Ordnung zuständig, zitierte Raimundo zu sich, um ihn zum Bürgermeister von Piñor de Cea zu ernennen.

»Sie ehren mich, Herr Oberstleutnant, aber ich habe die Absicht, mich zur Galicischen Standarte zu melden, ich wollte gerade nach La Coruña fahren.«

»Na gut, Ihr Verhalten ist lobenswert. Könnten Sie mir eine Vertrauensperson für diesen Posten vorschlagen?«

»Nein, Señor, so aus dem Stand fällt mir niemand ein.«

Im Radio heißt es, der Triumph der Nationalen Erhebung sei nicht mehr aufzuhalten: In Madrid gebe es keine Regierung mehr, die letzte Korona von Galgenvögeln und Schwindlern sei mit dem Flugzeug nach Toulouse geflohen. Sie habe die Macht de facto an die Kommunisten abgetreten und als letzte Großtat den Prado in Brand gesteckt und zerstört.

»Verdammt, wenn das so ist, werden noch viele Köpfe rollen!«

María Auxiliadora Porrás, die Verlobte oder Fast-Verlobte von Adolfito Choqueiro, Georginas erstem Mann, den sie dann doch abblitzen ließ, verbrachte eine ganze Woche mit Miezefutz im Bett.

»Hattest du denn gar keine Skrupel?«

»Ich? Wieso? Bienvenido war ein ganzer Mann, nicht sehr groß, aber ein ganzer Mann, ich habe meinen Spaß mit ihm gehabt, und was so geredet wird, ist nur Geschwätz, die anderen sind einfach nur neidisch und klatschen zuviel.«

Tante Emilita weigert sich, mit Onkel Cleto zu reden.

»Ich bin eine Dame und sehe nicht ein, warum ich das Wort an ein Ferkel ohne Prinzipien richten soll, Gott möge mir verzeihen, aber das verbietet mir meine Selbstachtung. Arme Jesusa, sie hätte einen würdigeren Tod verdient.«

Obwohl Tante Jesusas sterbliche Hülle noch immer im Haus ist, spielt Onkel Cleto Jazzband und schwingt Reden: Bürger Galiciens, eine neue Zeit der Errettung und Unabhängigkeit Spaniens ist angebrochen!

»Ich wußte gar nicht, daß Onkel Cleto so patriotisch ist.«

»Ist er auch nicht, das ist nur so eine Laune.«

Auf dem Rückweg vom Friedhof, ich und meine Cousine Ramona gingen voraus, sagte Onkel Cleto zu Tante Emilita:

»Ich möchte mit dir reden, Emilia, und dich um Verzeihung bitten, falls ich dich gekränkt habe. Verzeihst du mir?«

»Natürlich verzeihe ich dir, Cletiño. Hat der Herr nicht auch den Juden verziehen, die ihn gekreuzigt haben?«

»Danke, Emilia, und jetzt hör zu: Man darf die Dinge nicht zu sehr dramatisieren, verstehst du?«

»Nein.«

»Na ja, egal, man darf die Dinge jedenfalls nicht zu sehr dramatisieren, innerhalb der Familie ist es besser, eine Niederlage einzugestehen als weiterzukämpfen. Gestehst du deine Niederlage ein und ergibst dich?«

Tante Emilita wurde zuerst rot, dann blaß, und gleich darauf stürzte sie ohnmächtig zu Boden, sie schlug der Länge nach hin. Während meine Cousine Ramona und ich uns um sie kümmerten, ging Onkel Cleto nach oben in seine Wohnung und spielte Jazzband; zuvor ließ er noch, wie üblich, einen langen, trockenen, krachenden Furz fahren.

Raimundo der von den Casandulfes meldete sich zur Galicischen Standarte, in La Coruña herrschte große Begeisterung für die nationale Sache: Der kleine J.T., ein Zicklein und fünf Büchsen Calamares im eigenen Saft, der Zivilgouverneur Don Francisco Pérez Carballo wird füsiliert; Señora T., Mutter des letzteren und voller Bewunderung für das glorreiche spanische Heer, ein Würstchen, eine Salami und ein Dutzend Chorizos, der Kommandant der Sturmtruppen Don Manuel Quesada wird füsiliert; Don J.T., Ehemann der Letztgenannten und Vater des Erstgenannten, vier Hennen, sechs Dutzend Eier und vier Scheiben Kabeljau, der Hauptmann der Sturmtruppen Don Gonzalo Tejero wird füsiliert; I.A., eine Schachtel mit Quittenpasteten aus Puente-Genil, der Bürgermeister von La Coruña Don Alfredo Suárez Ferrín wird füsiliert; eine friedliebende Dame, fünf Flaschen roter Rioja-Wein und fünf Büchsen Öl, Admiral Don Antonio Azarola Grosillón wird füsiliert; A.S., drei Kaninchen und drei Hühnchen, General Don Rogelio Caridad Pita wird füsiliert; ein Patriot, eine Schachtel Schmalzgebäck aus Astorga, General Don Enrique Salcedo Molinuevo wird füsiliert. Raimundo der von den Casandulfes ist traurig.

»Hier wird es viele Verbrechen geben, es gibt sie schon, und viel Dummheit, aber noch schlimmer ist, daß wir alle zurückgeworfen werden, daß das ganze Land zurückgeworfen wird. Armes Spanien! Das Schlimmste an diesen Ausbrüchen ist der Triumph des Gewöhnlichen, es gibt Augenblicke, da ist der Mensch stolz auf seine Gewöhnlichkeit und bildet sich etwas drauf ein, dämlich und ahnungslos zu sein, das sind die übelsten Zeiten und auch die dramatischsten und blutigsten, die Mittelmäßigen verzeihen nicht und entstellen Gottes Bildnis und sein Ebenbild, sie verkleiden ihn als Clown oder Claqueur. Es kann sein, daß wir um hundert Jahre zurückgeworfen werden, trotzdem müssen wir den Mund halten, es lohnt nicht, gegen die Flut anzukämpfen, noch nie hat es jemand geschafft, gegen die Strömung anzukommen. Gottes Wille geschehe!«

Das Wetter ist gut und das Landvolk verwirrt, die Sonne wälzt die Luft um, die wir atmen, und sättigt die Atmosphäre mit einer seltsamen, nicht sehr gesunden Klebrigkeit; Señorita Ramona ist beunruhigt, weil Raimundo fortgehen will, aber mehr noch, weil wir anderen Männer hierbleiben.

»Wollt ihr, daß sie ein Zielschießen mit euch veranstalten? Die Gegend hier wird unbewohnbar werden. Erinnerst du dich, daß mal jemand, wer, weiß ich nicht, gesagt hat: Der Mensch ist des Menschen Wolf? Es ist so, als wäre die Schonzeit für Männer aufgehoben. Wir Frauen können uns besser verteidigen. Warum gehst du nicht auch weg?«

»Nein, Moncha, ich bleibe noch, mal sehen, wie lange ich es hier aushalte, dieser Moucho ist ein Hurensohn, das weißt du so gut wie ich, aber mit mir legt er sich nicht an.«

»Da sei dir mal nicht so sicher, Leuten wie ihm geht es in so unruhigen Zeiten besonders gut, sie sind alle gleich und halten zusammen.«

»Ach was, ich pass' schon auf mich auf.«

In Raucos Taverne trinken die Leute schweigend ihren Wein, es ist bitter zu sehen, daß keiner dem anderen traut.

»Glaubst du, Cabuxa Tola fühlt sich mit Fabián wohl?«

»Ich glaube gar nichts, das müssen die beiden selbst wissen.«

Señorita Ramona ist so hübsch wie noch nie mit ihren tiefen, schwarzen Augen und dem straff zusammengebundenen Haar. Wenn sie traurig ist, ist sie nämlich besonders schön, außerdem trägt sie ein enganliegendes Kleid.

»Was hat Robín vor?«

»Er zögert noch, ich bin nicht als einziger unentschlossen, wir zögern alle und wissen nicht, was wir tun sollen, es dauert nun schon zu lange.«

Señorita Ramona holte eine Flasche Portwein und eine große Keksschachtel von der Anrichte.

»Möchtest du ein Gläschen?«

»Ja, gern.«

»Verzeih, daß ich dir die Kekse nicht auf einem Teller anbiete, nimm sie aus der Schachtel, die mit Kokos schmecken besonders gut.«

Señorita Ramona setzte sich ans Klavier.

»Was soll ich spielen?«

»Was du willst, Hauptsache ich kann dich dabei anschauen.«

Señorita Ramona verzog den Mund zu einem koketten, anmutigen Schnütchen, selten war sie so schön, und ich kenne sie wirklich gut!

»Soll das ein Heiratsantrag sein?«

»Nein, Moncha, was für eine Idee! Ich will keine Frau unglücklich machen und schon gar nicht dich, ich tauge nicht zum Heiraten und vielleicht nicht mal, um eine Freundin zu haben, wahrscheinlich tauge ich zu gar nichts.«

»Rede kein dummes Zeug! Bist du sicher, daß du mich unglücklich machen würdest?«

Señorita Ramona spielte den Wellenwalzer.

»Er ist ein bißchen schnulzig, aber hübsch, stimmt's?«

»Ja, sehr hübsch.«

Irgendwo im Kopf, hinter den Augen, gab es mir einen Stich, und plötzlich war ich traurig und ein bißchen verzagt.

»Moncha?«

»Was ist?«

»Glaubst du, sie machen Zielschießen mit mir?«

Maruja Bodelón aus Ponferrada, die Freundin von Celso Varela, Tante Emilitas ehemaligem Verlobten, über alles geht die Zeit hinweg, ließ die Ärmelsäume aus und hörte auf, sich das Haar zu färben.

»Wir dürfen nicht aufreizend herumlaufen, da hat die Obrigkeit ganz recht, wir Spanierinnen müssen uns irgendwie von den Französinnen und Engländerinnen unterscheiden, und zwar ganz einfach durch Sittsamkeit.«

Celso Varela begriff nichts, aber er schwieg. Die Stürme im Herzen eines Menschen verbergen sich manchmal hinter Niedergeschlagenheit und Einfallslosigkeit.

»Am besten hält man den Mund, so Gott will, werden sich die Gemüter schon wieder beruhigen.«

»Und wenn nicht?«

»Keine Ahnung, dann muß man sich überlegen, ob man auswandert oder den Schwanz einzieht, es ist so traurig, zusehen zu müssen, wie das beste Land der Welt, na gut, eines der besten Länder der Welt ausblutet und wie das Blut in der Gosse fließt!«

Fina aus Pontevedra nennen sie Mariña das Meerschwein, Spitznamen kommen auf wunderliche Weise zustande, sie entstehen von ganz allein und schießen wie Fliegenpilze aus dem Boden; Mariña das Meerschwein ist witzig und immer gut gelaunt.

»Stimmt es, daß dir Pfarrer am allerliebsten sind?«

»O ja, Señor, die sind am allerbesten, mit denen macht es so richtig Spaß! Jetzt haben Sie mich dazu gebracht, etwas Freches zu sagen.«

Mariña das Meerschwein geht mit Celestino Carocha ins Bett, sie kocht ihm auch Kaninchenschmorbraten, Kaninchen mit Zwiebeln und Kaninchen nach Jägerinnenart.

»Männern muß man anständig zu essen geben, damit sie nicht vom Fleisch fallen.«

An Antón Guntimil, dem Verstorbenen von Mariña dem Meerschwein, war nie viel dran, er kam schon schwächlich zur Welt und verging wie ein Seufzer.

»Der Arme taugte nicht viel, ehrlich gesagt habe ich nicht viel von ihm gehabt, von jedem anderen hätte ich mehr gehabt.«

Resurrección Penido wird Lódola die Lerche genannt, weil sie etwas von einem Vögelchen hat, Lódola ist eine mickrige Hure, was sie rettet, ist, daß sie jung und gefällig ist.

»Hat sie feste Titten?«

»Angeblich ja.«

Lódola die Lerche hat der Tod von Miezefutz sehr mitgenommen, sie hat nämlich seine Leiche entdeckt.

»Hast du denn keine Schreie gehört?«

»Nein, Señor, ich habe nichts gehört, wenn Sie mich fragen, ist er ohne einen Muckser gestorben, der Arme!«

Lódola die Lerche stammt aus dem Dorf Reporicelo im Pfarrbezirk Santa María de Rubiana in El Barco, als sie hier ankam, hatte sie keine Schuhe an den Füßen, sie fror und sprach kein einziges Wort Kastilisch. Marta die Portugiesin nahm sie unter ihre Fittiche, Marta ist eine Seele von Mensch und sehr gutartig veranlagt.

»Glauben Sie, eine Frau wird aus Spaß Hure? Liegt es nicht eher daran, daß sie nicht weiß, wohin, weil man sie überall verjagt wie eine Aussätzige? Glauben Sie, das Essen fällt von den Bäumen und man braucht es nur aufzuheben?«

Mercedes und Beatriz Méndez Cotabad, die Zwillinge, hatten schlimmen Keuchhusten, sie kriegten ihn, als sie schon ein bißchen älter waren, und man mußte sie in die Berge schicken, damit sie saubere Luft atmeten, man kochte ihnen auch eine Suppe aus Waldkäuzen und brachte sie nach Carril, und unterwegs wären sie fast am Qualm der Lokomotive erstickt.

»Beatriz hat schon wieder ihre Brille zerbrochen.«

»Und Mercedes?«

»Die auch.«

»Ach, solange es nichts Schlimmeres ist! Laß in Pontevedra neue besorgen.«

Don Jesús Manzanedo und Miezefutz haben sie den Lebensfaden durchgetrennt, dieses geheimnisvolle Drähtchen, welches das Blut so vieler Pechvögel zusammenhält, denen Gott den Rücken zugekehrt hat; Gott mischt sich in die Zwistigkeiten dieser Welt nicht ein, das merkt man gleich, deshalb heißt es ja auch, der Mensch sei von Gott und der Welt verlassen; hier in Orense, in Pontevedra und vielleicht auch anderswo nennt man die willkürlich Ermordeten, die abgeholt und an den nächstbesten Baum gestellt werden, Fallobst.

»Fallobst?«

»Ja.«

»Weil sie an einen Obstbaum gestellt werden?«

»Tja, das weiß ich ehrlich gesagt nicht.«

Máximo Segán, der aus Amoeiro stammt, schaltete sich ein:

»Aber ich weiß es! Die Bleichen sagten immer zueinander: Gehen wir heute nacht Fallobst sammeln? Und jeder wußte, heute nacht holen sie wieder ein paar Leute ab und bringen sie um.«

Die von den Militärgerichten zum Tode Verurteilten werden auf dem Campo de Aragón erschossen, neben dem Friedhof von San Francisco. Lódola die Lerche ist so zart wie Blätterteig, Lódola hat Soldaten am liebsten, weil sie aus irgendeinem Grund glaubt, sie hätten nicht soviel Gift in sich.

»Kommst du morgen wieder?«

»Nein, morgen muß ich Wache schieben.«

Das »Fallobst« verkroch sich, wo es nur ging, nicht alle schafften es bis Alto del Furriolo, das ist in Orense, die anderen Orte zähle ich gar nicht erst auf, wir wollen das Land ja nicht mit Kreuzen überziehen. Raimundo kannte in La Coruña nicht viele Leute, aber er fand rasch Freunde; die Galicische Standarte zog am Tag des heiligen Augustín los und kehrte, stark dezimiert, kurz nach Allerseelen zurück, wen es erwischte, der blieb auf der Strecke, das Schlimmste am Krieg ist, daß er Leben tötet, bevor es reifen kann, das läuft Gottes Gesetzen zuwider. In manchen Gegenden Galiciens nennt man Papierdrachen *papaventos*, Windschlucker; in Portugal heißen Drachen *papagayos*. Ließen die Kinder von La Coruña nicht vor zwei Jahrhunderten Drachen auf einem Hügel steigen, auf dem sich heute die Calle del Papagayo befindet? Raimundo der von den Casandulfes ist irgendwie mit Don

Juan Naya verwandt, der sich wie kaum ein anderer mit der Geschichte von La Coruña auskennt, Raimundo hätte ihn fragen können, hier in Galicien sind wir alle miteinander verwandt, zumindest ein bißchen, oder aber Verwandte von Verwandten. Kann sein, daß hier irgendwann einmal vor langer Zeit der Amarant wuchs, und dieses Wort bedeutet auf Portugiesisch und Altgalicisch auch Papagei. Heute gibt es in der abschüssigen Calle del Papagayo ein paar anständige und gemütliche Puffs. Raimundo dreht dort abends auf der Suche nach einem Schwätzchen immer eine kleine Runde. Aus dem Haus von Mediateta der Einbusigen haben sie einmal einen Cousin von Raimundo rausgeworfen, einen Artilleristen im Rang eines Gefreiten vom 16. Regiment der Leichten Artillerie, das ganz in der Nähe stationiert ist, weil er nämlich ein Klavier vom Balkon runtergeworfen hat, fünf oder sechs Freunde, alle Artilleristen, darunter ein Feldwebel, heckten die Sache gemeinsam aus und warfen das Klavier vom Balkon. Diese Rabauken! Gott sei Dank ging unten gerade niemand vorbei! General Cebrián strich ihnen den Urlaub und schickte sie zurück an die Front. Wenn Mediateta die Einbusige rauskriegt, daß Raimundo der Cousin von Artillerist Camilo ist, die aus Padrón waren schon immer ziemliche Hitzköpfe, fliegt auch er im hohen Bogen raus. Die Apacha, wer es mit der Regel genauer nimmt, nennt sie die Apache, hat die Jüngste der Alontras als Zögling in ihr Haus aufgenommen, die einundzwanzigjährige Doloriñas Montecelo Trasmil, die sich noch immer von ihrer Blinddarmoperation erholt, es geht ihr schon besser. Die Alontras sind sieben an der Zahl: Inesiña, Demut statt Hochmut, hat Härchen auf dem Bauch, die schnurgerade auf den Nabel zulaufen, wie eine Ameisenstraße; Rosiña, Freigiebigkeit statt Habgier, ist vollbusig und hat einen dicken Hintern, lieber zuviel als zuwenig; Mariquiña, Keuschheit statt Lüsternheit, schielt ein bißchen, und das sieht sogar lustig aus; Carmiña, Geduld statt Jähzorn, sagt zu nichts nein, aber nicht, weil sie eine Hure ist, sondern aus Respekt; Ritiña, Enthaltsamkeit statt Gefräßigkeit, lacht sich immer halbtot und zappelt herum, wenn man es mit ihr treibt, weil sie kitzelig ist; Ampariño, Barmherzigkeit statt Neid, ist scheu wie ein Reh, aber wenn sie in Fahrt kommt, muß man ihr eins mit dem Stock überziehen, um sie zu bändigen; und Doloriñas, Fleiß statt Faulheit, kann lesen und schreiben und beherrscht die vier Grundrechenarten. Zwei leben in Betanzos, zwei in Cambre, drei in La Coruña, und alle sieben sind sie voller Lebensfreude. In der Calle del Papagayo bieten auch die Flittchen und Dirnen aus den Freudenhäusern von der Ferreña ihre wohltuenden Dienste an, fragen Sie nach Fátima der Maurin aus Las Campanelas, fragen Sie nach Pilar der Handfertigen aus La Tonaleira, fragen Sie nach Basilisa der Irren, der verhurtesten Hure der Welt: In all diesen schäbigen Bordellen, in all diesen Turnhallen der körperlichen Liebe herrscht behagliche, gedämpfte Melancholie und Fröhlichkeit, die Ordnungshüter ficken umsonst, Ordnung muß sein. Raimundo der von den Casandulfes hat sich mit Doloriñas Alontra angefreundet, und weil er gut erzogen ist und sich zu benehmen weiß, läßt ihn die Puffmutter sogar in die Küche. Señorita Ramona ruft Robín Lebozán zu sich.

»Ich habe einen Brief von Raimundo bekommen, er schreibt, daß er bald Urlaub kriegt.«

»Das freut mich.«

Robín setzt eine besorgte Miene auf.

»Moncha?«

»Ja?«

»Ich melde mich nicht freiwillig, irgendwann werde ich sowieso eingezogen, ich möchte dir ein Geheimnis anvertrauen.«

»Mir?«

»Ja, und niemandem sonst. Wenn Fabián Minguela sich hier im Dorf sehen läßt, bringe ich ihn um, es stimmt, was man sich über ihn erzählt.«

Señorita Ramona zögert kurz, dann sagt sie:

»Immer mit der Ruhe, Robín, warten wir, bis Raimundo hier ist, mal sehen, was er dazu sagt. Hast du mit Cidrán Segade gesprochen?«

»Ja.«

»Und mit Baldomero Afouto?«

»Mit dem auch.«

»Und wie denken die darüber?«

»Sie finden, um Moucho wäre es nicht schade, aber sie sagen, es könnte gefährlich werden, weil er ein hinterlistiger Kerl ist und immer mit drei anderen aufkreuzt.«

»Mit wem denn?«

»Keine Ahnung, ich kenne sie nicht, sie sind nicht von hier, ich habe sie noch nie gesehen.«

»Weiß die Guardia Civil Bescheid?«

»Die sagt, sie will davon nichts wissen, es ginge sie nichts an.«

»Ach nein? Und wen geht es denn etwas an?«

»Was weiß ich!«

Brot ist heilig, es gibt heilige Dinge, die nicht mehr geachtet werden, wenn die Welt Kopf steht, Schlaf, Brot, Einsamkeit, Leben. Brot darf man nicht ins Feuer oder in den Abfall werfen, Brot ist zum Essen da, und wenn es alt und hart ist, weicht man es in Wasser ein und verfüttert es an die Hühner, wenn es auf den Boden fällt, hebt man es auf, küßt es und legt es irgendwohin, wo man nicht drauftritt, wenn man es als milde Gabe erhält, küßt man es ebenfalls, Brot ist heilig, so heilig wie Gott, und der Mensch ist ein lächerliches Wesen, ein wundergläubiges, von seinem eigenen Ehrgeiz überfordertes gerupftes Huhn.

»Er ist noch schlimmer.«

»Stimmt, er ist noch schlimmer.«

Señorita Ramona schließt die Fensterläden.

»Es ist alles sehr merkwürdig, ich begreife überhaupt nicht, was los ist, wahrscheinlich begreifen viele Spanier nicht, was los ist. Wozu all das Blutvergießen?«

Señorita Ramona macht ab und zu Sprechpausen.

»Kann sein, daß ein Krieg gegen Ausländer, die sich

hier breitmachen wollen, wie zum Beispiel die Franzosen im letzten Jahrhundert, etwas Lobenswertes ist, was weiß ich, ich bin kein Mann, und wir Frauen denken anders, kann sein, daß es lobenswert ist, das Land gegen Ausländer zu verteidigen, aber das alles nur wegen einer Idee, die womöglich eine Lüge ist und unter Spaniern! Das ist doch verrückt!«

»Ja, das finde ich auch, aber ich sage es nicht laut, und du solltest das auch nicht tun.«

»Nein? Was soll ich denn sagen? Ich schweige wie ein Grab, ich will nur, daß das alles so schnell wie möglich ein Ende hat. Menschen, die blindlings alles glauben, sind gefährlich, aber es gibt auch welche, die glauben an nichts, tun aber so, und das ist noch schlimmer, der Glaube ist der Korkenzieher des Gewissens, der Büchsenöffner, der das Gewissen öffnet ... Alles, was ich will, ist, daß dieser Wahnsinn bald ein Ende hat.«

»Er wird aber noch eine Weile dauern.«

»Glaubst du?«

»Und ob ich das glaube! Die Leute sind völlig überdreht, niemand will auf vernünftige Argumente hören.«

Señorita Ramona schiebt Robín Lebozán einen Aschenbecher hin.

»Laß die Asche nicht auf den Boden fallen!«

»Verzeihung.«

Señorita Ramona kann ihre Besorgnis nicht verbergen.

»Ja, diese blindwütigen Kämpfe haben etwas Heimtückisches und Verbissenes, sie vergiften alles, außerdem schaffen sie nur Durcheinander, oder kapierst du etwa, was los ist? Sie machen die Menschen nervös und gereizt, und ein nervöser, gereizter Mann ist bösartiger als ein Skorpion.«

»Gott steh uns bei!«

Es ist jetzt wie in alten Zeiten, als man noch zu Fuß ins Heilige Land aufbrach und die Männer sich von der Augenfarbe der Frauen leiten ließen, von den Wolken, dem Aroma der Früchte am Wegesrand und den Blumen mit ihren Bienen, vom Duft des Ödlands und der Wiesen, wir ziehen nach Norden, wir ziehen nach Süden, wir gehen falsch, wir sind auf dem richtigen Weg, wir haben uns verirrt und werden nie wieder nach Hause zurückfinden und so weiter. Martiño Fruime und sein Trupp wurden von den Ereignissen überrascht, als sie zum Mähen nach Belinchón in der Gegend von Cuenca unterwegs waren. Erinnerst du dich an die Verse *Castellanos de Castilla* von Rosalía de Castro? Zu Martiño Fruimes Trupp gehörten neun Männer und sechs Frauen, eine gebar auf dem Dreschplatz ein Kind, es waren auch drei sechs- oder siebenjährige Kinder dabei. Als die Dinge ins Rollen kamen, sagte Martiño Fruime zu seinen Leuten:

»Ihr wißt ja, was hier los ist, ich glaube, wir gehen am besten zurück nach Hause, hier werden sich alle totschlagen, da bleibt kein einziger übrig.«

»Na gut, aber ich habe gehört, daß in Galleira die Faschisten am Ruder sind.«

»Was kümmert uns das? Zu Hause ist zu Hause, und Heimaterde ist Heimaterde, egal wer am Ruder ist.«

»Das stimmt allerdings.«

Sie ließen sich vom Polarstern leiten, marschierten nachts im Mondlicht, schliefen tagsüber und kamen sogar zweimal durch Frontgebiet, so gelangten Martiño Fruime und sein Trupp von einem Gebiet jenseits des Tajo bis zum Dorf Nespereira im Pfarrbezirk Carballeira bei Nogueira de Ramuín, dem Dorf der Schleifer, aus dem sie stammten, die Mäher, die mit rosigen Gesichtern ausgezogen waren und braun wie die Neger zurückkehrten. Gelobt sei der Herr!

»Hast du wirklich immer daran geglaubt, daß wir hier lebend ankommen?«

»Ja.«

Der erste Freier, der sich mit Doloriñas Alontra nach ihrer Blinddarmoperation abgab, war Don Lesmes Cabezón Ortigueira, er machte gerade ein Praktikum in Medizin und kleiner Chirurgie und war einer der Anführer der

Caballeros de La Coruña, einer Art politischer und patriotischer Bürgerwehr.

»Tut es dir hier weh?«

»Ja, Señor.«

»Dann beiß gefälligst die Zähne zusammen! Schließlich bezahle ich dich dafür!«

»Ja, Señor.«

Gerüchten zufolge hatte Don Lesmes etwas mit den Erschießungen auf dem Land bei La Rata zu tun und auch mit den Angriffen auf die Logen »Maurerische Wiedergeburt« und »Gedanke und Tat«, du bist verblüfft, weil dein Nächster Menschen tötet, und plötzlich bist du umgeben von Toten und wirst dir bewußt, daß auch du tötest und Verwüstungen anrichtest.

»Weißt du was?«

»Was soll ich denn wissen?«

Don Lesmes schleicht sich jedesmal klammheimlich in das Haus von der Apacha, sein Rang zwingt ihn, den Schein zu wahren, und er hat Doloriñas erzählt, er heiße Don Vicente und sei Pfarrer.

»Daß du niemandem etwas sagst, meine Tochter! Das Fleisch ist nun mal schwach und sündig, und du kümmere dich um deinen eigenen Kram!«

»Ja, Señor.«

Eines Abends inszenierte Don Lesmes einen Mordsskandal, weil ein Wasserrohr platzte, während er gerade heftig drauflos rammelte, und da erschrak er natürlich.

»Sabotage! Sabotage!« brüllte Don Lesmes und knöpfte sich die Hose zu. »Ein Attentat! Man muß ein Exempel statuieren! Das hier ist ein Unterschlupf der Roten!«

Die Apacha wies ihn in die Schranken.

»Hören Sie, Don Lesmes, bei allem Respekt, aber Rote gibt's hier keine, kapiert? Wir Frauen hier sind für die Nationalen wie niemand sonst, und ich allen voran. Ich dulde nicht, daß es darüber in meinem Haus den geringsten Zweifel gibt, haben Sie mich verstanden? Nicht den geringsten Zweifel! Wenn Sie sich nicht zusammenreißen, rufe ich Don Oscar an, er ist ein guter Freund von mir. Der wird Ihnen was erzählen! In mein Haus kommen die Leute, um sich zu verlustieren, aber nicht, um zu konspirieren, kapiert?«

Don Lesmes zog den Kopf ein.

»Verzeihen Sie, ich dachte, es wäre eine Bombe, das werden Sie doch verstehen.«

Raimundo der von den Casandulfes weiß nicht, wer Don Oscar ist, aber er fragt nicht, warum auch? Wen interessiert schon, was in Freudenhäusern passiert? Wir, die Nationalen, haben Toledo eingenommen, warum sagst du eigentlich »wir«? Und wir haben den Alcázar befreit, Raimundo der von den Casandulfes spürt, wie es an seinen Schläfen pocht, vielleicht hat er Fieber. Franco wird zum Generalissimus der Luft-, Land- und Seestreitkräfte ernannt, und Robín Lebozán sagt, er will sich nicht freiwillig melden, er werde sowieso eingezogen, jeder wählt seinen eigenen Weg und seine eigene Gangart, Señorita Ramona reitet, ißt Kekse und grübelt vor sich hin, sie grübelt ständig vor sich hin, wir, die Nationalen, stehen vor den Toren Madrids, warum sagst du immer »wir«? Als Raimundo der von den Casandulfes im Dorf eintrifft, kommt ihm Señorita Ramona merkwürdig vor.

»Was ist mit dir?«

»Nichts, warum?«

»Nur so, ich dachte, mit dir wäre irgend etwas.«

Puriña Córrego, die älteste von Señorita Ramonas Hausangestellten, wurde eines Morgens tot aufgefunden, auf ihrer Stirn lag eine kleine Schlange, die dünn wie ein Bleistift war und schnell davonhuschte.

»Wie ist das passiert?«

»Na ja, sie ist eben gestorben, weil sie alt war, früher oder später erwischt es jeden, manche werden nicht einmal alt.«

Aus der Zeit, als ihr Vater noch lebte, sind Señorita Ramona nicht viele Erinnerungen geblieben, nur Antonio Vegadecabo und Sabela Soulecín fallen ihr noch ein.

»Und der Papagei!«

»Ja, natürlich, der Papagei!«

Fabián Minguela alias Moucho wird weder Cidrán Segade noch Baldomero Afouto aus ihren Häusern holen, weil er sich nämlich nicht traut, Fabián Minguela legte sich draußen auf die Lauer, erst vor Cidrán Segades Haus und dann vor dem von Baldomero Afouto, und als er sie herauskommen sah, schickte er zehn Mann los, die sie festnahmen und gefesselt zu ihm brachten, Cidrán Segade empfing sie mit Schüssen und ergab sich erst, als sie ihm das Haus ansteckten, niemand kam ihm zu Hilfe, weder als die Schüsse knallten, noch als das Haus lichterloh brannte, Señorita Ramona hielt Raimundo den von den Casandulfes und Robín Lebozán, die sich gerade in ihrem Haus aufhielten, zurück, Adega schlugen sie mit dem Gewehrkolben ins Gesicht und banden sie, bewußtlos wie sie war, an einen Baum, auch Baldomero Afouto schoß mit seiner Flinte, aber er zielte besser und legte einen der Männer um, Baldomero Afouto ergab sich, als sie seine Frau und seine fünf Kinder schnappten, den Kindern mußten sie ein Stück Sackleinen in den Mund stopfen, weil sie um sich bissen.

»Mein Gott, was für Leute!«

Fabián Minguela, der Tote, der Afouto umgebracht hat, nein, der Afouto umbringen wird, grinst seine Gefangenen an wie ein Kaninchen, beiden hat man die Hände auf dem Rücken gefesselt, beide haben von blutroten Äderchen durchzogene Augäpfel und beide schweigen.

»Vorwärts!«

Das schweinslederne Muttermal auf Fabián Minguelas Stirn glänzt. Señorita Ramonas Ara ist andere Luft und eine andere Umgebung gewöhnt, hier wirkt er ziemlich traurig und gelangweilt. Fabián Minguela hat schütteres Haar; im Mondlicht sieht der Tote, der Afouto umgebracht hat, selbst wie ein Toter aus.

»Hättest wohl nicht gedacht, daß dir das mal passieren könnte, was?«

Weder Cidrán Segade noch Baldomero Afouto machen den Mund auf. Was ist schon dabei, daß man den Dorftrottel von Bidueiros aus Jux aufgeknüpft hat? Fabián Minguela hat eine Stirn wie eine Schildkröte, vielleicht noch schlimmer, seit das alles angefangen hat, hört man nicht mehr die Achsen der Ochsenkarren quietschen, wenn der Tag sich neigt.

»Ist dir eigentlich klar, daß ich jetzt am Drücker bin? Wurde ja auch langsam Zeit.«

Der kleine Stern, der auf Afoutos Stirn geleuchtet hat, ist erloschen, mal war er rot wie ein Rubin, mal blau wie ein Saphir oder violett wie ein Amethyst oder weiß wie ein Diamant gewesen, und der Teufel nutzte die Gelegenheit, um ihn heimtückisch umzubringen, es fehlen nur noch ein paar Hundert Schritte. Fina aus Pontevedra ist wie eine Kaffeemühle, Fina aus Pontevedra wiegt sich gern in den Hüften und mag den kubanischen Schlager *Beweg dich, Irene*, ihr Mann kam ums Leben, weil er nicht sehr beweglich war, ein Zug überrollte ihn, weil er eben nicht sehr beweglich war. Fabián Minguelas Männer ließen ihren toten Kameraden im Straßengraben liegen, vorher nahmen sie ihm die Brieftasche mit den Papieren ab, die Nacht kennt tausend Laute und tausenderlei Schweigen, sie spornen den Wanderer an und tönen in seinem Herzen wie ein Echo. Fabián Minguela ist blaß, na gut, er ist nicht blasser als sonst, er ist nun mal so.

»Hast du Angst?«

Pepiño Pousada Coires alias Xurelo die Makrele geht jeden Morgen zur Messe und bittet um Barmherzigkeit.

»Sagen Sie, es stimmt doch, daß es eine barmherzige Tat ist, die Toten zu bestatten?«

»Ja, mein Sohn.«

Xurelo die Makrele ist sehr ängstlich und sieht in den harmlosesten Dingen ein böses Vorzeichen. Fabián Minguelas Bart wächst büschelweise, ein paar Härchen hier, ein paar Härchen dort.

»Sieht so aus, als würde dir keine Zeit mehr bleiben,

um mich beim Domino zu beschummeln. Willst du noch etwas sagen?«

Ricardo Vázquez Vilariño, Tante Jesusas Verlobter, ist wohl an der Front und schießt oder macht die Buchhaltung in der Schreibstube der Kompanie, noch haben sie ihn nicht getötet. Fabián Minguelas Hände sehen wie schleimige Nacktschnecken aus, nicht einmal Kranke, die wie Leichen aussehen, haben feuchtere, kältere, schwammigere Hände, sie sind schon alle scheintot, laßt mich die Luft atmen, die ihr nicht mehr braucht.

»Willst du zu unserem Herrn Jesus Christus beten?«

Fabián Minguela schaut einem nie in die Augen, wie die Kröten von San Modesto, von denen es nur drei gibt, obwohl man meinen könnte, es seien hundert.

»Hast du Schiß?«

Fabián Minguela spricht mit Fistelstimme, wie die sieben dreißigjährigen Jungfrauen in der Heiligen Schrift.

»Bitte mich um Gnade!«

»Binde mir die Hände los!«

»Nein.«

Fabián Minguela, der Tote, der Afouto umgebracht hat, fummelt an seinen Geschlechtsteilen, manchmal dauert es ein bißchen, bis er sie spürt.

»Ich habe gesagt, du sollst mich um Gnade bitten!«

»Binde mir die Hände los!«

»Nein.«

Eutelo, genannt Cirolas der Schlüpfer, der Schwiegervater von Tanis Perello, ist, seit der Tohuwabohu angefangen hat, so sanftmütig wie nie, es gibt eben Leute, die durchdrehen, und Leute, die sich beherrschen. Fabián Minguela, der Tote, der auch Cidrán Segade und vielleicht noch zehn oder zwölf andere umgebracht hat, will sich nicht länger die Hacken ablaufen, er bleibt ein paar Schritte zurück und schießt Baldomero Afouto in den Rücken, und als dieser schon auf dem Boden liegt, verpaßt er ihm noch eine Kugel in den Kopf. Baldomero Marvís Ventela oder Fernández alias Afouto der Mutige nimmt sich zusammen und stirbt ohne einen Klagelaut, er stirbt langsam, dafür aber mit Würde und ohne dem, der ihn umgebracht hat, Genugtuung, Trost oder Freude zu gönnen. Fabián Minguela sagt zu Cidrán Segade:

»Du, geh weiter, dir gebe ich noch eine halbe Stunde.«

Baldomero Afoutos Leiche bleibt an der Wegbiegung bei Canices liegen, eine Amsel entdeckt sie zuerst im schalen Morgenlicht vom Ast einer Eiche aus, die Vögel zwitschern bei Tagesanbruch ein paar Minuten lang wie verrückt und dann verstummen sie, um sich nämlich um ihren eigenen Kram zu kümmern, Baldomero Afouto liegt auf dem Bauch, er blutet an Rücken und Kopf, er hat auch Blut am Mund, Blut und Erde, und seine Tätowierung ist nicht zu sehen, bald schon werden die Würmer die Frau und die Schlange fressen, das Wiesel, das dem Toten das Blut aussaugt, flitzt plötzlich davon, als hätte jemand es verscheucht. Neuigkeiten sind schnell wie Eidechsen.

»Oder wie ein Lauffeuer?«

»Ja, genau, vielleicht noch schneller.«

Als die Neuigkeit nachmittags im Haus von der Parrocha bekannt wurde, spielte der blinde Gaudencio auf seiner Ziehharmonika gerade die Mazurka *Ma petite Marianne*, Gaudencio sagte kein Wort und spielte immer wieder dasselbe Stück, bis zum Morgengrauen.

»Warum spielst du nicht mal was anderes?«

»Weil ich nicht will, diese Mazurka widme ich einem Toten, der noch nicht ganz kalt ist.«

Das Leben geht weiter, aber nicht wie bisher, das Leben geht nie so weiter wie bisher, und wenn Schmerz im Spiel ist, erst recht nicht.

»Ist es schon acht?«

»Nein, noch nicht, die Zeit vergeht heute so langsam wie noch nie.«

Die Mazurka *Ma petite Marianne* hat ein paar sehr hübsche, einprägsame Takte, man bekommt sie nie satt.

»Warum spielst du nicht mal was anderes?«

»Weil ich nicht will. Merkst du denn nicht, daß diese Mazurka eine Trauermusik ist?«

Die Lieblingsbeschäftigung von Xiao alias Paxarolo dem Schlaukopf, dem Bruder vom toten Baldomero, ist es, seiner Frau Pilarín an den Titten zu nuckeln, es gibt eben doch harmonische Ehen, wie es sich gehört.

»Ich darf doch an dir nuckeln, Liebste, oder?«

»Du weißt doch, daß ich ganz dir gehöre. Warum fragst du, wenn du es sowieso weißt?«

»Weil ich dich so gern Ferkeleien sagen höre, mein Schatz, das steht euch Witwen nämlich sehr gut.«

Pilarín versuchte eine kokette Geste.

»Mein Gott, was bist du für ein Dummkopf!«

Hier in der Gegend gibt es viele Tischlereien, die Särge herstellen, da wird fleißig gearbeitet, und wenn es so weitergeht, ist aus all den Fichtenwäldern bald Verpackungsmaterial für Tote geworden.

»Wenn man en gros kauft, geben sie einem dann Rabatt?«

»Ja, Señora, sogar einen ganz beachtlichen, je mehr man ihnen abnimmt, desto höher ist er, und am Ende kauft man fast umsonst ein.«

Als Onkel Rodolfo, genannt Ventilado der Windige, erfuhr, daß sein Cousin Camilo eine Engländerin geheiratet hatte, ließ er Briefpapier mit Briefkopf auf englisch drucken, in solchen Dingen läßt er sich nicht lumpen.

»Dieser Camilo war schon immer ein Träumer! Was muß er eine Ausländerin ehelichen, wo es doch auch hierzulande Frauen gibt?«

Onkel Cleto kotzt den ganzen Tag, neben seinem Schaukelstuhl steht ein Eimer, damit er bequemer und manierlicher kotzen kann.

»Habt ihr was von Salvadora gehört?«

»Nein, wir haben nichts, rein gar nichts von ihr gehört, die Arme ist noch immer in der von den Roten besetzten Zone. Möge Gott sie davor bewahren, daß ihr unter all den Verbrechern etwas zustößt!«

Onkel Cleto kotzt abwechslungsreich, mal diese Farbe, mal jene, mal diese Konsistenz, mal jene.

»Abwechslung macht Spaß, finden Sie nicht auch?«

»Nicht unbedingt, neulich abend hat der blinde Gaudencio immer dieselbe Mazurka gespielt, und keiner konnte ihn davon abbringen, weil es ihm nämlich soviel Spaß machte.«

»Aha.«

Die sterblichen Reste des heiligen Fernández und seiner Leidensgenossen werden in Damaskus aufbewahrt, im spanischen Kloster Bab Tuma, das in der Rue Bab Touma liegt und jetzt Eglise Latine heißt, sie werden in einem gläsernen Sarg aufbewahrt, in dem man die Schädelknochen, die Schien- und Wadenbeine und so weiter sehen kann, alles ist sehr ordentlich und ansprechend präsentiert, die Franziskaner haben Reliquien schon immer sehr geschmackvoll zur Schau gestellt, im Kloster werden sehr gefällige Postkarten mit französischem Aufdruck verkauft.

»Wußten Sie, daß Concha 'da Cona wie ein Engel singt?«

»Ja, ich habe davon gehört.«

Jetzt hat man die Werbung für die *Pilules Orientales* verboten, Entwicklung, Straffung und Verjüngung der Brüste, ich finde das richtig, die spanische Frau soll sich gefälligst mit dem Busen abfinden, den Gott ihr gegeben hat, und damit basta, Xiao alias Paxarolo der Schlaukopf mag Frauen mit großem Busen, deshalb hat er ja Pilarín genommen.

»Hol deine Titten aus dem Ausschnitt!«

»Nein, lieber nicht, Urbanito schläft noch nicht.«

Die Leiche von Cidrán Segade wurde kurz vor dem Dorf Derramada gefunden, ungefähr eine halbe Stunde zu Fuß von der Wegbiegung bei Canices, seine Augen waren offen, und er hatte eine Kugel im Rücken und eine zweite im Kopf, eben das Übliche, er war gerade erst kalt geworden; Adega blutet noch immer aus der Nase und an den Augenbrauen, und auch am Mund, weil man ihr einen Schlag mit dem Gewehrkolben verpaßt hat. Adega drückte ihrem verstorbenen Mann die Augen zu, wusch ihm mit Speichel und Tränen das Gesicht, lud ihn auf den Ochsenkarren und brachte ihn zum Gottesacker, wo sie mit Benicia eine tiefe Grube aushob und ihn hineinlegte, nachdem sie ihn in ein noch nie benütztes Leinentuch gewickelt hatten, in ihr bestes, das sie aufgehoben hatte, Gott wußte genau, wofür, er wußte es, seit er die Welt erschaffen hatte, so steht es jedenfalls geschrieben. Dann knieten Adega und Benicia auf der Erde nieder, und während dem Toten durch die Falten des Leichentuches noch immer Luftblasen entwichen, beteten sie ein Vaterunser.

»Der Tote da unten ist dein Vater, Benicia, ich schwöre es. Gott möge mir Kraft geben und dafür sorgen, daß ich eines Tages den tot vor mir sehe, der ihn umgebracht hat!«

In der Ferne quietschte die Achse eines Karrens, und es klang so, als sagte Gottes Stimme zu ihr, ja, er werde ihr Kraft geben und dafür sorgen, daß sie den tot vor sich sehe, der Cidrán umgebracht hatte, sie wollte seinen Namen nicht aussprechen, sondern wünschte sich nur seinen Tod und daß sie seine geschändeten sterblichen Reste sehen konnte.

»Hast du das gehört, Benicia?«

»Ja, Mutter.«

Ceferino Gamuzo, genannt Furelo das Frettchen, einer von Baldomero Afoutos beiden Brüdern, die Pfarrer geworden waren, las für Cidrán Segades Seele eine Messe.

»Ich darf nicht sagen, für wen ich die Messe lese, Adega, das haben mir die in Orense verboten.«

»Das macht nichts, Gott hält sich nicht an Regeln.«

Raimundo der von den Casandulfes findet, wir Spanier seien alle verrückt geworden.

»Ganz plötzlich?«

»Keine Ahnung, vielleicht schon seit längerem.«

Raimundo der von den Casandulfes hofft, daß sein Urlaub bald zu Ende ist, viel ist sowieso nicht mehr übrig.

»An der Front geht es nicht so kriminell zu, man darf es nicht sagen, aber dort wird nicht gemordet, dort sind die Menschen nicht so vergiftet, doch, sie sind vergiftet, aber sie sind nicht so unverfroren. Diese Katastrophe haben wir den Flausen und Marotten zu verdanken, die in den Städten gezüchtet werden und das ganze Land verseuchen, solange die Leute nicht wieder alle brav nach Hause gehen, wird alles auf dem Kopf stehen. Das ist eine Strafe Gottes!«

Pater Santisteban, S.J., hält heroische, feierliche und abgedroschene Predigten, die bei den Damen gut ankommen, das ist sehr gefährlich; Pater Santisteban, S.J., glaubt an die läuternde Kraft des Fegefeuers, auch das ist sehr gefährlich. Fortunato Ramón María Rey, den Sohn des heiligen Fernández, den sein Vater in ein Findelhaus steckte, nannte man irgendwann nur noch Ramón Iglesias, und er hat die Million Reales durchgebracht, die sein Vater ihm vermacht hatte, in solchen Dingen muß man sich schon ein bißchen schlauer anstellen.

»Und wo ist das Geld abgeblieben?«

»Wenn man das nur wüßte! Wahrscheinlich haben es die, die es ihm abgenommen haben, untereinander aufgeteilt. Jeder muß leben, und die Leute nehmen eben, was sie kriegen.«

Onkel Cleto kriegt von allem, was passiert, das kalte Grausen, zerrüttete Nerven sind nichts weiter als ein Zeichen von schlechter Erziehung, und da ist Pater Santisteban als allererster zu nennen, verzeiht, Schwestern, tut mir leid, aber es ist nun mal so, Pater Santisteban ist ein ordinärer Mensch, ein Stoffel, Pater Santisteban ist ein Bauernlümmel im Quadrat, mit Soutane und dem Kopf voller Flausen und Hirngespinste, zu gleichen Teilen, wenn man ihn machen ließe, würde er uns allen die Beichte abnehmen und die Absolution erteilen, und wenn wir dann schön reif für Gottes Gnade wären, würde er uns ins Jenseits schicken und uns dort Harfe spielen lassen. Pater Santisteban ist ein rücksichtsloser Mensch, der euch den Malzkaffee wegtrinkt.

»Wenn ihr das nicht hören wollt, drückt euch doch ein Kopfkissen aufs Ohr!«

Señorita Ramona krault Robín Lebozán den Nacken; die beiden sitzen auf einer Steinbank, und in der Abenddämmerung fliegt der Hirschkäfer mit seinem Chininpanzer herum, der Stieglitz zwitschert in den Hortensien, und der Tausendfüßler krabbelt an den dünnen Stämmen der Kletterrose entlang, das ist Frieden mitten im Krieg.

»Ich bin sehr traurig, Robín, sehr niedergeschlagen, ich wünsche mir, daß du mich etwas fragst, auf das ich dir nicht antworten muß.«

Robín lächelte mit einer Spur von Bitterkeit.

»Willst du einen Kuß?«

Da lächelte auch Señorita Ramona, sie schwieg und ließ sich küssen.

»Ich bin genauso traurig wie du, Monchiña, und ich habe große Angst. Es ist alles so schrecklich, aber wenn die Nationalen den Krieg für sich entscheiden, wird es noch schlimmer, frag mich nicht, warum, ich könnte es dir nicht sagen, nein, ich will es dir nicht sagen.«

Robín Lebozán und Señorita Ramona küßten sich behutsam und nicht allzu leidenschaftlich, sie streichelten sich auch mit sehr kühler, zarter, liebevoller Herablassung.

»Geh jetzt, bleib heute nacht nicht bei mir.«

»Wie du willst.«

Von diesem Augenblick an sollte ihn niemand mehr beim Namen nennen. Moucho Carroupo lacht und lacht, aber es stimmt nicht, Moucho Carroupo plagen keine Gewissensbisse, oder vielleicht plagen ihn Gewissensbisse und er ahnt es nur nicht, auf jeden Fall hat er Angst, drei Ängste: vor der Sünde, der Einsamkeit und der Dunkelheit, deshalb läuft er immer bewaffnet herum, Rosalía Trasulfe, genannt Cabuxa Tola die verrückte Ziege, wäscht ihm seine Teile mit einem Liebeselexir, zwei Dinge hat sie satt, vielleicht sogar mehr als zwei, das kann natürlich sein, aber zumindest zwei: bei Licht schlafen zu müssen und daß er den Patronengürtel nicht abschnallt, wenn er mit ihr ins Bett geht.

»Jawohl, er behält den Pistolengürtel an, manchmal sogar die Stiefel.«

Moucho Carroupo lächelt jemandem zu, er weiß selbst nicht einmal genau, wem, und er ist auf alles und jeden neidisch, so kann man nicht leben; wenn man Angst hat und ein schamloser Schmeichler ist und wenn man grün wird wie die Eidechsen, dann endet man als Verbrecher, erst hält man den Mund, dann entwickelt man Haßgefühle, die wie Grünspan auf Kupferkesseln wachsen, und am Ende zerrt man die Leute aus ihren Häusern und erfüllt die Nacht mit Toten, die eine Kugel im Rücken und eine zweite im Kopf haben, so ist es eben. Wenn eine Hure Verse für die Jungfrau Maria schreibt, dann weil sie selber gerne die Jungfrau Maria wäre, kaum einer ist so, wie er gerne wäre.

»Parrocha, kann ich bei dir auf Pump mit einer ins Bett gehen?«

»Ja, mein Sohn, komm rein, aber fang mir nicht von Baldomero Marvís an, ich weiß schon Bescheid.«

Baldomero Marvís, genannt Afouto der Mutige, war so tapfer wie der Tiger von Singapur oder der Wolf von Zacumeira, sie mußten ihm in den Rücken schießen und ihm vorher die Hände fesseln, wenn er nämlich nicht gefesselt gewesen wäre, hätten sie sich nicht getraut, und schon gar nicht von vorne; sein zweiter Bruder, Tanis alias Perello das Teufelchen, ist so stark wie der Stier auf der Insel San Balandrán, dem mitten in einem Sturm die Eier klimperten, und er ist schlau wie die Eidechse der Königin Lupa, die das Einmaleins beherrschte und alle Hauptstädte Europas auswendig kannte, wenn Tanis Gamuzo nicht daneben trifft, kann er mit einem Faustschlag den heiligen Ochsen im Stall von Bethlehem umhauen – und auch die Mauleselin, wenn er sie richtig erwischt. Tanis Gamuzo züchtet Wolfshunde, Kaiser mußte er den Gnadentod geben, weil ein Wolf ihn bei einer Keilerei übel zugerichtet hatte. Tanis Gamuzo ist Soldat im 2. Bataillon des Infanterieregiments Saragossa Nummer 12, er ist als Rekrut eingerückt.

»Erinnern Sie sich an Don Jenaro und Don Antonio aus Valencia, die beiden Wolfsmenschen, die mit Manueliño Blanco Romasanta rumgezogen sind?«

»Nein, Señor, die beiden habe ich nie kennengelernt.«

Leoncio Coutelo, den Republikaner aus Allariz, der einem Raben beigebracht hatte, die Marseillaise zu pfeifen, haben sie zur Abschreckung an einen Obstbaum gestellt. Und den blinden Eulalio auch, weil er so ein Grapscher war und vor nichts Respekt hatte; er war Leoncios Bruder. Etelvino ist als Rekrut in derselben Kaserne wie Tanis Perello und dient bei Oberstleutnant Soto Rodríguez als Ordonnanz.

»Hauptsache, dieses Unwetter ist bald vorüber, dann werden wir schon sehen, was Gott mit uns vorhat.«

Um Tanis' Hunde kümmert sich Policarpo der von der Bagañeira, der ein hoffnungsloser Nichtsnutz ist, jedoch gut mit Tieren umgehen kann, er holt auch das Pferd Caruso, von dem Etelvino durch den Krieg getrennt wurde, aus dem Stall, damit es sich die Beine vertreten kann.

Liste der vom Militärdienst endgültig freigestellten jungen Männer: Ramón Requeixo Casbolado (Moncho der Faulpelz), rechtes Bein amputiert, José Pousada Coires (Xurelo die Makrele), schwere Gehirnschäden, Gaudencio Beira Bouzoso, blind, Julián Mosteirón Valmigallo (der Lahme von Marañís), gehbehindert, Roque Borrén Pontellas, schwachsinnig, Mamerto Paixón Verducedo, unterleibsgelähmt infolge Rückenwirbelfraktur, Marcos Albite Muradás, beide Beine amputiert, Benito Marvís Ventela oder Fernández (Lacrau der Skorpion), taubstumm, Salustio Marvís Ventela oder Fernández (Mixiriqueiro der Zimperliche), schwachsinnig, Luis Bocelo Cepamondín (Parrulo der Erpel), kastriert und blind, die fallen mir jetzt so aus dem Gedächtnis ein, vielleicht gibt es da noch den einen oder anderen; Robín Lebozán Castro de Cela wurde als tauglich für Hilfsdienste eingestuft, doch man hat ihn nicht einberufen.

»Da hat er Glück gehabt, finden Sie nicht?«

Es ist wie eine Strafe Gottes, bestimmt haben wir Gott mit unseren Sünden gekränkt, früher war dieses Land der Vorgarten des Himmels, und jetzt verwandeln wir es durch dieses barbarische, schmerzliche und blinde Gemetzel in den Vorhof der Hölle.

»Oder in die Schlächterei des Fegefeuers?«

»Kann sein, da liegen Sie gar nicht so falsch, denn alles, was uns bleibt, ist geschundenes Fleisch.«

Ricardo Vázquez Vilariño, der angeblich Tante Jesusas Verlobter war, hat man ins Herz geschossen, so heißt es jedenfalls. Wie viele Tote es wohl schon gegeben hat, wenn man Nationale und Rote zusammenzählt? Eutelo alias Cirolas der Schlüpfer, Tanis Gamuzos Schwiegervater, ist ein Scheißkerl, den man nicht einmal grüßen sollte.

»Eutelo!«

»Ja bitte?«

»Fahr zur Hölle!«

»Ja, Señor.«

Eutelo ist sehr verängstigt und würde sich gern mal bei den Nutten der Parrocha austoben, doch sie lassen ihn nicht ran.

»Warum spuckst du nicht deinem Schwiegersohn ins Gesicht, du Scheißkerl?«

Marta die Portugiesin kann Eutelo nicht ausstehen, sie haßt ihn wie die Pest.

»Es ist sehr einfach, einen Blinden anzuspucken, was? Warum traust du dich nicht bei einem Kerl, der sich wehren kann? Hast wohl Angst, du könntest Dresche kriegen!«

Robín Lebozán ist bei Señorita Ramona geblieben, obwohl sie ihn gebeten hatte zu gehen.

»Ich verspreche dir, daß ich dich nicht belästige, Moncha, aber ich habe von Tag zu Tag mehr Angst vor der Einsamkeit.«

»Und für mich als alleinstehende Frau ist dieses Haus zu groß.«

Kann sein, daß Señorita Ramona ein bißchen dünner geworden ist.

»Hier in unserer Heimat gibt es ein Gesetz, Robín, und irgend so ein Schurke glaubt, er könnte darauf pfeifen, du weißt, wen ich meine, hier in den Wäldern kann man nicht ungestraft töten, wer hier tötet, wird selbst getötet, manchmal dauert es ein bißchen, aber getötet wird er, o ja! Noch gibt es Männer, die dafür sorgen können, daß das Gesetz geachtet wird, in unseren Familien achtet man das Gesetz, Robín, und auch das Brauchtum, ja, auch das Brauchtum, und sollten diese Männer ebenfalls sterben, sind ja noch Loliña Moscoso und Adega Beira da, um die Toten zu rächen, beide sind tapfere und anständige Frauen. Und sollten auch sie sterben, mache ich weiter, das schwöre ich dir! Gott möge mir verzeihen, ich sage das nicht aus Prahlerei.«

Rosa Roucón, Tanis Perellos Frau, hängt an der Anisflasche, es gibt Schlimmeres.

»Angeblich gibt es da jemanden, den Namen will ich nicht nennen, der Mehlkringel mit Blut vom Gottessohn bäckt, wir alle sind Kinder Gottes, aber dieser Mensch soll verdammt sein, und das Gebäck soll sich ihm in der Kehle querstellen, damit er daran erstickt, Amen. Die Person, die ich nicht nennen will, nimmt zwei Liter Blut vom Gottessohn, ihr hättet sie mal sehen sollen, als sie mir das erzählte, sie hat sich ausgeschüttet vor Lachen, zwei Viertel Milch, vier Suppenlöffel Mehl und ebenso viele Löffel Puderzucker, Salz, Zimt und drei geschlagene Eier, das ergibt die Teigmasse, dann reibt sie die Pfanne mit Schweinefett ein, brät die Mehlkringel in dünnen Scheiben aus, und wenn sie fertig auf dem Teller liegen, streicht sie Honig von der Blume des Heiligen Geistes drauf. Soll der heilige Jakob doch die Schlange und den Skorpion auf sie loslassen!«

Catuxa Bainte kann nicht schwimmen, ein Wunder, daß sie nicht untergeht, wenn sie im Staubecken bei Lucio Mouros Mühle nackt baden geht und sich halb totlacht.

»Die Blutegel werden dir noch in den Hintern und in die Möse kriechen, verdammtes Weibsstück!«

»Ach was, ich drück' doch alles zu!«

»Doch, du wirst schon sehen ...«

Den Müller Lucio Mouro, ein wildes Früchtchen auf den Jahrmärkten, fand man am Morgen des Martinstages auf dem Weg nach Casmoniño tot auf, er hatte eine Kugel im Rücken und eine im Kopf, eben das Übliche, und an seiner Schirmmütze steckte eine Ginsterblüte. Catuxa Bainte beerdigte ihn ohne viel Aufhebens.

»Bedeutete er dir etwas?«

»Ja, er war der Herr des Wassers.«

In allen Winkeln des Waldes sind Blutlachen, sie nähren so manche Blume, und Tränen, die Leute erkennen sie aber nicht, weil sie aussehen wie Tau, unter der Erde schnüffeln die Regenwürmer und auch die Maulwürfe, und die Glühwürmchen haben schon ihre Lichter bis zum nächsten Jahr gelöscht, dieses Jahr wird es ein sehr trauriges Weihnachten geben.

»Wann fängt das nächste Jahr an?«

»Keine Ahnung, ich nehme an, wenn es Zeit ist, so wie immer.«

Die Eiterbeule, die Lucio Mouro an einem Fuß hatte, ist längst verheilt, Catuxa Bainte hat sie geheilt, indem sie sie mit Asche bestreute und die übliche Beschwörungsformel aufsagte: Eiterbeule voller Fäule, geh von dannen! Mag mit Ofenasche der heil'ge Bischof dich bannen! Schade, daß Lucio Mouro umgebracht wurde, jetzt, wo seine Eiterbeule verheilt ist. Moncho der Faulpelz hat Zweifel an allem, was man ihm erzählt.

»Mir kann man ja viel erzählen, aber womöglich stehen

wir nach dem ganzen Wirbel schlimmer da als vorher, die Leute haben ihren Stolz, und das kann für unser Land einfach nicht gut sein, ich will keine Scherereien, und deshalb halte ich den Mund.«

»Recht hast du, die warten nur darauf, daß du einmal nicht aufpaßt, schon schnappen sie dich und hängen dir ein Verfahren an, mir ist dieser ganze Papierkram nicht geheuer, aber was kann man anderes tun als abzuwarten!«

Moncho der Faulpelz hat etwas von einem schmachtenden Dichter, einem elegischen Barden.

»Meine Cousine Georgina ist wirklich zu komisch! Als sich ihr Mann erhängt hatte und der Richter gerade dabei war, die Obduktion der Leiche anzuordnen, da fing Carmelo Méndez schon an zu grapschen, natürlich begrapschte er die Witwe, nicht den Richter, du Trottel! Erinnerst du dich an Carmelo Méndez? Das ist der, der so gut Billard spielte und immer Ringe blies, wenn er Zigarren rauchte. Also, den haben sie in der Gegend von Oviedo umgebracht, das habe ich neulich erfahren, in die Schläfe haben sie ihn geschossen!«

Letzten Sommer gab es an der Miangueiro-Quelle Frösche, niemand weiß, wo sie herkamen, an Quellen auf Gottesäckern gibt es normalerweise keine Frösche, das ist nicht üblich, Mücken ja, Mücken gibt es überall, Don Brégimo, er ruhe in Frieden, Señorita Ramonas Vater, kletterte oft auf die Friedhofsmauer und spielte Foxtrotts und Charlestons, was für eine Respektlosigkeit! Don Brégimo konnte meisterhaft Banjo spielen.

»Die Leute wollen, daß sich die Toten langweilen, aber ich frage mich: Warum sollen sich die Toten langweilen? Reicht es nicht, daß sie tot sind? Es gibt zwei Arten von Toten, die langweiligen und die lustigen, und die darf man nicht in einen Topf werfen. Das stimmt doch, oder?«

»Ja, Señor. Warum sollte es nicht stimmen?«

Don Brégimo liebte es, zu philosophieren und angeregte Gespräche zu führen.

»Wenn Leben stirbt, gebärt es Tod, und der Tod fängt an zu leben, das ergänzt sich wie beim Domino, in Orense gab es mal einen Grundbuchbeamten, der sehr gut Domino spielte, er starb an Darmverschluß, er hatte mindestens einen Monat lang nicht kacken können. Das Leben nach dem Tod dauert so lange, bis der letzte Wurm im Toten an Altersschwäche oder Hunger gestorben ist, das ist doch so, oder nicht?«

»Ja, Señor, natürlich ist es so, das liegt doch auf der Hand!«

Don Brégimo hatte in seinem Testament verfügt, daß man für ihn nur eine Messe beten, aber nicht singen und in der Nacht, in der er öffentlich aufgebahrt wurde, für zwanzig Duros Feuerwerkskörper abbrennen sollte, das machte ganz schön was her, die Leute amüsierten sich, während er sich zwischen vier dicken Wachskerzen schon den ersten Augenblicken des ewigen Schlafes überließ.

»Wie schmuck er in Uniform aussieht!«

»Stimmt, man sollte allen Toten eine Uniform anziehen.«

»Ich weiß nicht, dann würden sie ja alle gleich aussehen, ich finde, es macht sich auch gut, wenn man einem Toten die Mönchskutte anzieht, und sogar in Zivil, in galicischer oder aragonesischer Tracht sehen sie lustig aus, aber das ist verboten, das heißt, höchstwahrscheinlich ist es jetzt verboten, es gibt Tote, die sehen immer gut aus, egal, wie man sie herrichtet, andere dagegen sind das reinste Trauerspiel, sie sehen aus wie ein Häufchen Dreck.«

»Reißen Sie sich zusammen, Soutullo!«

Florián Soutullo Dureixas diente beim Posten der Guardia Civil in Barco de Valdeorras, er konnte gut Sackpfeife spielen und verstand viel von Pestkranken, Schwindsüchtigen, Aussätzigen, Sterbenden, Scheintoten, Toten und Wiederkehrern, außerdem kannte er sich mit Heilkunde und Magie aus und konnte mit dem Mund die verschiedensten Laute nachahmen: das Gurren einer

Taube, das Miauen einer Katze, das Iah eines Esels, das laute Furzen einer Frau, das Blöken eines Schafs und so weiter, Florián Soutullo kam an der Front bei Teruel um, es ging ruckzuck, kaum war er angekommen, verpaßten sie ihm schon eine Kugel zwischen die Augenbrauen, und er starb auf der Stelle, vielleicht ist seine Seele verdammt, weil er nicht einmal mehr Zeit gehabt hatte, Buße zu tun, er hatte ein halbvolles Päckchen Zigaretten bei sich, die rauchte der Geistliche, so ein mickriger Pfaffe aus Palencia, dem es Spaß machte, den Tabak von Toten zu rauchen. Policarpo der von der Bagañeira kommt jetzt oft zu Señorita Ramona, um auf Caruso auszureiten oder ihr Nachrichten zu überbringen.

»Fährst du nach Orense?«

»Wenn Sie es wünschen.«

»Es geht nicht darum, daß ich es wünsche, aber falls du aus irgendeinem Grund hinfährst, sag mir Bescheid, vielleicht kannst du etwas für mich erledigen.«

»Gut.«

Don Mariano Vilobal, dieser alte Furzer von einem Pfarrer, ist vom Glockenturm runtergefallen und hat sich das Genick gebrochen, es gibt bittere Zeiten, wie die Punischen Kriege, die Grippewelle von 1918, den Krieg gegen die Rif-Kabylen, es gibt Zeiten des Schmerzes, auf die der Tod mit dem Finger zu zeigen scheint, als Don Mariano durch die Lüfte flog, ließ er den letzten Furz seines Lebens fahren.

»Der ist für die Protestanten! Nieder mit Luther!«

Die letzten Sekunden eines Menschen, der weiß, daß er sterben muß, ziehen sich in die Länge wie Gummiband, und es passen viel mehr Erinnerungen hinein, als man glaubt.

»Und wenn der Mensch, der sterben muß, nicht weiß, daß er sterben muß?«

»Das ist egal, mit der Zeit ist nicht zu spaßen.«

Nunciña Sabadelle aus dem Haus der Parrocha ist einmal mit dem inzwischen toten Bienvenido González Rosinos, genannt Miezefutz, ins Bett gegangen, und danach hat sie ihm eine ziemlich gemeine Frage gestellt.

»Ist es dir gekommen?«

»Hast du es denn nicht gemerkt?«

»Verzeihung, ich war nicht ganz bei der Sache.«

Miezefutz war halber Andalusier und eingebildet und war bei den Frauen im Haus der Parrocha nicht sehr beliebt, als er tot aufgefunden wurde, weinte keine um ihn. Bürger Galiciens, für Spanien ist eine neue Zeit der Einheit und Größe angebrochen!

»Was sagst du da?«

»Ach, nichts, ich habe nur daran denken müssen, wie Onkel Cleto immer Jazzband gespielt hat.«

Als der Urlaub von Raimundo dem von den Casandulfes zu Ende war, schickten sie ihn an die Front bei Huesca, Señorita Ramona richtete ihm vorher die Wäsche her.

»Wirst du eine Eingabe machen, damit sie dich zum Fähnrich befördern?«

»Nein, wozu auch? Wenn du fällig bist, erwischt es dich als Offizier genauso wie als gemeinen Soldaten, an der Front sagt man, jede Kugel hat eine Adresse, und wenn sie für dich bestimmt ist, kannst du dich unter einem Stein verkriechen, sie erwischt dich trotzdem.«

»Das ist auch wieder wahr.«

Als Don Jesús Manzanedo starb, war sein Fleisch schon faulig und stank, und was noch schlimmer war, er hatte große Angst vor dem Leben nach dem Tod.

»Das geschah ihm recht, diesem elenden Mörder!«

»Kann sein, aber das ist ein anderes Thema.«

Facundo Seara Riba ist Sergeant bei der Militärverwaltung und ein herzensguter Mensch, wenn es darum geht, einem Bauern einen Gefallen zu tun, braucht man es ihm nicht zweimal zu sagen.

»Was hältst du von den Mauren?«

»Für mich sind sie Dreckskerle, was sonst? Denk nur daran, wie der Statthalter von Monforte, dieser aussätzige Magier Abd Ala el-Azziz ben Meruan sich zwischen all den verlausten Hungerleidern seine Lepraschwären kratzte und die anderen mit Goldmünzen bewarf, bis ihre Körper ganz wund waren, na ja, ich halte besser den Mund, am besten, man hält den Mund.«

Raimundo der von den Casandulfes wurde am Tag des heiligen Andreas von einer Kugel getroffen, das Glück wollte es, daß sie ihn am Bein erwischte und sie es ihm nicht zu amputieren brauchten, an dem Tag erwischte es nicht viele, nur wenige, aber es reicht ja, wenn aus dem Gewehrlauf von so einem Scheißkerl auf der gegnerischen Seite die Kugel kommt, die für dich bestimmt ist, und wenn sie dich in den Kopf trifft, dann bist du bedient, immer wenn man sich am sichersten fühlt, ist es am gefährlichsten, und da an jenem Tag nicht viel los war, fühlte sich Raimundo der von den Casandulfes sicher, und prompt erwischte es ihn, na gut, alle fühlten sich sicher, aber ihn erwischte es eben.

»Es hätte tödlich ausgehen können, oder?«

»Klar, wenn sie ihn ein bißchen weiter oben getroffen hätten.«

Der blinde Gaudencio spielt seine Mazurka nur bei anderen Anlässen, hier an der Front gibt es nicht soviel Häme, und mit ein bißchen Glück kommst du durch. Der Ladenbesitzer Don Clemente Bariz Carballo, genannt Abundancia der Üppige, ertrug es nicht länger, daß ihm seine Frau Doña Rita mit ihrem Seelenhirten, dem Priester Don Rosendo, Hörner aufsetzte, er schoß sich in den Mund, und das, als wir noch Frieden hatten. Er gab alles verloren.

»Ist es wahr, daß sein Hirn danach an der Lampe klebte?«

»Ja, angeblich.«

Raimundo der von den Casandulfes lag zuerst in zwei oder drei Feldlazaretten herum, die klein und schlecht ausgestattet waren und in denen es außer Verbandsmull und Jodtinktur nichts gab, dann brachte man ihn nach Miranda de Ebro, wo die Kugel aus seinem Bein entfernt wurde, dort wimmelte es von Italienern, anschließend wurde er in Logroño in der Kunsthochschule untergebracht, dort behandelte man ihn gut, und er fand ein paar Freunde, auf den Bettlaken waren Blutflecken, aber das war nicht weiter schlimm, man darf nicht pedantisch sein.

»Woher kommst du?«

»Aus Elorriaga, das ist in der Nähe von Vitoria, mein Vater arbeitet beim Telegraphenamt.«

Moncho dem Faulpelz haben sie im Land der Mauren ein Bein abgeschnitten, es wird eben überall nur mit Wasser gekocht.

»Was hältst du von den Mauren?«

»Was soll ich sagen? Gut behandelt haben sie mich nicht, aber deshalb glaube ich trotzdem nicht, daß sie schlechtere Menschen sind als die Christen.«

Moncho der Faulpelz war schon immer sehr besonnen, ein bißchen verträumt zwar, aber besonnen.

»Wo hast du denn das Bein aus Fleisch und Blut gelassen, du Unglücksrabe?«

»In Melilla, das weißt du doch, ich habe es dir schon hundert Mal erzählt, ich sage dir, es kommt nur darauf an zurückzukehren, hier versuchen sie auch, dich heimtückisch abzuknallen, und die Toten, die hier rumliegen, gehen nicht auf das Konto von Mauren.«

Raimundo der von den Casandulfes lag in Krankensaal Nr. 5, es gab dort vierundzwanzig Betten und einen Heizkörper, der Tag und Nacht angeschaltet war, Gott sei Dank, denn im Winter ist es in Logroño ganz schön kalt. Um die Verwundeten in Saal Nr. 5 kümmerten sich zwei Nonnen und zwei Krankenschwestern, alle vier waren sie sehr jung und unterstanden Schwester Catalina, einer resoluten Frau aus der Rioja, mit der nicht gut Kirschen essen war.

»Wenn ich sage, wir beten den Rosenkranz, dann beten wir den Rosenkranz, kapiert?«

»Ja, Schwester.«

Adrián Estévez Cortobe alias Tabeirón der Hai, der

Taucher vom Antela-See, der die Kirchenglocken von Antiochia stehlen wollte, kam an der Front vor Madrid ums Leben, sein Körper wurde von einer Maschinengewehrsalve durchsiebt.

»Glaubst du, das war Pech?«

»Mensch, was soll ich dazu sagen! Was glaubst du denn?«

Mamerto Paixón zog nicht in den Krieg, er erfand eine Flugmaschine und hätte sich damit fast für alle Zeiten zum Krüppel gemacht.

»Ich glaube, mit dem Antrieb hat was nicht gestimmt, ich möchte schnell gesund werden, um es noch mal zu probieren.«

Schon nach wenigen Tagen bekam Raimundo der von den Casandulfes überraschend Gesellschaft von seinem Cousin, dem Artilleristen Camilo.

»Und du? Warum bist du hier?«

»Das siehst du doch, ich habe eine Kugel abgekriegt.«

»Wo?«

»In der Brust.«

»Großer Gott!«

Doña María Auxiliadora Mourence, verwitwete Porrás, spendete bei einer Sammelaktion für den Kauf ausländischer Waffen als erste zehn Peseten.

»Wenn jeder Spanier nur zwei Duros gibt, kommt eine Menge Geld zusammen.«

Basilisa die Irre, die von der Tonaleira, ist die Kriegsbraut des armen Pascualiño Antemil Cachizo, der als Gefreiter beim Infanterieregiment Zamora Nr. 8 dient, sie schreibt ihm jede Woche und schickt ihm Schokolade und Tabak, der Gefreite Antemil ist längst gefallen, aber da Basilisa die Irre es nicht weiß, schickt sie ihm noch immer Schokolade und Tabak, manchmal auch einen Chorizo, irgend jemandem wird es schon zugute kommen, hier verdirbt nichts. Raimundo der von den Casandulfes und sein Cousin sind die einzigen in Saal Nr. 5, die eine eigene Zahnbürste haben.

»Zahnpasta auch?«

»Ja, sie teilen sich eine Tube Perborol.«

Eines Morgens erschien Schwester Catalina mit einer Zahnbürste in der Hand und sagte zu ihrer stark lädierten Truppe:

»Mal sehen, ob ich euch Rohlingen noch was beibringen kann! Gott gebe mir Geduld! Hygiene ist sehr wichtig, ihr müßt alle schön sauber sein, damit die Mikroben sterben, kapiert? Und da die beiden Galicier die einzigen sind, die eine Zahnbürste haben, zwei Galicier, Schande über euch, habe ich beim Obersten eine Zahnbürste für diesen Saal beantragt, und er hat sie mir bewilligt. Hier ist sie.«

Schwester Catalina zeigte die Zahnbürste herum, sie war hellbraun.

»Könnt ihr sie gut sehen?«

»Ja, Schwester.«

»Gut. Von heute abend an werde ich euch einem nach dem anderen die Zähne putzen, während der Rest den Rosenkranz betet. Ich fange in einer Ecke an und höre in der anderen auf.«

Die Hündin Wespe krepierte an Darmverschluß, Onkel Cleto hatte nämlich am Vorabend äußerst unverdauliches und mit Alkohol durchmischtes Zeug erbrochen, und das Hündchen verkraftete es nicht. Zarewitsch hingegen, Señorita Ramonas elegantem russischem Windhund, geht es prächtig wie immer, es ist eine Freude, ihn anzusehen.

»Bist du sicher, daß ich ihm nicht einen anderen Namen geben sollte?«

»Tja, ich weiß nicht ... Warum hat er überhaupt einen Namen?«

Alifonso Martínez ließ den armen Teufel frei, den der Pfarrer von San Miguel de Buciños versteckt hatte, niemand wußte, wo er war, das heißt, niemand außer Dolores, der Haushälterin von Don Merexildo, nicht einmal Moucho hatte es gewagt, sich mit einem Pfarrer anzulegen.

»Hat er sich hier nicht blicken lassen?«

»Nein, ich habe ihn schon seit Ewigkeiten nicht mehr gesehen.«

Raimundo der von den Casandulfes und sein Cousin Camilo, der Artillerist, lagen jetzt nebeneinander, ihre Betten waren nur durch einen Nachttisch getrennt, das Nachtgeschirr teilten sie sich ebenfalls; als einer namens Aguirre starb, er spuckte Blut und starb, nützten sie die Gelegenheit und baten Schwester Catalina um Erlaubnis, die Betten wechseln zu dürfen.

»Wer hat Aguirres Feuerzeug geklaut?«

»Ich nicht, Schwester, ich schwöre es.«

Es war Isidro Suárez Méndez, er klaute den Toten immer alles, Geld, Feuerzeug, Zigarettenetui, Uhr, Photos, aber ich wollte ihn nicht verpetzen, Schwester Catalina hätte es nämlich glatt fertiggebracht, ihn auf die Straße zu setzen.

»Ich glaube dir, Galicier, man kann dir zwar nicht ganz trauen, aber ich glaube dir.«

Schwester Catalina hatte mehr von einem Vollblutweib als die arme Angustias Zoñán Corvacín, die von ihrem Mann anderthalb Stunden nach der Trauung sitzengelassen wurde und später, wie sollte es anders sein, ins Kloster ging.

»Und was ist aus ihr geworden?«

»Weiß ich nicht, man hat nie wieder von ihr gehört, wahrscheinlich ist sie an Blutarmut gestorben.«

»Ja, höchstwahrscheinlich.«

»Oder aber sie ist von einer Bremse gestochen worden und humpelt jetzt.«

»Kann auch sein.«

Im Hospital gehen Fräuleins von der Organisation Front- und Lazarettdienst ein und aus, sie kümmern sich um uns, und man nennt sie »Margareten«, zu Ehren der Gattin von König Karl VII., der Marqués de Bradomín besuchte das Königspaar in seinem Palast in Estella, das erzählt Valle-Inclán in seiner Herbstsonate; die Margareten verteilen Skapuliere und Zigaretten an die Verwundeten, außerdem Wollsocken, warme Unterhemden, Pullover, andere Kleidungsstücke und Cognacflaschen Marke Osborne Tres Ceros, González Byass Tres Copas oder Domecq Tres Cepas, der Cognac kratzt im Hals wie Terpentin, eigentlich behandeln sie uns, als wären wir die Armen, um die sich die Gesellschaft des heiligen Vinzenz von Paul kümmert. Die Margareten tragen khakifarbene Blusen und rote Baskenmützen, klar, weil sie Karlistinnen sind, meist nennt man sie Requetés, María Rosa Urraca Pastor, ihre Vorgesetzte, vielleicht heißt sie auch Rosa María, keine Ahnung, hat was von einer Bohnenstange, doch dem Artilleristen Camilo gefällt sie sehr.

»Ich finde sie prima, sie erinnert mich an General Silvestre, Don Manuel Fernández Silvestre, der von dem Fiasko von Annual.«

»Aber doch nicht, weil sie einen Schnurrbart hat?«

»Nein, es liegt an ihrem Auftreten, ihrem Gang.«

Casiano Areal, der Werkmeister der Fabrik »Spanisch Zwieback«, vormals »Englisch Zwieback«, war der einzige, der mit Doña Rita fertig wurde, wenn sie richtig in Fahrt kam.

»Hören Sie, Casiano, Gott möge mir verzeihen, aber wenn mein Mann, der mich soviel Geld kostet, das nächste Mal wieder schlappmacht, bringe ich ihn um, das schwöre ich Ihnen, so wahr es einen Gott gibt!«

»Reißen Sie sich zusammen, Señorita, bleiben Sie ruhig und geben Sie Don Rosendo anständig zu essen, das ist sehr wichtig, wenn er was leisten soll, geben Sie ihm geschlagenen Eidotter mit Sherry.«

Drei Margareten statteten Saal Nr. 5 einen Besuch ab und brachten einen Korb voll Geschenke mit.

»Lieber Soldat, ich lege dir nun ein Skapulier mit dem Herzjesu um, damit es dich vor allem Übel bewahrt. Sieh mal, was draufsteht: Halt inne, Kugel, das Herzjesu ist mit mir!«

Artillerist Camilo wurde blaß, alle Farbe wich aus seinem Gesicht.

»Nein, nein, vielen Dank! Legen Sie es einem anderen um, ich bitte Sie, tun Sie mir den Gefallen! Ich hatte eins mit einer Sicherheitsnadel an meiner Feldbluse befestigt, und trotzdem hat es mich vor knapp einem Monat erwischt und sie mußten es mir aus dem Rücken rausoperieren, Ihr Herzjesu! Bei allem Respekt, Señorita, mir hat das Herzjesu nur Pech gebracht.«

Die Margarete wurde giftig, sie benahm sich, als hätte man sie mit glühenden Nadeln traktiert.

»Du respektloser Kerl! Du verschmähst das Herzjesu! Du Roter!«

Da schaltete sich Schwester Catalina ein, sie nahm den Artilleristen Camilo in Schutz, denn auf ihre Truppe ließ sie nichts kommen.

»Hauen Sie ab, Sie schwindsüchtige, schamlose Person! Raus! Lassen Sie meine Jungs in Ruhe, verstanden? Raus hier! Und wenn Sie dieses Haus noch einmal betreten wollen, dann nur mit Erlaubnis!«

Schwester Catalina war eine beherzte, tapfere Frau, und ihr kam niemand so leicht bei. Wir Verwundeten waren für sie heilig, und außerdem betrachtete sie uns als ihr Eigentum; das galt allerdings nur für Spanier, denn sie duldete weder Italiener noch Mauren.

»Nein, nein, um die sollen sich ihre eigenen Nonnen kümmern, falls sie welche haben! Ich will hier keinen Mischmasch.«

Casimiro Bocamaos, der Küster von Santiago de Torcela, macht sich vor Angst fast in die Hosen.

»Glauben Sie, wir kommen aus diesem Schlamassel noch einmal heil heraus?«

»Keine Ahnung, der Mensch verträgt eine Menge, man muß Vertrauen haben.«

Als es mit Raimundo dem von den Casandulfes und seinem Cousin bergauf ging und sie sich wieder einigermaßen bewegen konnten, gingen sie nachmittags ins Café Zu den zwei Löwen in der Calle del General Mola, vormals Calle Portales, Schwester Catalina gab ihnen vorher immer je einen Gutschein für einen Kaffee, ein Getränk und eine kleine Zigarre, manchmal nahmen sie Chomín Galbarra Larraona mit, einen Requeté von der Brigade Lácar, dem beide Hände und Augen fehlten, eine Handgranate war zu früh hochgegangen und hatte ihm die Hände zerfetzt und die Augen aus den Höhlen gerissen, deshalb mußten sie ihm das Glas und die Zigarre an die Lippen führen, zu den Stammgästen des Cafés zählte ein kubanischer Legionär, ein halber Mulatte, er war blind und schlug die Zeit tot, indem er ein Liedchen mit folgendem Kehrreim vor sich hin trällerte: »Ich bin aus Vuelta Abajo, den Frauen besorg' ich's mit Karacho«, Chomín war ein guter Kerl, er tat ihnen leid, deshalb las ihm Raimundo der von den Casandulfes aus der Zeitung *Nueva Rioja* vor, schlimm war, als Chomín eines Nachmittags ins Puff gehen wollte, er wurde nämlich schon beim Gedanken daran geil.

Das Puff liegt auf dem anderen Flußufer, zwischen dem Schlachthaus und dem Elektrizitätswerk, die Besitzerin heißt Leonor, und es gibt dort nur zwei Nutten, Urbana und Modesta, sie sind Doña Leonors leibliche Töchter, spindeldürr und mickrig, sie nehmen Tricalzin, ihr Vater wurde erschossen, weil er bei der UGT war, als Empfangsraum in Doña Leonors Haus muß die Küche herhalten, und es gibt nur ein einziges Schlafzimmer mit einer Menge Heiligenbildern, da kann einem richtig angst werden, das Ewige Heil, die heilige Rita von Casia, die Unbefleckte Empfängnis, das heilige Herzjesu, die Muttergottes auf dem Pfeiler, der heilige Joseph mit seinem Nardenzweig, das Jesuskind von Prag, außerdem gibt es in dem Schlafzimmer ein Eisenbett, zwei Nachttische, einen Stuhl, einen Schemel, einen Wecker, einen Nachttopf, eine Waschschüssel und ein tragbares Bidet, die Permanganat-Tabletten bewahren sie in einer Suppenterrine auf, Urbana und Modesta brachen in Tränen aus, sie wollten sich nicht mit Chomín abgeben.

»Nein, nein, da wird einem ja ganz anders! Der Arme kann sich nicht mal an einem festhalten!«

Doña Leonor sagte zu Raimundo dem von den Casandulfes:

»Die beiden sind jung und haben noch nicht gelernt, es einfach über sich ergehen zu lassen, aber keine Sorge, wir werden den armen Tropf nicht einfach so wegschicken. Überlaß das nur mir, ich kümmere mich um ihn, er ist blind, also ist er bestimmt nicht wählerisch, du wirst sehen, warte, ich wasche mich nur eben und parfümiere mich mit Kölnisch Wasser.«

Celso Masilde, genannt Chapón der Klecks, ist in Logroño Soldat beim Infanterieregiment Bailén Nr. 24. Chapón wurde später Guerillero, zuerst beim Trupp von El Bailarín und dann bei Benigno García Andrade alias Foucellas der Sichler, viele glauben, er sei 1950 oder '51 im Wald in einen Hinterhalt der Guardia Civil geraten und umgekommen, aber das stimmt nicht, ich bin ihm im Jahr 1953 in Tucupita, der Hauptstadt des Territoriums Delta Amacuro in Venezuela begegnet, Chapón hatte eine steinreiche, dicke Frau namens Flor de Perla Araguapiche geheiratet und vertrieb sich die Zeit damit, die Fische des Orinoco zu klassifizieren. Raimundo der von den Casandulfes und sein Cousin kriegten Scherereien, weil aus der Vorratskammer des Lazaretts mehr als vierzig Stück Käse verschwunden waren, der Oberst tobte vor Wut.

»Diesem Lumpenpack muß man eine Lektion erteilen! Entlassen Sie alle, die sich rühren können, sie werden ambulant weiterbehandelt. Sollen sie doch verrecken!«

Ehe sie sich versahen, saßen Raimundo der von den Casandulfes und sein Cousin auf der Straße.

»Das ist ungerecht«, sagten sie zu Schwester Catalina. »Wir haben nichts damit zu tun, daß dieser verdammte Käse geklaut wurde, und jetzt hält man uns für Diebe und setzt uns auf die Straße, dabei sind wir noch nicht mal gesund. Und der Gipfel ist, daß uns der Oberst nicht einmal anhören will!«

»Geduld, Jungs, beim Militär braucht man Geduld und ein dickes Fell.«

Der Verlobte von Clarita, der Tochter von Don Jesús Manzanedo, hieß Ignacio Araujo Cid und war Angestellter im Banco Pastor, Abteilung Privatkredite, als Don Jesús anfing, Eintragungen in sein Büchlein zu machen, bekam Ignacio es mit der Angst, er meldete sich freiwillig und fiel, kaum daß er an der Front ankam. Raimundo der von den Casandulfes und sein Vetter gingen ins Café Zu den zwei Löwen.

»Am besten suchen wir uns erst mal eine Pension, dann sehen wir weiter, ich habe noch ein bißchen Geld, wir könnten Moncha bitten, uns etwas zu überweisen, mal sehen, wie weit wir mit meinen paar Peseten kommen.«

Es stimmt, Raimundo der von den Casandulfes und sein Cousin waren noch nicht ganz gesund, aber so schlimm stand es um sie auch wieder nicht, sie schlugen sich recht gut durch, und zwei oder drei Stunden später bezogen sie Quartier bei Doña Paula Ramírez in der Pension La Estellesa, Calle de Herrerías, gleich neben dem Bestattungsinstitut Pastrana, Vollpension 2,75 Peseten, Wäsche inklusive.

»Hier sind wir gut untergebracht, du wirst sehen.«

Robín Lebozán verbringt die Nachmittage im Haus von Señorita Ramona, die beiden fühlen sich für etwas schuldig, an dem sie keine Schuld tragen, so etwas gibt es manchmal, und das einzige Mittel dagegen ist, Zeit verstreichen zu lassen.

»Ich habe das Gefühl, daß ich einen schweren Fehler gemacht habe, Moncha, ich verschwende wahrscheinlich viel zuviel Zeit damit, über alles nachzugrübeln und alles abzulehnen, so kann man nicht leben, das Leben folgt anderen Wegen, ich habe große Angst, Moncha, mehr Angst als du, ich glaube, die Menschen werden sich noch in fünfzig Jahren über diesen Wahnsinn den Kopf zerbrechen, und ein Wahnsinn ist es, vor all den falschen Helden, Pfaffen und Politikern muß man auf der Hut sein, die machen sich nämlich überhaupt keine Gedanken ... Heute hätte ich gern, daß du auf dem Grammophon oder auf dem Klavier eine Polonaise von Chopin spielst, besser, du spielst sie auf dem Klavier ... Wir haben seit Tagen nichts mehr von Raimundo gehört. Wie es ihm wohl geht? Er ahnt gar nicht, wie er uns fehlt ... Heute würde ich mich darüber freuen, wenn du mir ein Gläschen anbietest ... Wie seltsam alles ist, Moncha! Ich bin plötzlich ganz fröhlich, mal sehen, wie lange das anhält ... Warum ziehst du nicht den Rock ein bißchen hoch?«

Señorita Ramona sitzt schweigend im Schaukelstuhl und lächelt, während sie langsam den Rock hochzieht.

»Und was noch?«

Der Mann von Doña Paula Ramírez heißt Don Cosme und ist Schreiber im Finanzamt; Don Cosme ist ein kleinwüchsiger Schwachmatikus, aber immer wie aus dem Ei gepellt, er kämmt sich mit dem Haarfestiger Gomina Argentina, und sonntags spielt er zum Vergnügen und um sich auf ehrliche Weise ein paar Reales dazu zu verdienen in der Gemeindekapelle Baßtuba, *La leyenda del beso, La boda de Luis Alonso, La Calesera*, die Jota *La Dolores*. Doña Paula ist vollbusig und kräftig und hält sich Don Cosme, damit er für sie Besorgungen erledigt und sie ihn mit unendlicher Verachtung »Beethoven« nennen kann.

»Geh Spinat holen, Beethoven, und beeil dich! Bring auch gleich Eichenholzkohle mit und frag beim Leichenbestatter nach, für wen der prachtvolle Sarg ist, den sie heute morgen rausgetragen haben!«

»Ich geh' gleich los, Paulita, laß mich nur eben die Zeitung zu Ende lesen.«

»Scheiß auf die Zeitung! Erst die Arbeit, dann das Vergnügen!«

»Ist ja gut, Frau.«

Zur Zeit hat Doña Paula fünf Gäste: den an Bronchitis leidenden Pfarrer Don Senén Ubis Tejada, den an Asthma leidenden pensionierten Infanteriebrigadier Don Domingo Bergasa Arnedillo, den an Hodenentzündung leidenden Zahntechniker Don Martín Bezares León und uns zwei Kriegsversehrte.

»Schlimmer wäre es, wenn wir noch dazu dumm und alt wären, meinst du nicht?«

»Klar, Mensch!«

Artikel 2 des Reglements über Fürsorge aus dem Jahr 1852 legt fest, daß Verrückten, Taubstummen, Blinden, körperbehinderten und altersschwachen Menschen die umfangreichsten Zuwendungen zustehen, und das ist vielleicht gar nicht so falsch. Das Ehepaar, dem die Pension gehört, hat nur eine einzige Tochter, Paulita, und die ist scheußlich, die Arme sieht aus wie eine Kanalratte, hat Schnurr- und Backenbart und trägt eine Brille, sie ist das, was man eine Vogelscheuche nennt, eine wahrhaftige Vogelscheuche.

»Warum hofierst du sie nicht? Ich könnte mir vorstellen, wenn du ihr ein bißchen Beachtung schenkst, gibt man uns besseres Essen, du bist doch nicht wählerisch, warum versuchst du es nicht mal?«

»Verdammt, warum versuchst du es nicht?«

Raimundo der von den Casandulfes und sein Cousin Camilo, der Artillerist, gehen regelmäßig ins Krankenhaus, um sich behandeln und Spritzen geben zu lassen, so etwas nennt sich wie gesagt ambulante Behandlung, Schwester Catalina gibt ihnen weiterhin Gutscheine; alle paar Tage gehen sie ins Café und unterhalten sich.

»Was sagst du zu der Sache mit Afouto und Cidrán Segade?«

Raimundo der von den Casandulfes macht ein ernstes Gesicht und sagt leise:

»Nichts, was soll ich schon dazu sagen?«

Sein Cousin Camilo, der Artillerist, trinkt einen Schluck Cognac, starrt auf den Boden und sagt:

»Was sollen wir deiner Meinung nach jetzt tun?«

»Keine Ahnung, erst mal eine Menge Geduld haben und mit niemandem darüber reden, wir müssen abwarten, bis alles vorbei ist und wir die Familie zusammentrommeln können, damit sie eine Entscheidung trifft, wir Moranes sind viele, die Guxindes sogar noch mehr, alle, die noch am Leben sind, sollen ihre Meinung sagen, dieser Kerl, du weißt, wen ich meine, muß für sein Verbrechen bezahlen, er kommt uns nicht einfach so davon, keine Sorge, das ist das Gesetz, das für uns alle gilt, aber reden wir über etwas anderes, kommt Zeit, kommt Rat.«

Camilo der Artillerist bestellt noch zwei Cognacs.

»Hast du noch Gutscheine?«

»Nein, aber man lebt nur einmal.«

Als der Cognac serviert wird, meinte Raimundo der von den Casandulfes mit nachdenklicher Miene:

»Stell dir vor, wir können nicht mal auf unsere Gesundheit anstoßen!«

Mit dem Zug braucht man nach Hause vier Tage, das ist eine Strapaze.

»Wenn ich könnte, würde ich auf der Stelle nach Hause fahren.«

»Und ich erst! Ich würde dem Erstbesten mein Gewehr schenken.«

Der Gesundheitszustand von Raimundo dem von den Casandulfes und seinem Cousin Camilo dem Artilleristen besserte sich allmählich, aber die beiden langweilten sich zu Tode, und außerdem hatten sie keinen Real mehr, beim Pokern in der Bar Iberia kassierten sie gerade soviel, daß sie damit die Pension bezahlen konnten, sie konnten nämlich nicht allzu hoch setzen, Paulita war nicht nur häßlich wie die Nacht, sondern obendrein tugendhaft, so kann man sich täuschen, und obwohl Camilo der Artillerist sämtliche Register zog und seinen Widerwillen überwand, gelang es ihm nicht, sie zu verführen und dadurch die Lage der beiden zu verbessern.

»Oder wenigstens zu halten, wie sie ist.«

»Stimmt, oder zu halten, da liegen Sie gar nicht so falsch.«

Die Frau des aus Tabanera la Luenga in der Provinz Segovia stammenden Don Atanasio Higueruela Martín – wahrsagen, Karten legen, hypnotisieren, Gedanken lesen und auch die Zukunft voraussagen konnte er, ob er ein halber Freimaurer war? – brannte mit einem Mauren durch. Don Atanasio schäumte vor Wut.

»Diese Dirne, mit einem Mohammedaner ist sie mir durchgegangen!«

»Wissen Sie, wo sie jetzt ist?«

»Nein, ich weiß es nicht und ich will es auch gar nicht wissen! Ich habe sie längst aus meinem Leben gestrichen!«

»Caramba!«

Gespräche über Frauen wirken auf die Gemüter von Männern meist besänftigend.

Camilo der Artillerist versuchte, die Wogen zu glätten.

»Hören Sie, Señor Higueruela, wir wissen doch alle, wie die Frauen sind: Die einen sind Dirnen, die anderen humpeln oder sind taub oder haben Bindehautentzündung, oder ihre Gebärmutter sitzt schief, oder sie haben Mundgeruch oder eine krumme Wirbelsäule, oder sie brennen mit einem Mauren oder einem Christen durch, egal, andere wollen dich auf den richtigen Weg bringen und etwas aus dir machen, die sind zum Kotzen, sie predigen nämlich den ganzen lieben Tag lang, was du tun sollst, geben dir Ratschläge und verlangen Rechenschaft von dir, als kämst du nicht alleine zurecht, sie führen sich auf, als wären sie deine Mutter, und das hält doch kein Mensch aus. Warum geben sie nicht einfach Ruhe? Das bringen sie wahrscheinlich nicht fertig, ich weiß, Frauen sind was Schönes, na ja, nicht alle, Paulita zum Beispiel ist eine Katastrophe, ein Trauerspiel, aber normalerweise sind Frauen was Schönes, wir können uns nicht beklagen, das Dumme ist nur, daß sie einem so auf den Wecker gehen und immer alles organisieren wollen ... Sagen Sie, kennen Sie jemanden im Krankenhaus von Nanclares de Oca?«

»Nein, wieso?«

Robín Lebozán hat die ganze Nacht lang geschrieben, er fühlt sich irgendwie unausgeglichen, er macht sich auf einem Spirituskocher Kaffee, dazu braucht er nur die

Lunte anzuzünden, der Kaffee wird wenigstens schön heiß, Robín Lebozán nippt immer wieder an seinem Kaffee, liest, was er geschrieben hat und schließt die Augen, um nachzudenken.

»Ja, den Kaffee habe ich mir verdient, kein Zweifel, es gibt Dinge, die sind sehr weit weg, und andere, die sind näher, in der Erinnerung bringt man die zeitliche Abfolge und auch die Namen von Personen durcheinander, aber dem Gedächtnis ist das egal, eigentlich ist alles schon ganz schön weit weg, Benicia war damals noch ein kleines Mädchen, und die frisch verwitwete Adega war nett anzuschauen, Moncha war immer sehr elegant, in meinem Kopf jagt eine Geschichte die andere, in unserer Familie hat es nie ein vernünftiges Testament gegeben, dies ist keine Gewissensprüfung, auch wenn es so aussieht, Raimundo wollte sich im Wald immer seinen Mut beweisen, mit meiner Gesundheit stand es nie so gut, ich erinnere mich noch, wie er eines Tages zu mir sagte: ›Ich gehe Wölfe und Wildschweine jagen, aber keine Kaninchen, die sind für die Kastilier, die früh am Morgen mit der Flinte losziehen und auf alles schießen, was sich bewegt, weil es bestimmt ein Lebewesen ist, auf Tauben, Kaninchen, Kinder, das ist ihnen egal.‹ Raimundo war bei den Inselbewohnern im Mississippi-Delta, sie sprechen Spanisch ... Dort sagte ihm ein Mann ins Gesicht: ›Machen Sie sich doch nichts vor! Vernünftige Menschen sind immer die Dummen und sterben jung ...‹«

Als die Gedanken anfingen, in seinem Hirn durcheinanderzupurzeln, ein Zeichen dafür, daß ihn der Schlaf überkam, ließ Robín Lebozán den Kopf auf die Brust sinken und nickte ein, das geht allen gleich.

»Warum bist du nicht ins Bett gegangen?«

»Du siehst doch: Ich habe die ganze Nacht geschrieben, ich lege mich jetzt hin, sonst bin ich den ganzen Tag über hundemüde.«

Tanis Gamuzo reißt Brennesseln mit der linken Hand und ohne zu atmen aus, Brennesseln tun nur dem weh, der es zuläßt, wenn man weiß, wie es geht, ist es ganz einfach, sie anzufassen, ohne daß es brennt, die Hunde jaulen vor Langeweile, das tun sie auch bei Vollmond oder wenn sie ankündigen, daß jemand sterben wird, Romulus und Remus, die beiden Schwäne in Señorita Ramonas Garten, die schon steinalt sein müssen, jedenfalls steinalt für Schwäne, ziehen auf dem Teich verdrießlich ihre Kreise, das ist so ihre Art. Tanis Gamuzo lacht in sich hinein, wenn jemand davon redet, das Unkraut auszutilgen.

»Ich bin vielleicht eine Hure, aber du bist ein Schweinehund, und das ist noch schlimmer, wenn du willst, sage ich dir das vor versammelter Mannschaft, wenn du jetzt nicht verschwindest und dabei zu Boden blickst, sage ich dir hier mitten im Salon Bescheid, kapiert?«

Marta die Portugiesin verabscheut Eutelo alias Cirolas der Schlüpfer, sie kann ihn nicht ausstehen, seit er dem blinden Gaudencio ins Gesicht gespuckt hat.

»Warum spuckst du nicht mir ins Gesicht? Ich trage einen Rock, du hast Hosen an, aber du traust dich nicht, weil du ein Schuft und ein Scheißkerl bist, wenn du es wagst, bringe ich dich um, das schwöre ich dir!«

Die Parrocha warf Eutelo raus und rief Marta die Portugiesin danach in die Küche.

»Du, laß dir ja nicht einfallen, hier noch mal aufzukreuzen, und du, trink einen Kaffee und beruhige dich, heute gibt es viel zu tun, es ist gerade eine Kompanie Italiener angekommen.«

Don Venancio León Martínez, Sekretär am Handelsgericht, Ahnenforscher und Münzsammler, ist kränklich und ein ziemlicher Hurensohn, außerdem lutscht er die ganze Zeit Koffeintabletten, trinkt die Milch von Solanos Witwe und hat üble Gedanken, Don Venancio hat Selbstmord begangen, und zwar auf dem Gemeindefriedhof Unsere Liebe Frau von Karmel, so heißt der Gottesacker in Logroño, obwohl das fast niemand weiß, der Friedhof liegt am Weg nach Mendavia, hinter der Piedra-Brücke, die über den Ebro Chiquito führt, ein Stück hinter dem Schlachthof, dem Elektrizitätswerk und Doña Leonors Haus, Don Venancio hat vorher noch bei Doña Leonor vorbeigeschaut und mit Modesta ruckzuck wie ein Gockel eine Nummer gemacht, mit schnellem Abgang und ohne viel Einsatz, Modesta fand, daß er irgendwie verstört wirkte.

»Don Venancio war irgendwie merkwürdig, er wollte sich seine Teile nicht mit Permanganat-Lösung waschen lassen, er fing an, zum Herrn Jesus Christus zu beten, dabei mußte er die ganze Zeit aufstoßen und verdrehte die Augen, vielleicht tat ihm etwas weh, der Kopf oder ein Zahn, was weiß denn ich!«

Don Venancio liebte Musik und konnte sehr gut Harfe spielen.

»Erinnert er Sie nicht an König David?«

»Eigentlich nicht, mich erinnert er eher an Mary Pickford.«

Don Venancio hat niemanden umgebracht, aber er hat Frauen kahlgeschoren, eine Menge Frauen, lauter Rote, dabei hat er schallend gelacht, er hat sie kahlgeschoren und sich hinterher einen runtergeholt.

»Jedem das Seine! Und was hat es ihm gebracht?«

»Keine Ahnung, und das Dumme ist, daß wir ihn jetzt nicht mehr fragen können.«

Don Venancio fing an, gewisse Macken und Marotten zu entwickeln, als Monseñor Múgica, der Bischof von Vitoria, das von den Nationalen besetzte Gebiet verließ, das muß Mitte Oktober gewesen sein, Don Venancio war sehr sensibel und ein guter Katholik, und seit jenem Tag ließ er den Kopf hängen.

»Hör mal, Modesta, dieses Pfund Sterling in Gold gibst du bei Sonnenuntergang deiner Mutter, aber nicht vorher, es ist ein Geschenk von mir, sag ihr, sie soll es gut verstecken und niemandem zeigen.«

Don Venancio ging so gegen sechs Uhr abends auf den Friedhof, kniete vor dem Grab seiner Eltern Don Miguel und Doña Adoración nieder und betete für sie in aller Ruhe einen Rosenkranz, schmerzensreiche Mysterien, keine erquicklichen oder herrlichen Mysterien; als es dunkel wurde, stellte er sich in eine Nische, zog Hosen und Unterhosen aus, befummelte sein klebriges, gedemütigtes Geschlecht und spülte dann das Gift mit einer Flasche Rotwein aus den Bodegas Franco Españolas runter, das Weingut ist nicht weit von hier, Don Venancio hat nie wieder die Augen aufgemacht, aber er muß noch irgend etwas Seltsames angestellt haben, weil ihm nämlich sein künstliches Gebiß rausgefallen ist.

»Auf was für Ideen manche kommen!«

»Ja, dieser Don Venancio war schon immer ziemlich seltsam, das stimmt.«

Als Robín Lebozán aufwachte, war ihm ein bißchen übel, und die Gelenke taten ihm weh.

»Soll ich dir ein Aspirin und einen Teller Suppe bringen?«

»Lieber einen Milchkaffee, bring mir einen Milchkaffee.«

Auf einmal zitterte Robín Lebozán am ganzen Körper, und da gab ihm Señorita Ramona noch zwei Bettdecken und füllte heißes Wasser in eine Schüssel, damit er die Füße hineinstellte.

»Das wird dein Fieber hochtreiben, nur mit der Ruhe, wenn du alles rausgeschwitzt hast, geht es dir besser ... Das fehlte gerade noch, daß die Leute noch mehr über uns klatschen!«

Robín Lebozán brauchte drei Tage, bis er wieder gesund war, er hatte hohes Fieber und redete wirres Zeug.

»Habe ich viel Unsinn erzählt?«

»Nein, das Übliche, du hast mir eine Eifersuchtsszene gemacht und mich eine treulose Ehefrau genannt.«

Señorita Ramona lächelte gelassen und weise.

»Ich habe nie daran gedacht, dich zu heiraten, Robín, ich gebe mich fast nie eitlen Hoffnungen hin.«

Robín Lebozán erwiderte mit galantem Lächeln:

»Du mußt mir verzeihen, Moncha, ich habe nämlich durchaus daran gedacht, was soll's, ich habe mich mein ganzes Leben lang eitlen Hoffnungen hingegeben.«

Camilo der Artillerist wurde vom Militärdienst freigestellt und nach Hause geschickt, das nennt man Glück im Unglück, wer durchhält, gewinnt, weil sie ihm eine Kugel in die Brust geschossen hatten, mein Gott, hat es ihm da den Kopf in den Nacken gerissen! Das war kurz nachdem man ihm das Herzjesu aus dem Rücken operiert hatte, die Ärzte stellten sich bei der Betäubung nicht sonderlich gut an, und auch mit dem Skalpell gingen sie nicht gerade geschickt um, und dann der Papierkram! Klar, die Mühlen der Bürokratie mahlen nun mal langsam, in der Militärregierung hatten sie nämlich alle Hände voll zu tun, sie gaben ihm ein Papier mit zwei oder drei dunkelvioletten Stempelmarken darauf: Auf Anordnung Seiner Exzellenz, des Generals des VI. Heereskorps erteile ich hiermit dem Artilleriesoldaten des 16. Regiments der Leichten Artillerie, Camilo N. N. Erlaubnis, sich nach Negreira (La Coruña) zu begeben, um dort festen Wohnsitz zu nehmen. Besagter Artillerist wurde von der hiesigen militärärztlichen Prüfungskommission als für den Waffendienst untauglich befunden. Die Reise erfolgt per Bahn, die Kosten trägt der Staat. Alle Behörden und Dienststellen sind gehalten, den Artilleristen Camilo N.N. nicht nur nicht an der Weiterreise zu hindern, sondern ihm vielmehr vorschriftsgemäß die erforderliche Unterstützung zu gewähren und ihm die ihm zustehenden Rationen zuzuteilen. Logroño, 21. Juni 1937, im ersten Jahre des Sieges. Der Militärgouverneur. Unterschrift unleserlich.

»Warum hat man ihm keinen Passierschein nach Padrón ausgestellt?«

»Keine Ahnung, kann sein, daß er vor einer Verlobten auf der Flucht ist, die er nicht heiraten will. Was weiß ich!«

Der Brigadier, der ihm das Papier aushändigte, grinste hämisch und sagte zu ihm:

»Scheiße, du hast es hinter dir und siehst aus wie neu,

na ja, hoffentlich hast du was davon, ihr Schlauberger habt sowieso immer Glück.«

»Ja, Señor.«

Plötzlich kommt es mir so vor, als würden wir über die Eroberung Mesopotamiens sprechen. Don Brégimo, Señorita Ramonas Vater, wollte nicht, daß seine Beerdigung traurig oder langweilig ausfiel, Don Brégimo hatte immer großen Respekt vor dem Leben, er spielte auf dem Banjo Foxtrotts und Charlestons und verfügte, daß bei seiner Beerdigung Feuerwerkskörper abgebrannt werden sollten. Robín Lebozán sagte zu Señorita Ramona:

»Dich hat dein Vater gerettet, du weißt nur zu gut, daß mich niemand vor dem Überdruß retten konnte, das tut weh, Moncha, sehr weh, ich schwöre es dir.«

Mein Onkel Cleto ist hochbetagt, aber er sieht alles ganz gelassen, ihm kann das, was auf dieser niederen Welt passiert, nichts mehr anhaben.

»Das sind alles Abenteurer, mein Sohn, das Abenteuer kann zum Lebensinhalt eines Menschen werden, das stimmt, denk nur an Cecil Rhodes oder an Amundsen, den Südpolforscher, der am Nordpol starb, aber das ist ein anderes Thema, übel ist es, durchs Land zu ziehen und Tod zu säen, Spanien ist kein Schlachthaus, diese beschissenen Möchtegernhelden haben keine Lust zu arbeiten und erleben lieber Abenteuer, sie sehnen sich nach Wundern und trotzen Gott und der Vorsehung. Das Schlimmste, was dir passieren kann, ist, daß du dein Leben verlierst, wir alle verlieren früher oder später unser Leben, aber sie verlieren vorher ihre Würde, du weißt schon, was ich meine, ihr Ehrgefühl, denn nach dem Abenteuer kommt der Hunger, das ist immer so, und danach die Not der Seele, der Ausverkauf des Gewissens.«

Raimundo dem von den Casandulfes ging es schlechter, sein Bein schwoll an, das Fieber stieg auf 38,5 Grad, und er mußte wieder ins Krankenhaus, diesmal nach Nanclares de Oca.

»Kennen Sie jemanden im Krankenhaus von Nanclares de Oca?«

»Ja, wieso? Ich kenne fast überall jemanden.«

»Caramba, ein toller Kerl sind Sie! Manche haben eben Glück!«

Im Krankenhaus von Nanclares de Oca schloß Raimundo der von den Casandulfes Freundschaft mit Ignacio Aranarache Eulate, genannt Pichichi der Pinkel, einem karlistischen Gefreiten, für den er ein Empfehlungsschreiben von Don Cosme, dem Baßtuba spielenden Pensionsbesitzer, mitbrachte. »Wie geht es Doña Paula?«

»Sehr gut, sie führt ihre Pension so gut wie immer.«

»Und Paulita? Wie häßlich sie ist, das verdammte Stück!«

»Ihr geht es auch gut, letzten Monat hatte sie eine Kolik.«

»Du meine Güte!«

Über Orense, viele Meilen von hier, entlädt sich ein Gewitter, die Parrocha wickelt sich in ihr Manila-Tuch, auf dem es von Chinesen mit elfenbeinfarbenen Gesichtern nur so wimmelt, mindestens dreihundert Chinesen sind es, vielleicht sogar mehr, und sie betet zur Muttergottes, ora pro nobis, domus aurea, ora pro nobis, turris eburnea, ora pro nobis, domus aurea, ora pro nobis …, die ganze Litanei, das Manila-Tuch von der Parrocha ist vielleicht das schönste in ganz Galicien und sogar im gesamten von den Nationalen besetzten Teil Spaniens, weder Pepita aus Saragossa noch Lola aus Burgos, noch die Apacha aus La Coruña, noch die Petra aus Salamanca, noch die Chiclanera aus Sevilla, noch die Turca aus Pamplona, noch die Madrileña aus Badajoz oder die Bizcocha aus Granada haben ein ähnlich schönes Tuch, das von der Parrocha ist ein verdammt schönes Tuch.

»Wieviel wollen Sie dafür, Doña Pura?«

»Es ist nicht zu verkaufen, Caballero, und wenn Sie mir noch soviel dafür bieten, das Tuch kommt mir nicht aus dem Haus.«

Der heilige Camilo, den Marcos Albite für mich geschnitzt hat, ist der schönste auf der ganzen Welt, er hat zwar ein dümmliches Gesicht, aber er ist sehr gelungen, ich schaue ihn gerne an.

»Nimm ihn nicht mit in den Krieg, du verlierst ihn nur, oder er geht kaputt.«

»Nein, ich gebe ihn Señorita Ramona, damit sie ihn für mich aufhebt.«

»Wird sie uns nicht auslachen?«

»Das glaube ich nicht, Señorita Ramona hat ein großes Herz und ist gut erzogen.«

»Ja, das stimmt.«

Die Behörden haben es nie erfahren, aber Don Atanasio Higueruela aus Segovia, dieser halbe Zauberer, dessen Frau mit einem Mauren durchgebrannt ist, war Rosenkreuzer, auf dem Arm hatte er das Schrägkreuz und die vier Rosen eintätowiert, nur krempelte er nie die Ärmel hoch. Don Atanasio glaubte an die Seelenwanderung, die Völkerverbundenheit und die kosmische Schwerkraft.

»Hören Sie, Señor Higueruela, es wäre klüger, wenn Sie Ihre Gedanken nicht laut aussprechen würden, die Sache mit der Schwerkraft, das geht ja noch, aber die beiden anderen behalten Sie lieber für sich, die Leute denken immer gleich das Schlimmste, und womöglich macht man Ihnen Scherereien.«

»Glauben Sie wirklich?«

»Menschenskind, sonst würde ich es doch nicht sagen!«

Der blinde Gaudencio läßt sich nichts vorschreiben.

»Gaudencio, du kriegst eine Pesete, wenn du eine Mazurka spielst.«

»Kommt drauf an, welche.«

Rosalía Trasulfe, genannt Cabuxa Tola die verrückte Ziege, beklagt sich nie.

»Ich war geduldig, und Gott hat mich dafür belohnt, ich durfte die Leiche von dem Kerl sehen, wie eine Katze, die von einem Lastwagen überfahren wurde, sah er aus, alles, was man tun muß, ist warten, immer nur warten, irgendwann nimmt Gott unser Herr auch dem Ausgebufftesten den Patronengürtel ab, und dabei war dieser Dreckskerl, der jetzt tot ist, nicht mal der Ausgebuffteste, aber das brauche ich Ihnen nicht zu erzählen, das wissen Sie selbst.«

Ignacio Aranarache Eulate alias Pichichi der Pinkel hatte im Priesterseminar von Tudela studiert, doch er hat nie eine Messe gelesen, weil er vorher abgesprungen ist, jetzt studiert er in Valladolid Jura, er ist schon im dritten Jahr, er ist ein anständiger Bursche, ein bißchen klein geraten zwar, aber ein anständiger Bursche, eine Kugel hat ihm beide Beine durchschlagen, jetzt geht es ihm allerdings schon viel besser.

»Und Don Cosme, dieser verdammte Kerl, spielt er immer noch Baßtuba?«

»Ja, und ich glaube, er macht das ziemlich gut.«

»Und wie geht es ihm im Finanzamt?«

»Keine Ahnung, wie immer, nehme ich an.«

Pichichi der Pinkel spricht voller Bewunderung von einem seiner Verwandten, einem entfernten Onkel namens Don José María Iribarren, Verfasser des Werkes *Im Dienste General Molas. Unveröffentlichte Szenen und Aspekte des Bürgerkriegs*.

»Das Buch brachte meinem Onkel nur Ärger ein. In Salamanca wollten ihm die Bürokraten deswegen am Zeug flicken, und fast hätten sie ihn drangekriegt.«

Aus Nächstenliebe erweist Nunciña Sabadelle dem blinden Gaudencio weiterhin ihre Gunst.

»Was ist denn Schlimmes daran, wenn ein Mann und eine Frau miteinander ins Bett gehen und Ferkeleien machen? Glauben Sie, Blinde haben keine Gefühle?«

Gaudencio ist Nunciña Sabadelle sehr dankbar.

»Soll ich *Die Blaue Donau* spielen?«

»Ja.«

»Und den Tango *Yira, yira*?«

»Den auch.«

Gaudencio hört gerne Nunciñas Stimme, sie klingt sehr

sanft und melodisch, und er tätschelt ihr gerne zärtlich den Po.

Der Verwandte von Pichichi dem Pinkel war der Sekretär von General Mola gewesen, dessen Eingreifen von entscheidender Bedeutung war, wäre er ein bißchen später auf den Plan getreten, wäre sein Biograph schon tot gewesen und hätte sich die Radieschen von unten angesehen; laut Pichichi dem Pinkel sei sein Onkel gnadenlos von einem Mann verfolgt worden, der Artikel für die Zeitung *Ya* schrieb und den Leuten erklärte, worauf sie zu achten hätten, damit sie beim Kauf eines Gebrauchtwagens nicht übers Ohr gehauen würden.

»Und warum hatte der soviel zu sagen?«

»Was weiß ich!«

Raimundo der von den Casandulfes hat große Angst vor den Bürokraten, diesen Schreibtischhengsten in Burgos und Salamanca und anderswo, sie sind gefährlicher als der Gegner an der Front, sie sind feige Hurensöhne, sie sind die schlimmsten von allen und wollen nur ihr Schäfchen ins Trockene bringen, es macht ihnen nichts aus, daß ihre Vorgesetzten sie ständig zusammenscheißen, ihr Weg ist gesäumt mit Verleumdung, Leid und sogar Tod, und sie denken sich nichts dabei, man beichtet, wie viele Tote man auf dem Gewissen hat und damit basta, bloß keinen übermäßigen Eifer an den Tag legen! Verstehst du, was ich damit sagen will? Bloß keinen übermäßigen Eifer! Es kommt nur darauf an, dem Vorgesetzten klarzumachen, daß du ein Patriot bist. Viva España! Es ist auch gar nicht nötig, daß alles wie am Schnürchen läuft, es muß nur irgendwie klappen, bequem und ohne viel Aufwand, eine heikle Wahrheit ist nicht so nützlich und förderlich wie das sichere Mittelmaß, das klingt vielleicht etwas unverständlich, aber ich weiß genau, wovon ich rede, den Federfuchsern ist jedes Mittel recht, Denunziantentum, Hinterlist, Anbiederung, die Bürokraten haben vor Angst die Hosen voll, Raimundo der von den Casandulfes sagte vor ein paar Tagen, als sie noch in Logroño waren, zu Camilo dem Artilleristen:

»Wenn alles vorbei ist, werden die Schreiberlinge das Sagen haben, du wirst sehen, die Juristen, die Presseleute und Propagandisten, die Bürohengste sind gut organisiert, statt ins Puff zu gehen, denken sie den ganzen Tag an ihren eigenen Vorteil, außerdem tun sie wer weiß wie fromm, damit sie von den Gattinnen der hohen Militärs unterstützt werden, vom Obersten aufwärts, was sie nicht hören wollen, sind Schüsse, sie raffen Geld und bringen ihre Seele in Sicherheit, während wir aus der Armut nicht herauskommen, unser Leben aufs Spiel setzen und es eventuell auch verlieren, aber das ist ja nicht wichtig.«

Auch Pichichi der Pinkel sieht eine unsichere Zukunft voller Gefahren voraus.

»Auch der tapferste Stier wird irgendwann von Ochsen tot aus der Arena geschleift, das ist sonnenklar, und ich wüßte auch nicht, was man dagegen tun könnte, das ist ungerecht, findest du nicht? Gott dürfte es nicht zulassen, aber Gott merkt von all diesen Machenschaften nun mal nichts, vielleicht interessieren sie ihn nicht, als mich die Kugel erwischte, habe ich auf Gott geschissen, und trotzdem bin ich nicht abgekratzt, Gott hat mich nicht bestraft, und seit damals scheiße ich auf ihn, für mich war es ein Zeichen, daß Gott sich nicht um uns schert, aber so etwas kann man nicht jedem erzählen. Hast du mal daran gedacht, dich umzubringen? Ich nicht, ich finde, man darf sich nicht umbringen, man kann ja nie wissen ...«

Die Zeit vergeht, das gilt für alle, und Rosicler hat zugelegt, wie Frauen eben so zulegen, sie nimmt sich immer mehr heraus.

»Heute setze ich dir Hörner auf, Monchiña, ich weiß, mit wem, und du weißt es auch.«

»Was für ein Flittchen du bist, Rosicler!«

Die Zeit vergeht, das gilt für alle, sogar für die Toten.

»Und wie wissen sie, wieviel Zeit vergangen ist, wenn sie nicht auf die Uhr schauen können?«

»Keine Ahnung, ich kapiere sowieso fast nichts, aber

wenn ich mir ein bißchen Mühe gebe, komme ich ganz gut zurecht.«

Robín Lebozán findet, daß er im Leben kein Glück gehabt hat.

»Vielleicht hätte es mir bessergehen können, aber ich kam mit der Familie nicht klar, Moncha, ich meine, mit meiner Familie, sie sind alle Schleimer, ich habe nie gelernt, in der Stadt zu leben, und das rächt sich, in meiner Familie muß alles peinlich genau nach Vorschrift gehen, das ist langweilig, in meiner Familie gibt es wenig Freude und Zärtlichkeit, sie ist sich nur nach außen hin einig und schlägt die Zeit tot, indem sie sich vom dummen Geschwätz der Pfaffen und Nonnen einlullen läßt und sich in ihre Übellaunigkeit und ihren Verdruß hineinsteigert, meine Familie ist wie Venedig, Moncha, wie die Stadt Venedig, die nur von ihren Erinnerungen zehrt, während sie rettungslos untergeht, ganz langsam und ohne es zu merken, meine Familie merkt schon seit Jahren nicht mehr, was eigentlich vorgeht, und vielleicht ist es besser so.«

Kaum ist Robín Lebozán mit seiner Rede fertig, nickt er ein, und Señorita Ramona verläßt auf Zehenspitzen das Zimmer, um seinen friedlichen Schlaf nicht zu stören.

»Wenn man es genau nimmt, hat keiner von uns beiden allzuviel Glück.«

Adega und Georgina, die Cousinen von Moncho dem Faulpelz, tanzen engumschlungen mit Señorita Ramona und Rosicler.

»Soll ich mir einen Busen aus dem Ausschnitt holen?«

»Nein, zieh lieber die Bluse aus.«

Das Rote Kreuz schickt ein Schreiben, in dem steht, daß Tante Salvadora, die Mutter von Raimundo dem von den Casandulfes, in Madrid eines natürlichen Todes gestorben ist, Onkel Cleto nimmt sich sehr wichtig und streichelt seine Jazzband beim Spielen fast genüßlich, ein Schwarzer aus New Orleans hätte es nicht besser machen können.

Raimundo der von den Casandulfes stellt sich vor, daß ein jüngerer und vielleicht etwas gebildeterer Wahrsager als Don Atanasio Higueruela aus Segovia ihm mehr oder minder genau folgendes hätte voraussagen können:

»Das Amtliche Mitteilungsblatt ist noch schlimmer als der Krieg selbst, das darf man zwar nicht sagen, aber daran ist nicht zu rütteln, kein Zweifel, das Amtliche Mitteilungsblatt ist die Waffe der Sesselfurzer, sie werden als große Sieger dastehen, als die Gewinner für die nächsten fünfzig Jahre oder mehr, die Zeit wird es zeigen, die Kongregationen verstehen sich aufs Geldverdienen, sie wissen, wie man Profite und Ruhestandsgelder verteilt, aber vor allem können sie geschickt mit ihren Machtinstrumenten umgehen: Anordnung betreffs Beschlagnahmung und Vernichtung pornographischer, marxistischer, atheistischer und ganz allgemein zersetzender Bücher (seelische Krankheiten kommen vom Lesen), Verbot von gemischten Schulen (Promiskuität), Ernennung der Stadtverwaltung durch die Zivilgouverneure (um der Einheitlichkeit willen), Säuberung des Beamtenapparats (das Gemeinwohl darf nicht in die Hände von Verrätern gelegt werden), zwingend vorgeschriebene Madonnenverehrung in den Schulen (der römische Gruß hat fortan von einem »Ave Maria!« begleitet zu sein), Einführung der Zensur von Presse, Büchern, Theater, Kino und Radio (Freiheit darf nicht mit Freigeisterei verwechselt werden), Aufhebung der Versammlungs- und Vereinigungsfreiheit (Brutstätte von Unruhen), Abschaffung der Zivilehe (Konkubinat) und der Scheidung (arglistige, zur Unzucht verleitende rechtliche Institution), Verbot von Namen, die nicht im Heiligenkalender stehen (Kreuzzug gegen das Heidentum). Schlimm daran ist, daß dies die geschichtliche Entwicklung Spaniens bremsen wird.

Auf so etwas oder etwas Ähnliches wäre der arme Higueruela nie gekommen, Higueruela versuchte, nicht allzuviel und vor allem nicht laut zu denken, doch Raimundo der von den Casandulfes verspürte den Drang, sich jemandem mitzuteilen.

»Macht es Ihnen etwas aus?«

»Mir? Nein, mir nicht.«

Tanis Gamuzos Hunde sind mutig und beherrscht, wenn sie loslegen, dann richtig, Kaiser wurde von einem Wolf übel zugerichtet, und Tanis mußte ihm mit dem Messer beim Sterben helfen, das war sehr traurig, aber eine andere Lösung gab es nicht. Tanis Gamuzo hat auch vier Zuchthündinnen, Schmetterling, Perle, Hexe und Blume, die nimmt er nicht mit in den Wald, weil solche Hunde sündhaft teuer sind und ihnen ja etwas zustoßen könnte, zum Beispiel könnte ihre Gebärmutter verrutschen und Schaden nehmen, Tanis wird Perello das Teufelchen genannt, weil er der Teufel in Person ist und schneller eine Teufelei ausheckt als jeder andere im Land. Tanis' Frau heißt Rosa, sie ist die Tochter von Eutelo Roucón, genannt Cirolas der Schlüpfer, das ist der Zollbeamte, der aus dem Haus der Parrocha rausflog, weil er dem blinden Gaudencio ins Gesicht gespuckt hatte, Cirolas hat vor seinem Schwiegersohn große Angst, weil er weiß, daß er ihm eines Tages die Zähne einschlagen wird.

»Warum legst du dich nicht lieber mit Tanis an, du Scheißkerl von einem Zöllner? Wagst es wohl nicht, es mit einem Mann aufzunehmen, der dir in die Augen schauen kann, du Schweinehund?«

Perello das Teufelchen badet gerne nackt im Staubekken bei Lucio Mouros Mühle, manchmal plantscht die Schwachsinnige aus Martiñá mit ihm herum.

»Streng dich an, Mädchen, sonst säufst du noch ab!«

Lucio Mouro wurde eines Morgens bei schlechtem Wetter am Weg nach Casmoniño tot aufgefunden, das Leid wird mit vollen Händen verteilt, auf der Welt gibt es nämlich viel zuviel Leid, Catuxa Bainte, die Schwachsinnige aus Martiñá, beerdigte den Müller mit Tränen in den Augen.

»Er war ein guter Mensch und hat nie mit Steinen nach anderen Leuten geworfen, er war der Herr des Wassers und aller Blumen und auch der Binsen am Ufer, er konnte sehr gut Körbe flechten, sie waren richtig kunstvoll und haltbar, ich weiß, wer ihn umgebracht hat, und ich will den Kerl tot vor mir sehen.«

Rosa ist liederlich und läßt ihre Kinder schmutzig und mit verrotzten Nasen herumlaufen, Tanis ist es egal und den Kindern auch, sie sind daran gewöhnt, schmutzig herumzulaufen.

»Mit Hunden wie meinen kannst du es mit allen aufnehmen, mit einem Löwen, einem Bären oder einem Panther, egal, meine Hunde haben vor nichts und niemandem Angst, sie sind immer kampfbereit, die Kraft liegt ihnen im Blut.«

Tanis Gamuzo ist weit und breit der stärkste Mann, er kann mit einer Hand ein Pferd bändigen oder es mit einem einzigen Faustschlag gegen den Hals oder gegen die Brust töten, weil er dadurch den Blutkreislauf unterbricht, er muß selbst über seine Kraft lachen. Weder Marta die Portugiesin noch Anunciación Sabadelle oder irgendeine andere Frau aus dem Haus der Parrocha will sich mit Eutelo alias Cirolas dem Schlüpfer abgeben.

»Von mir aus kann er an seiner Geilheit oder am Aussatz krepieren, ich sehe nicht ein, warum ich ihm Erleichterung verschaffen soll, ich kann ihm ja nicht mal in die Augen sehen.«

Tanis hat auch Hunde für die Hatz, sie sind schlau wie Füchse und flink wie Tausendfüßler, er hat sie nie gezählt, und sie haben keine Namen, es lohnt sich nicht, weil sie nichts wert sind, sie kommen auf die Welt, streunen herum und sterben sang- und klanglos, sie eignen sich gut, um das Wild abzulenken, damit die Jagdhunde im richtigen Moment zupacken können. Rosa hängt an der Anisflasche, jeder hat seine Laster, jeder pflegt seine Laster und gibt ihnen Nahrung, damit sie nicht verkümmern, Tanis Gamuzo können weder Brennesseln noch Vipern, noch Skorpione etwas anhaben.

»Hat er denn eine so harte Haut?«

»Nein, er läßt einfach nicht zu, daß es ihm weh tut, dein Onkel Claudio Montenegro läßt sich auch nicht stechen oder beißen, entweder man ist so veranlagt oder nicht, als er ahnte, daß sie kommen würden, um ihn zu holen, stellte er rings um sein Haus Wolfsfallen auf, mindestens sieben, und wartete ab, dieser Scheißkerl Wenceslao Caldraga trat in eine rein, und dein Onkel Don Claudio ließ sich drei Tage Zeit, bis er ihn befreite, das Fußgelenk war so wund, daß der Knochen rausschaute, die anderen rannten davon wie die Hasen und hielten den Mund.«

»Wie Tote?«

»Allerdings, wie Tote.«

Raimundo der von den Casandulfes wurde aus dem Krankenhaus in Nanclares de Oca entlassen, man konnte ihn ja nicht bis an sein Lebensende dortbehalten, auch Ignacio Aranarache Eulate, genannt Pichichi der Pinkel, wurde gesund geschrieben, er humpelte zwar ein bißchen, war ansonsten aber gesund und munter, von dem armen Chomín Galbarra Larraona kann man das nicht behaupten, er hat zwar überlebt, aber er hat keine Hände mehr und ist blind.

Die Zeit geht vorbei, die Selbstbeweihräucherung und Schönfärberei auch; jedesmal wenn wir Nationalen eine Stadt einnehmen, gehen die Menschen in der Etappe auf die Straße, um den Sieg zu feiern, es sind nicht mehr viele Städte übrig, wahrscheinlich ist das Ende nicht mehr fern, in der Schlacht bei El Alfambra sterben die Soldaten wie die Fliegen, Adrián Estévez Cortove alias Tabeirón der Hai fiel an der Front vor Madrid, eine Maschinengewehrsalve erwischte ihn, und danach war er durchlöchert wie ein Sieb, wir, die Überlebenden der Kriege, der Punischen Kriege, des Burenkrieges, des Ersten Weltkrieges, des Krieges von Melilla und des Bürgerkrieges, denn dies ist ein Bürgerkrieg, tragen ein Totenregister im Herzen, und jeden Morgen müssen wir voll Schaudern und mit schlechtem Gewissen daran denken, wir Spanier betrachten uns alle im trüben Spiegel Isabellas und Ferdinands,

Doloriñas Montecelo Trasmil, die kleinste der sieben Alontras, hat sich schon völlig von ihrer Blinddarmentzündung erholt, es ist schön, sie so gesund und rotbackig wie ein Apfel zu sehen, die Jugend ist dezimiert, wer Fähnrich war, war so gut wie tot, und die Überlebenden trösten sich mit dem Gedanken, daß auf jeden von ihnen vier Frauen und eine Lahme entfallen, Rückeroberung von Teruel, Aguirre, wie er mit Vornamen hieß, weiß ich nicht, starb im Krankenhaus von Logroño im Bett nebenan, es hatte ihn beim Rückzug aus Teruel erwischt, Fátima die Maurin, die im Haus von der Ferreña arbeitet, muß oft an ihren Freund Salem bem Farache denken, einen maurischen Mischling mit Schnurrbart, der nicht wollte, daß man ihm das Bein abnahm, weil er den Tod der Verstümmelung vorzog, vielleicht hatte er recht, Ignacio Araujo Cid, der Verlobte von Clarita Manzanedo, fiel gleich nach seiner Ankunft in Belchite, er wollte dem Tod gar nicht entgehen, an alle, die aus der von den Roten besetzten Zone geflohen sind und in den Städten keine Bleibe finden: In Galicien gibt es billige Wohnungen, unser Panzerkreuzer *Baleares* wird versenkt, Carmelo Méndez, Georginas zweiter Mann, starb an der Front bei Oviedo, sie schossen ihn in die Schläfe, das ist genauso schlimm wie ein Genickschuß, eines Nachts, als es sehr kalt war, sagte Basilisa die Irre, die verhurteste Hure von ganz Galicien, zu dem halbschwulen Javierito Pértega: »Wir Frauen sind besser konstruiert als ihr Männer, schämst du dich nicht, mit baumelnden Eiern rumzulaufen?«, und Javierito Pértega antwortete: »Dafür kann ich nichts, und außerdem bist du ein liederliches Weibsstück, tu lieber was fürs Vaterland, indem du dich anständig benimmst und wie eine Christin anziehst, entscheide dich, du Weib!«, Rückeroberung von Belchite, Perpetuo Carnero Tascón, der Sohn von Don Perpetuo Carnero Llamazares, dem betuchten Händler aus León, der in seinem Testament verfügte, daß seine Sammlung von Fächern, Briefmarken und Goldmünzen an die Parrocha gehen soll, starb in der Sierra de Alcubierre, es traf ihn ins Bein, die Verwundung war gar nicht so schlimm, doch es dauerte, bis sie ihn aus der Schußlinie schafften, und bis dahin war er verblutet, Pilar die Handfertige hat lauter Pockennarben, sie findet das geil, nein, es ist umgekehrt, wenn man sowieso geil ist, kommt einem alles geil vor, Knaben und Mädchen müssen vom zweiten Lebensjahr an einen Badeanzug tragen, die Moral muß jedem Menschen in die Wiege gelegt werden, wir überqueren den Ebro, Florián Soutullo Dureixas, Guardia Civil und Sackpfeifer, fiel bei der Rückeroberung von Teruel, eine Kugel traf ihn zwischen den Augenbrauen, Marujita Méndez aus Zamora ist eine große, rothaarige Frau, die immer schwitzt, sie legt gerne Patiencen und trinkt Sprudelwasser, manchmal macht sie einen Abstecher in die Bar Betanzos und trinkt Sprudelwasser, Monseñor Olaechea, der Bischof von Pamplona, hatte es satt, darum zu beten, daß das Blutvergießen aufhört, Eroberung von Lérida, Balaguer, Tremp, Tortosa und des Arán-Tals, Isidro Suárez Méndez, der im Krankenhaus von Logroño die Toten beklaute, starb an der Front bei Burriana, er badete im Meer, und da sie jedesmal, wenn er auftauchte, auf ihn schossen, ertrank er am Ende, sehen Sie den Herrn mit Schnürchenkrawatte und Brille da drüben? Können Sie ihn gut sehen? Nun, es ist mein Onkel Lorenzo, er kann nach Lust und Laune furzen, zwei-, drei-, fünfmal, sooft er will, spanische Frau, dein Schmuck und Putz darf nicht sein wie die verderbliche Mode im perfiden, jüdischen Frankreich, es werden Bestimmungen gegen die Unsitte allzu zahlreicher Festbankette erlassen, dumme Nutten bleiben immer arm, das geschieht ihnen recht, Joaquina ist eine dumme Nutte, man braucht sie nur anzuschauen, ihre ganze Wäsche ist geflickt, da hilft es ihr nichts, daß sie Brüste wie süße Melonen hat, dummen Nutten ist nicht zu helfen, sollen sie doch verrecken, denkt immer daran, ihr Spanier, Eintopf ist keine deutsche Erfindung, sondern eine alte hispanische Tradition, Eroberung von

Castellón und Burriana, der Infanteriegefreite Pascualiño Antemil Cachizo fiel in Peguerinos, die Schokolade und den Tabak, den ihm Basilisa die Irre, seine Kriegsbraut, noch immer schickt, wird schon irgend jemand essen und rauchen, keine Sorge, hier verdirbt nichts, Inesiña Alontra holte sich bei irgendeinem Araber einen mordsmäßigen Tripper, daran stirbt niemand, aber es ist sehr unangenehm, die jungen Frauen, die sich für die Kollekten zugunsten des Vaterlandes bewerben, tragen die spanische Mantille, Offensive in der Estremadura und Eroberung von Don Benito, Villanueva de la Serena und Castuera, Urbano Randín Fernández, schielender Schmuggler und Wilderer, später Soldat in der Intendantur, starb in Jarama, er fing Kaninchen mit Schlingen, das war so seine Art, aber irgendwann kamen sie ihm auf die Schliche und schnappten ihn, warum rauchen wir nicht eine Pfeife mit Kiff? Ich habe es satt, Zigarren zu rauchen und mich herumkommandieren zu lassen, Frauen, die sich der käuflichen Liebe widmen, ist es verboten, auf öffentlichen Wegen spazierenzugehen und sich anzupreisen, die Roten überqueren den Ebro, hier wird die größte aller Schlachten stattfinden, Ricardo Vázquez Vilariño, Tante Jesusas Verlobter, wie er genannt wird, fiel bei der Einnahme von Santander, nein, nicht bei der Einnahme von Santander, sondern in Teruel, und zwar am 1. Januar 1938, am selben Tag starb Hauptmann Juan Barja de Quiroga, der Befehlshaber der Galicischen Standarten, sie verpaßten Ricardo Vázquez eine Kugel ins Herz, so heißt es jedenfalls, Marta die Portugiesin bewahrt in einer kleinen Blechdose drei Brillanten und drei Rubine auf, von denen sie sich nie trennt, niemand weiß das, der Zivilgouverneur von Valladolid rät davon ab, Erschießungen beizuwohnen: In den vergangenen Tagen, in denen die Militärgerichtsbarkeit die traurige Aufgabe zu erfüllen hatte, ihre Urteile vollstrecken zu lassen, wurde an der Hinrichtungsstätte eine ungewöhnlich hohe Zahl von Schaulustigen verzeichnet, darunter Kleinkinder, junge Mädchen und sogar einige Damen ... ihre Anwesenheit spricht nicht eben für diese Personen etc., Eroberung von Tarragona, Barcelona und Gerona, Filemón Toucido Rozabales, der Winkeladvokat, der Teresita del Niño Jesús Mínguez Gandarela, die entwichene Frau des Tierarztes Medardo Congos, so glücklich machte, fiel an der Front bei Valsequillo, er verrichtete gerade seine Notdurft, als ihm jemand vielleicht aus Spaß, sagen wir also ohne böse Absicht, eine Kugel in den Kopf verpaßte, »Sebastiana!« – »Ja bitte, Don Rómulo?« – »Stell dich im Unterrock auf den Balkon, bis du dich erkältest!«, jeder Stich deiner emsigen Nadel, spanische Frau, ist ein sicherer Sieg über die Kälte, unter der die Soldaten leiden, die sich für das Vaterland opfern, Einnahme von Madrid, 1. April 1939, Jahr des Sieges: am heutigen Tage wurde das rote Heer gefangengenommen und entwaffnet etc. Der Krieg ist zu Ende.

Es regnet, wie es das ganze Leben lang geregnet hat, ich kenne keinen anderen Regen, keine andere Farbe, keine andere Stille, es regnet bedächtig und sacht und monoton, es regnet ohne Anfang und ohne Ende, es heißt, das Wasser kehre immer zu seinen Ursprüngen zurück, doch das ist nicht wahr, ich höre wieder die Amsel zwitschern, aber ihr Zwitschern ist anders, nicht so wohlklingend und melodisch, sondern ein bißchen trauriger und tonloser, als käme es aus der Kehle eines Geistervogels, eines Vogels, dessen Seele und Gedächtnis krank sind, vielleicht liegt es daran, daß die Amsel älter und enttäuschter ist, es liegt etwas anderes in der Luft, weil nämlich ein paar Menschen schon zu atmen aufgehört haben, in diesen Wäldern ist viel Schändliches geschehen, Köpfe rollten, aber auch Tränen, viele Tränen, die Erde ist von derselben Farbe wie der Himmel und auch aus demselben edlen Stoff, aus dem die Sehnsucht ist, und die Linie zwischen Wald und Himmel verschwindet hinter dem leisen Regen, das zarte Grün und das zarte Aschgrau dienen der Füchsin und dem Wolf als Tarnung, der Krieg hat dem Wolf nicht den Garaus gemacht, hat den Wolf nicht ausgerottet, hat ihn nicht getötet, es war ein Krieg des Menschen gegen den Menschen und seine fröhliche Erscheinung, jetzt ist das Bildnis des Menschen traurig und wie beschämt, ich sehe absolut nicht klar, doch für mich hat den Krieg der Mensch verloren, dieses leidgeprüfte Tier in Not, dieses verbitterte Tier, das nicht dazulernt. Flehte jemand um Frieden, fromme Nachsicht und Vergebung, würde ihm niemand Beachtung schenken, der Sieg berauscht und vergiftet, der Sieg steigt dem Sieger zu Kopfe und schläfert ihn ein, Raimundo dem von den Casandulfes geht es wieder etwas schlechter, Señorita Ramona sagt zu ihm:

»Bald bist du wieder gesund und bei Kräften, glaube mir, wichtig ist, daß du mit dem Leben davongekommen bist.«

Wenn Schweigen einkehrt, sagen die Spanier, ein Engel schwebt vorbei, und die Engländer, ein Armer ist geboren. Raimundo der von den Casandulfes zögert kurz, dann erwidert er:

»Du bist so gut zu mir, Moncha, glaubst du, ich bin genauso lebendig wie früher, so richtig lebendig?«

»Ja, Raimundo, ganz lebendig, in ein paar Tagen wirst du es sehen.«

Robín Lebozán schenkt Raimundo dem von den Casandulfes eine Flasche Whisky.

»Es ist wahrscheinlich die einzige in ganz Galicien, der Älteste von den Venceás hat sie mir vor kurzem aus Portugal mitgebracht, heb sie gut auf.«

Es war ein Fehler, die Abrechnung der Justiz zu überlassen, die Infanterie hätte das besser erledigt, schneller und schmerzloser, ein paar Fehlgriffe wären nicht tragisch gewesen, in der Äneis steht zu lesen, daß auch die Götter Patzer machen, der eine oder andere Ausrutscher wäre nicht tragisch gewesen, schlimm ist nicht die ziellose Gewalttätigkeit des hurenden und saufenden Draufgängers, der sein Leben lässig und herablassend aufs Spiel setzt, sondern die des feigen Büromenschen, des feigen Karrieristen, der nur dank seiner vorsichtigen Pedanterie vorankommt, ein widerlicher, schleimiger Menschentypus ist das, übel ist die kalte und beherrschte Gewalttätigkeit des Mittelmaßes, die den munteren Quell des Lebens mit Papier zukleistert, das hat nichts mit Gerechtigkeit zu tun, sondern es ist die Karnevalsmaske der Wortlosen, schlimmer als das wilde Tier im Wald ist das Ungeziefer in den Amtsstuben, es ist gemeiner und rachsüchtiger, der Mensch verliert erst die Richtung, dann das Gleichgewicht und dann stürzt er, er rennt aber vor lauter Überdruß nicht davon und bringt sich um, nein, er lebt in Angst, verkriecht sich in sich selbst und siecht dahin, was derzeit getan wird, könnte scheußlicher und tölpelhafter nicht sein, der Dummheit und dem reglementierten Dasein wird der Boden bereitet, du brauchst nur in die Zeitung zu schauen, dann weißt du Bescheid, das hat weder mit Gerechtigkeit noch mit Würde zu tun, die Gerechtigkeit ist ein noch längst nicht ausgereifter Traum, und die Würde ist eine traurige Blüte, eingequetscht zwischen Aktendeckeln: Am gestrigen Tag um sechs Uhr früh wurden die dreiundsiebzig am Donnerstag vom Kriegsgericht verhängten Todesurteile vollstreckt und so weiter.

»Das hat mich wie ein Schlag getroffen, Moncha, ich sehe alles noch ganz verschwommen, vielleicht dauert es eine Weile, bis ich klarsehe.«

»Denk nicht mehr dran, laß die Whiskyflasche zu, heb sie auf und trink sie irgendwann allein leer, ich mache dir ein Gläschen Halbundhalb, und dir natürlich auch, Robín.«

Raimundo dem von den Casandulfes schmeckt der Halbundhalb, roter Wermut und Gin zu gleichen Teilen, ein paar Tropfen Bitter, ein Blättchen Minze und eine Sauerkirsche.

»Ich habe kein Eis.«

»Macht nichts, wir stellen uns einfach vor, daß es schön kalt ist.«

Kaum hat Raimundo der von den Casandulfes sein Gläschen Halbundhalb, ist seine finstere Verzweiflung verflogen.

»In La Coruña, im Café América und im Náutico wurde viel Halbundhalb getrunken, das Café América lag in der Calle Real, gleich am Anfang links, man mußte sich vor Don Oscar in acht nehmen, ich ging immer mit meinen Cousins und manchmal mit Amparito hin, was für ein prima Mädchen Amparito war! Ich sollte mal wieder nach La Coruña fahren, um sie zu besuchen. Ob sie einen Freund hat? Ja, höchstwahrscheinlich hat sie einen Freund.«

Benicia kann weder lesen noch schreiben, sie braucht es auch gar nicht zu können, ich bin mir nicht so sicher, ob es etwas nützt, wenn man lesen und schreiben kann, Benicia hat Brustwarzen wie Röstkastanien, und mit der Zeit, ganz langsam, kehrt das Lachen in ihr Gesicht zurück.

»Benicia!«

»Ja bitte, Don Raimundiño?«

»Geh in den Laden und hol mir Zündhölzer und Briefpapier.«

»Briefmarken auch?«

»Ja, drei oder vier.«

»Mit Isabella der Katholischen oder dem Caudillo drauf?«

Raimundo der von den Casandulfes grinste.

»Was sie gerade da haben, du Miststück, was sie gerade da haben.«

Dieses Jahr nehmen nicht viele Menschen an der Wallfahrt nach Nosa Señora do Corpiño in Santa Baia, hinter Lalín, teil, es ist das Jahr der ahnungslosen Toten, der sprachlosen Gefangenen und der Nomaden mit zerbrochener Kompaßnadel im Herzen, dieses Jahr gehen weniger vom Teufel Besessene und dafür mehr von der Guardia Civil mit, weil man nämlich unsere Sitten und Gebräuche verändert, und es sind auch weniger Schausteller und Sackpfeifer dabei.

»Darf man auf der Sackpfeife spielen?«

»Tagsüber ja.«

Unter einer ausgewachsenen Eiche schlägt eine Frau, die Rosenkränze verkauft, einen einfältigen Burschen mit dem Rosenkranz, damit er den Dämon ausspuckt.

»Du Ferkel, willst den Dämon wohl in dir drinlassen! Spuck ihn aus! Satan, gehörnter Dämon, fahr aus dem Leib von diesem Menschlein heraus!«

Raimundo der von den Casandulfes langweilt sich, er findet alles ein wenig seltsam und künstlich, und dann langweilt man sich natürlich.

»Gehen wir, Moncha? Ich glaube, in Galicien haben sie sogar den Hexen den Ausweis weggenommen. Warum sind wir nicht hundert Jahre früher oder später geboren?«

Auf dem Rückweg schwieg Raimundo der von den Casandulfes fast die ganze Zeit und machte einen niedergeschlagenen Eindruck, sie fuhren in einem alten Essex, den Señorita Ramona einem Portugiesen abgekauft hatte, der vornehme schwarze Packard und der elegante weiße Isotta-Fraschini waren bei Kriegsbeginn beschlagnahmt worden, und sie hat die beiden Wagen nie wieder gesehen, irgend jemandem werden sie schon gedient haben.

»Woran denkst du?«

»An nichts Besonderes, das heißt, es geht mir etwas im Kopf herum, das mir nicht gefällt.«

Es regnet mit Anstand, Liebe und heiterer Gelassenheit auf das leere, grüne Land, auf Roggen und Mais, vielleicht regnet es auch ohne artigen Anstand, ohne hingebungsvolle Liebe, ohne sanfte und wohlwollende Gelassenheit, vielleicht regnet es heftig und in brüsken Schauern, denn auch dem Regen hat man seine Anmut genommen, Raimundo der von den Casandulfes, der neben Señorita Ramona sitzt, sagt wieder etwas, vielleicht widerwillig.

»Spanien ist ein Kadaver, Moncha, ich möchte gar nicht darüber nachdenken, aber es macht mir große angst, daß es ein Kadaver sein könnte, ich weiß nicht, wie lange wir brauchen würden, um ihn zu begraben. Hoffentlich täusche ich mich! Hoffentlich ist Spanien nicht tot, sondern nur ohnmächtig und kann wieder erwachen! Spanien ist ein schönes Land, Moncha, aber es ist ihm schlecht ergangen, ich weiß, das darf man nicht sagen, aber was soll's! Wir Spanier haben kaum noch Lebensfreude, wir müssen uns mächtig ins Zeug legen und viel Energie einsetzen, um zu verhindern, daß die anderen Spanier uns umbringen.«

Señorita Ramona und Raimundo der von den Casandulfes erreichten das Dorf vor Sonnenuntergang.

»Setz mich zu Hause ab, Moncha, ich bin müde und werde ohne Abendessen zu Bett gehen.«

»Wie du willst.«

Neben dem Tod geht das Leben weiter, das ist nämlich Gottes Gesetz, manche nennen es Trägheitsgesetz, andere erkennen es nicht mal, sie sehen weder das Leben noch den Tod.

»Du bist ein bißchen blaß, Nunciña, du hast keine gute Farbe.«

»Stimmt, ich schlafe schon seit drei oder vier Tagen schlecht, ich weiß nicht, was mit mir los ist, vielleicht kriege ich meine Regel.«

Gaudencio spielt ohne große Freude auf seiner Ziehharmonika, die Stimmen der Fremden können die Herzen nicht mit Freude erfüllen, Marta die Portugiesin ist eine respektvolle und gefällige Frau, sie versteht sich auf ihre Arbeit.

»Ich weiß, was ich tue, und ich tue es gern, die Männer bezahlen mich, damit sie ihren Spaß mit mir haben, und ich stelle keine Fragen.«

Gaudencio spielt den Strauß-Walzer *Geschichten aus dem Wienerwald*, er ist sehr romantisch und fein, sehr elegant, der Sergeant Clemente Palomares, der in der Intendantur arbeitet, hat Spaß daran, Frauen zu versohlen, ihnen das Fell zu gerben, eigentlich tun wir Männer das alle gern, die Sache ist nur die, daß man dafür gut bezahlen und eine finden muß, die es mit sich machen läßt.

»Mich bezahlt ihr Männer, damit ihr euren Spaß mit mir habt, solange du bezahlst, ist alles erlaubt, kapiert? Aber wenn du mir so weh tust, daß ich blute, dann werde ich dafür sorgen, daß du die Mutter verfluchst, die dich geboren hat, du Scheißkerl, und wenn du mich so fertigmachst, daß ich heule, bringe ich dich um, darauf kannst du Gift nehmen!«

»Ich werde dir einen Rubin und eine Perle schenken, Marta, der Rubin ist wie ein Blutstropfen, und die Perle ist eine Träne, sie ist wie eine Träne.«

»Na gut.«

Pura, genannt Parrocha die Sardine, riecht nach Knoblauch, aber nicht, weil sie ihn so gerne ißt, sondern weil sie ihn essen muß, Pura hat zu hohen Blutdruck und nimmt zum Frühstück Knoblauchöl ein, um ihn zu senken, Knoblauch ist ein gutes Heilmittel gegen die Pest und schützt auch gegen Vampire und hilft gegen Bandwürmer, das Dumme am Knoblauch ist nur, daß der Atem danach riecht. Don Angel Alegría – Orthopädie, Prothesen – sammelt Abzeichen der Volksfürsorge, Miguel de Cervantes Saavedra, der Fürst unter den großen Geistern Spaniens, spanische Infanterie, Musketier des XVIII. Jahrhunderts, Mallorca, leuchtende Perle des lachenden Archipels, Don Angel leidet an Hodenentzündung, sein Sack ist geschwollen und so groß wie ein Blumenkohl, die Frauen im Haus der Parrocha meiden ihn, als hätte er die Pest.

»Nein, nein, bloß nicht! Soll er doch mit seiner Frau ins Bett gehen, und wenn ihm das nicht paßt, soll er den Arsch zusammenkneifen und schauen, wo er bleibt! Wir alle müssen im Leben den Arsch zusammenkneifen und schauen, wo wir bleiben, Don Angels Eier sind halb verfault, ich lasse nicht zu, daß er mich ruiniert, ich lebe nämlich vom Gesundsein.«

Mamede Pedreira wurde zum Tode verurteilt, weil man ihn bewaffnet im Wald erwischte, und das ist ein sehr schweres Vergehen, seine Mutter stellte sich in einer Wegbiegung auf, in der Franco vorbeikommen sollte, und warf ihm einen Zettel zu, auf dem sie ihn um Gnade bat, die Leibwächter hielten den Zettel für eine Bombe und erschossen sie, als Franco den Zettel las, begnadigte er Mamede und wandelte die Hinrichtung durch Würgeisen in dreißig Jahre Zuchthaus um, Mamede Pedreira entkam jedoch während der Überführung und hält sich jetzt bei Xurxo Lameiro versteckt, niemand weiß davon, das heißt, doch, Xurxos Frau weiß es, seine Frau ist durch und durch anständig, auf sie kann man sich verlassen, Mamede Pedreira haust in einem ausgetrockneten Brunnen, er hat eine dünne Matratze und eine Decke, das Essen wird ihm an der Winde runtergelassen, alle zwei bis drei Tage klettert er nachts hoch, um sich die Beine zu vertreten und sich ein bißchen zu waschen.

»Von mir aus kannst du solange hierbleiben, wie du willst, Carmen hat auch nichts dagegen, es kann ja nicht ewig so weitergehen.«

»Ich weiß nicht recht, wie ich es dir sagen soll, aber vielleicht dauert es länger, als wir alle ahnen.«

Vor vielen Jahren trieb sich in diesen Wäldern Lázaro Codesal herum, ein Bursche mit einer Mähne so rot wie Paprika und einem Blick so klar wie Quellwasser, Lázaro Codesal wurde von den Rif-Kabylen umgebracht, und niemand erinnert sich mehr an ihn.

»Auch keins von den Mädchen, die er geschwängert hat?«

»Nein, auch keine von denen.«

Die Leute reden zwar nicht darüber, aber nichts bleibt sich jemals gleich, und schon gar nicht jetzt, und es nimmt auch nie etwas zweimal denselben Lauf, einige von den Freiern der Parrocha stöhnen nicht mehr, und sie verlustieren sich auch nicht mehr, sie atmen nicht mehr und laufen auch nicht mehr herum, weil sie nämlich tot und begraben sind, Don Teodosio, Doña Gemmas Mann, starb an Herzversagen, die Hure, die dem armen Don Teodosio am besten gefiel, war Visi, immer zärtlich und gefällig, als Don Jesús Manzanedo, dieses Aas, starb, war sein Fleisch schon faulig und stank, die Frauen im Haus der Parrocha machten einen großen Bogen um ihn, und das, obwohl er acht oder gar zehn Reale Trinkgeld gab, Bienvenido González, genannt Miezefutz, war auch ein Scheißkerl, dem verpaßten sie im Hauseingang zwei Messerstiche, einen in die Kehle, den anderen in die Brust, Resurreción Penido wird Lódola die Lerche genannt, weil sie so aussieht, als wollte sie gleich davonflattern, Lódola die Lerche bekam einen Riesenschreck, als sie Miezefutz dort tot liegen sah, Lódola sah als erste seine Leiche, im Haus der Parrocha weinte niemand um den Toten, der Kerl hatte sich noch jeden zum Feind gemacht, das stand ihm ins Gesicht geschrieben, Marta die Portugiesin kann in Tote hineinsehen, Marta die Portugiesin steht zu Recht im Ruf, ein geiles Prachtweib in voller Blüte zu sein, Eingeweihten zufolge ist ihr Hintern knackig wie eine Wassermelone, ich habe gehört, daß es nicht nur bei ihr so ist, sondern angeblich noch bei ein paar anderen, Gaudencio spielte einen schmissigen Paso doble wie beim Stierkampf, *Marcial, du bist der Größte*, auch Ricardo Vázquez Vilariño, der Verlobte von Tante Jesusa, so nennen wir ihn alle, obwohl es nicht stimmt, schaute ab und zu bei der Parrocha vorbei, allerdings nicht oft und zu rein therapeutischen Zwecken, um seine Geilheit abzureagieren, manchmal kann man vor lauter Geilheit nämlich kaum noch gehen, Ricardo Vázquez Vilariño war jede Frau recht, er war nicht wählerisch, und das einzige, was er wollte, war, daß sie ihn machen ließen, Lucio Mouro ging auch zur Parrocha, wenn er mal nach Orense kam, Lucio Mouro mochte vollbusige Frauen, Anislikör und Tangos.

»Dieser Gaudencio spielt verdammt gut Ziehharmonika, das muß man ihm lassen! Er spielt so gut wie kein anderer auf der Welt!«

Clarita hat ihren Vater, diesen Hurensohn Don Jesús, verloren, und auch ihren Verlobten, diesen Pechvogel Ignacio Araujo Cid, der mit seinen Ekelgefühlen nicht fertig wurde und sich im Krieg umbringen ließ, ja, wahrscheinlich ließ er sich umbringen, die Hurensöhne bestimmen über das Leben ihrer Mitmenschen und töten sie mit hämischer Freude, und die Unglücksraben sterben oder lassen sich umbringen, und zwar voll Trauer, voll verhaltener, schamhafter Trauer, Don Jesús und sein verhinderter Schwiegersohn waren auch ab und zu bei der Parrocha, Menschen brauchen eben Erleichterung und verschaffen sie sich, das ist doch klar, wer anscheinend nie bei der Parrocha war, ist Camilo der Artillerist, ich weiß nicht, warum ich das sage, schließlich ist er ja noch nicht tot, aber er wohnt weit weg und fährt nur selten nach Orense.

»Eher nach Pontevedra, stimmt's?«

»Ja, und nach Santiago, vor allem nach Santiago, Padrón gehört ja schon fast zu Santiago.«

Die anderen, die ich aufgezählt habe, sind schon tot und begraben, möge Gott ihnen vergeben haben. Es gibt da noch mehr, doch die nenne ich nicht, denn alles muß einmal ein Ende haben, außerdem waren nicht alle Toten Kunden von der Parrocha, einige waren es nicht, in Orense gibt es ja noch andere Puffs, Pater Santisteban, S.J., bezeichnet sie in seinen erzürnten Predigten als Freudenhäuser, Bordelle und Häuser der Unzucht.

»Es gibt mindestens noch hundert andere Namen dafür, aber die kennt dieser Spinner nicht.«

In den meisten Menschen steckt ein Verräter, aber das ist gar nichts Besonderes, denn es ist ein Wesenszug des Menschen, ein bekannter Wesenszug, es reicht, wenn man sich dessen bewußt ist, als der Harnsäurepegel von Don Casto Borrego Sánchez-Puente sank, ließ auch seine Aggressivität nach, vorher war er beim besten Willen nicht zu ertragen, die Frauen im Haus der Parrocha hatten panische Angst vor ihm, und nicht einmal die sonst so beherzte Parrocha legte sich mit ihm an, sie ließ ihn gehen, obwohl er nicht bezahlt hatte, Don Casto wurde eines Nachts von einem Auto angefahren, er kam dabei zwar nicht ums Leben, brach sich aber beide Beine, der Fahrer leistete ihm keine Hilfe, Don Casto behauptet, er sei Italiener gewesen, alle im Wagen seien Italiener gewesen, aber er kann viel erzählen! Der Nachtwächter sammelte ihn auf und schleifte ihn hinter sich her zur Unfallstation; übrigens hatte sich Don Casto vor lauter Schreck die Hosen vollgeschissen.

»Sagen Sie, Doña Pura, erinnern Sie sich an den mickrigen kleinen Leutnant aus Málaga, der einen Schnauzbart hatte und Fermín Pendón Paz hieß? Richtig, meine Liebe, das ist der Kerl, der es sich im Salon immer selbst besorgte, um Geld zu sparen.«

»Ja, jetzt erinnere ich mich wieder! Was ist mit ihm?«

»Nichts weiter, man hat ihn gestern abend mit einer Flasche erschlagen, mit einer großen Flasche Sprudel, ein Schlag, und er war futsch, wie man so sagt.«

»Der Arme! Wo ist es passiert?«

»Mitten auf der Straße, vor dem Haus von Caballa Tuerta, genannt die einäugige Forelle, hat es eine wilde Schlägerei gegeben, und jetzt hat sich die Militärjustiz eingeschaltet.«

»Großer Gott!«

Raimundo der von den Casandulfes sagte zu Robín Lebozán Castro de Cela:

»Diesmal bist du dran, die Verwandtschaft in Onkel Camilos Namen zusammenzutrommeln, ich glaube, wir sollten die Moranes anrufen, klar, und auch die Guxindes, es macht nichts, wenn wir viele sind, die Sache ist wichtig, und jeder soll zu Wort kommen, bis wir uns versammeln, sollen allerdings alle den Mund halten, Moncha stellt uns ihr Haus zur Verfügung, es eignet sich am besten dazu.«

Don Brégimo, Señorita Ramonas Vater, war mit den berühmten Luftakrobaten Vedrines, Garnier, Leforestier und Lacombe befreundet gewesen, die in der Luft Pirouetten drehten und ihre Flugzeuge mit bunten Glühbirnen bestückt hatten, damit nachts die Silhouette zu erkennen war, der Eintritt kostete zwischen fünfundzwanzig und fünfzig Céntimos, je nach Sitzplatz, und die Damen waren sehr elegant mit ihren großen, flachen Hüten und ihren Tüllkleidern, das ist schon Jahre her, da war Señorita Ramona noch nicht einmal auf der Welt.

Wir Moranes haben alle ein Pferdegesicht, und unsere Zähne stehen auseinander, bei einigen sogar ganz schön weit, aber das hat Camilo der Artillerist ja schon erzählt, außerdem riechen wir angeblich muffig und prügeln uns gern auf Jahrmärkten und Hochzeiten, aber das stimmt nicht, die Guxindes sehen nicht so auffällig aus, weil sie sich mehr vermischt haben, daran könnte es jedenfalls liegen, ich schließe es nicht aus, eine Rasse verliert nicht, wenn man sie kreuzt, sie gewinnt, nur ändern sich die Merkmale, mit der Sippe ist es dasselbe, erinnere dich nur an den Spruch: Der erste wirft's Geld zum Fenster raus, der zweite bringt auch nichts nach Haus, und schon ist's mit der Sippe aus, du weißt schon, was ich meine. Wir Moranes stammen nicht alle von Marschall Pardo de Cela ab, aber die meisten von uns; das Wort Marschall bedeutete früher nicht Heerführer, sondern Stallmeister. Onkel Evelio ist ein Morán von stattlicher Erscheinung, Onkel Evelio wird Xabarín der Eber genannt, weil er ein so stämmiger, urwüchsiger Kerl ist, Xabarín der Eber kommt kaum aus dem Wald raus, und Fremde grüßt er nicht mal, während des Krieges geriet Xabarín der Eber in Schwierigkeiten, aber er hatte Glück und wurde mit ihnen fertig.

»Dies ist ein Kampf zwischen Hungerleidern, ernsthafte Menschen würden sich nie wegen fixen Ideen oder Launen gegenseitig umbringen, sie kommen mir wie Franzosen vor, und sie tun so, als wollten sie Ziegen dressieren, außer Zigeunern kommt niemand auf die Idee, Ziegen zu dressieren.«

Xabarín hat Spaß am Essen, Trinken, Rauchen, Vögeln und Spazierengehen, Xabarín ist ein Caballero mit althergebrachten, ehrbaren Gepflogenheiten, darin ist er wie dein Onkel Don Claudio Montenegro.

»Sie wollen eine fixe Idee mit Schüssen durchsetzen? Schön und gut, setzen Sie sie durch, aber feuern Sie die Schüsse gefälligst selbst ab und verlangen Sie nicht von anderen, für Sie zu schießen, wenn Sie Mumm haben, gehen Sie doch mit einer Flinte in den Wald, dann werden wir sehen, die Leute kriegen nämlich Schiß, wenn sie ihren Mann stehen sollen, sie ziehen den Schwanz ein, stammeln Entschuldigungen und fragen, wie spät es ist.«

Xabarín der Eber ist gut siebzig Jahre alt und trägt Brille.

»Das kommt vom Alter, als ich jung war, habe ich besser und weiter gesehen als jeder andere, aber es konnte ja nicht das ganze Leben so bleiben, das ist mir klar, schlimm ist nicht, im Alter eine Brille zu tragen, sondern wenn man noch jung ist, junge Männer mit Brille sind entweder Jesuitenzöglinge oder schwul.«

»Aber Onkel Evelio! Doch nicht alle!«

»Na ja, fast alle, vielleicht gibt es Ausnahmen, das will ich nicht bestreiten.«

Die Frau von Xabarín dem Eber ist vor vielen Jahren gestorben, vor über einem halben Jahrhundert, die Frau von Xabarín war sehr hübsch und geistreich, kleidete sich stets sehr gut und trug immer eine Perlenkette, Xabarín der Eber hat nie wieder geheiratet, obwohl es ihm an Gelegenheiten nicht fehlte, er war sein Leben lang ein Schürzenjäger, die gefällt mir, die nicht, der mache ich ein Kind, und wenn es ein Junge wird, zahle ich ihm das Theologiestudium, der mache ich auch ein Kind, und wenn es ein Mädchen wird, schenke ich ihr ein Wirtshaus, und so weiter und so fort, für das Grab seiner verstorbenen Frau ließ Xabarín der Eber eine Platte aus weißem Marmor mit folgender Inschrift anfertigen: Da dein Name María war, wie der der Muttergottes, werde ich immer bereuen, daß ich dich nicht habe photographieren lassen.

»Das reimt sich nicht.«

»Stimmt, aber das ist Xabarín nie aufgefallen.«

Xabarín der Eber hat die Menschen je nach dem Grad seiner Abscheu und Verachtung in folgende Kategorien eingeteilt: Pfaffen, Militärs, Italiener, Zollbeamte, Totengräber, Kleinwüchsige und Stotterer.

»Und die Portugiesen?«

»Gegen die hatte er nichts.«

Sabiniano Sagramón Roidiz stottert nicht nur, sondern spuckt obendrein beim Sprechen, Sabiniano war ein ekeliger Kerl, der auf seinem Weg durch dieses Jammertal alle Menschen über und über einspeichelte, bis sie ganz feucht waren, seine Frau Justinita Cereixal Roibós betrog ihn nach Strich und Faden, bis sie die Heucheleien und Ausreden eines Tages satt hatte und Nägel mit Köpfen machte, sie steckte Sabiniano ins Irrenhaus und warf sich einem Kerl an den Hals, der Felipe Albiol Forner hieß, aus Alcalá de Chivert bei Castellón stammte und eine Fabrik für kandierte Mandeln besaß.

»Auch für Haselnüsse, Pinienkerne und anderes Schalobst?«

»Ja, das auch, dieser Albiol war nicht faul und kandierte alles, was er in die Finger kriegte.«

Ihren Geliebten hat Justinita nie betrogen, obwohl ihr andere Männer ein Leben in Saus und Braus versprachen, sie hat Albiol nicht ein einziges Mal Hörner aufgesetzt, weil dieser Drang nämlich weg war, kaum daß sie Sabiniano los war.

»Das ist mir sonnenklar!«

Justinita war die Nichte von Xabaríns verstorbener Frau und damit so etwas wie seine Verwandte, Justinita kleidete sich wie eine Städterin und trug hochhackige rote Schuhe, die über dem Knöchel gebunden wurden.

»Das einzige, worauf es ankommt, ist, mit beiden Beinen auf dem Boden zu stehen, egal ob man Chinese oder aus Ciudad Real ist, Hauptsache, man ist wer, es spielt keine Rolle, ob man Schuhe wie eine Dirne trägt, wichtig ist, daß man irgendwo seine Wurzeln hat, alles andere zählt nicht.«

Xabarín der Eber ließ Raimundo den von den Casandulfes zu sich rufen.

»Sieht so aus, als würden sich die Gemüter allmählich beruhigen. Was habt ihr mit dem Schurken vor? Du weißt schon, wen ich meine.«

»Das können Sie sich doch denken, Onkel Evelio, wir müssen allerdings noch die anderen anhören, ich habe Robín gesagt, er soll alle zusammentrommeln.«

»Na ja, so eilig haben wir es auch nicht, das läuft uns nicht weg, Zeit haben wir genug.«

Marujita Bodelón Alvarez, die junge Frau aus Ponferrada, die mal mit Celso Varela befreundet war, hat die Todesanzeige von Don Jesús aufgehoben: Der hochgeehrte Don Jesús Manzanedo Muñiz, langjähriger Nächtlicher Adorant, verdienstvoller Diener Unseres Herrn, Advokat und Prozeßanwalt, verschied nach Erhalt der Letzten Ölung und versehen mit dem Segen des Heiligen Vaters. R.I.P. Gut für ein Kilo Brot, das innerhalb einer Woche in der Backstube San Cosme abgeholt werden kann, ein Almosen, das im Gedenken an die Seele des Verschiedenen verteilt wird.

»Es gibt schon lustige Todesanzeigen, finden Sie nicht?«

»Ja, meine Tochter, es gibt lustige Todesanzeigen.«

»Nun, möge er in Frieden ruhen.«

»Ja, der beste Beweis für die Existenz Gottes wäre, daß Don Jesús Manzanedo wirklich in Frieden ruhen darf.«

Marujita Bodelón ist zur Ruhe gekommen und hat einen Mauren geheiratet, einen aus Francos Eskorte namens Driss ben Gauzzafat.

»Er ist sehr gut zu mir, und im Bett benimmt er sich wie ein Christ, das Glied von meinem Driss sieht aus wie das vom Esel von San Facundo, und wenn er es ausfährt, da können alle anderen den Schwanz einziehen!«

»Marujita!«

»Verzeihung, es ist mir so rausgerutscht.«

Es wird viel Arbeit machen, bis alles wieder so ist, wie

es mal war, die Leute haben Geschmack daran gefunden, nichts zu tun und herumzubummeln, so kann man ein Land nicht wiederaufbauen, bald werden wir alle Hunger leiden, und es fehlt nur, daß die Engländer und Deutschen an unserer Grenze aufmarschieren …

Abd Ala el-Azziz ben Meruán, der Portugiese, war auch ein Maure, aber er ist schon vor mehreren Jahrhunderten gestorben, hier hat es immer Mauren gegeben, die einen horteten Gold und Edelsteine, die anderen hatten Läuse und kratzten sich ihre Lepraschwären, heutzutage gibt es viele Spanier, die von aussätzigen Mohammedanern abstammen, man erkennt sie daran, daß sie bestimmte Berufe ausüben. Don Clemente Bariz, Doña Ritas Ehemann, der sich das Leben genommen hat, wurde Abundancia der Üppige genannt, weil er alles im Überfluß hatte: Gewicht, Peseten, Hörner, Böswilligkeit, einfach alles, was man so alles nennt, Doña Rita bestand darauf, daß Don Rosendo Vilar, der Pfarrer, mit dem sie heimlich etwas hatte, bis sie schließlich den heiligen Bund der Ehe eingingen, daß also Don Rosendo Vilar Don Clemente die Letzte Ölung erteilte.

»Das darf ich nicht, Frau, wenn die Todesgefahr nicht von einer Krankheit herrührt, darf man ihm das Sakrament nicht verabreichen, das ist verboten.«

»Von welcher Gefahr redest du eigentlich? Er ist doch schon tot!«

»Ach ja, stimmt.«

Da legte Doña Rita ein sauberes, weißes Tischtuch auf und stellte einen Teller mit Wattebäuschchen darauf, die sie aus einer Monatsbinde herausgezupft hatte, weil ihr die Watte ausgegangen war, einen zweiten Teller mit Brotkrumen und ein paar Stückchen Zitrone, das Weihwasser etc., und Don Rosendo sprach seine Gebete.

»Benedicat te omnipotens Deus …«

»Amen.«

Georgina und Adela sind Cousinen von Moncho Requeixo Casbolado, Georgina hat ihren ersten Mann,

Adolfito Penouta Augalevada, genannt Choqueiro der Clown, mit einem Kräutersud aus Kugelamarant vergiftet, vielleicht hat er sich aber auch erhängt, da gehen die Meinungen auseinander, und ihren zweiten, Carmelo Méndez, der bei der Belagerung von Oviedo gefallen ist, hat sie kleingekriegt, indem sie ihm einmal pro Woche ein Abführmittel aus Tollkirschen verabreichte, Adela kaut auf Zauberkräutern herum und geht fast wie eine Schlafwandlerin durchs Leben, Moncho ist seiner Tante Micaela, der Mutter seiner Cousinen, sehr dankbar, weil sie ihm, als er noch klein war, öfters einen runterholte, es gibt eben Dinge, die vergißt man nie.

»Die Familien sind jetzt in alle Winde verstreut, jeder lebt woanders.«

Schade, daß Tabeirón der Hai getötet wurde, bevor er die Kirchenglocken von Antiochia stehlen konnte, es wird nicht leicht sein, jemanden zu finden, der so gut tauchen kann wie Tabeirón.

»Erinnerst du dich an den Abend, als ihr zur Parrocha gegangen seid, um euch aufzuwärmen?«

»Na klar! Warum sollte ich mich nicht daran erinnern? Es gibt Dinge, die vergißt man nie.«

Der arme Aguirre spuckte Blut und starb, und Isidro Gómez Méndez, nein, ich meine Isidro Suárez Méndez, plünderte ihn aus, er plünderte alle Toten aus und verschonte keinen einzigen, er selbst wurde an der Front bei Burriana getötet, als er gerade badete, ich weiß nicht, warum ich manchmal an Szenen aus dem Krankenhaus und aus dem Krieg denken muß, na ja, ich erinnere mich eben an alles.

»Und? Ist das gut?«

»Da bin ich mir nicht so sicher.«

Auch Señorita Ramona besucht Xabarín den Eber, der wie ein Patriarch ist und sich nur selten sehen läßt, Xabarín der Eber hat auf dem Schulterblatt eine tätowierte Sirene, die zeigt er nur an seinem Namenstag, am 11. Mai, heiliger Antimo, Evelio, Máximo, Basso, Fabio,

Sisinio, Dioclecio, Florencio, Anastasio, Gangulfo, Mamerto, Mayolo, Iluminado und Francisco de Jerónimo, am 11. Mai hat Camilo der Artillerist Geburtstag, Xabarín der Eber ist eine vornehme Erscheinung und hat eine krause Mähne.

»Weißt du, Monchiña, das Leben ist für alle hart, das Leben sträubt sich gegen den Tod, und der Tod versucht das Leben zu erwürgen, am Ende gewinnt immer der Tod, weil er es nicht so eilig hat wie das Leben und weil er weniger Skrupel hat.«

»Ja, Onkel.«

»Was heißt da ja! Weißt du, Monchiña, der Krieg ist zu Ende, viele arme Teufel liegen jetzt mit herausgerissenem Gedärm oder Hirn irgendwo im Wald oder im Straßengraben, und wir, die Familienväter, konnten fast alle zu Hause bleiben, wir mußten keine andere Sprache und keine fremden Bräuche lernen, es ist schlimm, wenn man gezwungen wird, sich zu verändern, und es tut in der Seele weh.«

»Ja, Onkel.«

»Was heißt da ja! Weißt du, Monchiña, die Italiener, Griechen und Türken kann ich nicht sonderlich leiden, mir sind die Engländer, Holländer und Norweger lieber, sie sind zwar nicht so lustig, aber ihnen kann man eher über den Weg trauen, und sie krakeelen nicht so herum.«

»Ja, Onkel.«

»Was heißt da ja! Willst du ein Gläschen?«

»Ja, Onkel.«

»Kannst du nichts anderes sagen als ›Ja, Onkel‹?«

Xabarín der Eber schenkte zwei Gläschen Zuckerrohrschnaps ein.

»Dieser Schnaps ist sehr anständig, er hat noch keinem geschadet, Seeleute trinken ihn, wenn sie gegen das Meer ankämpfen, und Frauen tut er auch gut. Kennst du Don Angel Alegría, den Orthopäden?«

»Nein, warum?«

»Ach, nur so, ich frage aus reiner Neugier.«

Die sieben Alontras stehen das Unwetter mehr recht als schlecht durch, solche Ereignisse beuteln Männer schlimmer als Frauen, das ist zwar keine feste Regel, aber es ist was dran, das Schlimmste, was einem Mann passieren kann, ist, nicht zu wissen, was nach dem Tod aus ihm wird, ich meine nicht aus seiner Seele, ob sie das ewige Heil erlangt oder ins ewige Feuer kommt, sondern aus seinem Körper, die Mauren lassen sich nicht einmal einen Finger amputieren, weil sie unversehrt ins Paradies eingehen wollen, es ist nicht dasselbe, ob eine Leiche beerdigt und von den Würmern gefressen, oder ob sie ins Meer geworfen und von den Sardinen verschlungen, oder ob sie zerstückelt und Hunden zum Fraß vorgeworfen, oder aber ob sie verbrannt und die Asche als Vogelfutter in alle Winde verstreut wird, am Ende ißt immer irgendwer die Leichen der Menschen auf, doch solch erschreckende Vorstellungen berühren Frauen nicht sonderlich, die sieben Alontras leben weiter wie bisher, machen sich nicht allzu viele Gedanken und sind hübsch und gesund.

»Und Doloriñas? Hat sie sich von ihrer Blinddarmentzündung erholt?«

»Und ob! Es geht ihr prächtig, es ist eine Freude, sie anzuschauen!«

Robín Lebozán und Raimundo der von den Casandulfes ergehen sich gerne in angeregten und weitschweifigen philosophischen Gesprächen, Señorita Ramona hat die beiden zum Mittagessen bei sich, am meisten redet Robín, weil Raimundo ein bißchen müde ist, er ist schon seit mehreren Tagen ein bißchen müde.

»Entweder man lebt, oder man tut nur so, Raimundo, ich bin kein starker, sondern ein schwacher Mensch, und ich tue nur so, als würde ich leben, ehrlich gesagt habe ich im Vergleich zu dir wenig erlebt, ich hätte gerne mehr erlebt, aber ich muß mich zufriedengeben und Geduld haben, ich glaube, daß das, was uns fern ist, nicht lebt, ja nicht einmal existiert, du weißt schon, was ich damit meine, die Achse, um die sich die Welt dreht, ist unser eigenes Herz, und Monchas Haus, was uns fern ist, existiert vielleicht nicht einmal: der peruanische Indio, der auf seiner Bambusflöte bläst, der Eskimo, der einen Seehund häutet, der Chinese, der Opium raucht. Kannst du dir das ausmalen? Der Neger, der Saxophon spielt, der Maure, der Schlangen beschwört, der Napolitaner, der Spaghetti ißt ... Die Welt ist klein und das Leben kurz, Moncho Preguizas ist um den ganzen Erdball gereist, Moncho Preguizas hatte eine Liebschaft in Guayaquil, aber ihr anderen seid aus diesen Wäldern nur herausgekommen, um in den Krieg zu ziehen, ich habe nicht mal das getan, und von euch auch nicht alle, aber die meisten, außerdem kann niemand mit Bestimmtheit sagen, ob es gut ist, viel von der Welt zu sehen, gut ist es, wenn ein junges Mädchen auf einem Schemel am brennenden Kamin sitzt und Laute spielt, aber das sind alte Bräuche, sie sind in dem Chaos untergegangen, sie sind in dem Chaos verlorengegangen, von jetzt an wird es um nichts mehr so gut bestellt sein wie früher, ein Zeitalter vergeht, ein neues reift heran, Raimundo, so wie der Roggen jedes Jahr heranreift, um zu vergehen, aber die Eiche lebt länger als der Mensch, man muß nicht warten, bis man in der Scheiße erstickt, Raimundo, du weißt schon, was ich meine, da ist es besser, wenn man sich vorher die Kugel gibt.«

Raimundo der von den Casandulfes macht ein trauriges Gesicht.

»Du hast gerade von dem Chaos gesprochen, Robín, es stimmt, manche Dinge werden nie wieder so sein wie früher, solange wir leben, werden sie nicht wieder ins Lot kommen, die vom Chaos hinweggefegten Bräuche ... Sag mal, findest du, daß ich sehr entwurzelt bin? Vielleicht habe ich einen Fehler gemacht, weil ich nicht gestorben bin, als ich jung war, noch jünger als jetzt ... Ich bitte euch beide um Verzeihung. Gibst du mir einen Cognac, Moncha?«

»Gern, Raimundo, soll ich ein bißchen Klavier spielen?«

Es regnet auf die Wasser des Arnego, der im Vorbeifließen Mühlräder antreibt und die Kropfkranken und die *aireados* verscheucht und auch die Sterbenden verschreckt, während Catuxa Bainte, die Schwachsinnige aus Martiñá, splitternackt, mit baumelnden Brüsten und Haaren wie Zweige einer Trauerweide auf dem Esbarrado-Berg steht und vor sich hin pfeift, in der geschlossenen Hand ein Vogeljunges.

»Du wirst dir eine Lungenentzündung holen, Catuxa, und dir den Unterleib verkühlen.«

»Nein, Señor, die Kälte kann mir nichts anhaben.«

Es kommt einem vor, als hätte der Sturm diese Gegend erst gestern heimgesucht und den Schmerz ins Gedächtnis der Menschen gepflanzt.

»Was machen wir mit den Toten?«

»Drei Dinge, wie immer, Frau, die drei Dinge, die man schon immer getan hat: sie beerdigen, vorher wäscht man ihnen das Gesicht, ein Vaterunser für sie beten und sie rächen. Wer Tod sät, darf nicht ungeschoren davonkommen.«

»Das stimmt allerdings!«

Es regnet auf die Wasser des Bermún, den Bach, der wie ein Kind wimmert, das langsam ertrinkt, es regnet auf die Wasser der fünf Flüsse, auf den Viñao, der vom Flachland bei Valdo Varneiro geflossen kommt, auf den Asneiros, der am Cregos-Felsen entspringt, auf den Oseira, der die warme Haut der Mönche kühlt, auf den Comezo, der entlang dem Weg der Lahmenden Füchsin nach Norden entrinnt, und auf den Bural, in dem die Mädchen aus Agrosantiño ihre Tücher waschen, es regnet auf Eichen und Kastanien, auf Kirschbäume und Weiden, auf Männer und Frauen, auf Ginster und Farne und ehrwürdiges Efeu, auf Lebende und Tote, es regnet auf das Land.

»Das ist das einzige, an dem niemand rütteln konnte.«

»Gott sei Dank!«

Bei der Beerdigung meines Onkels Don Claudio Montenegro versammelten wir uns alle, als der Zivilgouverneur erschien, war die Stimmung einen Moment lang gereizt, aber zum Glück beruhigten sich die Gemüter gleich wieder, Onkel Claudio hat sich von niemandem etwas gefallen lassen, den armen Wenceslao Caldraga fing er in einer Wolfsfalle und ließ ihn drei Tage lang heulen, ohne ihm etwas zu Essen oder zu Trinken zu geben, nicht einmal Brot und Wasser, und als er ihn dann freiließ, war Wenceslao zahm wie ein Schoßhündchen.

»Und rannte er weg?«

»Allerdings, er humpelte zwar, aber er rannte weg.«

Der Tote, der Afouto und auch Cidrán Segade umgebracht hat, ist noch nicht tot, aber weit davon entfernt ist er nicht mehr, vor drei Jahren, zwischen dem Tag der heiligen Marta und dem Tag des heiligen Luis, hat er mindestens zwölf oder fünfzehn Menschen umgebracht, vielleicht sogar mehr, und jetzt riecht er aus allen Poren nach Tod, die Leute verdrücken sich, wenn sie ihn kommen sehen.

»Hast du nicht gemerkt, daß er nach Hölle und Verdammnis stinkt?«

Als der blinde Gaudencio eines Morgens von der Messe zurückkam, klappte er mitten auf der Straße zusammen, als hätte er einen Ohnmachtsanfall.

»Das ist doch der Ziehharmonikaspieler aus dem Haus der Parrocha, vielleicht ist er am Verhungern.«

Auf der Polizeiwache flößte man dem blinden Gaudencio Kaffee ein, und bald darauf kam er wieder zu sich.

»Haben Sie sich weh getan?«

»Nein, Señor, als ich spürte, daß ich ohnmächtig werde, habe ich mich hingesetzt.«

Niemand merkte, als er in das Haus der Parrocha zurückkam, weil die Frauen alle schliefen, ein Schutzmann, der ständig husten mußte, begleitete ihn.

»So, da wären wir.«

»Gott möge es Ihnen vergelten!«

Der blinde Gaudencio legte sich ins Bett und deckte sich von Kopf bis Fuß zu, um zu schwitzen.

»Das wird mir guttun, mich hat es im falschen Moment erwischt.«

Abends spielte Gaudencio Ziehharmonika, als wäre nichts gewesen.

»Gaudencio!«

»Ja bitte, Don Samuel?«

»Spiel doch die hübsche Mazurka, du weißt schon, welche ich meine.«

»Ja, Señor, das weiß ich, aber Sie müssen entschuldigen, sie paßt heute nicht, sie paßt fast nie.«

Basilisa die Irre, die Ziehtochter von der Tonaleira in La Coruña, es heißt, Basilisa die Irre sei die verhurteste Hure der Welt, aber das stimmt nicht, das kann keiner wissen, Basilisa die Bekloppte schickte dem inzwischen verstorbenen Gefreiten Antemil unverdrossen Schokolade und Tabak, bis sie es satt hatte, Basilisa die Irre erfuhr nie, daß der Gefreite Antemil längst tot war, sie hielt ihn nur für unzuverlässig wie alle Männer, ausgenommen Javierito Pértega, der schwul und dazu da ist, nicht allzu komplizierte Botengänge zu erledigen, außerdem kann man ihm gut in den Hintern treten.

»Schämst du dich nicht, daß dein Ding so rumbaumelt?«

Don Lesmes Cabezón Ortigueira, der gerade ein Praktikum in Medizin und kleiner Chirurgie macht und einer der Anführer der Caballeros de La Coruña ist, ist im Fischereihafen ins Wasser gefallen, genau an der Stelle, an der man mal einen Wal gefunden hat, und er ist ertrunken, kann sein, daß sie ihn geschubst haben, Doloriñas Alontra bekam einen Lachanfall, als man es ihr erzählte.

»Er war ein Schleimer, der die Frauen mißhandelte, gut, daß er ertrunken ist.«

Der Geist von Benitoña Cardoeiros, der Alten, die zu nichts mehr zu gebrauchen war und die der Bauchaufschlitzer Manueliño Blanco Romasanta totgebissen hat, schwebt noch immer über den Eichenwald von Prado Alvar, der voll von Nachtigallen ist.

»Dort gibt es auch Girlitze und Stieglitze.«

»Ja, Señora, und Grünfinken und Amseln und erdfarbene Lerchen, im Eichenwald von Prado Alvar gibt es so gut wie alles.«

Allerseelen sollte man eigentlich in Frieden begehen, früher war es Sitte, die Sackpfeife zu blasen und auf dem Gottesacker Kranzkuchen zu essen, die Toten drücken die Stimmung, niemand soll sich amüsieren.

»Wird man je alle Toten zählen können?«

»Nein, niemals, man sagt, Tote führen zu noch mehr Toten, aber davon halte ich nichts.«

An Allerseelen im Jahr 1939 hatte bereits der Zweite Weltkrieg begonnen, der Tag des heiligen Carlos folgt kurz auf Allerseelen, von Robín Lebozán zusammengetrommelt, finden sich am Tag des heiligen Carlos im Jahr 1939 zweiundzwanzig Männer, alles Blutsverwandte, in Señorita Ramonas Haus ein: Raimundo der von den Casandulfes, niemand nennt ihn je bei seinem Familiennamen, weil er soviel Leid birgt, aber das ist eine sehr lange, traurige Geschichte, Raimundo der von den Casandulfes spricht seit einiger Zeit kaum noch, er wirkt irgendwie bedrückt; die vier Gamuzos, die etwas taugen, also Tanis Perello, der mit einer Hand einen Ochsen niederstrecken kann, seine Frau ist die Treppe runtergefallen und hat sich ein Bein gebrochen, wahrscheinlich hatte sie zuviel Anisschnaps im Blut, Roquiño, der Pfaffe von Comesaña mit seinem berühmten riesengroßen Schwanz, der zwar gerade etwas wund ist, sich aber dennoch sehen lassen kann, Matías alias Chufreteiro der Possenreißer, der schon seit Monaten nicht mehr getanzt hat, und Julián, genannt Paxarolo der Schlaukopf, Taschenuhren und Armbanduhren, Wecker, Kuckucks-, Tisch- und Wanduhren, Celestino alias Carocha der Maiskolben und Ceferino alias Furelo das Frettchen sind nicht dabei, weil sie Pfarrer sind, und Benitiño alias Lacrau der Skorpion sowie Salustio alias Mixiriqueiro der Zimperliche wurden freigestellt, weil untauglich; die drei Marvís aus Briñidelo, also Segundo, Evaristo und Camilo, sind hartgesottene Kerle und reiten selbst auf den störrischsten Jungpferden ohne Sattel und ohne sich festzuhalten, Roque, ihr Vater, ist nicht da, weil er langsam alt wird, er ist bei seiner Portugiesin in Esperelo geblieben; Don Camilo und Camilo der Artillerist, Don Camilo hat Ohrenschmerzen, ziemlich starke Ohrenschmerzen, aber da er ein Mensch mit Haltung ist, sagt er nichts; Don Baltasar und Don Eduardo, Brüder von Don Camilo, der eine Anwalt, der andere Ingenieur; Lucio Segade und seine drei ältesten Söhne Lucio, Perfecto und Camilo, er konnte sie nur mühsam bändigen, sie wollten Selbstjustiz üben und auf niemanden hören; Onkel Cleto, der aus Angst vor Mikroben niemandem die Hand gibt; Marcos Albite, der sich von der Schwachsinnigen aus Martiñá in einer Schubkarre über die holperige Landstraße hat herschieben lassen, wie er da schweigend unter seinem Regenschirm hockte, wirkte Marcos Albite wie eine arme Seele aus dem Fegefeuer, die der Allmächtige höchstpersönlich in einer Schüssel eingeweicht hatte; Gaudencio Beiras Anwesenheit war nicht erforderlich, da er blind ist; Policarpo der von der Bagañeira, der eine zahme Maus in der Tasche hat, sie aber aus lauter Respekt nicht herausholt; Moncho der Faulpelz, der Entdecker des Ombiel, dieses Baumes mit Blättern aus Schneckenfleisch; der ehrwürdige Onkel Evelio mit seinen Launen und natürlich Robín Lebozán. Einige sind von weit her gekommen, alle tragen eine Kopfbedeckung, also einen Hut, eine Schirmmütze oder eine Baskenmütze, die einen duzen, die anderen siezen sich, Don Camilo trägt eine Melone und einen Mantel mit einem Kragen aus Wolfsfell, die Männer werden von Señorita Ramona, Adega, deren Tochter Benicia der Schwachsinnigen aus Martiñá und Monchos Cousinen Georgina und Adela versorgt, mit Señorita Ramonas Hausangestellten ist nichts mehr anzufangen, weil sie schon ziemlich alt sind, die Männer bekommen zum Abendessen Kraftbrühe und Vorderschinken oder wahlweise Teigtaschen mit Fleischfüllung, Käse aus Kuhmilch und zum Nachtisch Quittengelee und Pfirsich in Sirup, als es Mitternacht schlägt, nehmen auf ein Zeichen von Don Camilo alle wortlos Platz und zünden sich eine Zigarre an, Don Camilo hat für alle Zigarren mitgebracht, unterdessen servieren die Frauen Kaffee und Schnaps, dann gehen sie in die Küche, und keine von ihnen lauscht hinter der Tür, weil es die Männer sind, die über das Leben anderer Männer bestimmen, und das wissen die Frauen, und sie achten die Sitten, es gibt heikle Dinge, über die Frauen nur im Bett und nur mit einem einzigen Mann reden dürfen, und das auch nicht immer.

»Erhebt euch! Vater unser, der du bist im Himmel ...«

»Unser täglich Brot gib uns heute ...«

Als sich wieder alle hingesetzt haben, nein, nicht alle, denn es gibt nicht genug Stühle, sieht Don Camilo Robín Lebozán an.

»Unser Verwandter Robín Lebozán Castro de Cela wird uns jetzt Bericht erstatten, er wird uns nichts vormachen und nichts verheimlichen.«

Robín schildert mit seiner wohlklingenden Stimme in allen Einzelheiten, was wir sowieso schon wissen, und als er fertig ist, fragt er:

»Soll ich euch den Namen von dem Kerl sagen, der Baldomero und Cidrán umgebracht hat?«

»Ja.«

Robín blickt zu Boden.

»Gott möge mir verzeihen! Es war Fabián Minguela Abragán, auch Moucho Carroupo genannt, er hat ein Muttermal wie aus Schweinsleder auf der Stirn, ihr kennt ihn alle, und von diesem Moment an soll niemand von euch jemals wieder seinen Namen aussprechen.«

Onkel Evelio bricht das Schweigen.

»Du hast das Wort, Camilo.«

Don Camilo sagt nichts, sondern blickt mit ernster Miene ebenfalls zu Boden. Obwohl alle ahnen, wie seine Entscheidung ausfallen wird, läuft ihnen ein Schauder über den Rücken.

»Wen bestimmst du?«

Noch immer schweigend, richtet Don Camilo den Blick auf Tanis Perello, der aufsteht, die Mütze abnimmt und sich bekreuzigt.

»Der heilige Jakob und unser Verwandter, der heilige Fernández, mögen mir beistehen, Amen! Wenn ihr eine große Feuerwerksrakete krachen hört, ist es passiert.«

Die Versammlung löst sich langsam und geordnet auf, die drei Marvís aus Briñidelo reiten sofort los, weil sie einen langen Heimweg haben, Don Baltasar und Don Eduardo übernachten in Lalín bei einem entfernten Verwandten, dem Pfarrer Freixido, sie fahren mit dem Auto, in dieser Nacht ist sehr schlechtes Wetter, um so besser, weil die Guardia Civil dann nicht soviel Gewese macht, wenn sie den Passierschein kontrolliert, Don Camilo geht mit Onkel Evelio, Camilo der Artillerist schläft bei Raimundo dem von den Casandulfes, und die drei Gamuzos von auswärts übernachten bei ihrem Bruder Tanis, sie kommen gut unter, und keiner sagt mehr als nötig, die einzigen, die bei Señorita Ramona bleiben, sind Moncho der Faulpelz, dem ein Bein fehlt, und Marcos Albite, dem beide Beine fehlen, in einer Nacht wie dieser wäre es eine Zumutung, die Krüppel noch in den Wald zu schicken; Catuxa Bainte schläft zusammengekauert im Hauseingang, und auf einmal senkt sich tiefer, stiller Friede auf Señorita Ramonas Haus. Bevor Don Camilo geht, gibt er dem Pfaffen Ceferino Gamuzo, also dem Angler Furelo, auch der heilige Petrus war Fischer, eine Anweisung.

»Lesen Sie eine Messe für die Seele von ... na, Sie wissen schon, fragen Sie mich nicht, Sie müssen von selbst draufkommen, und schweigen Sie wie ein Grab.«

»Ja, Don Camilo.«

Auf Señorita Ramonas Haus und auch auf die Männer und Frauen sinkt ein Nebel herab, der nach und nach all die gesprochenen Worte auslöscht, die noch in der Luft hingen, das Gedächtnis kommt gegen den Nebel nicht an, und das ist besser so.

»Sprechen wir uns morgen?«

»Lieber übermorgen, morgen muß ich nämlich nach Carballiño.«

»Es heißt, der heilige Ramón Nonato sei der Schutzpatron der Hehler, Feilscher, Spieler, Gaukler und anderer Gauner.«

»Warum ist das wohl so?«

»Woher soll ich das wissen!«

Man kann Cabuxa Tola nicht vorwerfen, sie sei mit jedem x-beliebigen Kerl ins Bett gegangen, Sie wissen, wer an Cabuxa Tolas Titten genuckelt hat, aber sprechen Sie seinen Namen nicht aus, jeder tut, was man ihm durchgehen läßt, und darüber sollen sich andere nicht den Kopf zerbrechen, ob sie nun mit dem einen oder anderen ins Bett gegangen ist, geht nur sie selbst etwas an, alle Frauen haben das Recht, sich im Bett zu wälzen mit wem sie wollen und auf wen sie Lust haben. Und wenn sie es mit einem Hurensohn tun? Na gut, das kommt vor, Hurensöhne gibt es viele, aber das ist egal.

»Glaubst du, Cabuxa Tola würde sich trauen, Ferkeleien mit einem Wildschwein zu machen?«

»Was geht dich das an?«

»Es regnet pausenlos seit dem Tag des heiligen Ramón Nonato, der in Carballiño eine Spielhölle hat, an der Landstraße nach Ribadavia, an dem Tag, an dem sie am wenigsten damit rechnen, schnappt die Guardia Civil sie alle und steckt sie ins Gefängnis.«

»Verzeihung, aber der mit der Spielhölle an der Landstraße nach Ribadavia ist nicht der heilige Ramón Nonato, sondern der heilige Macario, das darf man nicht durcheinanderbringen.«

»Ist doch egal, heilig ist heilig.«

Es regnet stetig und ohne Hast auf das Gras und die Ziegeldächer und gegen die Fensterscheiben, es regnet, doch es ist nicht kalt, ich meine nicht sehr kalt, könnte ich Geige spielen, würde ich den ganzen Nachmittag Geige spielen, könnte ich Mundharmonika spielen, würde ich den ganzen Vormittag und den ganzen Nachmittag Mundharmonika spielen, könnte ich Ziehharmonika spielen, würde ich den ganzen Vormittag, den ganzen Nachmittag und den ganzen Abend Ziehharmonika spielen, ach was, ich würde mein ganzes Leben lang Ziehharmonika spielen, Gaudencio spielt besser Ziehharmonika als sonstwer, da ich weder Geige noch Mundharmonika, noch Ziehharmonika spielen kann, da ich überhaupt kein Instrument spielen kann, hätte ich als Kind sterben können, ohne daß sie groß um mich geweint hätten, ich mache den ganzen Nachmittag mit irgend jemandem Ferkeleien, morgens und abends bin ich wirrer im Kopf, manchmal kann ich mit niemandem Ferkeleien machen, aber das macht nichts, dafür habe ich ja zwei Hände, wir Männer müssen uns mit dem abfinden, was das Schicksal für uns bereithält, weil schon alles geschrieben steht, noch bevor wir auf die Welt kommen. Don Samuel Iglesias Moure ist Besitzer einer Wachszieherei in der Calle del Padre Feijoo, Don Samuel sieht selbst aus wie aus Wachs und seine Frau auch, die Leute nennen ihn Celestial den Himmlischen, Don Samuel schaut abends ab und zu bei der Parrocha vorbei, um sich zu zerstreuen und ein bißchen der Ziehharmonika zuzuhören, aber mit den Stükken hat er kein Glück, am liebsten hört er eine Mazurka, die Gaudencio fast nie spielt.

»Warum spielen Sie sie nicht ab und zu?«

»Was geht Sie das an?«

Celestial der Himmlische schläft meistens mit Marta der Portugiesin, es macht ihm Spaß, ihr Lügengeschichten aufzutischen.

»Sie hat einen großen Busen, und deshalb kann man sich bei ihr schön ausruhen und ist danach ganz befriedigt, Portugiesinnen sind sehr fürsorglich.«

»Ja, Señor, das sagen alle. Und sehr respektvoll.«

»Das stimmt.«

Don Servando kommt immer vor Don Samuel dran, Don Servando muß nicht warten, bis er an der Reihe ist, denn er ist Deputierter im Provinzialrat, Don Samuel bringt Marta der Portugiesin als Geschenk eine gedrehte Kerze mit.

»Möchtest du, daß wir sie anzünden?«

»Nein, ich möchte sie lieber ungebraucht dem heiligen Christus vom Blut darbringen, warte, bis ich mich ausgezogen und mir die Möse gewaschen habe, soviel Zeit wirst du doch wohl haben.«

Don Servando behandelte Eutelo, genannt Cirolas der Schlüpfer, wie den letzten Dreck, wohingegen er zu Don Samuel immer sehr freundlich war.

»Don Samuel ist ein Herr, das merkt man sofort, ein bißchen blaß zwar, aber ein Herr, und seine Gattin Doña Dorita ist eine richtige Dame, Doña Dorita tut viel für die Organisation ›Kleidung für Arme‹, Don Samuel und seine Frau sind hochanständige Leute, sie achten die guten alten Sitten, man kann ihnen rundum vertrauen.«

Don Isaac ist der Bruder von Don Samuel, Don Isaac ist Nudelfabrikant, seine Makkaroni Marke Vesuv sind in ganz Galicien berühmt, Don Isaac ist schwul, das ist eine Frage der Veranlagung und kann jedem passieren, Ihnen genauso wie mir, aber er trägt sein Schicksal mit Würde, nie wurde er dabei erwischt, wie er sich an jemandem verging, Don Isaac Iglesias Moure wird Filtiré der Feingeist genannt, Don Isaac spielt Harmonium, in der Kirche Santa María la Madre und auch anderswo, zum Beispiel auf Hochzeiten, zu Hause spielt Don Isaac Leier, ein Instrument, dem er sehr schöne und melodische Arpeggios entlockt, im Haus von Don Isaac steht unübersehbar eine buntbemalte Gipsbüste von Papst Pius X. (Karmesinrot, Gold, Blau, Fleischfarben etc.), der Papst thront auf einem mit dem spanischen Banner eingedeckten Ecktisch über der Leier.

»Mein Bruder ist ein richtiger Künstler, er ist mit Leib

und Seele Künstler und sehr musikalisch, meiner Meinung nach ist er schwul geworden, weil er sich so in seine Empfindsamkeit reingesteigert hat.«

»Tja, das möchte ich nicht bestreiten, so etwas gibt es.«

Es ist ziemlich sicher, daß der Müller Lucio Mouro von demselben Kerl wie die beiden anderen umgebracht wurde.

»Und wer ist das?«

»Verdammt, frag nicht so blöd! Weißt du es denn nicht?«

»Verzeihung, ich war in Gedanken woanders.«

Lucio Mouro verpaßten sie eine Kugel in den Rücken und eine in den Kopf, er trug eine Blume an der Schirmmütze, als er umgebracht wurde, eine Blume, die Ranunkel genannt wird.

»Erinnerst du dich noch, was für ein guter Kerl er war, Catuxa?«

»Wie könnte ich mich nicht daran erinnern!«

Rosicler war zehn Jahre alt, vielleicht noch nicht einmal ganz zehn, als sie dem Affen Jeremías zum erstenmal einen runterholte.

»Was tut das hier zur Sache?«

»Keine Ahnung, aber es gibt Dinge, die sollte man wissen.«

»Ja, das ist auch wieder wahr.«

»Außerdem purzeln die Gedanken im Kopf sowieso nach Lust und Laune durcheinander.«

Als Rosicler feststellte, daß Affen genauso ein Zipfelchen wie Männer haben, wenn auch ein kleineres, freute sie sich sehr.

»Das muß ich Moncha erzählen, aber sie weiß es bestimmt schon.«

Als der Kerzenfabrikant Don Samuel Iglesias Moure alias Celestial der Himmlische eines Tages ins Dorf kam, um eine Bestellung abzuliefern, wurde er dabei erwischt, wie er sich mit der Schwachsinnigen aus Martiñá in Marcos Albites Rumpelkammer auf dem Boden wälzte.

»Wie kannst du es wagen, Catuxa! Miststück!«

»Na ja, wissen Sie, ich bin gekommen, um die Pinkelbüchse von Señor Marcos auszuwaschen, und da hat mir Don Samuel eine Pesete gegeben und sein Ding rausgeholt.«

»Einfach so mir nichts, dir nichts?«

»Ja, Señor, einfach so mir nichts, dir nichts. Ich habe zu ihm gesagt, hier, greif zu, es liegt sowieso auf allem der Fluch, o glorreicher Apostel, heiliger Judas Thaddäus, der du der erste König von Babylon warst, mach, daß der Schmerz in meinem Herzen sich durch dieses Gebet in Lust verwandelt, und dann hat Don Samuel mich im Stroh aufs Kreuz gelegt.«

Tanis, genannt Perello das Teufelchen, sagt zu Raimundo dem von den Casandulfes:

»Don Camilos Befehl wird ausgeführt, so wahr es einen Gott gibt, er wird ausgeführt! Ich habe mir schon alles zurechtgelegt, jetzt werde ich die Vorfreude so lange auskosten, bis ich Gewissensbisse kriege, und dann kann ich die Hände in den Schoß legen und abwarten, es wird nicht schwer sein, weil der Kerl sehr leichtsinnig ist, vielleicht glaubt er sogar, es ist alles ausgestanden und es geht immer so weiter wie jetzt, es ist besser, wenn er das glaubt und sich sicher fühlt.«

Tanis Perello wetzt seine beiden Jagdmesser an einem Stein, eines hat einen Griff aus Hirschhorn, das andere einen aus peruanischem Silber, und beide tragen seine Initialen, die Messer haben schon ein paar Jahre gute Dienste geleistet, aber sie schneiden noch tadellos, weil sie von guter Qualität sind und immer trocken gehalten und gepflegt werden.

»Sie kriegen nur nicht viel Fleisch zu schneiden, weil ich nicht oft losziehe, wenn man einem Messer kein Fleisch gibt, wird es stumpf.«

Policarpo dem von der Bagañeira macht es keinen Spaß mehr zuzusehen, wie der Omnibus über die Landstraße nach Santiago rumpelt und dabei wie ein asthmatischer

Portugiese hustet. Obwohl Policarpo dem von der Bagañeira an der rechten Hand drei Finger fehlen, kann er sehr gut Zigaretten drehen, den grobgeschnittenen Tabak kriegt man jetzt nur noch mit vielen Strunken drin, am besten schüttet man ihn auf eine Zeitung und klaubt die Strünke heraus, verbrennt man sie in einem Aschenbecher, verströmen sie einen angenehmen Geruch und die Luft duftet nach ihnen, im Omnibus nach Santiago fahren jedesmal zwei oder drei Pfarrer mit, die trockene Feigen und Schweinsohren essen, Pfarrer mögen Süßigkeiten, und auch Schauspieler lieben Zuckerwerk, Policarpo der von der Bagañeira behauptet, er könne Frösche dressieren, aber das nehme ich ihm nicht ab, Frösche sind sehr schwer zu dressieren, weil sie schelmisch und dumm sind, und eine schlimmere Mischung gibt es nicht, Frauen kann man dressieren, indem man ihnen Essig zu trinken gibt, das Problem ist nur, daß sie meistens nicht mitmachen, weil sie heutzutage sehr frech und ziemlich aufsässig sind, Policarpo der von der Bagañeira lacht leise über seine eigenen Einfälle, Choniña die Süße, die Frau von Méndez dem Zuckerbäcker, gefällt ihm sehr, aber er läßt sich nichts anmerken, und Choniña schaut ihn nicht mal an. Antón Guntimil, Fina Ramondes verstorbener Mann, wurde im Bahnhof von Orense von einem Güterzug zerquetscht, das heißt, zerquetscht wurde er nicht, er wurde in zwei Stücke geteilt, Antón Guntimil stotterte und war ein bißchen dämlich, was ihm seine Frau immer vorhielt.

»Der Piarist, der die Abendmesse liest, hat einen Schwengel, daß einem die Augen übergehen, einen Schwengel, wie es sich gehört, doppelt so groß wie deiner, du Schwachkopf, du bist nämlich ein Schwachkopf, schämst du dich nicht?«

»Nein, Frau, was kann ich denn dafür?«

Als Tante Lourdes sich die Blattern holte, ließen die Franzosen sie einfach sterben, mir kann man nichts erzählen, und obendrein warfen sie ihre Leiche zusammen mit Polacken, Zigeunern, Mauren und Leuten aus Indochina in ein Armengrab, in solchen Dingen sind die Franzosen sehr eigen und fackeln nicht lange. Moncho, der Cousin von Manueliño Remeseiro Domínguez, der denselben Namen hatte wie der Rabe, vielleicht war es auch umgekehrt, starb mit sechs oder sieben Jahren an Keuchhusten.

»Er hat nicht lange durchgehalten.«

»Stimmt, er hat wirklich nicht lange durchgehalten, er war eben nicht von guten Eltern.«

Der Rabe Moncho kann schon ein paar Takte von der Mazurka pfeifen, die der blinde Gaudencio manchmal spielt, aber ganz kann er sie noch nicht.

»Stimmt es, daß Manueliño Remeseiro mal ein Techtelmechtel mit María Auxiliadora Porrás hatte, die ihren Verlobten Adolfito sitzenließ, weil er immer mehr wie ein Toter aussah?«

»So eine Gemeinheit! Wer hat Ihnen denn diesen Quatsch erzählt?«

Señorita Ramona hatte mit Männern kein Glück, oder besser gesagt, mit heiratsfähigen Männern, weil sie nämlich zu hoch gezielt hat und der Schuß deshalb natürlich jedesmal danebenging, in solchen Dingen muß man bescheiden sein, denn die Zeit arbeitet gegen alle Vorsätze und Wünsche, Señorita Ramona ging davon aus, daß sie heiraten konnte, wen immer sie wollte, daß die Entscheidung bei ihr lag und sie die Wahl hatte, doch sie irrte sich, und jetzt ist sie auf dem besten Weg, als alte Jungfer zu sterben.

»Als Jungfer vielleicht, aber nicht als Jungfrau, damit das klar ist, am meisten hätte es mich geärgert, wenn ich meine Jungfräulichkeit nicht rechtzeitig verloren hätte, es ist eine Erniedrigung, wenn man mit fünfundzwanzig noch nicht entjungfert ist, aber so weit läßt es keine kommen.«

Robín Lebozán schreibt Gedichte auf Galicisch, aber er will sie niemandem zeigen.

»Nein, ich finde, es ist schamlos, anderen Menschen die eigenen Gedichte vorzulesen. Wer interessiert sich schon dafür?«

Raimundo der von den Casandulfes läßt noch immer den Kopf hängen, er ist schweigsam und ungesellig, nur seine gute Erziehung rettet ihn.

»Ich möchte endlich die Feuerwerksrakete krachen hören, morgen muß ich Onkel Evelio besuchen, damit er mich aufmuntert. Wie peinlich, daß ein alter Mensch einen jungen trösten muß! Onkel Camilos Befehl muß ausgeführt werden, das ist mir klar, Befehl ist Befehl, und ich kann es kaum mehr erwarten, die Rakete krachen zu hören, Tod kann man nur mit Tod vergelten, darüber kann man nicht streiten, wir sollten uns alle eine Ranunkel oder eine Stechginsterblüte an den Hut stecken, Don Antonio Noriega Varela nahm an jedem Sonn- und Feiertag ein paar Stechginsterblüten auf den Friedhof mit.«

»Für welchen Toten?«

»Für keinen besonderen, Don Antonios Stechginsterblüten waren für alle Toten, alle Toten gehören Gott, Tote haben Blumen sehr gern, Sie wissen ja selbst, daß auf dem Friedhof immer die allerschönsten Blumen blühen, den Toten entweicht die Seele durch die Blumen, die auf den Gräbern wachsen, wenn man eine Grabplatte drauflegt, kann die Seele nicht atmen.«

Raimundo der von den Casandulfes begeht die Wege des Leides, er begeht sie traurig und in sich gekehrt.

»Diese Wege sind singend die Toten entlanggegangen, in deren Adern dasselbe Blut floß wie in meinen, sie waren wie ich, vielleicht waren sie sogar ich selbst, und ich weiß nichts davon, als ihr Blut auf die Erde tropfte, als sie ihr Blut vergossen, da flohen heulend und jaulend die Wölfe, es gibt Menschen, die hätten nicht auf die Welt kommen dürfen, ich kann es kaum erwarten, die Rakete krachen zu hören, Tanis hat vor Don Camilo großen Respekt, er hat nun einmal das Sagen, aber eigentlich haben wir vor Don Camilo alle großen Respekt, wenn Tanis die

Lunte der Rakete anzündet, wird er aufatmen, Gott möge uns alle beschützen! Wenn das Gesetz erst mal erfüllt ist, soll sich der Frieden so schnell verbreiten, wie eine Eidechse davonhuscht, seit vielen Jahren gilt hier in den Wäldern dasselbe Gesetz, und die Toten unserer Familie fordern von uns, daß wir ihm Geltung verschaffen, manche Männer haben das eine Blut in den Adern, manche ein anderes, das ist kein Zufall.«

Raimundo der von den Casandulfes spielt mit Robín Lebozán Schach, er gewinnt immer.

»Du bist nicht bei der Sache.«

»Nein, ich bin so, ich tauge nicht dazu, das weißt du.«

Pepiño Pousada Coires, genannt Xurelo die Makrele, arbeitet als Elektriker, genauer gesagt als Hilfselektriker in der Sargfabrik Ruhesanft, hier gibt es viele Sargfabriken, es gibt schwarze und weiße Särge, die weißen sind für die Engelchen, die Luxusausführungen sind aus Eichenholz oder falschem Mahagoni, was es nicht gibt, sind grüne oder rote oder gelbe Särge, Pepiño alias Xurelo die Makrele läuft immer mit offenem Mund rum, er befummelt gern kleine Kinder, also die Engelchen, Xurelo die Makrele heiratete Concha da Cona die Muschelmöse, gegen die Tradition kommt man eben nicht an, und er hatte mit ihr zwei dumme Töchter, die ihnen bald wegstarben, Concha da Cona ließ ihn sitzen, weil sie ihn nämlich satt hatte, Concha da Cona war sehr lebenslustig und ging geschickt mit den Kastagnetten um, ständig klapperte sie mit den Kastagnetten und sang Schlager, Xurelo die Makrele erwischten sie eines Tages mit dem taubstummen Simonciño, genannt Pucho das Kälbchen, einem schmächtigen, kränklichen Jungen von sechs Jahren, der Schreck stand ihm ins Gesicht geschrieben, man brauchte ihn nur anzusehen, es war fast zum Lachen, Pepiño rammelte ihn gerade von hinten und hatte ihn an der Kehle gepackt, fast hätte er ihn erwürgt, zuerst steckten sie Pepiño ins Gefängnis und dann ins Irrenhaus.

»Im Irrenhaus wird mehr geprügelt als im Gefängnis,

man sieht richtig, wie es ihnen Spaß macht, die Verrückten zu verdreschen.«

»Tja, das stimmt wohl.«

Pepiño Xurelo wurde unter der Bedingung entlassen, daß er sich kastrieren ließ, aber ehrlich gesagt besserte er sich dadurch nicht sonderlich, nachdem der Krieg ausgebrochen war, ging Xurelo die Makrele jeden Morgen zur Messe, um seiner notleidenden Mitmenschen zu gedenken und um Barmherzigkeit, Mildtätigkeit, Gnade und andere aus der Mode gekommene Tugenden zu beten, Skorpione und Kröten muß man leben lassen, man muß sie laufenlassen, die Menschen auch und all die zahmen Tierchen, wie Mäuse, Schnecken und Grillen, und die wilden Tierchen, wie Ginsterkatzen, Luchse und Dachse, zum Luchs sagen die Leute auch Wildkatze, man legt den Stamm einer Erle über den Fluß an der Grenze zum Tod und verjagt sie mit Weihwasser, nicht mit Schüssen.

»Warum ist der Mensch eigentlich ein so rastloses, nervöses Wesen? Da steckt doch bestimmt der Teufel dahinter.«

Robín Lebozán freute sich sehr, als er die Seemuschel wiederfand, die seine Mutter ihm geschenkt hatte, er entdeckte sie hinter Büchern, nachdem er sie seit über zehn Jahren nicht mehr gesehen hatte, wenn man sie ans Ohr hält, hört man das Rauschen des Meeres, aber man hört auch die ersten Takte der Mazurka des blinden Gaudencio, ich meine die Mazurka, die er fast nie spielen will, die verbotene Mazurka, na ja, verboten nicht, aber so ähnlich.

»Spielen wir noch eine Partie Schach?«

»Wie du willst.«

Robín Lebozán braucht lange, bis er einschläft, es geht ihm schon seit einiger Zeit so, manchmal wacht er um zwei oder drei Uhr morgens auf, liegt wach und kann lange nicht einschlafen, es gibt Tage, da sieht er den Morgen heraufdämmern.

»Warum trinkst du vor dem Schlafengehen nicht eine Tasse Lindenblütentee?«

»Ja, ich muß etwas dagegen tun, Schlaflosigkeit ist wirklich etwas Schlimmes.«

Die Hündin Wespe hat niemand getötet, das war nicht nötig, die Hündin Wespe ging an übersäuertem Magen und Darmverschluß zugrunde, wahrscheinlich hatte Onkel Cleto die letzten zwei Male zu saures Zeug erbrochen, Hunde vertragen nicht viel, jedenfalls nicht soviel, wie man glaubt, Zarewitsch dagegen ist elegant und anmutig wie eh und je, seit neuestem wird er weder Zarewitsch noch sonstwie genannt, Hunde hören sowieso mehr auf den Klang der Stimme als auf Worte.

»Kennen Sie die Geschichten von Pepa der Wölfin und Xan Quinto?«

»Allerdings, und auch die von Truco und Louzao und Ventoselle.«

»Und die von Mamed Casanova, der immer so elegant gekleidet war wie ein reicher Heimkehrer aus Amerika auf dem Totenbett?«

»Allerdings, ich kenne sie alle, als ich klein war, hat mein Verwandter Don Marcelino Andrade, der mich aus lauter Nächstenliebe bei sich aufgenommen hatte, sie mich auswendig lernen lassen, ich kenne sie alle aus dem Effeff, wenn Sie wollen, lege ich gleich los.«

»Nein, das ist nicht nötig.«

Wenn Robín Lebozán mitten in der Nacht aufwacht, zündet er eine Öllampe an, die elektrische Lampe glimmt nämlich nur wie ein schwindsüchtiges, schwächliches Glühwürmchen, sie taugt nichts, liest, was er geschrieben hat und korrigiert hier und dort einen Mißklang, eine Wiederholung oder ein ungenaues, unklares Wort, er ändert auch ab und zu ein Satzzeichen, hier paßt ein Komma besser als ein Doppelpunkt, die Klammer macht sich hier nicht gut etc., Robín Lebozán glaubt, daß es jetzt mit allem bergab geht, mit dem Roman ist es wie mit dem Leben, plötzlich ist es zu Ende, manchmal ist es schlagartig aus, dann rutscht einem das Herz in die Kehle und das Leben stirbt, es entweicht durch die Augen und den

Mund, ja, auch durch den Mund, alle Geschichten enden mit einem Punkt, wenn der Hurensohn erst tot ist, ist alles vorbei, erinnere dich nochmals an Poe, unsere Gedanken waren träge und welk, unsere Erinnerungen waren trügerisch und welk, am liebsten hätte ich weder Gedanken noch Erinnerungen, aber das geht nicht, ich wäre gern wie eine Rose oder ein Geißblatt, weil sie nur aus Empfindungen bestehen, vielleicht haben auch die kleinsten und schwächsten Tierchen, wie die Nacktschnecken und Libellen, ein so leeres, untröstliches Gemüt wie Rose und Geißblatt.

»Schläfst du?«

»Nein, ich habe nur ein bißchen gedöst.«

Don Claudio Blanco Respino nahm Platz und verbot Doña Argentina Vidueira, verwitwete Somoza, den Mund, dann wandte er sich an seinen Schwager Gerardo Vagamian, den er nicht mit Don anzureden pflegte, und sagte:

»Kannst du dir einen König im Mittelalter vorstellen, der vor seinem gesamten Hofstaat vom Hofnarren ermordet wird, während man mit glanzvollen Festlichkeiten einen militärischen Sieg begeht? Genau das ist Dino V. passiert, dem Herzog von Béttega, der Toupet trug, ein Glasauge, eine Hand aus Eisen und ein Holzbein hatte. Nachdem seine Söhne den Hofnarren mit Knüppeln totgeschlagen und gevierteilt hatten, damit die Geier ihn besser fressen konnten, lachten sie sich halb tot und feierten die willkommene Verwaisung, indem sie alle Nonnen im Kloster bestiegen, sie schwängerten sie alle, ohne Ausnahme, in der Chronik von Aristid dem Aussätzigen wird diese Begebenheit mit sämtlichen Namen und in allen Einzelheiten geschildert, ich könnte all die Abenteuer jener Familie gar nicht aus dem Gedächtnis wiedergeben.«

Señorita Ramona glaubte nie, was Don Claudio Blanco erzählte.

»Für mich ist er ein Schwätzer, die Hälfte von dem, was er erzählt, ist erlogen.«

Onkel Cleto geht Señorita Ramona besuchen, er ist so

niedergeschlagen und launisch wie nie und geht im Zickzack, um nicht auf die Linien und Kreuze der Bodenfliesen zu treten, Onkel Cleto singt *La Madelón* und schließt jede Strophe mit einem dröhnenden Furz ab, Onkel Cleto lacht, kräuselt die Nase und kneift die Augen zusammen, so daß er wie ein Chinese aussieht, Onkel Cleto ist so schmutzig und so sauber wie nie, daraus wird niemand schlau, aber es ist so, und er macht ein sorgenvolles Gesicht, Onkel Cleto ist sehr reinlich und ängstlich, das weiß jeder, er pflegt sich sehr und beugt Krankheiten vor, indem er sich mit reichlich Alkohol desinfiziert, gleichzeitig jedoch läuft er rum wie der letzte Dreck, er wechselt nie die Unterwäsche, sondern wirft sie weg, wenn sie schmutzig und so alt ist, daß sie fast auseinanderfällt, Onkel Cleto übergibt sich, wenn er sich langweilt, er kotzt in eine Schüssel oder hinter ein Möbel oder aber an die Wand, das ist ihm gleich, manchmal kotzt er sich voll, weil er gerade so bequem sitzt und sich nicht bewegen will, Onkel Cletos Besuch bei Señorita Ramona liegt schon eine Weile zurück, der Krieg war gerade ausgebrochen.

»Monchiña, dies ist eine schlimme Zeit, und gewaltige Probleme brechen über uns herein, aber wir müssen mit ihnen fertig werden. Wo sollen wir Jesusa beerdigen? Alle unsere Verwandten liegen schon in ihrem Grab, jeder in seinem eigenen Grab, aber in der Familiengruft ist nicht einmal mehr Platz für eine Stecknadel, zum Glück habe ich die arme Lourdes in Paris gelassen! Kannst du dir vorstellen, was für ein Kuddelmuddel es gegeben hätte, wenn ich die arme Lourdes nicht in Paris gelassen hätte? Zweites Problem, und ich sage dir, es gibt nichts als Probleme: Wie sollen wir Jesusas Leiche aus dem Haus schaffen? Emilita will bestimmt, daß sie durch den Haupteingang rausgetragen wird, du weißt ja, wie Emilita ist, sie hatte immer nur Flausen im Kopf, man müßte vorher gründlich putzen, weil das Haus völlig verdreckt ist, mir graut, wenn ich nur daran denke, seit mindestens fünfzehn Jahren ist niemand durch diese Tür gegangen und es ist nie saubergemacht worden, weder der Boden noch die Wände, nichts, in den Möbeln haben sich Mäuse eingenistet, und hinter den Bildern lassen es sich die Tausendfüßler und Ohrwürmer gutgehen, weil es hinter den Bildern feucht ist, in Albarona ist es sehr feucht.«

»Können wir nicht jemanden kommen lassen?«

»Ja, ja, natürlich, darum kümmere ich mich schon, ich lasse jemanden kommen, der aus der Diele alles rausschafft, die Kisten, den Papierkram, die sperrigen Möbel, alles, und zu einem Scheiterhaufen stapelt, danach darfst nur du ins Haus, niemand sonst.«

»Gut.«

Tod ist eine altvertraute Torheit, ein Brauch, der immer mehr an Ansehen einbüßt, alte Völker mißachten den Tod, der Tod ist ihnen zur Gewohnheit geworden, schau doch, wie Frauen Beerdigungen genießen, sie erteilen Anweisungen und Ratschläge, Frauen sind bei Beerdigungen in ihrem Element. Pater Santisteban, S.J., spricht voller Zuversicht vom Tod, vielleicht verleiht ihm die sein Amt, in der Bibel steht: besser ein lebender Hund als ein toter Löwe, das ist bestimmt richtig, lieber ein lebender Regenwurm als eine traumhaft schöne Tote, was nützt es dir, die Welt zu gewinnen, wenn du deine Seele verlierst? So ausgedrückt, stimmt es sogar, Onkel Cleto spielt Jazzband, indem er mit einem Stöckchen auf den Tisch, an ein Glas, eine Flasche, eine Schüssel oder den Fensterrahmen klopft, jeder Gegenstand hat seinen eigenen Klang, und es kommt darauf an, diesen Klang rechtzeitig zu erzeugen, nicht zu früh und nicht zu spät, Tante Jesusa wird nie wieder Onkel Cletos Fürze hören können, solch unanständige Geräusche dringen nicht bis in den Himmel hinauf, Tante Emilita ist jetzt sehr allein.

»Bis ganz auf den Grund des Antela-Sees hat es noch niemand geschafft, wer den Antela-See überquert, verliert das Gedächtnis und ist in alle Ewigkeit verdammt, die Gedächtnislosen sind nicht zu retten, weil bei Gott und den Heiligen das Gedächtnis in sehr hohem Ansehen steht, im Gedächtnis nistet das Leid, aber auch die Zuversicht.«

Don Claudio Blanco Respino hält nichts von Doña Argentina Vidueira, verwitwete Somoza, sie redet ihm zuviel, die Klatscherei ist ein häßliches Laster, das schlimme Übel über die Menschheit bringt, Donnerwetter, was für ein Satz! Geklatsche kann Kriege, Epidemien und andere Katastrophen auslösen, Don Claudio, der Schwager des einäugigen Vagamian, ist nachdenklich und so still, daß man jede Fliege hören könnte, im Antela-See wimmelt es von Mücken, Fröschen und Wasserschlangen, und die Toten von Antiochia flehen um Vergebung, indem sie in der Johannisnacht die Glocken läuten, die Glocken klingen unter Wasser ziemlich seltsam.

»Was für Gedanken! Mich plagt mein Gewissen sowieso schon.«

Don Brégimo Faramiñás, Señorita Ramonas Vater, spielte nach Herzenslust Banjo, schade, daß er gestorben ist, Roquiño, der Schwachsinnige, der fünf Jahre lang in einer in fröhlichen Farben bemalten und mit Mäandern und Zickzackmuster verzierten Blechtruhe verbracht hat, kriegt von seiner Mutter Dresche, Secundina raucht, wenn keiner zuschaut, sie wäscht Zigarettenstummel in Essig und bereitet die Tabakreste sehr sorgfältig auf, Onkel Cletos Diele hat nicht ein Mann, sondern Secundina saubergemacht, Remedios, die Wirtin von Raucos Taverne, hatte sie ihm empfohlen.

»Sie ist dumm, aber sie arbeitet gut, und ihr schwachsinniger Sohn stört nicht weiter, den stellt sie in eine Ecke, er macht die ganze Zeit keinen Muckser, manchmal atmet er nicht einmal.«

Señorita Ramona sagte zu Onkel Cleto:

»Remedios meint, einen Mann kann sie nicht auftreiben, aber Secundina putzt sehr gründlich, sie kann schon morgen in aller Frühe kommen.«

»Gut, sie soll morgen um Punkt zwölf kommen, aber nicht früher.«

Señorita Ramonas Mutter ist im Asneiros ertrunken, es gibt Menschen, die ertrinken in einer Waschschüssel, Señorita Ramonas Mutter war eine sehr vornehme, durchgeistigte Frau, eine von diesen Frauen, die immer nur sterben wollen.

»Ich erinnere mich, daß sie die Gedichte von Bécquer sehr gern mochte.«

»Das wundert mich nicht.«

Onkel Cletos Haus ist eine Bruchbude, in der das Unterste zuoberst liegt, die Pumpe am Brunnen funktioniert nicht, die Fensterscheiben sind kaputt, fast alle Fensterscheiben, er hat sie durch Pappe und Blech ersetzt, genau wie die geflochtene Sitzfläche von einem Stuhl, es gibt kein Licht, das Telephon hat man ihm abgestellt, und die Spinnweben werden immer dichter, die Hündin Wespe starb winselnd, sie winselte, weil sie den Tod witterte, den von Tante Jesusa und ihren eigenen, Secundina warf alles auf einen Haufen, Kisten und Papiere, aber auch Jacketts und Hausschuhe und ein Wachstuch, das mindestens zehn Meter lang war, dann steckte sie alles in Brand, aber erst, als man es ihr befahl, nicht vorher, die einen sind abergläubisch, die anderen nicht, das ist Geschmackssache, die einen glauben an Wunder und Heilbäder, die anderen nicht, vielleicht liegt es an der Erziehung, die jeder einzelne genossen hat, es gibt feine und wohlerzogene Götter, wie Sucellus mit seinem Bart und Cernunnus mit seinen Hörnern, und ungehobelte, schlecht erzogene Götter, es bringt Unglück, wenn man nur ihren Namen ausspricht, die Unwissenheit schlägt wie eine Welle über uns zusammen, ohne daß wir etwas dagegen tun können, wir können ihr nicht einmal ausweichen, Robín Lebozán warnte Señorita Ramona neulich abends davor:

»Diese Flut der Unwissenheit wird bittere Folgen haben, Moncha, und ich kenne kein Gegenmittel gegen dieses Gift.«

»Ich auch nicht, Robín, hoffen wir, daß uns die Flut nicht mitreißt.«

Raimundo der von den Casandulfes trällert beim Rasieren das Lied *Heiliges Herz*. Heiliges Herz, wir sind dein, unsere Wonne wirst immer du sein.

»Kennst du nichts anderes?«

»Was geht dich das an?«

Raimundo der von den Casandulfes trällert auch *Das Antlitz zur Sonne* und *Mein Pferdchen*, die Oriamendi-Hymne pfeift er, weil er den Text nicht kennt, mit der Riego-Hymne ist es dasselbe, mit der muß man vorsichtiger sein, man könnte ja jemanden verärgern. Raimundo der von den Casandulfes vergißt nie die Kamelie für Señorita Ramona, die Trauer hat nämlich nicht sein Gedächtnis angegriffen.

»Hier, für dich, Moncha, es ist wie eine Liebesgabe, damit du siehst, daß ich immer an dich denke.«

»Ach, Mundiño, ich weiß, daß es wie eine Liebesgabe ist, wie du sagst, Liebesgaben vergißt man nicht, sie sind wie der Atem, ich bin für dich wie der Atem, das ist traurig, aber wahr, vielleicht ist es ja nicht einmal traurig.«

Baldomero Marvís Casares, genannt Tripeiro der Kaldaunenhändler, also der Vater der Gamuzos, sagte immer, gewinnen sei genauso schwer wie verlieren, man muß mit festem Schritt durchs Leben gehen, jawohl, aber ohne viel Lärm zu machen und ohne seinen Nächsten zu knechten, es kann nämlich übel ausgehen, wenn man seinen Nächsten knechtet, ehe man sich versieht, zückt er den Dolch, und nicht bei allen heilen die Wunden rasch, bei manchen nicht, Nunciña Sabadelle wollte die Welt sehen, kam aber über Las Burgas nicht hinaus, man glaubt, man müsse alles essen, was einem vorgesetzt wird, doch irgendwann findet man heraus, daß es nicht so ist, daß man nicht einmal einen Krümel abkriegt und den Kopf einziehen muß, damit sie einen nicht totpeitschen, es ist grausam, zu scheitern und trotzdem durchhalten zu müssen, es gibt nichts, worum die Frösche in der Grafschaft Tipperary die vom Antela-See beneiden müßten.

»Haben Sie einen Brief von Doña Argentina gekriegt?«

»Ja, sie war es, die mir von den Luftakrobaten erzählte, sehen Sie, was sie schreibt: Dies ist die Schule von Vedrines, das war ein berühmter Flieger, den das Festkomitee engagierte, damit er den Leuten mit seinem Flugzeug in der Luft Kunststückchen vorführte, sogar nachts war die Silhouette seines Flugzeugs zu sehen, weil er es mit bunten Glühbirnen bestückt hatte, das habe ich Ihnen ja schon erzählt. Das war wirklich ein festliches Spektakel! Wenn man sitzen wollte, nahm man sich einen Klappstuhl, das kostete zwischen 25 und 50 Céntimos, je nach Platz, alle anderen, vor allem die Gören, standen herum. Langweile ich Sie?«

»Nein, nein, lesen Sie weiter!«

»Gut. Die Frauen waren hochelegant, trugen große, flache Hüte, die mit Blumen und Vögelchen verziert waren, und knielange Röcke. Die Luftakrobaten hießen ..., ach, ich lese lieber nicht weiter, das wissen Sie sowieso schon.«

Die Geschichte der Menschheit rast wie ein durchgehendes Pferd, wie ein Windhund, der hinter einem Hasen her ist, wie ein Tausendfüßler, die gelblichweißen Blätter des Kalenders fielen wie die grüngoldenen Blätter der Feigenbäume herab, genau wie die toten Blätter der Feigenbäume, von denen kein einziger übrig ist, und der Mensch hat eine Methode erfunden, um Kühe künstlich zu schwängern, ohne daß der Bulle sie bespringt, wie es gewesen ist, seit Gott Kühe und Bullen erschaffen hat, die Geschichte rennt die Zeit über den Haufen, manchmal geschehen Dinge zur unrechten Zeit, und schuld daran ist die Geschichte, übrigens: Warum haben Hannibals Elefanten die Arche Noah eigentlich nicht verlassen? Norberto Somoza Donfreán, Doña Argentinas Enkel, ist Tierarzt, einer von diesen neumodischen.

»Ja, ja, ich weiß, daß es in der Wissenschaft der letzte Schrei ist, das will ich gar nicht bestreiten, aber Norbertito ist ein Schwein, weil er sich auf diese Sache mit der künstlichen Befruchtung eingelassen hat, mir kann man nichts erzählen, wenn ich sehe, wie salbungsvoll er den Meßdiener mimt, frage ich mich, was ihm das bringt, wo er sich doch seinen Lebensunterhalt damit verdient, daß er in Kühen rumstochert?«

Es wird noch eine Weile dauern, bis es soweit ist, die Geschichte legt nicht immer Zeugnis ab von den Zeitaltern, sie ist nicht immer das Licht der Wahrheit, das lebendige Gedächtnis usw., vieles davon ist Geschwätz.

»Ich kann nichts tun, ich möchte endlich die Feuerwerksrakete krachen hören, solange ich die Rakete nicht krachen höre, kann ich nichts tun, außerdem bin ich zur Zeit in keiner guten Verfassung. Gibst du mir noch einen Cognac?«

»Gern.«

Tante Jesusa und Tante Emilita haben immer viel geweint, sie haben mindestens das halbe Leben verweint, Onkel Cleto hat sie nie beachtet, das hätte auch nicht viel geändert. Sie weinen gerne? Na, dann sollen sie eben weinen, wenn sie weinen, stören sie wenigstens niemanden, das heißt manchmal stören sie doch, aber das ist egal, wer weiß, vielleicht weint Tante Jesusa im Fegefeuer weiter.

»Oder im Himmel.«

»Nein, im Himmel wird nicht geweint.«

Als Onkel Evelio, genannt Xabarín der Eber, erfuhr, daß Vicente der von den Xilmendreiros alias Chabro der Krebs in Orense im Krankenhaus lag, sagte er: »Sie sollen ihn umbringen, bevor es ihm bessergeht!« und schmauchte weiter seine Tonpfeife, auf der John Bull abgebildet war, Vicente Chabro erstickte am nächsten Tag, weil sie ihm nämlich ein Kopfkissen aufs Gesicht drückten, das heißt zwei hielten ihn fest und ein Dritter setzte sich auf ihn, bis er sein Leben ausgehaucht hatte, und niemand schoß eine Feuerwerksrakete ab, Vicente Chabro war nämlich nicht besonders wichtig, er war ein armes Schwein und konnte nicht einmal richtig gemein sein.

»Was, glauben Sie, ist ein stinknormaler Toter wert, einer, der eventuell sogar aus unserer Gegend kommt?«

»Keine Ahnung, viel kann er nicht wert sein, vielleicht kriegt man ihn sogar umsonst.«

Es regnet auf die Kreuzung von Arenteiriño und auf den Ricobelo-Bach, in dem die Füchsinnen sich das Fieber kühlen, und die Achse des Ochsenkarrens von dem häßlichen Toupolistán, genannt Toupello der Rundliche, dem schlauesten Wilderer im ganzen Bistum, stößt ihre Schmerzensschreie aus, während das Fuhrwerk den Hohlweg nach Mosteirón entlangrumpelt.

»Erinnern Sie sich noch an die fünf gehenkten Kinder von Mosteirón?«

Es regnet ausgiebig auf Sünder und Tugendhafte, auf Besserwisser, Einfaltspinsel und Dutzendmenschen, auf uns, auf Leoneser und Portugiesen, Männer und Frauen, Tiere, Bäume und Pflanzen und Steine, es regnet auf die Haut und die Herzen und die Seele, ja, auch auf die Seele, es regnet auf die drei Kräfte der Seele.

»Erinnern Sie sich noch, wie der Blitz zwei kleine Mädchen in Marañís erschlug, hinter dem Wald von Formigueiros?«

Señorita Ramona, Raimundo der von den Casandulfes und Robín Lebozán gehen jeder mit seinem eigenen Schirm langsam im Regen spazieren, vielleicht macht es ihnen Spaß, naß zu werden.

»Könntest du in einem Land leben, in dem es nicht regnet?«

»Ja, warum nicht? Man gewöhnt sich an alles, schau dir doch die Engländer und Holländer an, in Ländern, in denen es nicht regnet, leben die Menschen auch und haben Gefühle, ich kann es mir schwer vorstellen, aber es ist so, ich bin sicher, daß es so ist.«

Vicente der von den Xilmendreiros, genannt Chabro der Krebs, starb sang- und klanglos, armen Schluckern und Leichtfüßen erteilt man nicht die Letzte Ölung, man macht nicht einmal eine Autopsie, wozu auch? Selbst wenn sie erstickt sind und dabei mit den Beinen gestrampelt haben, es ist nicht üblich, außerdem wächst bei uns das Geld nicht auf den Bäumen, und Zeit hat niemand zu verlieren, es reicht, wenn man das Lumpenpack in ein Armengrab wirft und für je zwei ein Vaterunser betet, Vicente Chabro war ein böser Mensch, und das ohne es zu wollen, so was hat seinen Preis.

»Wurde die Familie benachrichtigt?«

»Nein, aber es machte ihr bestimmt nichts aus, das können Sie mir glauben.«

Robín Lebozán spricht über die Einsamkeit, Señorita Ramona und Raimundo der von den Casandulfes hören ihm zu, alle drei sind naß und schweigsam, außerdem heiter und vielleicht sogar glücklich, Robín Lebozán ist eine Art kleiner Philosoph, der manchmal sein Herz ausschütten muß, und dann redet er.

»Einsamkeit ist nichts Schlechtes, Gott ist einsam und braucht keine Gesellschaft, natürlich ist der Mensch nicht wie Gott, das ist mir klar, in der Heiligen Schrift steht, Einsamkeit sei etwas Schlechtes, aber ich glaube das nicht, Einsamkeit läutert die Seele, und Gesellschaft besudelt sie, ja, häufig besudelt sie die Seele, der Teufel nistet sich im Herzen des Einsamen ein, aber es ist nicht schwer, ihn zu verscheuchen, ihn zu verjagen, im Schweigen ist mehr Platz für Freude als im Trubel, und Gelassenheit ist stets der Weggefährte des Einsamen. Ist es nicht vielleicht so, daß es Einsamkeit nur in unerwünschter Gesellschaft gibt? Der Mensch flieht die Einsamkeit, wenn er Angst vor sich selbst hat, wenn er sich mit sich selbst langweilt, der Onanist, verzeih, Monchiña, kann keine Gewissensbisse haben und langweilt sich auch nicht, wenn er alleine ist, der Onanist muß seine herrliche Einsamkeit und Selbständigkeit voller Stolz rühmen, bei Machado heißt es, ein einsames Herz sei kein Herz, das klingt hübsch, ja geistreich, aber das ist auch schon alles, jedenfalls stimmt es nicht, über Machado darf man ja jetzt nicht reden, ich meine Antonio Machado, über den anderen natürlich schon, das Kunststück besteht darin, den Dingen den Rücken zuzukehren, so ein Zustand ist schwer zu erreichen, aber es muß an Glückseligkeit grenzen, es gibt nur zwei Möglichkeiten, entweder sehnt man sich nach der Einsamkeit und sucht sie, oder man hat Angst vor ihr und erfährt sie wider Willen, im ersten Fall ist sie eine Belohnung, im zweiten ein Preis der Unabhängigkeit, der begehrteste Segen, den die Götter dem Menschen erteilen können, ist die Unabhängigkeit, verzeiht, wenn ich euch mit meinem Gerede auf die Nerven gehe.«

Unterwegs treffen sie Tanis Perello mit seinen vier Hündinnen, Blume, Perle, Hexe und Schmetterling, er geht mit ihnen spazieren, damit ihre Muskeln nicht schlaff werden, auf den Wolf läßt er sie nicht los, weil sie eine Menge Geld wert sind, die Rüden, Sultan, Mohrchen, Löwe, Matrose und Zar, sind härter im Nehmen, Zar hat sich ein Bein gebrochen, na ja, sie sind also nicht unbedingt härter im Nehmen, sie sind einfach billiger, aber darum geht es nicht, mit den Rüden kann er nicht spazierengehen, weil sie sich beißen, die Rüden wissen nur, wie sie sich gegenüber einem Feind verhalten müssen, sie sind edel und beherrscht, aber manchmal langweilen sie sich, gehen aufeinander los und beißen sich, je nachdem, und dann können sie gefährlich werden, weil sie unglaublich viel Kraft haben, Tanis' Rüden wiegen über achtzig Kilo, Matrose vielleicht sogar an die hundert, viel weniger bestimmt nicht, die Weibchen wiegen nicht soviel, aber groß ist der Unterschied nicht.

»Wann werden wir die Rakete krachen hören?«

Tanis Perello lächelt.

»Es dauert nicht mehr lange, gute Frau, es dauert nicht mehr lange.«

Tanis behandelt seine Zuchthunde sehr gut und liebevoll, er gibt ihnen das richtige Futter, pflegt sie und macht ihnen die Zecken weg, er läßt sie rechtzeitig impfen und geht mit ihnen raus, damit sie sich die Beine vertreten, hier in der Gegend sind alle neidisch auf Tanis' Hunde, sie bewundern sie aber auch und sind stolz auf sie, in einem Umkreis von vielen Meilen gibt es keine Hunde, die es mit ihnen aufnehmen können.

»Wieviel sind deine Hunde wert, Tanis?«

»Was interessiert es dich, wo ich sie sowieso nicht verkaufe?«

Adega hat den Toten, der ihren Mann umgebracht hat, wieder ausgegraben, dabei hat ihr ihre Tochter Benicia geholfen, die Brustwarzen wie Kastanien hat, es ist eine Freude, ihre nackten Titten zu sehen, bis jetzt ist der Tote noch nicht tot, aber er wird schon noch sterben, es hat keine Eile, die Feuerwerksrakete kann krachen, wenn man am wenigsten damit rechnet, am besten, man stellt sich darauf ein, Adega erzählt es Don Camilo, aber er ist nicht der einzige, der Bescheid weiß.

»Sie, Don Camilo, sind ein Guxinde, und mein verstorbener Mann war auch einer, gut, Sie sind auch ein Morán, von den Moranes sind jetzt nicht mehr viele übrig, weil sie nämlich einer nach dem anderen weggestorben sind, ja, so ist es wohl. Den Toten, der meinen verstorbenen Mann umgebracht hat, habe ich mit eigenen Händen ausgegraben, und zwar mit einer geweihten Hacke, damit er nicht die Pest verbreitete, nur meine Tochter Benicia hat mir geholfen, sonst keiner, ich bin sicher, Gott wird mir verzeihen, daß ich ihm einen Toten weggenommen habe, Tote gehören Gott, das ist mir klar, aber dieser war ein besonderer Toter, er gehörte mehr mir als Gott, am Tag des heiligen Abts San Sabas ging ich nachts auf den Gottesacker von Carballiño und schaffte ihn auf einem Karren unter Stechginsterbüscheln weg, die rochen unglaublich gut, ich brauchte lange, bis ich ihn aus der Erde raushatte, über drei Stunden, die Würmer hatten ihn schon angefressen, und er stank teuflisch nach Fäulnis, Tote, deren Seelen im Fegefeuer sind, stinken noch mehr, ich warf das Aas dem Schwein vor und aß danach erst den Vorderschinken, dann die Chorizos und den Kopf, den im Rauch des Küchenherds durchgeräucherten Hinterschinken, die Lende und das Schmalz, es schmeckte himmlisch, und es blieb nichts übrig, jedesmal wenn mir der Tote in den Sinn kam und mich der Ekel packte, versuchte ich, an etwas anderes zu denken, an unseren Herrn Jesus am Kreuz oder an meinen Bruder Gaudencio, als er noch Seminaristenkleidung trug oder schon blind war und Ziehharmonika spielte, egal an was, und dazu trank ich immer einen Schluck Wein, ein Stück von dem Schwein verteilte ich an meine Verwandten, damit es allen zugute kam, sie leckten sich die Finger, die einzige, der ich erzählte, was ich getan hatte, war Señorita Ramona, sie sagte kein Wort, ließ eine Träne kullern, gab mir einen Kuß und schenkte mir eine Unze Gold.«

Señorita Ramona lächelte mit einem Anflug von Traurigkeit und sagte zu Adega etwas, das nicht gerade ein Geheimnis war.

»Gegen unsere Männer kommt niemand an, Adega, du siehst ja, wie die enden, die sich über das Gesetz des Waldes hinwegsetzen wollen.«

Rauco, der Tavernenwirt, erzählt dem Guardia Civil Fausto Belinchón Gonzáles, daß Gaudencio die Mazurka *Ma petite Marianne* nur zweimal gespielt hat, am Tag des heiligen Joachim im Jahr 1936 und am Tag des heiligen Andreas im Jahr 1939.

»Ich dachte, am Martinstag im Jahr 1936 und am Tag des heiligen Hilarius im Jahr 1940.«

»Dann haben Sie was Falsches gehört, die Leute bringen absichtlich alles durcheinander, sie haben dafür nämlich ihre Gründe.«

Der häßliche Toupolistán, genannt Toupello der Rundliche, dieser väterliche, verschlossene alte Fuchs mit seinem wilden Schnauzbart, kommt singend die Anhöhe von Foxiño herunter.

»Hast du niemanden gesehen?«

»Wen hätte ich denn sehen sollen?«

»Na, irgend jemanden. Du hast also niemanden gesehen?«

»Nein, Señor, niemanden.«

»Schwöre es!«

»Bei meinem Leben!«

Toupolistán wittert, daß die Guxindes Krieg führen, daß sie stillschweigend Krieg führen, wenn die Guxindes leisetreten, ist es ratsam, ihnen aus dem Weg zu gehen, und wenn die Moranes dahinterstecken, ist es besser, das Haus überhaupt nicht mehr zu verlassen, dann steht nämlich Troya in Flammen.

»Wie lange hast du schon kein Wasser mehr aus der Quelle von Bouzas do Gago getrunken?«

»Mindestens einen Monat, zur Zeit halte ich mich mehr in der Gegend um Xirei und Santa Marina auf, den letzten Wolf habe ich bei San Pedro de Dadín gesehen, er hat sich am Felsen von Las Cobas verkrochen, am Weg nach Valduide.«

»Aha.«

Den blinden Gaudencio warfen sie aus dem Seminar, als er langsam blind wurde, sie wollten ihn sich nämlich nicht aus Nächstenliebe aufhalsen und keinen unnötigen Ballast mitschleppen.

»Pfarrer ist man erst, wenn man einmal die Messe gelesen hat. Hat der etwa schon mal die Messe gelesen? Nein? Dann zum Teufel mit ihm, das Seminar ist kein Asylantenheim, und unsere Kirche muß wie ein Schiff frei von unnötigem Ballast dahinziehen können.«

»Ja, Don Jimeno.«

Don Jimeno war der Vorsteher des Priesterseminars San Fernando in Orense, Don Jimeno war berüchtigt für seine Bosheit und seinen Mangel an Barmherzigkeit, außerdem stank er nach Knoblauch und warf mit lateinischen Worten um sich, Don Jimeno war der vollendete Latinist, Don Jimeno schätzte besonders die klare Lehre des heiligen Thomas von Aquin, des Doctor Angelicus, die *Summa contra gentiles* enthält die gesamte Weisheit des Mittelalters, heutzutage grassieren dämonisches und weibisches Gedankengut, von Freimaurern und Schwulen geprägte Geistesströmungen, der blinde Gaudencio hatte Glück, er kann sich eigentlich nicht beklagen, Gott würde es ihm nie verzeihen, wenn er es täte, da er Ziehharmonika spielen kann und ein gefälliges Wesen hat, fand er Aufnahme im Haus der Parrocha, Doña Pura ist ein guter Mensch, sie schert sich nicht um die Gebote Gottes, doch im Grunde ist sie ein guter Mensch.

»Auf der Straße können wir ihn nicht lassen. Er kann Ziehharmonika spielen? Dann soll er eben Ziehharmonika spielen, das sorgt für Stimmung.«

Anunciación Sabadelle ist lieblicher als Marta die Portugiesin, beide mögen sie den blinden Gaudencio gern, wenn man blind ist, hat man es im Umgang mit Frauen leichter, Bricepto Méndez, der Inhaber des Photoateliers Méndez, machte an die zwei Dutzend Kunstphotos von der Parrocha, als sie noch jung war, sie ist splitternackt und hat sich nur ihr Manila-Tuch umgelegt, schade, daß Gaudencio sich die Bilder nicht ansehen kann, Blinde können sich nicht an sichtbaren Dingen aufgeilen, nur an dem, was sie hören, riechen, schmecken und fühlen, vor allem an dem, was sie fühlen, die Frauen hier im Haus sind die reinsten Bauerntrampel im Vergleich zur Parrocha mit ihrem Manila-Tuch, deren einer Busen perspektivisch verkürzt und im Gegenlicht zu sehen ist, Kunst ist Kunst, und jetzt ist Schamlosigkeit an der Tagesordnung, Visi fertigt mehr Freier ab als Fermina, fast doppelt so viele, das verstehe ich nicht, aber es ist so, es gibt schon seltsame Menschen, Don Teodosio nimmt sich meist Visi vor, weil sie seine Marotten und Manien schon kennt, und Don Teodosio kehrt jedesmal glücklich und zufrieden nach Hause zurück.

»Laß endlich die Finger vom Anisbranntwein, Gemma! Ich habe dir doch gesagt, daß deine Hämorrhoiden davon noch schlimmer werden.«

»Ach, halt den Mund!«

»Wie du meinst, schließlich juckt es dich und nicht mich.«

Florián Soutullo Dureixas, Guardia Civil beim Posten

von Barco de Valdeorras, virtuoser Sackpfeifenspieler, Gesundbeter und Zauberkünstler, fiel an der Front bei Teruel, er kam dort an und peng! schossen sie ihm eine Kugel zwischen die Brauen, und futsch war er, Florián Soutullo trug einen trapezförmigen Backenbart und einen sorgsam gestutzten kleinen Schnauzer, das halbe Päckchen Zigaretten, das er nicht mit ins Jenseits nahm, rauchte der Feldgeistliche.

»Requiem aeternam dona eis, Domine, et lux perpetua luceat eis.«

Wer da, wo Krieg herrscht und es den Tod gratis gibt, nicht wegrennt, der fliegt in die Luft, dem Gefreiten Pascualiño Antemil Cachizo wurden noch immer Zigaretten und Schokolade geschickt, als er längst tot war, Basilisa die Irre wußte nicht, daß Pascualiño schon gefallen war, sie dachte, er hätte sie vergessen, es kann einem ja immer eine Bessere über den Weg laufen, Basilisa war also längst wieder frei von Pflichten, manchmal weiß man eben nicht, wie es um einen steht, vor allem im Krieg, die einen sterben früher, die anderen später, und ein paar bleiben übrig, um über alles zu berichten, der Tabak und die Schokolade der Toten werden schon irgend jemandem zugute kommen, hier verdirbt nichts.

»Wissen Sie, wie spät es ist?«

»Nein, das wußte ich noch nie, und es interessiert mich auch nicht.«

Miezefutz starb ohne Glanz und Gloria, die Dirnen im Haus der Parrocha vergossen seinetwegen nicht eine Träne, im Gegenteil, sie freuten sich alle, die einen mehr, die anderen weniger.

»War er genauso ein Hurensohn wie Don Jesús Manzanedo?«

»Die waren beide aus demselben Holz geschnitzt, er war zwar anders, aber er konnte es mit ihm aufnehmen.«

Lázaro Codesal wurde umgebracht, bevor er ausgewachsen war, manchmal legt der Tod eine sehr wirksame und gewissenhafte Eile an den Tag, Lázaro Codesal wurde von einem Mauren während des Feldzuges gegen die Rif-Kabylen umgebracht, eine Bleikugel ist weder maurisch noch christlich, eine Bleikugel ist grausam und macht keinen Unterschied, sie ist auch blind, fast alle Blinden spielen sehr gut Ziehharmonika, die Linie zwischen Wald und Himmel verschwand, als Lázaro Codesal umgebracht wurde, und seitdem hat sie niemand mehr gesehen, auch die Wölfe und Eulen nicht, auch die Adler nicht. Lázaro hatte karottenfarbenes Haar und geheimnisvolle türkisblaue Augen, es ist ein Jammer, daß dieser Schweinehund von einem Mauren ihn erwischt hat, niemand weiß, wer dieser Maure war, nicht einmal er selbst.

»Möchtest du einen Kaffee?«

»Nein, sonst kann ich nicht schlafen.«

Robín Lebozán wendet sich wieder dem zu, was er geschrieben hat, er kann ganze Absätze auswendig und erinnert sich sogar an das, was er weggestrichen hat, Lázaro Codesal war der erste Tote in dieser wahren Geschichte, wenn man sie erzählt, fängt man so an: Robustiano Tarulle starb in Marokko, bei der Stellung von Beni Ulixek, höchstwahrscheinlich wurde er von einem Mauren aus der Kabylei Beni Urriaguel umgebracht, Robustiano Tarulle hatte den Bogen raus, wie man Mädchen schwängert, er stellte sich dabei sehr geschickt an, es machte ihm Spaß und so weiter. Der letzte Tote ist noch nicht tot, es fehlt immer ein Toter in dieser Abrechnung, die vom Trägheitsgesetz in Bewegung gehalten wird, vielleicht waren Lázaro Codesal Grovas und Robustiano Tarulle Grovas ein und derselbe, vielleicht auch nicht, jener Krieg fand vor langer Zeit statt, auf der einen Seite standen die Christen und auf der anderen die Mauren, so gab es keine Verwechslung, damals dauerte es lange, bis sich Nachrichten verbreiteten, und die Menschen hatten weniger Angst und waren nicht so giftig, es gab mehr Krankheiten, aber es wurde nicht grundlos viel Blut vergossen, das vergossene Blut ist nicht als Menge, sondern im Verhältnis zu sehen, ich weiß schon, wovon ich rede.

»Wußtest du, daß er sich hier herumtreibt?«

»Nein.«

»Soll ich dir sagen, wo?«

»Na gut.«

Policarpo dem von der Bagañeira fehlen an einer Hand drei Finger, ein junger Hengst hat sie ihm abgebissen, Policarpo der von der Bagañeira kann die Tiere des Waldes dressieren, die wilden und die zahmen, solche, die sich einem stellen und zubeißen und solche, die zurückzucken und abhauen, Policarpo der von der Bagañeira senkt die Stimme.

»Also, er ist in Veiga de Abaixo, bei Mingos, dem von Marrubio, morgen geht er nach Silvaboa.«

»Woher weißt du das?«

»Unxía hat es mir erzählt, Mingos Tochter, ich glaube, ihr Vater hat sie zu mir geschickt.«

»Kann sein.«

Tanis Gamuzo hat soviel Kraft wie ein Stier, er kann mit einer Hand eine Mauleselin bändigen, Tanis Gamuzos Zuchthunde sind edel und beherrscht, kraftvoll, tapfer und unerschrocken, wenn sie sich langweilen, beißen sie sich, auch das weiß alle Welt, Sultan und Mohrchen allein können den Wolf von Zacumeira oder das Wildschwein von Val das Egoas verjagen, das immer auf Eichen kletterte, um Eicheln zu fressen, Sultan und Mohrchen witterten von weitem die Merkmale des Hurensohns, die neun Merkmale des Hurensohns, einige davon stinken nicht, eigentlich stinkt keins, doch, zwei stinken, der Handschweiß und das elende Smegma, eine Spürnase ist eine Spürnase, Sultan und Mohrchen sind sehr zielstrebig und mutig, und wenn ihnen danach ist, werden sie zu Bestien, aber das ist fast nie nötig, weil sie außergewöhnlich stark sind.

»Was hast du vor?«

»Was geht dich das an?«

Tanis Gamuzo ist ein bißchen weggetreten, Tanis Gamuzo ist sonst sehr schnell von Begriff, aber jetzt ist er ein bißchen weggetreten, weil seine Gedanken nämlich durcheinanderwirbeln, die einen im Kopf, die anderen im Herzen und wieder andere in der Kehle, träge und welke Gedanken, auch von Erinnerungen wimmelt es in ihm wie in einem Wespennest, trügerische und welke Erinnerungen.

»Stimmt es, daß du Zahnschmerzen hast?«

»Wer hat dir das gesagt?«

»Stimmt es, daß du Ohrenschmerzen hast?«

»Was geht dich das an?«

Tanis Gamuzo versucht, Ordnung in seine Gedanken und Erinnerungen zu bringen, auch in seine Wünsche, Pflichten und Verhaltensweisen, die Angst ist wie ein Rüsselkäfer, der nach und nach die Lügengespinste der Seele zerfrißt, vielleicht zerfrißt er die zarten Lügengespinste der Seele schon seit vielen Jahren, ganz unbemerkt, die Schritte, die man tun muß, tut man ohne Aufhebens und notfalls sogar mit geschlossenen Augen, und man darf sich nicht einmal Fragen stellen, über uns Menschen steht das Gesetz Gottes, das uns beherrschende Gesetz, es ist, als würde Gott durch ein Fensterchen in den Wolken auf uns aufpassen, Gott hält immer einen Blitz in der Hand.

»Ich habe mir alles zurechtgelegt, Gott möge mir verzeihen, aber ich habe mir alles zurechtgelegt, jetzt muß ich nur noch warten, bis ich Gewissensbisse bekomme, erst leichte, dann stärkere und am Ende so starke, daß ich davon Zahn- und Ohrenschmerzen kriege, von diesem Moment an brauche ich nur die Hände in den Schoß zu legen und abzuwarten, egal ob ich ein bißchen Zahn- und Ohrenschmerzen habe, na gut, ich habe starke Schmerzen, aber das macht nichts, die werden schon vergehen.«

Tanis Gamuzo erreicht noch in der Nacht den Wald von Las Lamiñas zwischen Silvaboa, Folgosa und Mosteirón, die Menschen schlafen, und die Hunde jaulen, weil sie das Morgengrauen wittern, Tanis Gamuzo hat nur zwei Hunde mitgenommen, mehr könnte er nicht im Zaum halten, wenn sie ihre Zähne ins Fleisch schlagen, weil sie dann nämlich rotsehen und durchdrehen, wenn mehr als drei Hunde zusammen sind, verlieren sie den Respekt vor ihrem Herrn und schlagen über die Stränge.

»Wenn ich will, lasse ich es sein, es regnet, aber eigentlich regnet es immer, ich habe jetzt starke Zahn- und Ohrenschmerzen, aber das macht wohl nichts, Befehl ist Befehl, man hat mir allerdings nicht gesagt, ob ich es an einem Dienstag, einem Mittwoch oder einem Donnerstag tun soll, man hat den Zeitpunkt nicht festgelegt, wenn ich will, lasse ich es sein, wenn ich will, kann ich es sein lassen, es ist nur so, daß ich es nicht sein lassen will.«

Es regnet auf die Erde im Wald und auf das Wasser von Bächen und Quellen, es regnet auf die Ginsterbüsche und die Eichen, die Hortensien, die Binsen an der Mühle und das Geißblatt auf dem Gottesacker, es regnet auf Lebende, auf Tote und auf die, die bald sterben, es regnet auf Männer und zahme und wilde Tiere, auf Frauen und Pflanzen in Wald und Garten, es regnet auf den Wald von Sanguiño und die Quelle von Bouzas do Gago, aus der der Fuchs immer trinkt und manchmal auch eine verirrte Ziege, die nie wieder zurückkehrt, es regnet wie immer im Leben und wie immer im Tod, es regnet wie im Krieg und wie im Frieden, es ist schön, dem Regen zuzusehen, ohne ein Ende zu ahnen, vielleicht ist das Ende des Regens das Ende des Lebens, es regnet zum Gotterbarmen, wie früher, bevor die Sonne erfunden war, es regnet eintönig, aber auch barmherzig, es regnet, und der Himmel wird nicht müde, es regnen und regnen zu lassen.

Tanis Gamuzo und die beiden Hunde gehen durch den Regen, eingehüllt in eine stumme, fürsorgliche Wolke, Fabián Minguela folgt dem Weg nach Silvaboa, er überquert den Oseira bei Veiga de Riba, und er hat Angst, seit einiger Zeit hat er Angst und trägt eine Pistole.

»Wenn mir irgend so ein Scheißkerl über den Weg läuft, bringe ich ihn um! So wahr es einen Gott gibt, ich bringe ihn um!«

Tanis Gamuzo setzt sich auf einen Stein, einen Hund zur Rechten, einen zur Linken, Tanis Gamuzo dreht sich eine Zigarette und nimmt gelassen einen tiefen Zug.

»Ob man Hurensöhne wie Füchsinnen ohne Vorwarnung erlegen darf?«

Der Tag dämmert herauf, als Moucho Carroupo haltmacht, um aus der Quelle von Bouzas zu trinken, Tanis Gamuzo geht auf ihn zu.

»Ich sage dir hiermit, daß ich dich töten werde, du hast es nicht verdient, aber ich warne dich.«

Moucho zieht die Pistole, doch Tanis entwaffnet ihn mit einem Knüppelschlag, Moucho wirft sich auf die Knie, er bettelt und flennt, Tanis Gamuzo sagt zu ihm:

»Nicht ich töte dich, sondern das Gesetz des Waldes, und dem Gesetz des Waldes kann ich mich nicht entziehen.«

Tanis Gamuzo tritt zurück, und Sultan und Mohrchen beißen so oft und genau zu wie nötig, nicht einmal zuviel.

»Schluß jetzt!«

Sultan und Mohrchen lassen von dem Toten ab und wedeln freudig mit dem Schwanz, Fabián starb ohne Glanz und Gloria, und wenig später, nach ungefähr zwei Stunden, krachte die Feuerwerksrakete, die hoch in die Luft stieg.

Señorita Ramona lächelte.

»Gelobt sei Gott!«

An jenem Abend spielte der blinde Gaudencio, der Ziehharmonikaspieler aus dem Freudenhaus mit einer Seele so rein wie die Madonnenlilie, die Mazurka *Ma petite Marianne* mit besonderem Genuß, er spielte sie immer wieder, bis in die frühen Morgenstunden.

»Kannst du nichts anderes?«

»Nein.«

Don Cándido Velilla Sánchez, von Beruf Handlungsreisender, fragte den blinden Ziehharmonikaspieler:

»Sagen Sie, freuen Sie sich, daß man diesen Kerl umgebracht hat?«

»Ja, und wie! Was glauben Sie denn!«

»Und würden Sie sich auch freuen, wenn Gott unser Herr ihn in der Hölle schmoren ließe?«

»Ja.«

Einziger Anhang
Gerichtsmedizinischer Befund

Ort und Datum etc.: siehe oben
Name des Toten: Fabián Minguela Abragán

Äußere Leichenschau

Es handelt sich um eine erwachsene männliche Person von ca. fünfundzwanzig Jahren, Körpergröße ca. 1,60 m, Gewicht ca. 55 kg, asthenischer Typ. Ernährungszustand gut. Fronto-biparietale Seborrhöe und Stirnglatze. Dunkelbraunes Haar. Naevus pilosus an der Stirn.

Die Leiche, die mit dem Gesicht nach unten und flektierten oberen Extremitäten aufgefunden wurde, trägt eine abgetragene braune Kordhose mit Rissen sowie blutdurchtränkten Stellen und Blutspritzern, insbesondere an der unteren Partie, und ein grünliches Kordjackett mit Löchern und Rissen am linken Ärmel und an der linken Schulterpartie. Am Revers Blutflecken und -spritzer. Rechte Tasche eingerissen. Abgetragenes graues Baumwollhemd mit schmutzigem Kragen und einem fehlenden Knopf. Am Kragen große blutdurchtränkte Stellen und Blutflecken. Blauer Wollpullover, unter dem Hemd getragen, rechts oben ebenfalls blutdurchtränkt. Schmutzige Unterhose aus weißem Baumwollstoff mit teigigem Stuhl und feuchten Urinflecken. Am kurzärmeligen Unterhemd, ebenfalls aus weißem Baumwollstoff, vorne und an der rechten Schulterpartie Blutflecken. Braune Stiefel und schwarze Baumwollsocken, beides beschädigt und blutgetränkt.

Die Leiche weist folgende äußere Verletzungen auf: Rißwunden rechtsseitig am Hals, wobei die darunterliegende Muskulatur fast vollständig durchtrennt erscheint. Ein Hautlappen, der subkutanes Gewebe und Fasern des Platysma enthält, beginnt ca. 2 cm unterhalb des Schildknorpels und endet ca. 1 cm oberhalb des Manubrium Sterni. Ein Teil des Hautrisses setzt sich bis zur vorderen Biegung des Schlüsselbeins fort und ist ca. 7 cm lang, der andere Teil reicht bis zum Ansatz des Mylohyoideus und ist ca. 5 cm lang. Die Wundränder sind nicht glatt, sondern ausgefranst und ca. 1 cm vom Wundzentrum entfernt. Die Verletzungen stammen eindeutig von Reißzähnen (nicht von menschlichen Zähnen). Es finden sich auch Bißspuren im lateral-hinteren Bereich des rechten Halses, genauer gesagt hinter dem Verlauf des Sternokleidomastoideus und vor dem Rand des oberen Trapezius. Im rechten Sternokleidomastoideus, im Sternothyreoideus und Thyreoideus derselben Seite sind große Defekte zu konstatieren. Des weiteren sind die anatomischen Verhältnisse der Gefäß-Nerven-Straße komplett verlorengegangen, sie stellt sich völlig zerquetscht dar und zeigt Risse in Jugularis und Carotis.

An der rechten Ohrmuschel und im Bereich der rechten Orbita finden sich Bißwunden und ein langer Hautriß von der Wangenpartie bis kurz vor dem rechten Mundwinkel. Die Nase weist ebenfalls Abschürfungen und kleinere Läsionen auf, die nicht dieselbe Ätiologie wie die anderen Verletzungen haben, da sie keine Abdrücke von Zähnen zeigen. Aus der länglichen Form ließe sich schließen, daß diese Abschürfungen daher rühren, daß die Leiche nach dem Sturz über den Boden geschleift wurde. Am Kopf hafteten zahlreiche Blätter, die von dem Ort stammen, an dem der Tote aufgefunden wurde. In Mund und Nase finden sich Blutreste.

Weiterhin hat die Leiche Bißverletzungen am linken Unterarm, wobei in diesem Bereich dank der dämpfenden Wirkung der Kleidung nur diskrete Hämatome festzustellen sind. An der linken Hand große Bißwunden am medialen Handtellerrand und im Bereich des Hypothenars sowie am Ringfinger und kleinen Finger, der weitgehend zerstört und dessen distaler Anteil zerfetzt ist. Desgleichen finden sich Läsionen im Karpalbereich der linken Hand, wenngleich diese nicht sehr groß sind, weil das Handgelenk durch das lederne Band der Armbanduhr geschützt war, deren Glas im übrigen zersplittert ist. Die rechte Hand weist nur eine einzige Bißwunde am Thenar sowie mehrfache Abschürfungen an den Epiphysen der Metakarpalen auf. Besagte Hand ist blutverschmiert, und unter den Fingernägeln wurden mehrere kurze, gerade, spitzzulaufende, grauweiße Haare von ca. 5 cm Länge gefunden. Nach makroskopischem Aspekt handelt es sich hierbei nicht um menschliche Haare.

Auf dem rechten Unterarm befindet sich eine schwarze, schlecht ausgeführte Tätowierung, die ein von einem Pfeil durchbohrtes Herz mit den Buchstaben R.T. darstellt.

An beiden Waden große, durch Bisse verursachte Rißwunden. Reste von geronnenem Blut auf beiden Beinen.

Die Leichenstarre ist komplett eingetreten. Auf beiden Hornhäuten wird eine eiweißhaltige Schicht und an der rechten Fossa Iliaca des Unterleibs ein grüner Fleck festgestellt. Aus der Länge des Barthaars geht hervor, daß sich das Individuum zuletzt vor rund sechzig Stunden rasiert hatte.

Innere Leichenschau

Eröffnung der Leiche nach Mata (modifiziert).

Schädelhöhle: Keinerlei Fraktur, weder in der Schädeldecke noch an der Schädelbasis. Meningen unauffällig, mit leichtem Ödem in der dichten Spinngewebshaut. Gehirn unauffällig, Cortex mit Zeichen von Ischämie. Pia-Arterien unauffällig, im Circulus Willisii kleine atherosklerotische Plaques. Cerebellum, Pons und Medulla oblongata unauffällig.

Brusthöhle: Lungen mit diskreter Stauung und deutlicher oberflächlicher und oberflächennaher Anthrakose. Interlobuläre Adhäsionen im rechten Brustkorb mit Zeichen einer rechtsapikal gelegenen Fibrose, vielleicht verursacht durch einen früheren pneumonischen Prozeß. Herz in der Systole mit wenig Blut und Resten von blutigem Schaum in den rechten Kavitäten. Sowohl Klappen als auch Koronarien unauffällig.

Abdomen: Magen mit Speiseresten im Stadium der Verdauung (Gemüsereste, vermischt mit Fleischfasern und Resten von hartgekochtem Ei). Leber groß, ödematös, mit höckeriger Oberfläche, ohne zirrhotische Veränderungen, dennoch als Trinkerleber identifizierbar. Gallenblase prall gefüllt. Blasse Nieren. Blase leer. Restliche intestinale Strukturen unauffällig und für die gerichtsmedizinische Begutachtung unerheblich.

Sektion des Halses: Nach Anlegen eines H-förmigen Schnittes auf der Vorderseite des Halses bestätigt sich der Befund der äußeren Leichenschau. Bei behutsamer weiterer Präparation treten Frakturen des Schildknorpels an seiner Apophyse bzw. am rechten lateralen Schenkel zutage, weiterhin Quetschung und Bruch von drei Trachealringen, was eine schaumige Blutung in der Trachea bewirkt hat, die auf Larynx, Pharynx und Mundhöhle übergegriffen hat. Das Blut ist blaßrosa und mit Bronchialsekret gemischt. Die Jugularis ist vollständig abgetrennt und hat gezackte Wundränder, die Carotis ist auf einer Strecke von 1,5 cm völlig zerstört und weist in der Media ein Hämatom auf sowie an das Amusant'sche Zeichen erinnernde Verletzungen nahe des Glomus Caroticus.

Vorliegende autoptische Befunde geben Anlaß zu folgendem:

Gerichtsmedizinische Überlegungen

1) Der Tod war kein natürlicher, sondern ein gewaltsamer, ihm ging ein Abwehrkampf voraus (Abschürfungen an den Knöcheln der rechten Hand, Kleidung an zahlreichen Stellen zerrissen).
2) Bei dem Angreifer handelte es sich allem Anschein nach nicht um ein menschliches Wesen, da keine in solchen Fällen üblichen Verletzungen festgestellt wurden (Schnittwunden, Prellungen, Stichwunden, Kratzwunden, Schlagverletzungen, Würgemale etc.). Es sind lediglich Bißwunden zu beobachten, von denen sich die größten, die den Tod des Individuums herbeigeführt haben, am rechten Halsbereich befinden.
3) Form, Größe, Verteilung, Schweregrad der Verletzungen und der Ort, an dem der Angriff stattfand, sowie die Haarreste, die unter den Fingernägeln der rechten Hand des Opfers gefunden wurden, legen nahe, daß es sich bei dem Angreifer um einen Wolf handelte.
4) Aus der Gleichzeitigkeit und dem gehäuften Auftreten der Bißwunden kann geschlossen werden, daß das Individuum nicht von einem, sondern von mindestens zwei Tieren angegriffen wurde.
5) Bei einer möglichst exakten Rekonstruktion des Hergangs von Angriff und Kampf wären folgende Phasen zu unterscheiden:

a) Das Individuum geht durch den Wald, und Sekunden vor dem Angriff bemerkt es, daß ein Wolf sich anschickt, ihm an die Kehle zu springen. Instinktiv und ohne noch Zeit zu haben, die Waffe zu ziehen, die es bei sich trug und die in einiger Entfernung von der Leiche aufgefunden wurde, reißt das Individuum den linken Arm hoch, um mit dem Unterarm Gesicht und Hals zu schützen, wo es die erste Bißwunde erhält. Anschließend beißt der Wolf einige Zentimeter weiter links, wo sich die Hand befindet, ein zweitesmal zu und fügt ihr so die oben beschriebenen Verletzungen bei. Das Individuum stürzt zu

Boden, ringt mit dem Tier und versucht, es mit der rechten Hand zu packen, wobei es mit der Faust auf das Tier einschlägt und danach trachtet, es am Hals oder Kopf zu fassen (Abschürfungen an der Hand und Haare unter den Fingernägeln selbiger Hand). In diesem Augenblick stürzen sich noch ein Wolf oder sogar mehrere Wölfe auf das am Boden liegende Opfer und fallen über die Gliedmaßen her, die sich am meisten bewegen (die Beine), sie gehorchen also instinktiv dem Tropismus, der durch das sich bewegende Opfer ausgelöst wird (Verletzungen an beiden Waden und Risse in der Hose). Während des Kampfes wird vermutlich die Kleidung beschädigt, gehen Knöpfe verloren etc.. In der Endphase beißt der Wolf, der zuerst angegriffen hat, oder aber ein anderer noch zweimal in der rechten Halspartie zu (zwei Bißwunden im Bereich unterhalb des Mastoids) und fügt dem Opfer die beschriebenen Rißwunden zu. Die Verletzungen in der Wangengegend stammen vermutlich von einem Biß, der dem Individuum unmittelbar vor den Wunden am Hals zugefügt wurde, wobei das Tier auch hier nachfaßte (zwei Bißwunden).

b) Das am Boden liegende und schon stark blutende Individuum schlägt vermutlich mehr oder minder gezielt um sich, läßt schließlich vom Tier ab und preßt bis zum Eintreten des Todes die Hände auf die Wunden (beide Hände über und über mit Blut bedeckt).

6) Seltsamerweise weist die Leiche zwar zahlreiche Bißwunden auf, doch gibt es nicht den geringsten Hinweis darauf, daß die Wölfe sie zu fressen versucht hätten, weshalb der heftige Angriff der Wölfe unverständlich erscheint. Als einzig logische Erklärung bietet sich an, daß die Wölfe, durch Geräusche, Stimmen, Schüsse oder andere unbekannte Umstände erschreckt, von ihrem am Boden liegenden Opfer abließen.

Vorliegende autoptische Befunde legen folgende gerichtsmedizinische Schlußfolgerungen nahe:

1) Der Tod trat infolge starker äußerer Blutungen im Bereich von rechter Carotis und Jugularis ein.

2) Höchstwahrscheinlich trug eine durch den Glomus Caroticus ausgelöste vagale Blockierung (obengenanntes Amusant'sches Zeichen) zum Eintritt des Todes bei.
3) Bei den Verletzungen handelt es sich dem Anschein nach um von Wölfen zugefügte Bißwunden.
4) Der Todeseintritt kann auf ca. sieben Uhr früh des gestrigen Tages datiert werden.
5) Da keinerlei Anzeichen auf menschliche Einwirkung, d.h. einen Überfall durch oder den Kampf mit einem Menschen hindeuten, ist der Tod aus gerichtsmedizinischer Sicht vermutlich nicht vorsätzlich, sondern durch einen Unglücksfall herbeigeführt worden.

gez. Marcial Méndez Santos
Gerichtsmediziner

Glossar

Alfons XIII. (1886-1931)
ab 1902 span. König; beim Volk sehr beliebt, vermochte aber die krassen sozialen Gegensätze nicht zu mildern; unterstützte 1923-30 die Militärdiktatur General Primo de Riveras; ging nach dem Sieg der Republikaner bei den Kommunalwahlen (12.4.31) ins Exil

Annual, das Fiasko von (1921)
Niederlage der Generalkommandatur von Melilla gegen die Kabylen Abd-el-Krims

Antlitz zur Sonne
(span.: Cara al sol): Hymne der Falange

Arde o eixo!
galicisch; Ausdruck der Freude bzw. aufmunternder Zuruf

Arnagh, Erzbischof von
Arnagh = Erzbistum in Irland

Bradomín, Marqués de
überfeinerter, dekadenter Aristokrat; Hauptfigur in der »Sonaten« genannten Tetralogie des span. Dichters Ramón del Valle-Inclán (1869-1936)

Calatrava, das Kreuz von
rotes Kreuz mit gleichlangen Balken, die in einer Lilie auslaufen; Kreuz des gleichnamigen span. Ritterordens; ältester span. Militärorden, 1158 von Abt Raimundo de Fitero gegründet, um die Stadt Calatrava gegen die Mauren zu verteidigen

Cané-Spiel
einfaches Kartenspiel, ähnlich dem Montespiel

Caravaca, das Kreuz von
auch: Patriarchenkreuz; hat über dem horizontalen Balken einen zweiten Querbalken; Kreuz des gleichnamigen span. Ordens, auch als Tragkreuz von Patriarchen, Primaten und Erzbischöfen verwendet

Caudillo
span.: Anführer, Führer, Häuptling; Titel des früheren span. Staatschefs Franco

Céntimo
100 Céntimos = 1 span. Pesete

Chamelo
Variante des Domino-Spiels für drei bis vier Personen

Chapa-Spiel
Münzenwerfen

Correlativa
Variante des Domino-Spiels für vier Personen

Cruzados de Orense
Kämpfer auf der Seite der Nationalen im Span. Bürgerkrieg

Diabolo
Kinderspiel

Djellabah
Kapuzenmantel der Männer in Algerien und Marokko, aus Gabardine, früher aus Wolle; seit der französischen Protektoratszeit auch von Frauen getragen

Don Gaiferos, el romance de
mittelalterliche span. Gedichte unbekannter Herkunft

Don Sancho, el romance de
mittelalterliche span. Gedichte unbekannter Herkunft

Episodios Nacionales, Los
Zehnbändiges Werk von Benito Pérez Galdós (1843-1920); in Romanform verfaßte Geschichte der Lebensumstände im Spanien des XIX. Jahrhunderts

Ferdinand der Katholische (1479-1516)
König von Kastilien und León; schuf 1469 durch die Eheschließung mit seiner Cousine Isabella von Kastilien die Voraussetzung für die Vereinigung von Aragonien und Kastilien zum Königreich Spanien; erobert 1492 Granada, den letzten festen Platz der Mauren

Isabella die Katholische
1474-1504 Königin von Kastilien; heiratete 1469 Ferdinand den Katholischen, den Thronerben von Aragonien

Java
Tanz

Jota
span. Volkstanz

Kabylei
algerische Gebirgslandschaft im östl. Tellatlas (bis über 2300 m hoch) mit etwa 1 Mio. Einwohnern, den sog. Kabylen

Karlisten
stark klerikal und absolutist. gesinnte Anhänger des span. Thronprätendenten Don Carlos und seiner Nachfahren, die ihre Ziele in den sog. Karlistenkriegen 1834-39 und 1872-76 durchzusetzen versuchten und sich im Span. Bürgerkrieg (1936-39) General Franco anschlossen

Malachias, der heilige (1094-1148)
irischer Erzbischof und Reformator; Klostergründer; in Rom Bekanntschaft mit Bernhard von Clairvaux; führt die Zisterzienser nach Irland

Mola, General
span. Militär und Schriftsteller, gest. 1882, Brigadegeneral der span. Streitkräfte; hat sich vor allem im Kampf gegen die Karlisten (1872-76) hervorgetan

Muttergottes auf dem Pfeiler
Schutzpatronin Spaniens

Oriamendi-Hymne
Kampflied aus dem Ersten Karlistenkrieg (Schlacht von Oriamendi im Baskenland, 1837)

Pasacalles
lebhafter volkstümlicher Marsch

Paúl, die Gesellschaft des heiligen Vinzenz von
1833 gegründete religiöse Gemeinschaft, die sich der Armenpflege und – hilfe verschrieben hat; heute in über 60 Ländern der Welt vertreten

Real
alte span. Münze: 4 Reales = 1 Pesete

Requetés
Bund der span. Karlisten (Traditionalisten)

Riego-Hymne
Nationalhymne der 2. Republik

Rosalía de Castro
span. Schriftstellerin (1837-1885), schrieb, von *En las orillas del Sar* abgesehen, alle Werke auf galicisch

Teatro Benavente
Theater in Madrid
Tute-Spiel
ähnlich dem Lomberspiel

UGT
Unión General de Trabajadores; 1888 gegründeter, straff organisierter marxistischer Gewerkschaftsverband; gewann nur in den baskischen Bergbaugebieten und in Madrid größeren Einfluß

Ya
1935 gegründete span. Tageszeitung; politisch rechts und proklerikal ausgerichtet

Camilo José Cela

Der Bienenkorb

Roman. Aus dem Spanischen von Gerda Theile-Bruhns.
274 Seiten. Serie Piper 782

»In Celas Roman spricht der Mensch selbst und – nahezu – er allein. Dieser Erzähler ist ein Meister der Tonfälle, er versteht es virtuos, sein dreihundertköpfiges Personal zum Reden zu bringen.« Frankfurter Allgemeine Zeitung

Mrs. Caldwell spricht mit ihrem Sohn

Roman. Aus dem Spanischen von Gerda Theile-Bruhns.
227 Seiten. Serie Piper 970

Geschichten ohne Liebe

Aus dem Spanischen von Rainer Specht.
150 Seiten mit 32 Farbillustrationen von Pablo Picasso.
Serie Piper 1249

Pascual Duartes Familie

Roman. Aus dem Spanischen von George Leisewitz und Gerda Theile-Bruhns. Mit einem Nachwort von Hans-Jörg Neuschäfer.
159 Seiten. Serie Piper 1056

Ein Vagabund im Dienste Spaniens

Herausgegeben und ausgewählt von Ricardo Bada.
Aus dem Spanischen von George Leisewitz.
Mit einem Nachwort von H.-J. Neuschäfer.
235 Seiten mit 13 Abbildungen. Leinen